Milan Kundera

米兰·昆德拉

王振孙 郑克鲁——译

L'immortalité

不朽

ŒUVRES DE MILAN KUNDERA

上海译文出版社

图书在版编目（CIP）数据

不朽／昆德拉(Kundera，M.)著；王振孙，郑克鲁译.
—上海：上海译文出版社，2015.1（2023.9重印）
（米兰・昆德拉作品全新系列）
ISBN 978-7-5327-6672-7

Ⅰ.①不… Ⅱ.①昆… ②王… ③郑…
Ⅲ.①长篇小说-法国-现代 Ⅳ.①I565.45

中国版本图书馆CIP数据核字(2014)第109376号

Milan Kundera
L'immortalité

图字：09-2002-365号

不朽
L'immortalité

MILAN KUNDERA
米兰・昆德拉 著
王振孙 郑克鲁 译

出版统筹 赵武平
责任编辑 周 冉
装帧设计 杨林青

上海译文出版社有限公司出版、发行
网址：www.yiwen.com.cn
201101 上海市闵行区号景路159弄B座
杭州宏雅印刷有限公司印刷

开本890×1240 1/32 印张15 插页5 字数206,000
2015年1月第1版 2023年9月第16次印刷

ISBN 978-7-5327-6672-7/I・4019
定价：92.00元

目 录

第一部

脸

1

这位太太大概六十岁，或者六十五岁。我平躺在一把朝着游泳池的躺椅里望着她。这是一个设在一座现代化大楼顶层的体育俱乐部的游泳池。人们可以通过一扇扇巨大的玻璃窗看到整个巴黎。我在等待阿弗纳琉斯教授。我经常约他在这儿会面，讨论一些事情。可是阿弗纳琉斯教授没有来，我就看着这位太太。游泳池里只有她一个人，水一直浸到她的腰部。她注视着站在她上方，给她上游泳课的穿着厚运动衫的年轻游泳教师。她按照教师的口令，靠在池边做深呼吸。她做得很认真，很卖力；她从水下发出的声音就跟一辆老式蒸汽机车一样（这种富有诗意的声音，今天已经听不到了；对一些从来没有听到过这种声音的人，我只能用在游泳池畔做深呼吸的老妇人的喘息声做比较）。我看她看得出神了。她那种使人忍俊不禁的滑稽腔调使我着了迷（那种滑稽腔调，游泳教师也看到了，因为我似乎觉得他的嘴角一直在微微牵动），可是这时候有人对我说话，分散了我的注意力。过了一会儿，我正想重新观察她时，她的游泳课已经结束。她穿着游泳衣沿着池边往前走去，在超过游泳教师四五米远时，她回头向他微微一笑，并做了一个手势。我的心突然收缩了一下：这种微笑，这种手势，只有二十岁的妙龄女郎才有！她的手轻轻地那么一挥，姿态优雅，使人赏心悦目，就像她出于好玩，把一只彩色皮球扔向她的情郎一样。这个微笑和这个手势充满着魅力，可是她的脸庞和身躯已经不再能吸引人了。这是一个淹没在已经衰老的躯体里的富有魅力的手势。可是作为一个女人，即使她应该知道自己青春已过，不再像从前那样楚楚动人，在这种时刻，她也忘乎所以了。我们身上有一部分东西始终生活在时间之外；也许我们只有在某些特定时刻——大部分是没有年龄的时刻——才会意识到自己的年龄。无论如何，在她回首一笑，向游泳教师（他已经忍不住噗嗤一声笑了出来）做手势的当儿，她已经完全记不得自己有多大年纪了。亏得她做了这个手势，在一刹那间，她那种不从属于时间的魅力的本质显现出来，把我迷住了。我心里异常激动。这时候，我脑子里突然冒出了阿涅丝这个名字。阿涅丝！可是我从来不认识叫这个名字的女人。

2

我躺在床上，似睡非睡地沉浸在温柔的梦乡之中。六点钟，一听到轻轻的闹钟声，我的手便向放在我枕边的小收音机伸去，揿下了按钮。播出的是晨间新闻，可是听不清播音员在讲些什么。我又进入朦胧状态，我好像在梦境中听到有人在说话。这是睡眠中最美的阶段，一天中最舒服的时刻。靠了这架收音机，我慢慢地品味着这种持续不断的半醒半睡的假寐状态，这种使人飘飘欲仙的沉醉境界，这种惟一能使我忘却降生在这个世界上的遗憾的意念。我是不是在做梦，或者我真的在歌剧院里，面对着两个穿着骑士服装在歌唱气象的演员？他们怎么不歌唱爱情呢？后来我懂得了这跟节目主持人有关。他们停止歌唱，相互开起玩笑来。“今天很热，是高温天气，有雷阵雨。”其中一个说。另一个嗲声嗲气地插嘴说：“这是不可能的！”前面一个用同样的语气回答说：“肯定是这样，贝尔纳，对不起，这是没有办法的事情。勇敢些吧！”贝尔纳纵声大笑地宣称：“这是对我们罪恶的惩罚。”另一个说：“贝尔纳，我为什么要为你的罪恶受过呢？”这时候贝尔纳笑得更加厉害，为了告诉听众这是什么罪恶。我知道这是怎么回事，只有一件事也许是我们大家内心希望得到的：但愿全世界都把我们看作是道德败坏的罪人！但愿我们的罪恶可以和大雨、雷雨、暴风雨相比！今天每个法国人在头顶上撑开雨伞时，都会想到贝尔纳暧昧的笑声，并对他羡慕不已。我旋动旋钮，希望能在重新入睡时，有一些比较出乎意料的形象陪伴着我。相邻的电台里有一个女人的声音在预报今天天气很热、高温、有雷阵雨。我很高兴在我们法国有那么多电台，而所有这些电台都在同一时刻播放同样的事情。一致性和自由的完美结合，人类还能希望有更美好的东西吗？于是我又旋回到刚才贝尔纳列举他的罪恶的电台，可是在那个波段上有一个男人的声音在为雷诺公司一种最新产品唱颂歌。我再旋动旋钮：几个女人在吹嘘削价出售的貂皮大衣。我又旋回到贝尔纳的电台，听完对雷诺公司的颂歌的最后节拍以后，又听到了贝尔纳的声音。他模仿刚才结束的那种旋律，用他悦耳的声音告诉我们，有一本海明威的传记刚刚出版。这已经是第一百二十七本关于他的传记了，不过这一本的确非常重要，因为这部传记论证了海明威一生中没有讲过一句真话。他夸大了自己在战争中受伤的次数；他装作是一个勾引女人的能手，可是有人在一九四四年八月证明，从一九五九年七月起，他就是个十足的阳痿患者。“不可能。”另一个带笑的声音说。接着贝尔纳又撒娇似的回答：“这是真的……”接着，我们又置身在一场歌剧之中，甚至连阳痿的海明威也和我们在一起。随后有一个非常严肃的声音提到一件最近几星期以来轰动全法国的案子：在一次小手术中，由于麻醉出了问题，导致一个女病人死亡。因此，负责“保护消费者”的组织，它就是这样称呼我们的，建议以后要把所有外科手术的治疗过程都拍摄下来，并把胶卷存档。据这个“保护消费者”的组织说，这也许是保证一个死于手术刀下的法国人能伸冤雪恨的惟一办法。随后我又睡着了。

我醒来时已经快八点半了。我想像起阿涅丝来：她像我一样躺在一张大床上，床上右半边空着。谁是她的丈夫？看来他星期六一大早就出去了，所以只剩下阿涅丝一个人舒舒服服地躺在床上，在梦境边缘徘徊。

随后她起身了，床对面有一台放在高脚架上的电视机。她把衬衣向它扔去，电视屏幕盖上了一层白色的织物。我第一次看到她赤身裸体；阿涅丝，我这本小说的主人公。她站在床边，她长得很美，我目不转睛地看着她。临了，她好像感觉到我的眼光，逃到隔壁房间里去穿衣服了。

谁是阿涅丝？

就像夏娃出自于亚当的一根肋骨，维纳斯诞生于大海中的浪花一样，阿涅丝出现于一位六十岁的老太太的一个手势之中。我在游泳池边上看到这位老太太在向她的游泳教师挥手告别，她的相貌在我的脑海中已经模糊不清，可是她那个手势却在我心中唤醒一种不可遏制的、难于理解的怀旧情绪，在这种情绪中产生了这个我把她叫做阿涅丝的人物。

可是，小说中的人物，不应该是独一无二、难以模仿的吗？从A身上观察到的手势，这个手势和她合成一体，构成了她的特点，变成她特有的魅力，怎么可能这个手势同时又是B的本质，又是我对他的全部想像的本质呢？这件事值得思索。

如果在我们这个行星上已经存在过八百亿人，那么要是说他们之中每个人都有自己与众不同的各种手势，那是不太可能的。从数学上来说，这是难以想像的。任何人都不会怀疑，在这个世界上，手势的数目要大大少于人数。这就给我们带来一个令人感到不太舒服的结论：手势比个人更加个性化。用谚语的形式讲，就是人多手势少。

我在第一章里谈起那个穿游泳衣的太太时曾经讲过，“在一刹那间，她那种不从属于时间的魅力的本质显现出来，把我迷住了。”是的，我当时是这么想的；可是我搞错了。手势根本显现不了这位太太的本质，还不如说这位太太使我发现了一种手势的魅力。因为我们不能把一种姿势看作是某个个人的属性，也不能看作是他的创造（任何人都创造不出一种全新的非其莫属的独特的姿势），甚至也不能看作是他的工具。事实恰恰相反：是手势在使用我们，我们是它们的工具，是它们的傀儡，是它们的替身。

阿涅丝穿好衣服以后准备出门。她在前厅里停留一下，听了听，隔壁房间有轻微的响声，说明她的女儿刚刚起身。她不想遇到她的女儿，便加快步子走出公寓。走进电梯以后，她按了按去底层的按钮：电梯非但没有下降，反而像一个患小儿舞蹈病的人那样痉挛地抖动起来。这座电梯的怪脾气她不是第一次领教了。有时候她想下去，电梯却上升了；有时候门打不开，她被关在电梯里达半小时之久。就好像这座电梯想和她攀谈，就好像它是一头不能讲话的动物，想用一些粗野的动作告诉她一些重要的事情。她已经向女门房抱怨过好多次了，可是女门房看到电梯在搭载别的房客时都行驶正常，只有在搭载阿涅丝时才出现故障，因此把这看作是阿涅丝的私人琐事，根本就没有放在心上。阿涅丝不得不走出电梯，徒步走下楼去。她刚一走出电梯，电梯便恢复正常，也跟着下降了。

星期六是最艰苦的日子。她的丈夫保罗在七点以前已经出门，中午和他一个男朋友一起吃饭。她却要利用这个休息日完成一大堆比她的办公室工作累得多的事情：到邮局去，还要排半小时队；到超级市场去采购，和女售货员拌嘴，没完没了地在收款台前面等候；打电话给管道维修工，对他说好话，请他在下午一点整来家，以免整天待在家里等他。她还要在两件急事中间设法抽空去洗一次桑拿浴，她一星期其他日子是永远也不会有时间的。傍晚以前，她还要摆弄一番吸尘器和抹布，因为每星期五来的女用人工作越来越马虎了。

而且这个星期六和其他的星期六还有所不同，这天恰好是她父亲去世五周年。她脑海中呈现出一幕景象：她父亲坐着，俯身在一堆撕碎的照片前面，阿涅丝的妹妹叫道:“你为什么撕我妈妈的照片？”阿涅丝帮她父亲说话，两姐妹马上大吵起来。

阿涅丝跨进了她停靠在楼前的汽车。

3

电梯把她送到一座现代化大楼的顶层，俱乐部就在那儿，还有健身房、游泳池、喷出涡流的小池子、桑拿浴室。在那里还可以俯瞰整个巴黎。在衣帽间里，有几只高音喇叭正在播放摇滚舞曲。十年以前，在阿涅丝加入这个俱乐部时，会员不多，气氛很平静，后来年复一年，俱乐部的条件越来越好：玻璃、灯光、人造植物、高音喇叭、音乐，越来越多，常客也越来越多。根据俱乐部负责人的决定，健身房四周墙上全都安装上大镜子，人数于是好像猛增了一倍。

阿涅丝打开她的壁橱，开始脱衣服。有两个女人在一旁闲谈。其中一个讲话缓慢，声音柔和，就像一个次女低音歌手一样。她在抱怨她的丈夫总是把东西扔得一地：书、袜子，甚至他的烟斗和火柴。另外一个是女高音，讲话速度要快两倍。她那种每句话结束时都要提高八度音的法国腔就像一只生气的母鸡在“咕哒咕哒”叫。“唷，你真叫我憋气！你真叫我痛心！这是不可能的！他不能这样干！这是不可能的！你是在自己家里！你有你的权利！”另一位好像被夹在她所敬畏的女朋友和她所爱的丈夫之间，被他们双方拉来扯去，她神色忧郁地解释道："有什么办法呢？他就是这样的人，始终是这样，老是把东西往地上扔。""那么，叫他别再扔了！你是在自己家里！你有你的权利！换了我，我肯定不答应！"

阿涅丝不参加这类谈话，她从来不讲保罗的坏话，虽然她知道她这样不发表意见会引起其他妇女的反感。她回头朝那个尖嗓子的女人看去：这是一个淡黄头发的年轻姑娘，漂亮得像天使一般。

"不行，这是无须多说的！你有你的权利！别让他这么干！"这位天使接着说。这时候阿涅丝发现她的脑袋在讲话时总是短促而迅速地左右摇动，而她的肩膀和眉毛总是往上一耸一耸的，好像她一想到竟然有人漠视她女友的人权就感到既惊奇又愤怒似的。阿涅丝很熟悉这种姿势，她女儿布丽吉特摇头时的姿态和她一模一样。

脱去衣服以后，阿涅丝锁上壁橱，通过一扇双扉门走进一个铺着方砖的大厅。大厅的一边是一排淋浴用的莲蓬头，另一边是通往桑拿浴室的玻璃门。桑拿房里，女人们肩并肩地挤坐在几条长木凳上。有几个女人身上还围着一块特制的薄薄的尼龙布，这块紧包在她们身上（或者只包住她们身上的某一部分，大多是肚子和臀部）的尼龙布使她们汗流浃背，并使她们产生身材变得苗条的希望。

阿涅丝往上走到还有空位子的最高一排长凳前坐下来，她背靠墙壁，闭上眼睛。嘈杂的音乐声传不到这里，可是这么多女人七嘴八舌的喧闹声同样响得叫人受不了。这时候走进来一个大家不认识的年轻女人，她一进门便发号施令，要大家再挤一挤，把取暖设备旁边的位子让出来。随后她弯身下去提起水桶，把水浇在炉子上。随着一阵轻微的嘶嘶声，灼热的水蒸气一直冲上天花板。一个坐在阿涅丝身旁的女人用双手捂住脸，难受得连面孔也变形了。陌生女人发现后高声说道："我喜欢烫人的水蒸气！这才是洗桑拿！"她稳稳地坐在两个赤裸的身体之间，开始谈论昨天的电视节目：一位著名的生物学家不久前出版了他的回忆录。"他真是太棒了！"她说。

另外一个女人附和她说："当然！他是多么谦虚啊！"

陌生女人接口说："谦虚？您不知道这个人有多么傲慢吗？不过我喜欢他的骄傲劲儿。我最喜欢骄傲的人！"这时她转过头来对阿涅丝说："您也许觉得他很谦虚吧？"

阿涅丝说她没有看这档电视节目。因为她的回答暗中含有不敢苟同的意思，陌生女人一面紧紧地盯着她，一面语气坚定地又说了一遍："我受不了谦虚！谦虚就是虚伪！"

阿涅丝耸耸肩膀，陌生女人接着说："在桑拿浴室里，一定要热得发烫！我就是要汗流浃背。可是之后一定要冷水洗浴。我最喜欢冷水淋浴！我实在不明白桑拿以后有些人竟然洗热水澡。我在家里也总是洗冷水澡，我最恨洗热水澡！”

她很快便透不过气来了，以致在再次说明她有多么憎恨谦虚以后，她便站起来走出去了。

小时候，阿涅丝有一次和父亲一起散步，问父亲是不是相信上帝。父亲回答她说:“我相信造物主的电子计算机。”这个回答多么奇怪，因此她牢记在心。不仅仅“电子计算机”这个词儿很新鲜，“造物主”这个词儿同样很古怪。因为父亲从来不说“上帝”二字，而总是说“造物主”，似乎是要把上帝的重要性框限在工程制造这惟一的范围内。造物主的电子计算机，可是一个人如何能和一架机器交流呢？于是她问父亲是不是有时也做做祈祷。她父亲说:“就像灯泡烧坏时向爱迪生祈祷一样。”

于是阿涅丝想：造物主在电子计算机里放了一张有明细程序的小磁盘，随后它就离开了。上帝在创造世界以后，便把它留给被它遗弃的人，听凭他们处置。这些人在求助于上帝时，坠入一片毫无反响的空白之中。这不是什么新的想法。可是，被我们祖先的上帝遗弃是一回事，被宇宙电子计算机神圣的发明者抛弃又是另一回事。在他的位子上还有一个即使他不在仍在运行的、其他人无法改变的程序在起作用。编制电子计算机的程序并不意味着未来的细节都得到详细规划，也并不意味一切都被写进“上天”这个程序里。譬如说，程序并未规定一八一五年要发生滑铁卢战役，也没有注定法国人要遭败绩，只是规定了人类的进攻本性。

有人就有战争，技术进步将使战争日益残酷。从造物主的观点看，所有其他一切都是无足轻重的，只不过是总程序中的一些简单的变化和转换游戏；而总程序与未来的预测毫无关系，只不过规定了可能性的范围。在这些范围以内，它完全让偶然性来起作用。

人的情况也可以说与此相同。任何一个阿涅丝，任何一个保罗，都没有被编进电子计算机的程序，只不过是一个人的原型：这个人是从一大批原始模型的普通派生物的样品中抽出来的，毫无个人本质。就跟雷诺公司生产出来的一辆汽车一样，要找到这辆汽车的本体意义之所在，就必须超越这辆汽车，到设计师的档案中去寻找。这一辆汽车和那一辆汽车之间的区别，仅仅在于汽车的序列号。每个人的序列号就是他的脸，是偶然和独特的线条组合。不论是性格、灵魂，还是大家所说的“我”，都不能从这个组合中显示出来。脸只不过是一个样品的号码。

阿涅丝想起刚才那个宣称痛恨热水澡的陌生女人。她来这儿告诉所有在场的女人：一）她喜欢出汗；二）她非常喜欢骄傲的人；三）她蔑视谦虚的人；四）她喜欢冷水淋浴；五）她对洗热水澡深恶痛绝。她用这五根线条勾勒出了她自己的形象，她用这五点定义说明了她的特性，并把她自己呈现在大庭广众之中。她不是谦虚地（再说，她也曾说过她蔑视谦虚），而是像一个女战士那样把自己呈现在大家面前。她使用了一些感情色彩强烈的动词：我热爱、我蔑视、我痛恨，就好像她已经下定决心要寸步不让地保卫她自画像上的五根线条，保卫说明她特性的五点定义。

“这种激情是从哪儿来的呢？”阿涅丝在问自己。她想：我们这些人一被打发到这个世界上来以后，首先必须和这个偶然性的巧合，和这些由上天的电子计算机安排的意外成为一体；这个东西（在镜中对着我们的这个东西）千真万确就是“我”，没有什么好惊奇的。如果我们不相信脸表达了这个“我”，如果我们没有这种最初和最基本的幻觉，我们也许就不能继续生活下去，或者至少不能继续认真地活下去。使我们和我们自己成为一体还不够，还必须满怀激情地和生与死结成一体。因为如果要使我们不在我们自己眼里显得像是一个人类原型的不同的变种，而像是一些具有独特的、不可互换的本质的人，这是必须具有的惟一的条件。这就是为什么这个年轻的陌生女人不但感到需要描绘她的肖像，还感到需要同时向所有的人显示这张肖像包含有某种完全是独有的和不可代替的东西，为了这些东西，值得她进行斗争，甚至献出生命的原因。

在闷热的蒸汽浴室里呆了一刻钟以后，阿涅丝站起来走过去跳进冰冷的水池里浸了浸，随后走进休息室，躺在其他女人中间。这些女人在休息室里也没有停止唠叨。

一个问题在她脑子里盘旋：人死了以后，电子计算机编好的又是怎样一种存在程序？

有两种可能。如果造物主的电子计算机的活动范围仅仅限于我们这个星球，如果我们的一切都取决于它，而且只取决于它，那么我们在死后所能期待的只能是我们活着时已经认识到的东西的一种变化；我们只能遇到一些相类似的景象和相类似的创造物。死后我们将是孤单的还是将成为群体中的一个呢？唉，孤单的可能性微乎其微；我们在活着的时候就很少有孤单的时候，何况在死后呢！死人比活人不知要多多少倍！根据最好的设想，人死后的处境就像此时的阿涅丝置身于休息室里一样：到处都可以听到女人们的没完没了的絮叨。永生就像无尽的喧闹一样，说句实话，我们还可以想像得更糟糕些。可是一想到死后也还是这样，无休止地听这些女人唠叨，阿涅丝就已经有足够的理由要不顾一切地活下去，尽可能延迟死亡的到来。

可是还有另外一个可能性存在：在人间的电子计算机上面，还有等级更高的电子计算机。这样的话，人死后的情况就并不一定会像我们活着时一样，如果这样想，人便可以理所当然地怀着一种模糊的希望走向死亡。这时候阿涅丝看到了一幕最近以来她经常在想像的景象：在家里，她和保罗一起接待一个陌生人的来访。这个人和蔼可亲，给人好感，他坐在他们前面的一把扶手椅里和他们交谈。保罗受到了这个非常讨人喜欢的来访者的魅力的影响，显得很活泼，很雄辩，很友好，并去拿来了存放家庭生活照片的照相簿。来客翻看着这些照片，有几张照片让他感到有点儿困惑。譬如其中有一张是阿涅丝和布丽吉特一起在埃菲尔铁塔下照的，他问道:“这是什么?”

“您认不出来吗？这是阿涅丝！”保罗回答，“这是我们的女儿布丽吉特！”

“我当然认得出，”客人说，“我想问这是什么建筑物。”

保罗惊奇地看着他说:“这当然是埃菲尔铁塔！”

“噢！太好了，”来访者说，“那么这就是那座著名的铁塔！”他讲这句话时的语调，就像您把您祖父的画像指给他看时，他对您大声说:“原来就是他，我经常听人讲起这位老祖父，我终于看到他了，我真高兴！”

保罗有点儿不知所措，阿涅丝倒不怎么样。她知道他是什么人，她知道他为什么到这儿来，会向他们提些什么问题。就是为了这个缘故她才感到自己有点儿坐立不安，她想方设法要把她丈夫支开，让自己一个人和他待在一起！可是她还没有想出办法来。

4

她的父亲是五年前去世的，她的母亲是六年前亡故的。那时候，父亲早已有病，大家都以为他快要死了，母亲却非常健康，生气勃勃，看上去肯定将来是个快快活活的长寿的寡妇。因此当母亲突然过世时，父亲倒感到有点儿不好意思，就好像他怕别人埋怨他怎么不早死。所谓的别人就是她母亲家里的亲属。父亲家里的亲属除了一个定居在德国的远房表姐外，全都分散在世界各地，这些亲属阿涅丝一个也不认识。母亲方面的亲属正相反，全都住在同一个城市：姐妹、兄弟、堂表兄弟、堂表姐妹，还有一大群侄子外甥和侄女外甥女。外祖父是朴实的山区农民，他自己节衣缩食作出牺牲，让他所有的孩子都受了教育，并攀上高亲。

毫无疑问，母亲一开始是爱父亲的。这并不奇怪，因为父亲是个美男子，三十岁时已经是大学教授了，这个职业当时还是受人尊敬的。她不仅仅是因为有了一个值得羡慕的丈夫而高兴，使她更感到得意的是，她可以把他当作一件礼物一样奉献给她的家庭。由于农村中的家庭一般都有和睦相处的古老传统，她和她家里的亲戚关系都非常好。可是因为父亲不善交际，平时很少讲话

(没有人知道他这是因为生性腼腆呢，还是心里在想别的事情。也就是说，没有人知道他这种沉默寡言是出于谦逊呢，还是对任何事都漠不关心)，所以母亲的奉献给她家庭带去的是局促不安，而不是喜出望外。

随着光阴的流逝，这对夫妻衰老了，母亲和她亲戚的关系越来越密切，特别是因为父亲永远把自己关在工作室里，母亲却发疯般地想跟人讲话，她一连几小时地和她的妹妹、她的兄弟、她的堂表姐妹或者她的侄女外甥女通电话，越来越关心他们的事情。现在她的母亲死了，阿涅丝看到她的一生好像是在兜圈子：在离开她原先的生活环境以后，她勇敢地闯入一个完全不同的世界，随后她又重新朝她的出发点走去。她和父亲以及两个女儿住在一座带花园的别墅里，一年有几次(圣诞节和各人的生日)，她邀请她的亲戚来别墅参加节日宴会，她的企图是在父亲死后把她的妹妹和她的外甥女接来与她同住。大家都早已知道父亲快要死了，所以对他的关心格外周到，就像对待一个不久人世的人一样。

想不到母亲先死了，父亲倒还活着。葬礼以后半个月，阿涅丝和她的妹妹洛拉去看他，发现他正坐在客厅的桌子面前，俯身对着一堆撕碎的照片。洛拉把这些碎照片抓了起来，一面叫道："你为什么撕我妈妈的照片？"

阿涅丝也弯下腰去看这堆碎片：不，这不单单是母亲的照片，更多的是父亲自己的照片；不过有几张是母亲和他的合影，也有几张是母亲一个人照的。父亲被他两个女儿突然撞见，他默不作声，连一句解释的话也没有。“别再嚷嚷了！”阿涅丝咕哝着说。可是洛拉不听她的。父亲站起来，走到隔壁房间里去。于是两姐妹又像往常那样吵了起来。第二天，洛拉去了巴黎，阿涅丝留在别墅里。这时候父亲才告诉阿涅丝，他在市中心找到一个公寓，决定要把这幢房子卖掉。这又是一件使人吃惊的事情，因为在所有人的眼里，父亲是个很笨拙的人，他已经把所有的日常琐事推给母亲去干了。别人以为他如果没有她就活不下去，这不仅仅是因为他没有务实能力，还因为他从来也不知道自己要做什么，他的意愿好像也早已拱手交给母亲了。现在母亲刚死没有几天，他便突然毫不犹豫地决定搬家。从这件事中，阿涅丝懂得了他这是在实现他已考虑很久的事情，他完全知道自己想干些什么。尤其是他像大家一样，没有预见到母亲会死在他前面，所以这件事就更加有趣了。如果说他曾经想过要在老城里买下一套公寓，那肯定只是他的一个梦想，而并没有什么具体的计划。他和母亲在他们的别墅里生活，一起在花园里散步，他接待母亲的姐妹和她的侄女外甥女，装作在听她们讲话，然而与此同时，他却一个人生活在想像中的那套小公寓中。在母亲死了以后，他搬进了他精神上已经生活了许久的地方。

阿涅丝第一次感到她父亲有点儿神秘莫测。他为什么要撕毁照片？为什么他想他的小公寓想了那么久？为什么他不忠实地满足母亲希望自己的妹妹和外甥女住到别墅里来的心愿？这样做也许更实际一些：她们会照顾他，肯定会比他迟早要花钱请来的护士照顾得尽心尽力。阿涅丝问父亲为什么要搬家，他的回答很简单："你要我一个人待在一座这么大的房子里干什么？"她甚至没有暗示他去把母亲的妹妹和外甥女请来，显而易见他是不乐意这样做的。这又使阿涅丝想到她父亲也是在兜圈子。母亲通过婚姻，从家庭走向家庭，而父亲通过婚姻，从孤独走向孤独。

父亲的不治之症早在母亲去世前几年便开始有迹象了。那时候阿涅丝请了半个月假去陪他。可是她原来的打算落空了，因为母亲从来不让他们父女俩单独相处。有一天，大学里的同事来看望父亲。他们向父亲提了各种各样的问题，可是回答的始终是母亲。阿涅丝忍不住说道："我求你了，让爸爸说吧！"母亲很生气，说："你没有看见他在生病吗？"在这半个月快结束的几天里，父亲觉得精神稍许好些，阿涅丝和他一起散了两次步。可是在第三次散步时，母亲又跟着他们一起来了。

母亲死了一年以后，父亲突然病危。阿涅丝去看他，和他一起待了三天。第四天，他死了。这是她仅有的三天，能够像她一直所希望的那样单独陪着父亲。她心里想，他们两人的感情是很深的，可是没有时间相互了解，因为缺少单独相处的机会。只有在八岁到十二岁之间的一段时间里，她才有可能经常和他在一起，因为母亲要照管小洛拉。他们经常在田野里长时间地散步，他回答了她无数的问题。就是在那时候，他对她谈起上天的电子计算机，还有很多很多其他的事情。这些谈话，现在只记得一些零星的片段了，就像一些摔破的盘子的碎片。在她成年以后，她想把这些碎片粘补起来。

死亡结束了他们两人温柔的单独相处。举行葬礼时，母亲的亲属全来了。可是因为母亲已经不在了，没有人想把丧事办成丧宴；而且，亲戚们已经把父亲卖掉别墅和住进公寓看作是对他们的不欢迎。知道了那座别墅的价格以后，他们想到的只是两个女儿将得到多少遗产。可是公证人告诉他们说，所有存在银行里的钱都将转给一个数学家协会（他曾是这个协会的创办人之一）。尤其使他们感到奇怪的是，他生前已经退出了。看上去他是想通过这份遗嘱强迫亲戚们忘记他。

后来有一天，阿涅丝发现她在瑞士的银行账户里多出了一大笔款子。这时她才恍然大悟。这个表面上极不现实的男人其实很有心计。十年以前，当他第一次知道他生命有危险，阿涅丝来和他一起过半个月时，他坚持要她在瑞士银行里开一个户头。在他去世前不久，他几乎提走了他所有的银行存款，剩下一些留给数学家。如果他公开指定阿涅丝做他的继承人，他会毫无必要地伤害他另一个女儿。如果他暗中把所有的钱都转到阿涅丝的户头上，而不留一笔象征性的钱给数学家，他也许会引起大家的流言蜚语。

起初，阿涅丝心想要把这笔钱和洛拉平分，因为阿涅丝比洛拉大八岁，免不了对妹妹有一种关怀的感情。可是最后她什么也没有对妹妹说。这倒不是她吝啬，而是怕背叛了她的父亲。通过这份礼物，他肯定想告诉她什么，向她打个招呼，给她一些他生前没有时间给她的忠告。这个只属于他们两人的秘密，她将永远把它牢记在心头。

5

她把车子停好，下车向林阴大道走去。她觉得很累，饿得要死。因为一个人在饭店里吃饭很孤单，她想随便找一个小酒馆站着吃点儿东西。从前，这一地区到处都是招待周到的布列塔尼人开设的小酒馆，在那里可以舒舒服服地吃到价廉物美的油煎鸡蛋饼和浇上苹果酒的烘饼。忽然有一天，那些小酒馆都销声匿迹了，让位给那些可怜的快餐店。她第一次想试试克服她的厌恶感，向其中的一个餐馆走去。透过玻璃窗，她看到顾客们俯身在油腻的纸质的小桌布上。她的眼光停留在一个嘴唇血红、脸色苍白的年轻姑娘身上。她刚一吃完，便推开已经空了的可乐杯，把她的食指伸进嘴里，捣腾了半天，一面还转动着她白蒙蒙的眼睛。旁边一张桌子上一个男子四仰八叉地坐在椅子上，张大嘴巴，眼睛直勾勾地望着街上。他的呵欠永远也打不完似的，没有开始也没有结束，仿佛瓦格纳①的旋律：嘴巴合上了，可是没有完全闭拢，不

① Richard Wagner（1813—1883），德国作曲家、文学家；作品有歌剧《尼伯龙根的指环》、《特里斯丹与绮瑟》等。

时地张张合合。他的眼睛也跟着一会儿张开，一会儿闭上。别的顾客也在打呵欠，露出他们的牙齿，或者是各种各样补过的牙和假牙。他们之中谁也没有把手放在嘴前遮一下，有一个穿着粉红色连衣裙的小姑娘在各张桌子之间绕来绕去，拎着长毛绒狗熊的爪子。她也张着嘴，不过一看就知道她不是在打呵欠，而是在号叫，一面不住地用她的玩具敲打别人。一张张桌子都紧挨着，即使隔着玻璃，也可以猜出在这六月份的天气，每个人在吞吃自己的一份肉时，同时也在吸着邻桌食客的汗臭味。这份丑恶冲着阿涅丝扑面而来，视觉上、嗅觉上以及味觉上的丑恶（阿涅丝简直能够想像出，甜得发酸的可乐夹杂着汉堡包味道。在甜滋滋的可乐里的汉堡牛排的味道），迫使她回过头去，决定到别处去填肚子。

人行道上熙熙攘攘，走路都有点儿困难。在她面前，有两个面色苍白、头发金黄的北欧人在人群中穿梭：一男一女，在成堆的法国人与阿拉伯人中窜出两颗高高的脑袋。他们两人都背着一只粉红色的背包，腹部有一只口袋，里面盛着一个婴孩。他们很快便消失了，代替他们的是一个穿着当年流行的及膝宽松短裤的女人。穿了这样一条裤子，她的臀部显得更大、更下坠了。她的裸露着的白色腿肚，就像一只农村里用的瓦罐，上面装饰着一些凸出的、淡紫色的、像纠缠在一起的小蛇。阿涅丝想：这个女人也许能找到二十种其他的打扮方法，可以使她的臀部不这么吓人，并遮住她曲张的静脉。为什么她不这样做呢？这些人不想在人群中显得美丽也就罢了，他们甚至不想掩盖自己的丑态！

她心里想：当她有一天丑得使人不能忍受时，她要到花店里去买一株勿忘我。只要一株，细细的茎上一朵小花。她要把这株草举在面前走到街上去，眼睛紧盯着它，除了这点美丽的蓝色以外什么也看不到。这是她想保留的她已经不爱的世界最后的形象。她将就这样走到巴黎街上，大家很快就会认识她，孩子们会跟在她后面奔跑，嘲弄她，用石子扔她，全巴黎的人都会把她叫作：勿忘我疯女……

她继续往前走去，右耳听着从商店、理发店和饭店传出来的喧嚣的音乐和节奏分明的打击乐器声，左耳则听着街上的喧嚣声、各种汽车单调的隆隆声、一辆公共汽车起动时的嗡嗡声。紧接着，一辆穿过马路的摩托车发出了刺耳怪叫。她不由得循声寻找这个刺激她神经的人。这是一个穿蓝色牛仔裤的年轻姑娘，长长的黑发在空中飘拂，仿佛在打字般地直挺挺坐着。她的摩托车上没有消音器，引擎发出一种使人难以忍受的轰鸣声。

阿涅丝想起三个小时以前走进桑拿浴室的那个陌生女子，为了表现自我，为了使大家折服，她在门口便高声宣称她痛恨热水澡，痛恨谦虚。阿涅丝想：这个黑发姑娘除掉她摩托车上的消音器也完全是出于同样的冲动。发出这种怪声的其实不是她的车子，而是黑发女郎的自我。这个穿蓝色牛仔裤的年轻姑娘，为了让人听到她的声音，为了使别人想到她，便在灵魂上加了一只喧闹的消音器。看到这个心灵在喧闹的女人的长发在空中飞舞，阿涅丝感到她强烈地希望这个女人死去。如果公共汽车把她撞倒了，如果她倒在碎石路面的血泊之中，阿涅丝既不会感到恐惧，也不会感到难过，只会感到满足。

她突然为这种仇恨感到害怕。她想：世界已经走到一个极限，如果再跨出一步，一切都可能变为疯狂。人们都将手执一株勿忘我走在街上。他们互相用目光射杀对方。只要很少一点东西就够了，一滴水就能使坛子里的水溢出来，那么街上再增加一辆汽车，一个人或者一个分贝呢？有一个不能逾越的量的界限。可是这个界限，没有人注意它，也许甚至没有人知道它的存在。

人行道上的人越来越多，没有人肯为她让路，她只好走下人行道。走在人行道和车流之间，她早已有经验了：从来没有人为她让过路。她觉得这就仿佛是她竭力所想粉碎的一种厄运：尽力勇往直前，不愿偏离，可是她总是做不到。在这种日常的、平庸的、力量的考验之中，失败的总是她。有一天，一个七岁的孩子从她对面走来，她不想让他，可是最后还是不得不让了他，为了避免和他相撞。

她又回忆起一件事情：在她十来岁的时候，她和父母到山里去散步。在森林里的一条大路上，他们看到冒出来两个村里的孩子，其中一个拿着一根棍子挡住他们的去路："这条路是私人的！要走得付通行税！"他叫道，一面用棍子轻轻地碰碰父亲的肚子。

这很可能只不过是孩子闹着玩，那么只要把孩子推开就行了；或者这是一种乞讨的方式，那么只要在衣袋里掏出一个法郎就够了，可是父亲宁愿绕开走另一条路。说实话，这也不是什么大不了的事情，他们只不过是随便走走；可是母亲把这件事看得很严重，禁不住埋怨道："他甚至见到一个十二岁的孩子也会退让！"那一次阿涅丝对他父亲的表现也感到有点儿失望。

又一阵喧闹声打断她的回忆：几个戴着钢盔的男人手执汽锤弓身趴在碎石路上。高处，不知从何处突然响起巴赫[1]的赋格曲，在这喧闹声中仿佛来自天际。看来大概是住在最高层的一位房客打开了窗户，把他收音机的音量调到最高档，为了让巴赫那份严肃之美响彻天空，对这迷失的世界发出严厉的警告。可是巴赫的赋格曲难以抵挡汽锤，也抵挡不了汽车，相反的倒是汽车和汽锤把巴赫的赋格曲融入了它们自己的赋格曲。阿涅丝用双手捂住自己的耳朵，继续走她的路。

一个从对面过来的行人向她投来仇恨的目光，一面用手拍打着自己的额头。在所有国家的手势语中这都是表明对方是个疯子、精神失常或者是个白痴。阿涅丝捕捉到了这目光，这仇恨，不由怒火中烧。她站住了，想向那个人扑去，想打他一顿。可是她做

① Johann Sebastian Bach（1685—1750），德国作曲家，擅长管风琴和古钢琴的即兴演奏。

不到。那个人被人群卷走了，阿涅丝被撞了一下，因为她在人行道上停住的时间不可能超过三秒钟。

她继续走路，可是脑子里总是丢不开刚才那个人。当时是同样的声音包围着他们，他一定认为必须告诉她，她没有任何理由，也许甚至没有任何权利捂住自己的耳朵。这个人是要她遵守社会秩序，而她竟然把耳朵捂了起来。他是平等的化身，他指责她，因为他不允许一个人拒绝忍受大家都不得不忍受的东西。他是平等的化身，他不准她对我们大家都生活在其中的世界表示不满。

她想杀死这个男子的愿望不是一瞬即逝的冲动，即使在开始的怒气平息以后，她这种愿望依然存在，只不过对自己竟然会产生这样大的仇恨感到有点儿惊奇。这个拍打着自己额头的男子像一条鱼似的在她的内脏里缓缓游动着，它慢慢地腐烂了，可是她又吐不出来。

她又想到了她的父亲。自从他在两个十二岁的小捣蛋面前退却以后，她经常看到这样一幅景象：他在一条正在下沉的船上，显而易见，救生艇容纳不下船上所有的人，所以甲板上你推我拉乱得一团糟。父亲开始时跟着其他人一起奔跑，可是看到旅客们不顾被踩死的危险扭打成一团，并挨了被他挡着道的一位太太狠狠的一拳以后，他突然又站住了，随后闪在一边。最后，他只是在旁边看着那些超载的小艇在一片喧闹和咒骂声中慢慢地降落到汹涌澎湃的大海上。

应该把父亲这种态度叫作什么呢？怯懦吗？不是，懦夫都怕死，为了活下来，他们会作殊死斗争；高贵吗？可能是，如果他的行为是为了他人着想。可是阿涅丝不相信父亲会有这样的动机。那么他究竟是为了什么呢？她也不知道。她觉得似乎只有一件事情是肯定的：在一只正在下沉的、谁要登上救生艇都得拼搏一番的船上，父亲早已被提前判了死刑。

是的，这是肯定无疑的。她向自己提出了这样一个问题：她父亲是不是恨船上的人，就像她刚才恨女摩托车手和嘲笑她捂住耳朵的男人？不，阿涅丝不能想像她的父亲会恨任何人。仇恨的圈套，就在于它把我们和我们的敌手拴得太紧了，这就是战争的下流之处。两个眼睛瞪着眼睛相互刺穿对方的士兵亲密地挨在一起，血也流在一起。阿涅丝完全可以肯定，她父亲就是厌恶这种亲密。船上的人推推拉拉，挤在一起，使他非常腻味，他宁愿淹死拉倒。和这些相互打斗、践踏，把对方往死里推的人肉体接触，要比独个儿死在纯净的海水里更加糟糕。

对父亲的回忆把她从满脑子的仇恨中解脱出来，慢慢地，那个拍打自己额头的男人恶毒的形象在她的脑子中消失了。她突然想到了这么一句话：我不能恨他们，因为没有任何东西把我和他们连在一起，我们毫无共同之处。

6

如果说阿涅丝不是德国人，那是因为希特勒被打败了。历史上第一次，人们没有留给战败者以任何光荣，甚至连失败中痛苦的光荣也没有。战胜者不满足于战胜，决定要审判战败者，也审判了整整一个民族。所以在那时候，讲德语和做德国人，都不是一件容易的事情。

阿涅丝的外祖父和外祖母是瑞士法语区和德语区交界处的农场主，所以他们能讲两种语言，而根据行政划分，他们属于瑞士法语地区。阿涅丝的祖父母是住在匈牙利的德国人，父亲在巴黎上过大学，精通法语，不过在结婚以后，他和妻子当然还是讲德语。可是在战争以后，母亲想起了自己父母的语言：阿涅丝被送到一个法国中学去上学。父亲作为一个德国人，这时候只能有的惟一的乐趣：向他的大女儿背诵课本上歌德的诗。

这是一首不受年代影响的最有名的德国诗，是每个德国小学生都熟记在心的德国诗：

在所有的山顶上

一片静寂，
在所有的树梢上
你几乎感不到
一点风声；
林中的小鸟不吱一声。
耐心点吧，不用多久
你也将得到安息。

这首诗的构思是很简单的：森林睡着了，你也将入睡。诗歌的使命不是用一种出人意料的思想来迷惑我们，而是使生存的某一瞬间成为永恒，并且值得成为难以承受的思念之痛。

可是在译文中一切韵味丧失殆尽，您只能在念德文时才能抓住这首诗的优美意境：

Über allen Gipfeln
Ist Ruh,
In allen Wipfeln
Spürest du
Kaum einen Hauch;
Die Vögelein schweigen im Walde.
Warte nur, balde

Ruhest du auch.[①]

这些诗句音节数量都不相同，长短格韵律，短长格，长短短格轮流交替，可第六句诗比其他几句长得多。尽管这首诗由两段四行诗组成，从语法上说，第一段却不对称地在第五句上结束，创造了一种只属于这一首诗的既美妙又普通的旋律。

父亲是小时候在匈牙利学的这首诗，那时他正在德国人小学上学。当他第一次念给阿涅丝听时，阿涅丝也是同样的年纪。他们在散步时背诵这首诗，特别突出重读音节，随着诗的节奏行走。复杂的格律使这样做变得很困难，只有在最后两句诗上他们才得到了完全的成功：War-te nur-bal-de — ru-hest du-auch。最后一字，他们喊得非常响，在方圆一公里以内都能听到。

父亲最后一次对她背诵这首诗是在他死前两三天。阿涅丝开始时以为他用这个办法回到了他的童年、他的母语；后来因为他一直深情地、动人心弦地盯着她看，她想他是想使她回忆起往日散步时的幸福。不过到最后，她终于懂得了这首诗表现的是死亡：她的父亲是想告诉她他快死了，告诉她他知道自己快死了。过去她从来也没有想到过，这些对小学生十分有益的纯朴的诗句竟然会有这样的含义。她的父亲躺在床上，满头是汗，她握着他的手，忍住眼泪，轻轻地和他一起背诵着：Warte nur，balde ruhest du auch。很快你也将得到安息。她分辨出了父亲的死亡之声：那就是鸟儿在树梢上睡着后出现的一片宁静。

宁静，是的，那就是父亲死去以后充盈着阿涅丝灵魂的那份宁静。这宁静是如此美丽，我再说一遍，就是鸟儿在树梢上睡着后的那种宁静。在这片宁静之中，父亲最后的信息，就像森林深处打猎的号角声，随着时间的逝去，越来越清晰可闻了。他通过这份礼物要对她说些什么呢？自由地生活，愿意怎样生活就怎样生活，愿意到哪儿去就到哪儿去。而他，他却从来也未曾有过这样的胆量，所以他把所有的资财都给了他的女儿，让她，让她敢于去做她想做的事情。

自打结婚以后，阿涅丝便不得不放弃了孤独的乐趣：她每天都要和两个同事在办公室里度过八小时，随后回家，回到她四个房间的公寓里去。说是有四个房间，可是没有一个房间是属于她的：一间大客厅，一间卧室，一间是布丽吉特的房间，还有一个小间是保罗的工作室。每当她抱怨时，保罗便建议她把大客厅看作是她的房间，并答应她（他的诚意是无可怀疑的），不论他自己还是布丽吉特，都不会来打扰她。可是面对着一张大桌子和傍晚经常来的少数几个客人常坐的八把椅子，她怎么能感到自在呢？

也许我们现在稍许有点儿明白了，为什么这天早上阿涅丝躺

---

① 这首诗是歌德于一七八〇年九月六日夜晚在伊尔美瑙的吉息尔汉小山顶上的小屋内题壁之作，为他诗中的绝唱。

在保罗已经离开的床上是那么高兴，为什么她穿过前厅时轻手轻脚，惟恐引起布丽吉特的注意。她甚至对那架脾气乖戾的电梯也产生了一些感情，因为它曾为她提供了一点清静的时间。甚至她那辆汽车也给了她一点幸福，因为在汽车里没有人和她说话，没有人看她。是的，最主要的是没有人看她。清静就是不被人注视的那种温馨感觉。有一天，她两个同事病倒了，她在办公室里一个人工作了两个星期。在那段时间里，她奇怪地发现她晚上几乎不感到累。这使她懂得了人的眼光是沉重的负担，是吸人膏血的吻。她脸上的皱纹就是那些像匕首般的目光镌刻下的。

这天早上她醒来时，听到收音机在广播：在一次外科小手术中，由于麻醉方面的疏忽，使一个年轻的女病人失去了生命。因此，有三名医生受到控告，有一个消费者组织建议把所有外科手术的全过程都拍下来，并把胶卷存档。好像所有的人都赞同这项创举。每天有上千人的眼光盯着我们，可是这还不够，还得有某组织眼睛分秒不离地盯住我们。不论在医生的诊疗室里，在大街上，在手术台上，在森林里，在被窝里，都要盯着我们。我们生活中的景象将原原本本地保存在档案里，为了在有所争讼或者为了满足公众的好奇心时，可以随时拿出来使用。

她又一次产生了强烈怀念瑞士的思乡情绪。自父亲去世以后，她每年要去两三次瑞士。保罗和布丽吉特都带着宽容的微笑，把这件事称作是她精神卫生的需要：她一定是到她父亲的坟上扫除落叶去了。她在一家阿尔卑斯山的旅馆里把窗户全都打开，呼吸那儿的清静空气。可是他们猜错了：在瑞士并没有什么情人在等她，可是瑞士却体现了她惟一的不变的不忠行为，使自己在他们眼里变得像是有罪的。瑞士就是树梢上鸟儿唱的歌。阿涅丝梦想有朝一日待在那儿，再也不回来了。她去看看要出售和出租的房子，甚至起草一封信告诉她的女儿和丈夫，她还是爱他们的，可是她想以后一个人生活。她只要求他们不时地把他们的情况告诉她，使她可以放心，知道他们没有遇到什么麻烦事。她感到难以表达和解释的就在于此：她很想知道他们的情况，可是她却既不想见到他们，也不想和他们生活在一起。

这当然只是梦想。一个明白事理的女人怎么能抛弃一桩幸福的婚姻呢？可是，有一个遥远的、富于诱惑力的声音扰乱了她宁静的夫妻生活：那就是一个人过清静生活的声音。她闭上眼睛，倾听远处森林中猎号的声音。森林中有几条路，她的父亲站在其中的一条路上在对她微笑，在呼唤她。

7

阿涅丝坐在客厅的一把扶手椅里等待保罗。他们要吃一顿耗费精力的“城里晚饭”。这一天她还没有进过食，感到身体有点儿虚弱。她想轻松一下，拿起一本厚厚的杂志翻阅起来。她懒得看文章，只是浏览里面的大量彩色照片。在中间几页里，有一篇关于发生在一次航空节上的灾难的报道。一架燃烧着的飞机摔落在观众之中。照片很大，每张照片占了两页。从照片上可以看到那些惊恐万状的人在四处奔逃，他们的衣服烧着了，皮肤烤焦了，身上全是火。阿涅丝目不转睛地看着照片，心里在想着摄影师这时候一定高兴得发疯：正在他看得厌烦难熬的时候，突然之间，幸运以着火的飞机的形式从天而降。

翻过这一页，她看到在一片海滩上有几个一丝不挂的人，通栏大标题是在白金汉宫的照相簿里看不到的假日照片。下面有一篇短文，最后一句话是这样的：“…… 正好有一位摄影师在那儿：公主的出现又一次引起了流言蜚语。”一个摄影师在那儿，到处都有摄影师。躲在树丛后面的摄影师，扮成瘸腿乞丐的摄影师。到处都有眼睛，到处都有照相机镜头。

阿涅丝记起在她童年时，她一想到上帝在看她，而且无时无刻不在看她，就会感到激动。大概就是在这个时候，她第一次感觉到一种快感。这种人类在被人看到时感受到的奇怪的乐趣，身体的禁区被人看到，私生活被人看到，被人强行看到。她的虔诚的母亲对她说“上帝看着你”时，满心希望她能改掉说谎、咬指甲、挖鼻子的坏习惯，可是效果恰恰相反；阿涅丝正是在她沉湎于她的坏习惯或者在做什么可耻的事情时才想到上帝，让上帝看她所做的事情。

她想起了英国女王的妹妹，她对自己说现在上帝的眼睛已经被照相机替代了。一个人的眼睛被所有人的眼睛替代了。生活变成了所有人都参加的惟一的规模巨大的放荡聚会。大家都可以看到在一片热带海滩上，英国公主赤身裸体地庆祝她的生日。从表面上看，照相机只对名人感兴趣，可是只要有一架飞机坠落在您的身旁，您的衬衣着了火，您马上便会名闻天下，加入这一巨大的聚会。这个聚会当然和享乐毫无关系，可是它可以庄严地宣称，没有任何人可以躲藏起来，每个人都只能由其他人摆布。

有一天她和一个男子有约，她在一家大饭店的大厅里拥抱他时，一个穿牛仔裤和皮夹克的家伙出乎意料地冒了出来。他蹲下去，眼睛对着照相机。阿涅丝挥挥手，想使他明白她拒绝照相，可是这个家伙嘴里咕噜了几句英国话以后便笑起来，接着他又像一只跳蚤似的到处蹦蹦跳跳，手指不停地按着快门。其实这是一个小小的插曲：这天在这家饭店里要举行一次会议，有人雇了一个摄影师在这里为大家服务，为了可以让从全世界来的专家学者在第二天买到他们各自的留念照。可是阿涅丝忍受不了她和这位朋友会面的证据竟然被保留了。第二天，她到饭店里去买下了所有这些照片（照片上显示着她和一个男子在一起，她伸手遮着自己的脸）；她也想买下底片，可是底片已经进入饭店的档案室，取不出来了。尽管没有任何危险，可是她一想到她生活中有这么一秒钟，不像其他那些时刻一般化为乌有，她就不禁感到惶恐。在今后的时间中，万一遇到什么愚蠢的巧合，也许会像一个没有妥善埋葬的死人那样又来到人世。

她又拿起另一本关于政治文化的周刊。这上面没有刊登什么灾难事件，也没有海滩上的裸体公主，而是脸，脸，到处都是脸。即使在最后一部分的书评专栏里，所有的文章也都配有作者的照片。大部分作者是陌生面孔。大家可以把照片看成有用的信息，可是共和国总统的五张肖像又能解释成什么呢，既然所有人都熟悉他的鼻子和下巴是什么模样？专栏编辑的照片也嵌在装饰图案里，他们每星期都出现在同一个地方。在一篇关于天文学的报道里，可以看到天文学家们的放大了的笑容。在所有的广告附页里也有一些人的面孔，在吹嘘家具、打字机或者烟卷的人的面孔。她又把杂志从头到尾翻了一遍：九十二张照片上有人脸，四十一张照片上除了脸还有身体，二十三张集体照片上有九十张人脸；

只有十一张照片上人处于无关紧要的地位，或者干脆就没有人。在这本杂志上总共有二百二十三张脸。

这时候，保罗回家了，阿涅丝把她的计算结果告诉他。

“是的，”他赞同地说，“人越是不关心政治，不关心其他人的利益，越是会沉迷于自己的脸。这是我们这个时代的个人主义。”

“个人主义？当你在痛苦时被人照了相，这算是什么个人主义？很清楚，事情恰恰相反，个人已经没有什么自主权了，他已经属于别人所有了。我记得在我小时候，如果有人想替另一个人照相，总是要先取得他的同意。即使是要替我照相，大人也要问我：‘喂，小姑娘，可以替你照张相吗？’后来，不知道从哪一天起，再也没有人问了。镜头的权利凌驾于所有权利之上。从那一天起，一切都变了，所有的一切。”

她又拿起杂志接着说：“如果你把两张不同的照片并排放在一起，它们的不同点你是很清楚的；可是当你面前放了一百二十三张照片时，你一下子便会明白，你就像是看到了一张脸的各种各样的变化，任何个人都不复存在。”

“阿涅丝，”保罗说，他的声音突然变得严肃起来，“你的脸和任何其他人都不一样。”

阿涅丝没有注意到他的声调，她微微一笑。

“你别笑。我这不是开玩笑。当你爱上一个人时，那是爱他的脸，因此他的脸和任何其他人的脸是完全不一样的。”

“我知道，你认识我是认识我的脸，你是把我作为脸来认识的，你决不会通过其他方式来认识我的，因此你决不会想到我的脸并不是我。”

保罗像个老医生那样耐心而关切地问道：“你怎么能说你不是你的脸？那么在你的脸后面究竟是谁呢？”

“你想像一下，如果你生活在一个没有镜子的世界里；你也许会梦见你的脸，你也许会把你的脸想像成一种你身上某种东西的外部反映。随后，你再想像一下，当你四十岁的时候，有人给你一面镜子，你想想看你将吃惊到什么程度！你看到的也许是一张和你想像的完全不同的脸！到那时候，你也许会相信你不愿意承认的事实：你的脸不是你！”

“阿涅丝。”保罗站起来说。他紧紧地挨着她。她在保罗的眼睛里看到了爱情，而在保罗的轮廓上看到了她的婆婆。他和他的母亲相像，就好比他母亲和他外祖父相像一样，而他外祖父也肯定和某个人相像。阿涅丝第一次看到她的婆婆时，母子间的这份相像曾使她相当不安。后来，当她和保罗做爱时，她突然不怀好意地想起了他们之间的那种相像，以致她觉得睡在她身上的是一个老太太，痛快得连脸也变形了。可是保罗早已忘了他的脸上有他母亲的印记，深信他的脸只是他自己，而决不是其他任何人。

“还有我们的姓，它也是这样，完全是由于偶然的原因才落到我们身上来的。”阿涅丝接着说，“我们根本不知道这个姓从何时开始出现在这个世界上，也不知道某个我们不知道的老祖宗为何会使用这个姓。我们对这个姓毫不了解，对它的历史也一无所知，可是我们却始终忠心耿耿地在使用它，让自己和它融为一体。我们还非常喜欢它，愚蠢地引以为豪，就好像这个姓是我们自己突然灵机一动发明出来的。对面孔来说，这也是差不多的事情。我记得，这件事大概发生在我快要成年的时候：由于我经常照镜子，最后我终于相信我看到的就是我。对那个时候我只有模糊的记忆，但是我知道发现自我应该是令人陶醉的事情。可是后来有一次我站在镜子前面时，心里又嘀咕起来了：这真的是我吗？为什么呢？为什么我一定要和'它'结合在一起呢？这张面孔关我什么事？从那时候起，一切都开始崩溃了。一切都开始崩溃了。"

"什么东西开始崩溃了？"保罗问，"你怎么啦，阿涅丝？你最近碰到什么事了？"

她打量他一下，接着又垂下了脑袋。他和他母亲真是无可救药地像，甚至越来越像了。他越来越像他的老妈妈了。

保罗把她搂在怀里，拉她起来。在她抬起眼睛看他时，保罗才看到她眼睛里全是眼泪。

他紧紧地搂着她。她知道保罗深深地爱着她，这使她感到很抱歉。他爱她，她却感到难受；他爱她，她却想哭。

"到时间了，要穿衣服走了。"她挣脱他的拥抱，径自向浴室跑去。

8

我正在描写阿涅丝，我想像她是怎样一个人，我让她在桑拿浴室的长凳上休息，在巴黎闲逛，翻阅杂志，和她的丈夫讨论，可是一切都从那个老太太在游泳池旁边向游泳教师做的手势开始的，这我倒好像已经忘记了。那么阿涅丝已经不再向任何人做这个手势了吗？不做了。即使这也许显得有些奇怪，我似乎觉得她已经有很久不再做这个手势了。从前，在她年纪尚轻的时候，是的，她是做这样的手势的。

那时候，她住的城市后面是影影绰绰的阿尔卑斯山峰，她十六岁，和班里的一个男同学去看电影。电影院里的灯光熄灭以后，他就抓住她的手。他们的手心很快就出汗了，可是那个男孩子不敢松开他鼓足勇气才抓住的手，因为他如果松手，那就是承认他在出汗，这会使他感到羞耻。所以在一个半小时里面，他们两人的热烘烘湿漉漉的手就这么紧握着，一直到灯光重新亮起时才松开。

为了延长这次约会的时间，出了电影院后，他把她带到老城的小巷子里去，一直走到城里最高处的一个古老的修道院。这个修道院引来了很多很多观光的旅客。从表面上看，这个男孩似乎早已考虑过了，因为他步履相当坚定地把她一直带到一个没有人的走廊里，借口很笨拙，说是要带她去看油画。他们一直走到走廊尽头也没有看到半幅油画，只不过看到有一扇漆成棕色的门上写着WC两个字母。男孩子没有注意到那扇门，站定在那儿。阿涅丝完全清楚她的同学对油画并不太感兴趣，只是想找个偏僻的地方吻她一下。这个可怜的男孩竟然找不到比走廊尽头厕所门外更好的地方了！阿涅丝哈哈大笑起来，为了避免他以为她是在嘲笑他，用手指点点那扇门上的两个字母。他也笑了起来，尽管很失望。有了这两个字母作背景，他不可能俯下身子去抱吻（尤其这是永远不会忘记的初吻），他只能带着痛苦的屈辱的感情回到街上。

他们一声不吭地走着，阿涅丝心里很生气：他为什么不干脆在大街上抱吻她呢？为什么他宁愿把她带到一条可疑的走廊里，走到一代一代丑陋的、身上发着臭气的老修士清肠刮肚的厕所那儿去。男孩的这副尴尬相可以看作是出于爱情，这使她很得意。但比起得意来，她更感到恼火，因为这也是一种幼稚的表现。她总觉得和一个同龄的男孩子出去玩会使自己失去信誉，只有比她年纪大的才对她有吸引力。也许是因为她在心里背叛了他，她一面承认他是爱她的，一面又感到有一种模糊的正义感在鼓动她去帮助他，使他重新抱有希望，从他幼稚的困窘中摆脱出来。如果他找不到勇气，那就由她去找。

他送她回家，阿涅丝心里在想，到了她家别墅花园的小栅栏门外时，她要一下子抱住他吻他一下，让他又惊又喜地愣在那儿。可是到了最后时刻，她这种欲望又消失了，因为这个男孩不但脸色阴沉，而且显得很冷淡，甚至还怀有敌意。于是他们握手告别，她踏上两个花坛之间的通向屋门的小路，她感到她同学的眼光在盯着她，他一动不动地在观察她。她又一次对他有了恻隐之心，一种姐姐对弟弟的怜悯，所以她做了一件一秒钟以前她还没有想到的事情。她没有止步，只是回头向他微微一笑，高兴地在空中挥了挥手，手势飘逸，就像向空中扔一只彩球。

这个时刻，就是阿涅丝突然毫无准备地、优美而轻快地举手挥动的时刻，是非常美妙的，在这么一刹那的时间里，又是第一次，她怎么能想出一个身体和手臂协调得如此完美的像艺术品一样的动作呢？

那时，有一位四十来岁的太太，她是大学里的科室秘书，总是定期来看她父亲，带来各种文件，并把另外一些签过字的文件带回去。尽管这些拜访的动机不值一提，却使家中的气氛突然紧张起来（母亲变得沉默寡言了），这使阿涅丝很惊讶。在那位女秘书即将离开的当儿，她马上冲到窗口去偷偷地观察她。一天，在那位女秘书走向花园的小栅栏时（这条路就是后来阿涅丝要在她不幸的男朋友的注视下走回来的那条），女秘书回过头来微微一笑，出乎意料地伸出手来在空中轻轻挥了挥。当时的这幕情景是难以忘怀的：铺着沙子的小路在阳光下就像金色的波涛一样，在小栅栏门的两边，开着两丛茉莉花。她的手臂向前笔直地伸展开去，就像对这一角金色的土地指出她将飞往的方向，以致那两丛白色的茉莉花已经成了两只翅膀。阿涅丝看不到她的父亲，可是她从这个女人的手势，猜出他正站在别墅门口，目送着她向远处走去。

这个出乎意料的、优美的手势，像一道闪电的轨迹一样留在阿涅丝的记忆之中。它邀请她去做长途旅行，它在她心里唤醒了一种巨大的模糊的希望。当她需要向它的朋友表达某种重要事情的时刻到来时，这个姿势在她身上显得更鲜明了，可以代她说出她不知道如何说的话。

我不知道她求助于这个手势经历了多少时间（或者更确切地说，这个手势求助于她经历了多少时间），大概是一直到有一天她发现比她小八岁的妹妹在向一个女同学挥手告别。看到自己的手势被一个小妹妹做出来了，而这个小妹妹在很小的时候便非常钦佩她，并在各方面都模仿她，她不由得感到有点不舒服；这个成人的手势和一个十一岁的女孩子是很不协调的。可是尤其使她感到不安的是，这个手势大家都在做，根本就不是她所独有的，就好像她在做这个手势时，是在犯盗窃罪和伪造罪。从那以后，她不但尽量避免做这个手势（改掉一个我们已经习惯的手势决不是一件容易的事情），而且对所有的手势都抱怀疑态度。她只做一些必不可少的动作（表示同意或不同意的点头或者摇头；向某人指明一样他没有看到的东西）和不要求身体有任何特殊动作的姿势。就这样，那个在她看到那位秘书在金色的道路上向远处走去时使她着迷的手势（我在看到那位穿游泳衣的太太向游泳老师告别时的手势也着了迷），在她身上彻底沉睡了。

可是有一天，这个手势又复苏了。那是在她母亲去世以前，她到别墅里来住半个月陪伴她有病的父亲。在最后一天向他告别时，她知道她将有很长一段时间见不到他。母亲不在家里，父亲想陪她一直走到大路上她的车子旁边。可是她不让他跨出别墅的门，独自一个人经过两个花坛之间的铺着金色沙子的小路向花园的小栅栏门走去。她觉得嗓子发紧，非常想对她的父亲讲些美好的话，可是又讲不出来。突然，她自己也不知道是怎么回事，回过头去微笑着把手轻巧地往前一挥，就好像在对他说：他们的时间还长着呢，他们还可以经常见面的。稍过一会儿以后，她想起了二十五年前的那位女秘书，她就在同一个地点用同样的方式向她父亲挥手致意。阿涅丝心情非常激动，有点儿不知所措。就好像在一刹那间，两个相隔遥远的时代突然相遇了；就像通过这样一个手势，两个完全不同的女人相遇了。她突然想到，她们也许是他所爱的仅有的两个女人。

9

晚餐以后，所有的人都坐在客厅的扶手椅里，拿着一杯白兰地或者一杯咖啡。有一位来客首先勇敢地站起来，带着微笑向主妇致意告别。一看到这个其他人想当作命令来执行的信号，大家也马上从坐着的扶手椅上站起来。保罗和阿涅丝也和他们一样，出门以后找到了他们的车子。保罗驾车，阿涅丝注视着不断穿梭般来往的车辆，闪烁的灯光和永不休息的城市夜晚的混乱景象。这时候，她突然又体验到了近来越来越经常纠缠她的那种奇怪而强烈的感觉：她和这些身体下有两条腿，脖子上有一个脑袋，脸上有一张嘴的生灵毫无共同之处。从前，这些人的政治和科学发明把她迷惑住了，她想就在他们的冒险事业中充当一个小角色。一直到有一天她产生那种她和这些人是不一样的感觉以后，她的想法就改变了。这种感觉是很奇怪的，她知道这是荒谬的，是不道德的，想抵制它，可是最终她还是认为她不能支配她的感觉。她不能为这些人的战争感到苦恼，也不能为他们的节庆感到高兴，因为她深信所有这一切都与她无关。

这是不是说她的心肠硬呢？不，这跟她的心肠毫无关系。再说，她施舍给乞丐的钱大概比任何人都要多。她在他们面前经过时决不会无动于衷，而他们也像知道她会对他们施舍一样都主动前来找她；路上虽然有好几百个行人，他们却能从很远的地方马上认出这个在看他们和听他们讲话的女人。——是的，这是真的，可是还得补充一句：她对乞丐的慷慨也出于一种否定：阿涅丝对他们施舍并不因为他们是人类的一部分，而是因为他们和人类不一样，因为他们已经被从人类中排挤出去了，也很可能和她一样，已经和人类分道扬镳了。

和人类分道扬镳，是的，她就是这样。只有一样东西可以使她摆脱这种漠不关心的态度：对一个具体的人的具体的爱情。如果她真的爱一个人，那么她对其他人的命运不会漠不关心，因为她所爱的这个人和其他人是共命运的，和这个命运是有直接关系的。从此以后，她就不会再有那种他们的痛苦，他们的战争，他们的假期都跟她无关的感觉。

最后一个念头使她感到害怕。她真的不爱任何人吗？保罗呢？

她想起了在几小时以前，在他们出去吃晚饭以前，他曾走过来把她紧紧地搂在怀里。是的，有什么事情不太对头。最近以来，她总是被一个念头纠缠着，她对保罗的爱情仅仅是建立在一种意愿之上，一种爱他的意愿之上，一种需要有一个幸福的家庭的意愿之上。如果这种意愿稍许有所松懈，她这种爱情就会像看到笼子打开了的小鸟一样飞走。

时间是半夜一点钟，阿涅丝和保罗脱掉了衣服。如果一定要他们描绘另一个人脱衣服的姿势，他们一定会感到很尴尬：他们已经有很久没有相互对看了。记忆的器官出了故障，它已经不能再记录下他们睡到他们夫妻共同的床上以前发生的事情了。

夫妻共用的床：婚姻的祭坛。说起祭坛，就要提到牺牲。就是在这张床上他们相互做出了牺牲：两个人都睡不着，一个人的呼吸声影响另一个人入睡；大家都往床边移让出中间一大块空档。一个人假装睡着，想让另一个放心入睡，不必担心翻身时打扰自己。唉，另一个根本不想利用这个机会，他也装作睡着了（为了同样的理由），不敢动弹。

睡不着，还不能动弹：夫妻共用的床啊！

阿涅丝仰天躺着，脑子里出现了一个形象。他们家里来了一个和蔼可亲的怪人，他知道他们的一切事情，却不知道埃菲尔铁塔。阿涅丝愿意付出任何代价来换得和这个怪人单独谈话的机会，可是他却故意选了他们夫妻两人都在家的时候来访。阿涅丝绞尽脑汁想找出一条把保罗支开的妙计。他们三人都围着一张矮桌坐在扶手椅里，各人面前有一杯咖啡，保罗在和客人闲聊。阿涅丝只是在等着他说明来访的原因。这些原因，她是知道的；可是只有她一个人知道，保罗是不知道的。最后，来访者中止闲谈，转入了正题：“我相信你们知道我是从哪里来的。”

“是的。”阿涅丝回答。她知道他是从另外一个行星上来的；这个行星离地球很远很远，在宇宙中占了一个重要的位置。她马上又带着一个腼腆的微笑接着问:“那儿要好一些吗？”

来客只是耸了耸肩膀说:“嗯，阿涅丝，您很清楚您生活在什么地方。”

阿涅丝说:“也许一定得死。可是就不能想出别的办法吗？是不是必须在身后留下一具遗骸，还得埋入地下，或者扔进火里？所有这一切都是可憎的！”

“大家都知道，地球就是可憎的。”客人回答说。

“另外还有一件事情，”阿涅丝接着说，“也许您会觉得我的问题有点愚蠢。生活在你们那儿的人，他们有没有脸？”

“没有。只有在你们这儿的人才有脸。”

“那么你们那儿的人是怎么相互区别的呢？”

“那儿，可以这么说，每个人都是他自己的作品，每个人都是他自己创造的，这是很难说得清楚的。您不可能懂得，可是总有一天您会懂的。因为我是来对您说，您来生不会再回到地球上来了。”

当然，阿涅丝早已知道来客要对他们说的事情。可是保罗听得莫名其妙。他瞧瞧来客，又看看阿涅丝。阿涅丝这时候只能问:“那么保罗呢？”

“保罗也不能回到地球上来了。”客人回答说。“我到这儿来就是为了告诉你们这件事的。我们总是要预先通知我们选中的人。我只有一个问题想问您：在你们的来生，你们想待在一起，还是不想再会面了？”

阿涅丝知道他要问这个问题，所以她本来想一个人和客人谈。她知道自己不可能当着保罗的面回答：“我不愿意和他一起生活。”她不能在他面前这样回答，他也不能在她面前回答，即使他也想有一个完全不同的来生，也就是说不和阿涅丝生活在一起。因为相互面对面高声说：“我们来生不愿意待在一起，我们不再想见面了。”这等于说：“我们之间过去和现在从来都没有过任何爱情。”这样的话他们是不能高声讲出来的，因为他们所有的共同生活（已经有二十年了）都建立在爱情的幻想之上，建立在两个人共同耕耘并尽心维护的幻想之上。因此她知道，在她想到这一幕情景时，在来客提到这个问题时，她总是要屈服的。不管她心里怎么想怎么希望，她最后总是要回答：“是的，当然啰，我希望我们能在一起，即使在来生也是如此。”

可是今天，她第一次深信自己会有勇气（即使在保罗面前）说出她内心深处的真正愿望；她深信自己会有这样的勇气的，即使要冒着看到存在于他们两人之间的东西全都垮掉的危险。她听到她身边有深沉的呼吸声：保罗睡着了。就像放映机把一卷胶片重新放一遍一样，她把刚才的一幕又全都重复了一遍：她和来客说话，保罗目瞪口呆地看着她；客人问：“在你们的来生，你们想待在一起，还是不想再会面了？”

（这是很奇怪的：尽管这个人知道他们所有的情况，地球上的心理学他还是不懂，也不知道爱情是怎么回事，因此他没有想到他抱着良好的意图直接提出来的实际问题会带来一些困难。）

阿涅丝竭尽全力地用坚定的语气说：“我们宁愿不要再见面了。”

这就像她当着爱情幻想的面把门砰的一声关上了。

第二部

不 朽

1

一八一一年九月十三日。出生于布伦塔诺家的年轻新娘贝蒂娜和她的丈夫——诗人阿辛·冯·阿尼姆寄居在魏玛的歌德夫妇家里已经有三个星期了。贝蒂娜二十六岁，阿尼姆三十岁；歌德的妻子克莉斯蒂安娜四十九岁，歌德六十二岁，牙齿已经掉光。阿尼姆爱他年轻的妻子，克莉斯蒂安娜爱她的老丈夫，而贝蒂娜，虽然已经结婚，还是不断地和歌德调情。这天，歌德留在家里，克莉斯蒂安娜陪这对年轻夫妇去参观一个展览会（由他们家的一位世交，枢密顾问官迈尔主办的），展览会上展出了歌德曾经赞美过的一些油画。克莉斯蒂安娜不懂油画，可是她记住了歌德对这些油画的评语，因此她可以轻而易举地把她丈夫的意见当作是自己的。阿尼姆听到克莉斯蒂安娜的声音突然响起来，也看到了架在贝蒂娜鼻子上的眼镜。因为贝蒂娜皱了皱鼻子（像兔子那样），她那副眼镜便跳了起来。阿尼姆很清楚这意味着什么：贝蒂娜在生气，就要发作了，他感到暴风雨即将来临，便悄悄地溜到隔壁一个大厅里去了。

他刚走出去，贝蒂娜便打断了克莉斯蒂安娜的话：不，她的意见不一样！事实上，这些油画是荒谬的！

克莉斯蒂安娜也很生气，她生气有两个原因：一方面，这个年轻的女贵族虽然已经结婚并且已经怀孕，可还是无耻地在和歌德调情；另一方面，因为她还批驳他的意见。这个女人希望得到什么呢？想在歌德的崇拜者和反对者中都名列前茅吗？这两条理由中任何一条提出来就够让她烦的了，更不要说逻辑上相互矛盾地两条同时提出来。因此她理直气壮地高声宣称：说这些杰出的油画荒谬的本身才叫荒谬！

贝蒂娜反驳她说：这些画不仅仅是荒谬的，而且还是可笑的！是的，可笑的。于是她又提出一个又一个论据来证明她的结论是正确的。

克莉斯蒂安娜听着听着，发现这个年轻女子讲的话她根本听不懂。贝蒂娜讲得越是激动，她所使用的，从她一些同年龄的、年轻的大学毕业生那儿学来的词汇也越多。克莉斯蒂安娜很清楚，就因为这些词汇难以理解她才使用它们。她看着她鼻子上眼镜在跳，心里想：这副眼镜和这些难以理解的词汇倒是很协调的。贝蒂娜鼻子上的眼镜是值得注意的！没有人不知道歌德曾在大庭广众谴责过戴眼镜是荒谬的低级趣味。如果说贝蒂娜仍不顾一切地戴着眼镜在魏玛招摇过市，那就是一种公然的挑衅，为了显示她属于年轻的一代，属于用罗曼蒂克的信念和戴眼镜来表示与众不同的年轻的一代。如果有一个人骄傲地宣称自己属于年轻的一代，我们便清楚地知道他是想说：当其他人（对于贝蒂娜而言，就是歌德和克莉斯蒂安娜）有一天可笑地寿终正寝以后，他还活得好好的。

贝蒂娜一直在讲，她越讲越激动。突然，克莉斯蒂安娜的手挥了过来。在最后一刻，她想起打一位女客人的耳光总是不合适的。她马上收住动作，她的手只碰到了贝蒂娜的前额。眼镜掉到地上，摔得粉碎。周围的人也有点儿吃惊，他们回过头来，愣住了。可怜的阿尼姆从隔壁大厅里跑过来，想不出有什么更好的办法，只是蹲下去捡玻璃碎片，仿佛他要把这些碎片再胶合起来似的。

一连几个小时，所有的人都在焦虑不安地等待歌德的裁决。当他知道了所有的事情以后，他会帮谁说话呢？

歌德帮克莉斯蒂安娜说话，他不准这对夫妇再跨进他的家门。

敲碎一只杯子会带来幸运，打碎一面镜子要倒楣七年。那么一副眼镜摔得粉碎呢？那就是战争。贝蒂娜在魏玛所有的客厅里宣称："大红肠发疯了，还咬了我。"这句话一传十，十传百，全魏玛的人都笑出了眼泪。这句不朽的话，这种不朽的笑声，至今还在我们耳朵里回响。

2

不朽。歌德不怕这个词。在他的《我的一生》这本书——它有一个有名的副题*Dichtung und Wahrheit*（《诗与真》）——里，他讲到了他曾贪婪地注视着莱比锡新剧院的幕布。那时候他是一个十九岁的年轻人。在幕布的背景上显示出（我引用歌德的话）*der Tempel des Ruhmes*，光荣的殿堂，殿堂前面是各个时期伟大的剧作家。他们之中“有一个穿着薄上衣的人，根本没有注意其他人，径直向殿堂走去。他的背对着台下，看不出他有任何特殊的地方。他是莎士比亚，空前绝后的伟人；他对所有这些典范漠不关心，不靠任何支撑地向不朽走去”。

歌德谈到的不朽当然和灵魂的不朽毫无关系。这是另外一种世俗的不朽，是指死后仍留在后人记忆中的那些人的不朽。任何人都能得到这种伟大程度不等、时间长短不一的不朽，每个人从青少年时代起就开始向往。我在童年时代每星期日都到一个摩拉维亚村子去闲逛；据说这个村子的村长在他家的客厅里放着一口没有盖盖子的棺材，在他对自己感到特别满意的适当时刻，他便躺进这口棺材，想像着自己的葬礼。他一生中最美好的时刻莫过于躺在棺材里梦想：就这样，他居住在他的不朽中。

对不朽来说，人是不平等的。必须区别小的不朽和大的不朽。小的不朽是指一个人在认识他的人心中留下了回忆(摩拉维亚村长梦想的不朽)；大的不朽是指一个人在不认识的人心中留下了回忆。有些工作可以一下子使人得到大的不朽，当然这是没有把握的，甚至是非常困难的，但又无可争辩地是可能的：那就是艺术家和政治家。

在当今所有的欧洲政治家中，弗朗索瓦·密特朗也许是对不朽考虑得最多的人。我还记得一九八一年他当选总统后组织的那次难忘的仪式。在先贤祠广场上聚集了一群热情洋溢的人，他离开他们，踏上了宽大的楼梯(完全像在歌德描绘的幕布上，莎士比亚向光荣的殿堂走去)，手里拿着三朵玫瑰花。随后，人民群众看不见他了，他一个人来到了六十四位赫赫有名的死者的坟墓之间。在他一个人冥思默想时，跟随在他身后的仅有一架摄影机和几个电影工作者，另外还有好几百万法国人，在贝多芬第九交响曲的轰鸣下，注视着电视机的屏幕。他把三朵玫瑰花先后放在他所选中的三位死者的坟墓上。他像土地测量员一样把这三朵玫瑰花当作三根标杆那样插在巨大的永恒的工场里，划定了他将在其中兴建大厦的三角形。

他的前任瓦莱里·吉斯卡尔·德斯坦在一九七四年当选总统后，曾邀请几位街道清洁工来爱丽舍宫和他共进第一次早餐。这是一种感情细腻的资产阶级的姿态，他一心想得到普通老百姓的爱戴，并使他们相信他是和他们一样的人。密特朗还不够天真，他不想和街道清洁工打成一片（任何一个总统都不可能成功）；他和死人亲近，这说明他非常聪明，因为死人和不朽是一对难舍难分的情人。谁的脸和死人的脸相似谁就是不朽的活人。

美国总统吉米·卡特始终能引起我的好感，看到他在电视机屏幕上穿着厚运动衫和一群幕僚、体育教练、保镖一起跑步时我几乎爱上他了。突然，他额头上沁出了汗珠，他的脸部肌肉开始痉挛，他的幕僚向他俯下身去，把他拦腰抱住：一次心脏病的小发作。那些傻瓜大概是想向总统提供表现自己永远年轻的机会。就是为了这个目的他们才请来摄影师。如果说他们让我们看到的不是一个身强力壮的田径运动员，而是一个日渐衰老的倒楣的人，那也不是他们的错误。

人企求不朽，总有一天，摄影机将向我们显示他那张怪形怪状的嘴，这是他留给我们的惟一的变成抛物线形状的东西，而且终生如此；他将进入可笑的不朽。第谷·布拉赫[1]是一位伟大的天文学家，可是今天我们对他的事情已经什么也不记得了，除了那次在布拉格皇宫里的著名的晚宴。在那次晚宴上，因为他怕羞，强忍着不上厕所，以致连膀胱也爆裂了；而他成了耻辱和尿的牺牲品，马上便成了可笑的不朽者中的一个，就像后来克莉斯蒂安娜·歌德永远变成了发疯的红肠一样。在这个世界上我感到最亲切的小说家莫过于罗伯特·穆齐尔[2]。一天早上，他在举杠铃时突然死去；因此当我在举杠铃时，我总是忧心忡忡，我怕突然死去。因为像我热爱的小说家那样举着杠铃死去，会使我显得像是一个难以置信的、狂热的、疯狂的模仿者，肯定会使我立即成为可笑的不朽者。

---

① Tycho Brahé（1546—1601），丹麦天文学家。

② Robert Musil（1880—1942），奥地利小说家，代表作为未完成长篇巨著《没有个性的人》。

3

让我们设想一下，如果在鲁道夫皇帝时代已经有了摄影机（就是使卡特不朽的那些摄影机），并且摄下那次宫廷晚宴——第谷在他的椅子上扭来扭去，脸色煞白，交叉着双腿，翻着白眼。如果他知道他将得到数百万观众的注视，他的痛苦肯定还将增加十倍，在他的不朽的过道里的笑声必将更加响亮。一直在拼命地寻找乐趣的大众必然会要求在每次圣西尔维斯特节都把那个羞于小便的赫赫有名的天文学家的电影重放一次。

这个形象使我心中产生一个问题：在摄影机时代，不朽的性质是不是变了？我毫不犹豫地回答：实际上没有变。因为摄影机的镜头在被发明以前，已经作为它的尚未物质化的本质存在了。尽管没有真正的镜头对着他们，可是人们已经表现得像有人在替他们摄影一样。在歌德周围，没有任何摄影师在奔跑，只有从遥远的未来投射过来的摄影师的影子在奔跑。譬如说，在他那次众所周知的和拿破仑的会见时就是这样。法国皇帝那时候正在他事业的顶峰，他把欧洲各国首脑召集到埃尔富特来，要他们承认他和俄国皇帝的权力划分。

在这方面，拿破仑是相当法国化的：几十万死人还不能使他满意，他还想额外得到作家们的赞赏。他问他的文化顾问，哪些人是当今德国的最高精神权威，顾问首先提到了一位名叫歌德的先生。歌德！拿破仑拍拍自己的额头：《少年维特的烦恼》的作者！在埃及战役时，有一天他看到他的几个军官埋头在看这本书。因为他知道这本书，他顿时勃然大怒。他严厉斥责这些军官，竟然看如此无聊的爱情小说，并从此禁止他们看小说，任何小说都不行。他们为什么不去读读历史书，那要有用得多！可是这一次，他很高兴知道了歌德是何许人，决定邀请他。尤其使他感到满意的是，据他的顾问说，歌德作为剧作家的名气更大。拿破仑不喜欢小说，却偏爱戏剧，因为戏剧可以使他想起战斗。他自己就是一个伟大的战斗创作者，而且是个无与伦比的导演。在内心深处，他深信自己是最伟大的悲剧诗人，放在任何一个时代都将如此，比索福克勒斯①更伟大，比莎士比亚更伟大。

顾问是个很有才能的人，可是他经常出错。歌德的确写过很多剧本，但他的名声主要并非来自戏剧。可能是拿破仑的顾问把他跟席勒②混淆了！再说，因为席勒和歌德交往密切，把这两位朋友当作是一个诗人也并无不妥。也许这位顾问这样做自有他充分

---

① Sophocles（约前496—前406），古希腊三大悲剧家之一，主要剧作有《俄狄浦斯王》等。

② Friedrich von Schiller（1759—1805），德国剧作家、诗人；与歌德过往甚密，主要剧作有《强盗》、《阴谋与爱情》、《威廉·退尔》等。

的理由，是出于一种值得称赞的教育法上的考虑，他是在为拿破仑创造一个名叫弗里德里希·沃尔夫冈·席勒-歌德[①]的人。

当歌德（他没有想到他是席勒-歌德）接到邀请时，他马上就懂得了他必须接受。他已经快六十岁了。死亡日渐接近，不朽也随之将来（因为我已经说过，死亡和不朽是难分难舍的一对，比马克思和恩格斯，比罗密欧和朱丽叶，比劳莱和哈代的关系更美）。歌德不能对一个不朽者的邀请掉以轻心。虽然他这时正忙于写他自己视作作品顶峰的《色彩的理论》，他还是搁下他的手稿，赶往埃尔富特。一八〇八年十月二日，一位不朽的诗人和一位不朽的战略家在埃尔富特会见了。这是一个难忘的历史性事件。

① Schilloethe，弗里德里希是席勒的名字，沃尔夫冈是歌德的名字。

4

在摄影师们骚动的影子的陪同下，歌德由拿破仑的副官带领着登上宽大的楼梯，接着又经过另外一座楼梯和另外几条走廊，来到一个大厅里。拿破仑正坐在大厅尽头一张桌子前面用早餐。在他周围，挤满了在向他作汇报的军官，战略家边吃边回答他们的问题。副官过了一会儿才大着胆子把一动不动站在旁边的歌德指给他看，拿破仑抬起眼睛，把他的右手插进上衣，手心贴着胸腹部。这是他在摄影师围着他时常摆的姿势。他匆匆忙忙地把嘴里的东西咽下去（因为嘴里在吃东西时拍的照是不太雅观的，而且那些不怀好意的摄影师特别喜欢这类照片），他拉大嗓门（为了让大家都听见）说："这才是一个男子汉！"

这恰好就是今天在法国被称之为"短句"的话。政治家讲起话来滔滔不绝，毫无顾忌地始终重复着同样的东西，因为他知道，无论如何，公众只会知道几句被新闻记者引用的话。为了便于他们工作，也为了可以稍许摆布他们一下，这些政治家在他们越来越雷同的讲话中，插进一两句他们从来没有讲过的句子。这些短句是多么出人意外，多么使人吃惊，以致一下子就变得家喻户晓了。政治艺术今天已经不再在于治理政治（政治根据它自身的阴暗而无法核实的逻辑自己治理自己），而在于想出一些短句，根据这些短句，不论是被选上的或是未被选上的政治家都将被大家看到和了解，并试图通过全体公民投票。歌德还不知道“短句”的基本概念，可是，因为我们已经知道，事物在实际上实现和命名以前，它们的本质已在那儿了。歌德懂得拿破仑刚才说出了一个绝妙的、对他们两人都有利可图的“短句”，他高兴地走到桌子前面。

请想想看，您所想像的诗人的不朽是什么？战略家比诗人更加不朽，所以当然是拿破仑向歌德提问，而不是相反。“您多大年龄？”拿破仑问他。“六十岁。”歌德回答。“您看上去要年轻得多。”拿破仑尊敬地说（他比歌德小二十岁）。歌德得意地挺了挺胸脯。在五十岁时，他已经发福，他有了双下巴，但他满不在乎。可是在后来的岁月中，他经常想到死，与此同时，他害怕腆着个大肚子走向不朽。所以他决定要减肥，很快就又变成一个身材苗条的人，外形虽然不能算漂亮，至少可以使人想起他年轻时的确是相当英俊的。

“您结婚了吗？”拿破仑带着一种真诚的关切问道。“结过婚了。”歌德微微弯腰回答。“您有孩子吗？”“有一个儿子。”这时候，有一个将军走近拿破仑，向他报告一个重要消息。拿破仑开始沉思。他把手从上衣里抽出来，用叉子叉了一块肉，放到嘴里（这个场面停止拍照），一面吃一面回答。隔了好一会儿，他才又想起歌德。他带着一种真诚的关切问他："您结婚了吗？""结过婚了。"歌德微微弯腰回答说。"您有孩子吗？""有一个儿子。""还有，你们的查理-奥古斯特怎么样了？"拿破仑不假思索地冲着歌德喊出了魏玛君主的名字。显而易见，他不喜欢这位君主。

歌德不想讲他亲王的坏话，可是也不愿意违背一位不朽者的意思。他巧妙地运用外交辞令解释说，查理-奥古斯特为科学和艺术做过很多事情。不朽的战略家趁他讲到艺术的机会，在桌子前站起来，又把手插进上衣里面，向诗人迎上几步，对着他发表自己关于戏剧的看法。马上，一群看不见的摄影师战战兢兢地赶过来了，照相机发出"喀哧喀哧"的声音，在一旁和诗人单独交谈的战略家为了让整个大厅里的人都能听到，不得不提高嗓门说话。他建议歌德写一个关于埃尔富特会议的剧本，因为这个会议最终将保证人类得到幸福与和平。"戏剧，"他声音响亮地接着说，"应该成为人民的学校！"（这是他第二个短句，配得上成为第二天报纸的头条新闻。）"把这个剧本奉献给沙皇亚历山大，"他稍微压低一些声音继续说，"那真是太妙了！"（因为埃尔富特会议就是为他召开的！拿破仑就是想跟他结成联盟！）接着，他给席勒-歌德上了一堂小小的文学课，可是他的话头被他一个副官打断后，他想不起刚才讲的是什么。他一面想，一面既无逻辑又无信心地重复了两次"戏剧是人民的学校"。随后（终于找到了！话头找到了！）他讲到了伏尔泰的《恺撒之死》。在他看来，伏尔泰正是一个极好的例子：他原本可以成为人民的教育者，可他错过了。他的悲剧原本可以表现一个在为人类幸福孜孜不倦地工作，却因过早夭亡而不能实现他崇高计划的伟大统帅。拿破仑直勾勾地看看诗人，语气忧郁地讲了最后一个短句："对您来说，这是一个伟大的题材！"

可是这时候又有人来打扰了。几位将军走进大厅，拿破仑的手又从上衣里抽出来，又在他的桌子前面坐下，用他的叉子叉了一块肉，开始边吃边听汇报。摄影师的影子消失了，歌德看看四周，走到几幅油画前面站定。随后他又向陪他来的副官走去，问他接见是不是已经结束。副官作了肯定的答复。拿破仑的叉子又举起来，歌德走了。

5

贝蒂娜是歌德在二十三岁时曾经爱过的一个叫做玛克西米莉阿娜·拉罗什的女人的女儿。除了几个纯洁的吻以外，这纯粹是一种精神上的、非物质的爱情；尤其因为玛克西米莉阿娜的母亲及时地把女儿嫁给了意大利富商布伦塔诺，这次爱情更没有引起重大后果。布伦塔诺发现年轻的诗人还想和他的妻子勾勾搭搭，便把他赶了出去，并不准他再跨进家门。后来玛克西米莉阿娜生了十二个孩子（她的恶魔般的意大利丈夫一共有过二十个孩子！），其中一个教名为伊丽莎白的女儿就是贝蒂娜。

贝蒂娜自童年起就被歌德所吸引。这不仅仅因为在全德国人的眼里，他正在向光荣的殿堂迈进，而且因为她知道歌德和她母亲的罗曼史。她对那次爱情非常感兴趣，它是那么遥远（上帝啊，这次爱情发生在贝蒂娜出生以前十三年），所以格外迷人。慢慢地，她觉得她对这位伟大的诗人有些秘密的权利；而且从隐喻的意义上说（除了诗人还有谁会对隐喻认真对待呢？），她把自己看作是他的女儿。

男人，大家知道，有一种叫人恼火的习性，那就是逃避做父亲的责任，拒付生活费，否认父亲的身份。他们不愿意承认孩子是爱情的结晶，即使孩子并没有真正孕育和出生。在爱情的代数中，孩子是两个人神奇的加法的记号。即使这个男人爱上了一个女人但并没有碰她，他也应该很容易想到他的爱情有很强的生殖力，想到爱情的果实要到两位恋人最后一次见面以后十三年才降临人世。这大概就是贝蒂娜在大着胆子前往魏玛歌德家里去以前心中的想法。那是在一八〇七年春天。她那时二十二岁（也就是他追求她母亲的年纪），可是她始终觉得自己是个孩子。这种感觉神秘地保护着她，就像童年曾经是她的挡箭牌。

躲在童年这块挡箭牌的后面，这是她一生中都在施展的诡计。不过她的诡计也就是她的天性，因为从童年开始，她就在装孩子玩。她对她的大哥，诗人克莱芒斯·布伦塔诺，始终很有感情，总是高高兴兴地坐在他的膝头上。这时候她已经能体味到（她那时十四岁）她作为孩子、妹妹和渴求爱情的女人的三重感情。难道有谁能把孩子从膝头上赶走吗？即使是歌德也做不到。

就在一八〇七年他们首次相遇这一天，她就坐到了他的膝头上，如果我们还相信她后来所说的：她起先坐在歌德对面的沙发上，这时候的气氛有点儿沉闷，他正谈到几天前刚去世的阿梅利公爵夫人。贝蒂娜说她对此一无所知。“什么？”歌德吃惊地说，“您对魏玛的生活不感兴趣吗？”贝蒂娜回答：“除了您以外，我对什么也不感兴趣。”歌德笑眯眯地对这个少女说出了这句命中注定的话:“您真是一个可爱的孩子。”一听到“孩子”这个词，贝蒂娜感到她原来还有的一点恐惧心理全都消失了。“我不想坐沙发。”她突然跳起来说。“那就请随意坐吧。”歌德说。于是她便跑过去把他紧紧搂住，并坐到了他的膝头上。和他如此亲密相处，她感到很舒服；她很快便变得百依百顺了。

很难说清楚是不是一切顺利，或者她是在哄骗我们；即使她是在哄骗我们，那也没有什么不好。我们可以因此了解到她想给我们一个什么样的形象和她向男人进攻的方法：和一个孩子一样，她是那么肆无忌惮又天真无邪（声称公爵夫人的去世和她毫无关系；感到沙发——在她以前已经有十来位客人感谢不已地坐过的那张沙发——不舒服）；和一个孩子一样，她跳到歌德身上，搂住他的脖子，坐在他的膝头上；一直到最后，她成了一个百依百顺的孩子。

没有比装孩子气更有利的了：孩子天真烂漫，缺乏人情世故，可以想干什么就干什么。他还没有进入一个讲究礼仪的世界，还用不到非循规蹈矩不可；他可以随时随地暴露感情，不必考虑是否合适。凡是不愿意把贝蒂娜看作是孩子的人都觉得她有点疯疯癫癫（有一天，她一时高兴，在她的卧室里跳起舞来，摔了一跤，额头在桌子角上撞裂了一道口子），没有教养（在客厅里，她总是喜欢坐在地上），尤其是装腔作势已经成了习惯。相反，那些把她看作是永远长不大的孩子的人，对她发自天性的率真却大加赞赏。

歌德被孩子的激情所感动。他送给她一只美丽的戒指，作为对自己的青春的回忆。当晚，他简短地在记事簿上写下了几个字：布伦塔诺小姐。

6

歌德和贝蒂娜这对著名的情人见过几次面？当年秋天，她又来看他，在魏玛待了十天。随后，一直过了三年，在回到波希米亚的温泉城市特普利采作三天的旅游时，她和也是到那儿去洗温泉浴的歌德不期而遇。又过了一年，发生了那次命中注定的去魏玛歌德家的拜访，在她到达两星期以后，她的眼镜掉在地上，摔得粉碎。

那么他们真正单独相处又有几次呢？三次，四次，不会再多了。他们见面的次数越少，通信就越多，更确切地说，是她写信给他。她寄了五十二封长信，信中用关系密切的人之间才用的“你”称呼他，谈的全是爱情。可是除了长篇大论的话语以外，事实上却什么也没有发生过，人们不禁要问，他们的罗曼史为什么如此有名？

回答是这样的：他们的罗曼史之所以如此有名，是因为从一开始便涉及到了爱情以外的其他事情。

歌德很快便猜测到了。他第一次感到担心，是当贝蒂娜告诉他说，远在她到达魏玛拜访之前，她已经和同住在法兰克福的歌德的老母亲非常熟悉了。她想知道有关歌德所有的事情，老太太受到恭维很高兴，一连好几天对她谈她的回忆。贝蒂娜希望跟母亲的友谊能为她迅速打开歌德的大门，还有他的心扉。这种算计并不完全正确。歌德认为他母亲对他的宠爱有点滑稽（他从来没有去法兰克福看过她）；他还在一个行为怪诞的女孩和一个天真幼稚的母亲的联盟中间，嗅出了某种危险。

在贝蒂娜把她从老太太那儿听来的故事讲给他听时，我可以想像得到，他的感情是相当复杂的。首先，他当然很得意，因为这个年轻姑娘对他那么有兴趣，她讲的事情唤醒了在他脑子里沉睡的成千个使他陶醉的回忆。可是他很快便发现这些故事不可能是真的，或者是他在故事中是那么可笑，因此不应该是真的。此外，在贝蒂娜的故事中，他整个童年和青年时代都蒙上了一层他所不喜欢的色彩或者含义。倒并不是因为贝蒂娜想利用这些童年的回忆来攻击他，而是因为任何一个人（不仅仅是歌德）都会觉得，根据别人的解释来叙述自己的生活是使人不舒服的。歌德因此有了一种受到威胁的感觉：这个在开展浪漫主义运动的年轻知识分子（歌德对他们毫无好感）中成长的年轻姑娘野心勃勃，并已自封为（出于一种近乎厚颜无耻的本性）一个未来的作家。而且有一天，她还曾直截了当地对他说过：她想根据他母亲的回忆写一本书。一本关于他，关于歌德的书！在这个时刻，他在爱情保证的后面隐约看到一支羽毛笔的挑衅性的威胁。他开始对她有了戒心。

可是，即使他对她存有戒心，他也不让自己流露出不愉快的情绪。这个女人太危险了，他不能让自己树敌，最好是永远和她友好相处，也不过分亲密，因为任何一个微小的可疑的姿态都会被看作是一种心照不宣的爱情的迹象（在贝蒂娜眼神里，即使打一个喷嚏，也可以看作是一次爱情的表白），也许会使年轻姑娘更加胆大妄为。

有一天，她写信给他说："别把我的信烧掉，也别撕掉，这样做会使你遭到不幸。因为我在这信里表示的爱是与你相连的，是以一种充满活力的方式，坚固紧密地与你相连的。可是别把这些信给任何人看，把它们像一种秘密的美一样藏起来吧。"他见她对她信件的美如此肯定，开始时不由得带着优越感微微一笑，可是后来听她说："别把这些信给任何人看！"又感到有些纳闷。为什么有这条禁令呢？就好像他原来想把这些信给某一个人看似的！贝蒂娜这句别给人看的命令，实际上却揭示了一种秘密的给别人看的愿望。他懂得了他那些不时地寄给她的信可能有其他读者，他看到自己落到了一个受到法官警告的被告的境地：从现在开始，所有您要说的话都可能被用来反对您自己。

于是他尽力在亲切和审慎之间开出一条中间道路：在回复她那些令人心醉的信时，他寄去一些友好而有节制的便条，她用"你"称呼他，他却一直用"您"回称她；如果他们同时在一个城市，他对她表示的完全是父亲般的感情，他请她到家里去，但是他更喜欢有其他人在场。

那么这究竟意味着什么呢?

贝蒂娜在一封信中对他说:“我有永远爱你的坚强意志。”请仔细读读这个表面上很平常的句子。在“爱”这个词以外，还有更重要的“永远”和“意志”。

我不会迟迟不作解答。这意味的不是爱，而是不朽。

7

一八一〇年，在他们碰巧相遇于特普利采的三天之中，她向歌德吐露她马上要和诗人阿辛·冯·阿尼姆结婚了。她把这件事告诉他时也许有些尴尬，因为她怕他把这种婚姻约定看作是对一种海誓山盟的爱情的背叛。她因涉世不深，还想像不到这个消息会使歌德暗地里有多么高兴。

贝蒂娜一走，他便给克莉斯蒂安娜去了一封信，信中有这么一句饶有风趣的话："和阿尼姆在一起是非常保险的（Mit Arnim ists wohl gewiss）。"在同一封信中，他高兴地发现贝蒂娜"真的比从前更加漂亮更加可爱了"。为什么他会有这样的感觉呢？有人认为，歌德深信贝蒂娜有了丈夫就不会像以前那样疯疯癫癫了，她那些荒谬的行为一直妨碍着他平心静气地评价贝蒂娜的魅力。

为了进一步理解当时的情况，一定得注意别忘了一个基本要素：歌德从年轻时代起便是一位风流公子；当他结识贝蒂娜时，他已经有四十年的经验了。在这段时间里，他身上那具引诱女人的机械装置已经日趋完善，只要稍稍一推，便会开始动作。一直到那时为止，应该这么说，在贝蒂娜面前，他总是尽力克制自己，不让他那具机械装置转动。可是当他知道“和阿尼姆在一起是非常保险的”以后，他便如释重负地对自己说，从此以后就不必那么小心翼翼了。

傍晚，她到他的房间里来找他，始终像个孩子那样噘着嘴。她面对歌德坐的沙发席地而坐，一面讲着一些有趣和荒唐的事情。因为歌德的兴致非常好（“和阿尼姆在一起是非常保险的！”），他俯下身去，摸摸她的脸颊，就像人们抚爱一个孩子一样。这时候，孩子停止闲谈，抬起头来，眼里满是女人的要求和欲望。他拉住她的手，拖她起来。好好记住这个场面：他仍旧坐在沙发上，她紧靠着他站着。从窗户里望出去，太阳正在西斜。他们相互对视，诱惑的机器开始转动，歌德听之任之不加制止。他的眼睛还是盯着她，用比平时稍许低一些的声音，要她把乳房裸露出来。她没有说话，也没有动作，脸涨得绯红。他从沙发上站起来，把她连衣裙胸口上的纽扣解开了。她纹丝不动，眼睛盯着他的眼睛；夕阳淡红色的光和她从额头到肚子的红潮混在一起。他把手放在她的乳房上问:“有人摸过你的乳房吗?”“没有,”她回答。“你的抚摸真是给我一种奇怪的感觉……”她的眼睛始终没有离开过他。他的手也一直在她的乳房上，眼睛也一直盯着她。实际上，他在久久地、贪婪地观察一个从来没有被人摸过乳房的年轻女人的廉耻心。

这差不多是贝蒂娜自己记下来的场面，这个场面很可能没有任何下文。在他们的吹嘘多于色情的故事里，她像一个惟一的、灿烂的性冲动的珍宝那样闪闪发光。

8

即使在他们彼此离别以后，在他们身上仍保持着这个迷人时刻的痕迹。在他们会见以后的一封信中，歌德把她叫作最最亲爱的女人。可是他并没有忘记事情的本质，从下一封信开始，他告诉她他已经在着手编写回忆录《诗与真》，并请她帮助他：他的母亲已经不在人世了，没有人再能回忆起他童年时的情景了。可是贝蒂娜曾和这位老太太相处了很长时间：应该由她把老太太讲给她听的事情都记录下来，应该由她把这些记录都寄给歌德。

难道他不知道贝蒂娜也想写一本有关歌德童年的书吗？难道他不知道她甚至正在和一位出版商谈判吗？他当然知道！我可以打赌他请她帮助并不是真正需要她，而是想使她出版关于他的书的计划化为泡影。贝蒂娜的身体由于上一次见面的魔力而变得虚弱起来，又怕自己和阿尼姆的婚事引起歌德的反感，她让步了。他成功地摘除了她的引信，就像摘除一只炸弹的导火线一样。

随后，在一八一一年九月，她由她年轻的丈夫（她身上还怀着他的孩子）陪着，来到了魏玛。没有比遇到一个过去望而生畏，现在因失去危险性而不再使人害怕的女人更让人感到高兴的了！

可是贝蒂娜虽然已经结婚，已经怀孕，已经不能写她的书，但她并不认为自己被摘去引信，她决不停止斗争。希望大家能理解我的意思：不是为爱情而斗争，而是为不朽而斗争。

要说歌德想到不朽，那是他所处的地位所允许的。可是像贝蒂娜这样一个默默无闻的少妇怎么也会有同样的想法呢？当然，人们从孩提时开始就在梦想不朽。此外贝蒂娜属于浪漫派作家一代，这些作家从生下来那天起便被死迷惑住了。诺瓦利斯[①]没有活满三十岁，可是尽管他年轻，惟有死，迷人的死、化成诗的醇酒的死，才能使他得到灵感。所有的人都活在超越人的认识的、超越自我的境界之中，双手伸向远处，伸向他们生命的尽头，甚至更远，伸向浩瀚的非存在。就像我说过的那样，无论“死亡”在什么地方，它的伴侣“不朽”总是和它在一起，浪漫主义的信奉者厚着脸皮跟它凑近乎，就像贝蒂娜跟歌德凑近乎一样。

从一八〇七到一八一一这几年是她生活中最美好的时刻。一八一〇年在维也纳，她心血来潮，突然去拜访了一次贝多芬。所以说，她认识两个最最不朽的德国人；不但认识最英俊的诗人，还认识最丑陋的作曲家。她跟他们两个人调情，这种双重的不朽使她飘飘欲仙。歌德已经老了（那时候，六十岁的人是被看作老

① Novalis（1772—1801），德国诗人，主张恢复中世纪封建制度和天主教会的统治，著有《夜的颂歌》、《守教歌》等诗作。

人的），完全可以死了；贝多芬这时刚四十岁，他不知道要比歌德早五年进坟墓。贝蒂娜蜷缩在他们两人之间，就像挤在两块巨大的黑色石碑中间的一个娇嫩的小天使。这是很奇妙的景象，歌德的已经掉光牙齿的嘴，一点也没有使她看了觉得难受。相反，他越老越吸引她，因为他越老也越接近死亡、越接近不朽。只有一个已经仙逝的歌德才能紧紧地握着她的手，领她进入光荣的殿堂。他越接近末日，她越不愿放弃他。

所以一直到这个命中注定的一八一一年九月，尽管她已经结婚和怀孕，她的孩子气却比过去任何时候更加严重：她讲话时大喊大叫，坐在地上、桌子上、五斗橱边上、分枝吊灯上，爬树，像跳舞一样走路，在别人严肃地谈话时她唱歌，在别人唱歌时她板着脸，并不惜任何代价找机会和歌德单独相处。可是两个星期中，她只找到一次与歌德单独相处的机会。据说，那次谈话经过基本上是这样的：

一天傍晚，他们坐在歌德房内的窗户边。她开始谈灵魂，随后谈星星。这时候歌德抬头望天，把一颗巨星指给她看。可是贝蒂娜是近视眼，什么也看不到。他把一架望远镜递给她说："你运气很好，这是水星。现在是秋天，我们可以看得很清楚。"但是贝蒂娜心里在想的是爱情之星，而不是天文学上的星。她把眼睛凑在望远镜上，装作什么也没有看见，说望远镜的倍数太小。歌德很耐心，又去取来了一架倍数大一些的。她又一次把眼睛凑上去，又一次说她什么也没看见。这件事促使歌德跟她谈起了水星、火星、各种行星、太阳和银河。他讲了很久很久，讲完以后，他请她原谅；她便自己回到她的房间里去了。几天以后，在展览会上，她声称那些油画是荒谬的，而克莉斯蒂安娜惟一的回答是，把她的眼镜打落在地。

9

打碎眼镜的那一天是九月十三日，贝蒂娜把这看作是大溃败的一天。起先她的反应是针锋相对，在整个魏玛到处宣扬有一根发疯的红肠咬了她，可是她很快便懂得了，如果她再这样记恨下去，她就有永远也见不到歌德的危险，因此有可能将这场不朽者的伟大爱情降为一个注定要被遗忘的平凡的小插曲。因此她就逼着好心的阿尼姆写信给歌德，求他原谅他的妻子。歌德没有回信。这对年轻夫妇离开了魏玛，到一八一二年一月重又到来。歌德不接见他们。一八一六年，克莉斯蒂安娜去世。不久以后，贝蒂娜寄给歌德一封言辞屈辱的长信。歌德还是没有理睬她。一八二一年，在他们上次见面后十年，她又来到魏玛歌德的家里，并见到了歌德。可是歌德一句话也没有对她说。同年十二月，她又一次写信给他，还是没有回信。

一八二三年，法兰克福的一些市参议员决定为歌德建造一座纪念性雕像，并把这项任务托付给一个名叫劳赫的雕塑家。贝蒂娜看到初样很不喜欢，她深信命运之神又给了她一个不容错过的机会。虽然她不会画图，可还是立刻投入工作，亲自勾勒出一张塑像的草图：歌德像一个古代英雄那样坐着，手里拿着一把竖琴；在两个膝盖之间夹着一个大概是象征普赛克[①]的小姑娘；诗人的头发就像火焰一般。她把这张图寄给歌德，发生了一件令人惊奇的事情：他的眼睛里流出了一滴眼泪！就这样，在经过十三年离别之后（当时是一八二四年七月，歌德七十五岁，贝蒂娜三十九岁），他在家里接待了她。虽然有点拘谨，他还是告诉了她，过去的事就算了，不屑和她讲话的时代已经过去了。

我好像觉得，在这一连串事件之中，两个主角终于冷静地看清了事情，相互谅解了。他们两人知道到底是怎么回事，都知道对方知道些什么。在画那个雕像时，贝蒂娜第一次从一开始便毫不含糊地显示了本质：不朽。她没有说出这个词，只是轻轻地碰触了一下，就像拂动一根久久地发出微微回响的琴弦。歌德听到了。起先他只是天真地觉得很得意，可是慢慢地（擦掉了他的眼泪以后）他懂得了其中的真正含义，这时他已经没有那么得意了：她在告诉他，从前那套把戏又在继续下去了，她没有投降，是她在替他裁他大殓时用的裹尸布，他将被包在这块裹尸布里展示给下一代。她在告诉他，他根本没有办法阻止她这么做，想用赌气

① Psyehé，希腊神话中人类灵魂的化身，以少女形象出现。与爱神厄洛斯相恋，但爱神不准她窥视他的面容。某夜，她违命持烛偷视，爱神惊醒，从此不见。她到处寻觅，经历种种苦难，终与爱神重聚，结为夫妇。

的沉默来阻止她更不会起任何作用。他又一次想起了他早已知道的事情：贝蒂娜是可怕的，最好是客客气气地提防她。

贝蒂娜知道歌德知道。这可以在当年秋季，他们和好以后第一次见面中看出来。她在一封写给她侄女的信中说：歌德接待她时，起先嘴里叽里咕噜在抱怨，后来又对她讲了几句亲切的话来获取她的好感。

怎么会不懂歌德的心思呢！一看到她，歌德便强烈地感受到她在刺激他的神经。他对宣告长达十三年的断交的结束非常恼火，他想立即开始争吵，就像要把所有他从来没有讲出过口的训斥的话全都倾倒在她身上一样。可是他马上便忍住了：为什么他要这么真诚呢？为什么要把他心里想的话告诉她呢？惟一重要的是他的决定：一面使她不起作用，使她情绪安定，一面提防她。

贝蒂娜说，歌德用各种借口中断谈话，至少有六次，为的是到房间隔壁去偷偷地喝酒。这是她后来在他的呼气中发现的。最后她故意笑眯眯地问他为什么要悄悄地喝酒；歌德生气了。

我对贝蒂娜比对悄悄喝酒的歌德更感兴趣。她的为人和你我都不同：我们也许会饶有兴味地观察歌德，但一定不会唐突无礼地多嘴多舌。对他讲一些别人不可能讲的话（“你满口酒气！你为什么喝酒？你为什么悄悄地喝酒？”），是她想和歌德故作亲密的方式，是她和歌德正面接触的方式。在她那种以童言无忌作为伪装的肆无忌惮的谈话中，歌德马上便认出了十三年以前他决定不再见的贝蒂娜。他一声不吭地站起来，拿起一盏灯表示谈话结束；他要送女客人经过阴暗的走廊到门口去。

这时候，贝蒂娜在信中继续说，为了不让他走出去，她面对房间跪在门槛上，对他说："我想看看是不是可能把你关在房间里，我想看看你是善的精灵还是像浮士德[①]的老鼠一样是恶的精灵。我吻这条门槛，为这条门槛祝福，因为每天跨过这条门槛的是最杰出的精灵，也是我最好的朋友。"

那么歌德的反应呢？根据那封信，他是这么说的："我要出去也不会把你踩在脚下，不管是你还是你的爱情，你的爱情对我太珍贵了；至于你的精灵，我要绕着它走（他果然小心翼翼地绕过了跪在地上的贝蒂娜），因为你太狡猾了，最好跟你好好相处。"

我觉得，这句由贝蒂娜亲自放在歌德口中的话，把他们那次见面时歌德想讲的而没有讲的话都讲出来了：我知道，贝蒂娜，你那张雕像的草图是一条妙计。我现在老了，不中用了，看到你把我的头发比作是火焰（啊，我可怜的稀稀拉拉的头发），我非常感动。不过我很快便懂得了，你想让我看的不是一张图，而是你手里一支射向我未来的不朽的枪。不，我没有能解除你的武装。我不要战争，我要和平，我除了和平其他什么都不要。我将小心

① Faust，欧洲中世纪传说中的人物，学识渊博，精通魔术，为了获得知识和权力，向魔鬼出卖自己的灵魂。

翼翼地绕过你，不碰到你，我不会紧紧拥抱你，也不会吻你。首先，因为我没有这方面的欲望；其次，因为我知道，所有我做的事情，你都要把它们变成你手枪中的子弹。

10

两年以后，贝蒂娜又来到魏玛。她几乎每天都去看歌德（那时候他七十七岁）。在她那次小住的最后几天，她说想进宫见查理－奥古斯特时，又犯了一次她那可爱的不拘小节的错误。可是她后来一直没有透露过。这时候发生了一件意料之外的事情：歌德勃然大怒。“这只由我母亲留传给我的使人难以忍受的牛虻（diese leidige Bremse），”他写信给查理－奥古斯特说，“纠缠我们已经很久了。她一直在玩小把戏，在她年轻时，这种玩笑在某些场合还能讨人喜欢，她讲起话来像夜莺一样，叽叽喳喳又像一只金丝雀。如果殿下恩准，我要像一个严厉的叔父那样，不准她以后再做出任何不合乎礼仪的事情。不然，殿下将永远避免不了她的烦扰。”

六年以后，她又一次来到他的家里，可是歌德拒绝接见。把贝蒂娜和牛虻相比成了这个故事里最后一句话。

有一件很奇怪的事情：自从他收到那张雕像的草图以后，他便给自己立下了要不惜任何代价跟她和平相处的准则。尽管在她一人面前时具有过敏反应，为了和她一起度过一个和平的夜晚，他已经尽自己所能了（即使她在他的呼气中闻到了酒精味）。他怎么能让他所有的努力付之东流？他一直留意着不让自己穿一件弄皱了的衬衣走向不朽，怎么可能写出如此可怕的字来？“使人难以忍受的牛虻”，为了这几个字，人们也许在一百年以后、三百年以后还会谴责他，哪怕那时已经没有人再看《浮士德》和《少年维特的烦恼》了。

必须懂得生活的钟面：

一直到某个时刻，死亡还是十分遥远的事情，因此我们对它漠不关心。它是不必看的，看不见的。这是生活的第一阶段，最最幸福的阶段。

随后，我们突然看到死亡就在我们眼前，驱也驱不走。它始终和我们在一起。不过既然不朽和死亡就像哈代和劳莱一样难分难解，那么我们也可以说，不朽也始终和我们在一起。我们刚发现它的存在，我们便开始狂热地追逐它。我们为它定做一件无尾常礼服，为它买一条领带，生怕由别人来为它选择上装和领带，选择得不好。这就是歌德决定写他的回忆录《诗与真》的时候，也是他邀请忠心耿耿的爱克曼到他家里来（奇异的巧合，这件事也发生在贝蒂娜为他的雕像画草图的一八二三年），允许他写《歌德谈话录》的时候，这个谈话录也是一幅在画中人亲切的监督下画成的美丽的肖像画。

在这个一睁眼便看见死亡的生命的第二阶段以后，便是最最短暂、最最神秘的生命的第三阶段。关于这个阶段的事情，人们所知甚少，而且并不谈及。人的精力衰退、疲惫不堪、气息奄奄。疲惫是从生命之岸通向死亡之岸的无声的桥梁。死亡近在咫尺，人已懒得再去看它了；像从前一样，它是不必看的，看不见的。不必看的，就像一些司空见惯、屡见不鲜的东西一样。疲惫的人从窗户看出去，注视着一棵棵树的叶子，他心中在默诵这些树的名字：栗树、杨树、槭树。这些名字就像它们代表的东西那么美。杨树高大挺拔，就像一个举臂向天的运动员，也可以说像凝固了的窜向天空的火焰。杨树，啊，杨树。不朽是一种不值一提的幻想，一个空洞的字眼，一丝人们手持捕蝶网追赶的风，如果我们把它和疲惫的老人看到的窗外美丽的白杨树相比的话。不朽，疲惫的老人根本不再去想它了。

这个疲惫的老人看着窗外的杨树，突然有人通报说有个女人要见他；就是那个想绕着桌子跳舞，跪在门槛上诡辩的女人。他怎么办呢？他突然恢复了生气，带着一种难以形容的喜悦，把她叫作*leidige Bremse*，使人难以忍受的牛虻。

我想着歌德在写“使人难以忍受的牛虻”的时刻。我想着他所感受到的喜悦。我相信，在他脑子突然清醒的一刹那间，他懂得了：他从来没有按照自己的意愿行动过。他把自己看作是他的不朽的代理人，这种责任心使他失去了本性。他从前很怕做出什么荒谬的事情，可是心里却受到它们的诱惑。如果他有时也做了一些荒谬的事情，过后他总是想减轻它们的影响，以免背离那种他有时候视作为美的温情脉脉的中庸之道。“使人难以忍受的牛虻”这几个字和他的著作、和他的生活、和他的不朽，都是不相配的。这几个字，纯粹来自于自由。只有一个已经到了生命第三阶段，不再代理他的不朽并不把它当作一回事来对待的人，才能写出这几个字来。很少有人能到达这个极限，可是凡是能到达的人都知道，真正的自由就在那里，而不在任何别的地方。

这些念头穿过了歌德的脑海，可是他一下子便忘记了，因为他已经是一个疲惫的老人，他的记忆力已经衰退。

11

我们还记得，她第一次来看他时装作是个小姑娘。二十五年以后，一八三二年三月，当她获悉歌德病危时，她马上派了一个孩子——她的儿子西格蒙德——到他家里来。这个生性腼腆的十八岁的小伙子根据他母亲的安排，在魏玛待了两天，根本不知道究竟是怎么回事。可是歌德知道：她把儿子像大使般急匆匆送来，为的是让他一看见这个孩子心里就明白，死神已在门后跺脚。从此以后，歌德的不朽将掌握在贝蒂娜的手中。

接着，死神把门打开，歌德和它斗争一个星期以后，于三月二十六日去世。几天以后，贝蒂娜写了一封信给歌德的遗嘱执行人米勒大法官："歌德的去世的确给我留下了难以磨灭的深刻印象，但这不是一种悲伤的印象；我无法准确地表达，可是我想，最接近的说法应该是一种光荣的印象。"

我们要好好注意贝蒂娜这个精确的说法：不是悲伤而是光荣。

不久以后，她又要求这位米勒大法官把所有她以前写给歌德的信都寄还给她。在重读这些信以后，她有一种失望的感觉：整个故事还只不过是一个草稿，当然是一部巨著的草稿，可是仅仅是个草稿，而且是个不完整的草稿。一定得开始工作。这项工作经历了三年：她修改、重写、补充。如果说她对自己写的信不满意，那么歌德写的信就更使她灰心失望了。在重读那些信时，她感到自己被它们的简短、含蓄甚至荒谬所刺伤。他仿佛真的把她当作小孩，他经常把他的信写成像是给女学生念的有趣的课文。因此她不得不改变语气："我亲爱的朋友"变成了"我亲爱的心肝"；他对她的训斥都被一些亲切的附加语缓和了语气，另外一些附加语会使人体味到贝蒂娜在被迷惑的诗人身旁起了如何的激发灵感的作用。

她还使用了更加彻底的办法：干脆重写。不，她没有改变语气，语气是正确的。可是她改变了日期（为了掩盖他们通信中出现的，也许会揭穿他们感情稳固性的长时间的停顿状态），她删掉了很多她认为不合适的段落（譬如她请求歌德不要把她的信给别人看），她另行发挥，使被描写的情况更富有戏剧性，使她对政治和艺术的意见更加深刻，尤其当问题涉及音乐和贝多芬的时候。

她到一八三五年把这本书写完，出版时的书名为《歌德和一个女孩子的通信》。直到一九二九年原信被发现并出版以前，没有任何人对贝蒂娜信的真实性表示过怀疑。

唉，为什么她没有及时把这些信付之一炬呢？

请您设身处地考虑一下：烧毁一些珍贵的私人文件不是一件容易的事情；这就像是要您自己承认您的日子已经不长，明天就要死了。所以您就日复一日地把销毁的时间拖延下去，一直到有一天发现已经来不及了。

人们指望不朽，可是忽视了不朽与死亡一起才有意义。

12

幸好我们这一世纪的最后阶段给了我们回过头来评价的机会。也许我们敢于这样说：歌德这个人物正好位于欧洲历史的中间。歌德是绝妙的正中的一点，中心。中心，决不是厌恶走极端的懦夫，而是欧洲后无来者的能保持两端完美平衡的牢固的中心。歌德年轻时学习炼金术，可是后来又变成现代科学的先驱者。他是最伟大的德国人，同时又是不爱祖国的欧洲人；作为一个世界主义者，他却几乎不离开他那个省——小小的魏玛；他是自然的人，同时又是历史的人；在爱情方面，他既是放荡的，又是浪漫的。而且还有：

我们还记得在像患了小儿舞蹈病的蹦蹦跳跳的电梯内的阿涅丝。尽管她是控制论的专家，却弄不懂这架机器的技术脑袋中究竟发生了什么事，就像她每天都遇到的所有东西（从放在电话机旁边的小电子计算器到洗碗机）的机械装置一样奇怪和难以理解。

而歌德就曾生活在这个短暂和惟一的历史时刻。在这个时刻，技术水平已经能提供一定的舒适享受，然而只要受过教育，倒还能搞清楚周围工具的性能。歌德知道房子是用什么造的、怎么造的，油灯为什么发光，他的望远镜中的机械结构。他大概不敢做外科手术，可是因为他曾观看过几次，所以他和替他治病的医生谈得很投机，就像也是个内行一样。所有的技术产品对他来说都是可以理解的，是透明的。这就是欧洲历史中间的伟大的歌德式的一分钟。这一分钟将留给日后被关在蹦蹦跳跳的电梯里的人一道怀旧的伤口。

贝多芬的事业开始于伟大的歌德式一分钟结束的时刻。世界逐渐失去它的透明度，变得模糊不清，变得不可理解，冲进了不可知的泥潭。至于被世界出卖的人则逃进自己的内心世界，陷入怀旧、梦幻、反抗；他被在他心中响起的痛苦的声音所震惊，再也听不到外界的呼唤了。内心的呼唤，对歌德来说，是一种不可忍受的噪音。他憎恶声音，这是众所周知的。他甚至不能容忍远处花园深处的狗吠声。据说他不喜欢音乐；这不是事实。他不喜欢乐队，他热爱巴赫。巴赫把音乐想作是独立而清晰的声音的透明音律；可是在贝多芬的交响乐中，各种独特的声音融化成一种浑浊的哭喊声。歌德受不了交响乐的吼叫，同样受不了灵魂的悲泣。贝蒂娜的伙伴曾看到过天才的歌德眼中的厌烦情绪，他捂着耳朵观察他们。因此他们不能原谅他，把他当作灵魂、反叛和感情的敌人那样攻击他。

作为诗人布伦塔诺的妹妹、诗人阿尼姆的妻子、贝多芬的崇拜者，一个浪漫主义家庭的成员，贝蒂娜还是歌德的朋友。她这种地位是独一无二的：她是两个王国的主宰。

她的书是作为一种对歌德的无限敬意而问世的。她所有的信都仅仅是一支为他而唱的情歌。就算这样吧。可是因为大家都知道歌德夫人曾经把贝蒂娜的眼镜打落在地，而歌德却为了“发疯的红肠”可耻地背叛了热恋他的小姑娘。所以这本书同时又是（而且更加可以看作是）对诗人的爱情生活的训斥。诗人面对的是伟大崇高的感情，可是他的行动却像是一个怯懦的书呆子，为了求得可怜的夫妻间的安宁，不惜牺牲他的激情。贝蒂娜的书既是一种敬意，又是一顿臭骂。

13

就在歌德去世那一年，贝蒂娜在一封写给她朋友赫尔曼·冯·皮克勒-穆斯科伯爵的信中讲了一件发生在二十年前夏天的事。据她说，这件事是贝多芬亲口告诉她的。一八一二年（也就是打碎眼镜那个凶年的下一年），贝多芬来到特普利采小住几天，在那里他第一次遇见歌德。他们正沿着一条林阴道一起散步，突然看到皇后出现在他们面前，还有陪伴她的家人和宫廷人员。一看到这列人，歌德不再听贝多芬讲话，他站住身，闪在一旁，脱下了帽子。贝多芬却把自己的帽子往下拉了拉，皱了皱他又长又浓的眉毛，毫不减速地朝那些贵族走去。那些贵族倒是站定了，让他过去，并向他致敬。随后他才回过身来，等待歌德，并向歌德谈了对他这种奴性举止的想法。他像训斥一个毛孩子那样训斥歌德。

这个场面是不是真的发生过？是不是贝多芬捏造的？是全部捏造还是部分捏造？或者是贝蒂娜添枝加叶改编的？或者全都是她一个人创造出来的？这件事永远也弄不清楚了。不过可以肯定的是，在写这封信给赫尔曼·冯·皮克勒时，她完全懂得这个故事的难以估量的价值，惟有这个故事才能揭开她和歌德的恋爱史的最最深刻的意义。然而，怎么才能使这封信让大家知道呢？在这封信里，她问赫尔曼·冯·皮克勒："你对这个故事感兴趣吗？Kannst Du sie brauchen？你能利用它吗？"冯·皮克勒没有利用这封信的意图。开始时她希望出版她和伯爵之间所有的通信，后来却找到了一个远远不让她满意的办法：一八三九年，在《雅典文艺》杂志上，她发表了贝多芬亲自把这个故事告诉她的信！那封写于一八一二年的原信从来没有找到过，只剩下了贝蒂娜手写的抄件。有几个细节（譬如说写这封信的正确日期）表明贝多芬从来没有写过这一封信，或者至少他从来没有写过像贝蒂娜抄下来的那样一封信。但是不管这封信是伪造的还是半伪造的，重要的是这个故事马上变成众所周知的了，吸引了所有的人。突然，一切都清楚了。如果说歌德宁愿不要伟大的爱情，而要一根红肠，这不是偶然的：贝多芬是一个具有叛逆性格的人，他帽子戴得紧紧的，反抄着手往前走；歌德是个奴性的人，他让在大路的一侧，点头哈腰。

14

贝蒂娜学过音乐，甚至还写过一点音乐片断，因此她能够懂得贝多芬的音乐中的新和美的东西。不过我要提一个问题：贝多芬的音乐是靠什么征服她的？是靠音乐本身？靠它的音符？还是靠它所代表的东西——它与贝蒂娜和她这一代的态度以及思想的相似之处？总之，对艺术的爱，不论今天还是过去，究竟是否存在过？会不会只是一种幻想？当列宁宣称他喜爱贝多芬的钢琴奏鸣曲《热情》到了无以复加的程度时，他究竟爱的是什么？他听到的是什么？是指音乐吗？还是指一种使他想起他那热爱鲜血、博爱、正义以及专政的灵魂的声势，其浩大运动的崇高喧闹声？他所指的是音乐呢，还是仅仅是听任自己被音乐带入与艺术和美毫无共同之处的梦幻？不过我们还是回过头来谈谈贝蒂娜吧：她被贝多芬吸引，是因为他是个音乐家呢，还是因为他是个反歌德的名人？她爱他的音乐，是出于一种使我们依恋于某种不可思议的隐喻，对一幅油画上两种色彩的结合的爱呢，还是出于一种使人加入政党的征服者的激情？不管怎么样（我们永远也不会知道究竟是怎么回事），贝蒂娜把一个紧紧地戴着帽子往前走的贝多芬的形象提供给全世界；这个形象从此便独个儿年复一年地往前走。

一九二七年，贝多芬逝世后一百年，一本德国杂志《文学世界》要求几个最有名的作曲家明确指出贝多芬在他们心目中所占的地位。编辑部怎么也想像不到对这个帽子戴得紧紧的人死后的民意测验会有这样的结果。奥里克[①]，六人小组的成员，以他所有朋友的名义发表了一个声明：贝多芬和他们根本无关，他们甚至懒得去否定他。但愿有一天他能重见天日，恢复名誉，就像一百年前人们重新发现巴赫一样？不可能的！可笑极了！雅纳切克[②]也断言他对贝多芬的作品从来不感兴趣。而拉威尔[③]则总结性地说：他不喜欢贝多芬，因为他的光荣并不建立在他的音乐上——他的音乐显而易见也是不完美的，而是建立在他传记中的一个不真实的传说上。

一个不真实的传说。那就是说，他的光荣建立在两顶帽子上面：一顶帽子低低地一直盖到浓浓的眉毛上，另外一顶被一个低头哈腰的人抓在手里。魔术师们喜欢摆弄帽子，他们把东西放在帽子中变走，或者从帽子里变出向天花板飞去的鸽子。贝蒂娜从歌德的帽子里变出象征他的奴性的丑恶的鸟；在贝多芬的帽子里，她把他所有的音乐都变走了（当然并非出于她的本意）。她把第谷·布拉赫和卡特的命运（一种可笑的不朽）留给了歌德。可是可笑的不朽一直在窥视着我们所有的人；对拉威尔来说，把帽子一直戴到眉毛上面往前走的贝多芬要比深深地鞠躬的歌德可笑得多。

因此，即使有可能制造不朽，预先塑造它，配制它，最后的结果也绝不会和原先计划的完全一样。贝多芬的帽子变成了不朽的。从这一点上来讲，计划成功了。可是这顶不朽的帽子将会具有什么意义，是谁也不能预见的。

---

① Georges Auric（1899—1983），法国作曲家，作品有《水手》、《费德尔》等。

② Leoš Janáček（1854—1928），捷克斯洛伐克作曲家，歌剧《养女》(即《耶奴发》)为其代表作。

③ Maurice Ravel（1875—1937），法国作曲家，主要作品有管弦乐《西班牙狂想曲》、《波莱罗》、《鹅妈妈组曲》等。

15

“您知道，约翰，”海明威说，“我也逃不过他们无穷尽的指责。他们不是看我的书，而是写关于我的书。比如说，我不爱我的前后几任妻子；我对我的儿子关心不够；我对某个批评暴跳如雷；我不够真诚；我目中无人；我是个强壮汉子；我自吹在战争中受伤二百三十处，实际上只有二百零六处；我有手淫的恶癖；我对母亲蛮横无理。”

“这就是不朽，有什么办法呢，”歌德说，“不朽是一种永恒的诉讼。”

“如果不朽是永恒的诉讼，那就必须要有一位真正的审判官！而不应该是一个手执掸衣鞭的乡村女教师。”

“乡村女教师手中挥舞的掸衣鞭，这就是永恒的诉讼！您还有什么其他的想像，欧内斯特。”

“我什么也不想像。我只希望在我死后可以清静一些。”

“您为了不朽已经竭尽全力了。”

“废话！我写了一些书，就这些。”

“就是嘛！”歌德放声大笑说。

“让我的书成为不朽，我决不反对。我这些书写得别人改不了一个字。我尽我所能让它们可以经受各种考验。可是作为一个人，作为欧内斯特·海明威，却对不朽不屑一顾！”

“我理解您，欧内斯特。可是在您活着的时候本应该更谨慎一些。从今以后，没有什么大事情可干了。”

“更谨慎些？这是影射我吹牛吧？不错，在我年轻的时候，我是最受人注目的人物，我哗众取宠，我对到处有人谈论我感到很得意。可是请相信我，不管我有多么虚荣，我不是一个魔鬼，我从来未想到过不朽！当有一天，我终于明白是不朽在窥探我时，我简直吓坏了。我无数次地劝人们别介入我的生活。可是我越劝，情况就越糟。我跑到古巴去避开他们。在授予我诺贝尔奖时，我拒绝到斯德哥尔摩去。我对您说，我才不把不朽放在眼里呢；我甚至还可以对您说，在我确切知道它已经把我紧紧地搂在怀里时，我对它的恐惧程度甚至超过了对死亡的恐惧。人可以结束自己的生命，但是不能结束自己的不朽。一旦它把您弄到它的船上，您就永远下不来了，即使您像我一样开枪打自己的脑袋，您还是留在它的船上，连同您的自杀也一起留下了。这真是令人恐惧，令人非常恐惧。我死了，躺在甲板上，我看到我四个妻子蹲在我的周围，一面在写所有她们知道的关于我的事情；在她们身后是我的儿子，他也在写；还有格特鲁德·斯泰因[1]这个老巫婆，也在那

[1] Gertrude Stein（1874—1946），美国作家，一九〇三年后定居巴黎，曾扶植青年海明威。

儿写；还有我所有的朋友都在那儿讲述他们听到过的有关我的各种流言蜚语；他们身后还挤着一百来个对着话筒的新闻记者；在美国所有的学校里面，有一大批教授在把所有这一切分门别类，分析、发挥，写出几千篇文章和几百本书。”

16

海明威浑身发抖，歌德抓住他的手说："欧内斯特，请别激动。请别激动，我的朋友。我理解您。您讲的事情使我想起一个梦；就是我最后一次做的梦，从那以后我便没有别的梦，或者是只做过一些乱七八糟的我已记不清楚的梦。请想像一下，在一个演木偶戏的小剧场里，我在后台替木偶牵线，亲自背诵剧本。演的是《浮士德》，我的《浮士德》。顺便说说，您知不知道，《浮士德》最适宜在木偶剧场上演？因此我对舞台上没有演员，并能亲自背诵那些诗句感到非常高兴，这一天显得特别美。后来，我突然往场子里瞥了一眼：场子里竟然空无一人。这使我十分沮丧。观众到哪里去了呢？我的《浮士德》难道就这么使人厌倦，以致大家都走掉了；甚至不屑于向我喝几声倒彩？我不知所措，向四周望望，猛然间又吓了我一跳：我原来指望在场子里看到的人都跑到后台来了！他们眨着眼睛，好奇地打量我。我们的目光一接触，他们便开始鼓掌。这时我才晓得他们想看的是什么；不是木偶，而是我！不是《浮士德》，而是歌德！这时候我感到非常恐惧，很像您刚才讲到的那样。我感到他们想要我讲些什么，可是我讲不出来，我感到嗓子发紧。我扔下了谁也不在看的牵线木偶，扔在灯光明亮的舞台上。我试着保持某种尊严的神态，一言不发地走向衣帽架，取下我的帽子，戴在头上，根本不去理睬那些好奇的人，径自走出剧场回家。我不左顾右盼，尤其不往后面看，因为我知道他们跟在我后面。我转动钥匙，打开我家沉重的大门，随后马上把身后的门砰一声关上了。我点燃油灯，用颤抖的手拿着它，走到我书房里的矿物收藏柜前面，想去忘掉我这次倒楣的经历。可是我刚把灯放在桌子上，我的眼睛便不由得往窗外望去，我看到他们挤在一处的一张张脸。这时我知道我永远也摆脱不了他们，永远也不能了。他们的眼睛都瞪得大大的看着我的脸，我知道这是因为我的脸被油灯照亮了。我把灯吹灭，不过我心里知道这是一个错误：他们从此便知道我在躲他们，我感到害怕了，他们的行动将变本加厉。这时候，我心中的恐怖压倒了理智，我奔进卧室，拉起被单盖在自己的头上，我就这样待在房间的角落里，紧紧地贴着墙壁……”

17

海明威和歌德在彼世的路上走远了，您一定要问我，我是怎么会想到把他们两人拉到一起来的。还能想像出更随意的配对吗？他们毫无共同之处！那又怎么样呢？您倒是说说看，歌德在彼世会喜欢跟谁在一起度过时光呢？跟赫尔德①吗？跟荷尔德林②吗？跟贝蒂娜吗？跟爱克曼吗？您还记得阿涅丝吗？还记得她一想到死后得永远听她每次在桑拿浴室听到的那些女人的同样的喧闹声便感到厌恶吗？她既不想跟保罗也不想跟布丽吉特重新会面！为什么歌德希望死后和赫尔德相见呢？我甚至敢说，他连席勒也不愿再见。当然啰，这件事在他活着时他是永远也不会承认的，因为如果他一生中连一个伟大的朋友也没有，那似乎也太可怜了。席勒当然是他最亲密的朋友，可是“最亲密”的意思是比所

① Johann Gottfried Herder（1744—1803），德国思想家、作家，狂飙运动的理论指导者，著有《关于近代德国文学片断》、《批评之林》等。

② Fredrich Holderlin（1770—1843），德国诗人，写有书信体小说《许佩里翁》，诗作《自由颂歌》、《致德国人》、《为祖国而死》和《希腊》等。

有其他人更亲密；而所有其他人，坦率地说，都不能算是他亲密的人。这都是些他同时代的人，并不是他挑选的；即使席勒也不是他挑选的。当有一天他弄明白，整整一生，这些人都要围着他转，他不由得心里很难过。有什么办法呢，一定得忍受。那么他死后怎么还会想和他们经常见面呢？

所以这完全出于一种纯粹无私的爱，我才替他想像出这样一个伙伴；这个伙伴还有可能征服他（如果您已经忘了，那我就提醒您，歌德生前对美国很感兴趣），这个伙伴不会使他想起在他生命的最后几年控制了整个德国的脸色苍白的浪漫主义小集团。

“您知道，约翰，”海明威说，“做您的伙伴对我来说是莫大的荣幸。在您面前，所有的人都战战兢兢、毕恭毕敬，以致我的几个妻子，甚至格特鲁德·斯泰因这个老太婆都对您敬而远之。”接着他又笑着说：“除非她们是由于您这身奇装异服才避开您的！”

为了使海明威这句话能让大家听懂，我要说明一下。那些不朽者在彼世散步时，有权在他们生前所有的外形中挑选一个他所偏爱的。歌德挑了一个他最后几年私生活中的一个形象，这个形象除了他几个近亲以外谁也没有见过：为了避免阳光刺眼，他在前额上套了一个绿色的、透明的遮光帽檐，用一根细绳固定在他的头上；他脚上穿着拖鞋；为了避免着凉，脖子上圈了一条五颜六色的大披巾。

听到海明威讲到他这身奇装异服时，歌德像听到了对他的高度颂扬一样，高兴地笑了起来。随后他俯身对海明威低声说:“我是为了贝蒂娜才打扮得这样奇形怪状的。不管她走到哪儿，她都要诉说她对我的巨大的爱情。所以我想让大家看看她爱的是怎么样一个人！现在只要她远远地看见我，便会拔脚逃走。我知道，如果她看见我打扮成这副模样在散步，一定会气得跺脚：我牙齿掉完了，头发秃光了，眼睛上还套着这个令人发笑的玩意儿。”

第三部

斗 争

姐 妹

我听的是国家电台，因此它不播送广告，只是用最新的陈词滥调轮流播放新闻和评论。另一个电台是私人的，广告代替了音乐。可是那些广告同样也是陈词滥调，以致我永远也搞不清楚听哪个电台好，更何况我总是昏沉沉地睡了又睡。我在朦胧之中知道了自从战争结束以来，在欧洲的公路上已经死了二百万人，法国的年平均数是死一万，伤三十万：整整一支缺胳膊少腿，又聋又瞎的大军。议员贝特朗·贝特朗（这个名字像摇篮曲一样美丽）被这个统计数字激怒了，他建议采取一项绝妙的措施。可是这时候我又睡着了，一直到半个小时以后我听到同一条新闻的重播：名字像摇篮曲一样美丽的议员贝特朗·贝特朗向议会提出一个禁止为啤酒做任何广告的方案。这个方案在议会中引起轩然大波，遭到很多议员的反对。这些议员得到电台和电视台代表的全力支持，因为这项禁令将会使他们失去大量经济收入。接下来我听到贝特朗·贝特朗本人的声音：他谈到了对死亡的战斗和为生命的斗争……“斗争”这个词，在他短短的讲话中重复了五次，使我想起我古老的祖国，想起布拉格；红旗、标语，为幸福而斗争，为正义而斗争，为未来而斗争，为和平而斗争。为和平而斗争，直至大家消灭大家，当然还要加上捷克人民的智慧。可是我又睡着了（每次讲到贝特朗·贝特朗的名字，我便觉得有一阵睡意向我袭来），醒来时我听到的是一篇有关园艺的评论。我调到另一个电台。那个电台正在讲贝特朗·贝特朗和不准为啤酒做任何广告的禁令。我终于慢慢理清其中的逻辑关系：人们用汽车相互杀戮，就像在战场上一样，可是我们不能禁止汽车，因为汽车是现代人的骄傲；有一部分车祸应归咎于喝醉的司机，可是我们不能禁止葡萄酒，因为葡萄酒是法国自古以来的光荣；一部分醉汉饮的是啤酒，可是啤酒同样不能禁止，因为这会破坏有关自由贸易的国际条约；一部分喝啤酒的人是受了广告的刺激引诱，这终于揭示出了敌人的阿喀琉斯的脚跟[①]。勇敢的议员决定拿起武器！贝特朗·贝特朗万岁，我心里想着，可是因为这个名字对我有一种摇篮曲的作用，我马上又睡着了，一直睡到耳边响起一个熟悉的声音，一个醇厚的迷人声音，是的，是播音员贝尔纳的声音。因为今天除了公路以外没有什么其他新东西，于是他讲了这么一件事：昨天夜里有一个年轻姑娘背朝着汽车驶来的方向坐在车行道上。三辆车子，一辆接一辆地，在最后一刻想避开她时冲进沟里，死伤了好几个人。这个想自杀的姑娘看到自己未能达到目的，站起来走了，没有留下任何踪迹。关于她的存在是从伤者的证词中得知的。这条新闻吓得我再也睡不着了。我只能起床吃早饭，坐在我的打字机前面。可是我很久很久不能集中思想，这个大路上的年轻姑娘老是在我眼前晃来晃去，额头埋在双膝之间，缩成一团；我听到了从沟里传来的呼救声。我一定得尽力驱走这个形象才能继续写我的小说。如果您没有忘记，我的小说是从游泳池旁边写起的，我正在等待阿弗纳琉斯教授，看到一个陌生女人在向她的游泳教师挥手致意。这个手势我们在阿涅丝向她的腼腆的同学告别时又一次见到过。每次她有朋友送她回来到栅栏门前时，她都要做这个手势。小洛拉躲在一丛灌木后面等待她姐姐归来，她想偷看他们接吻，随后目送阿涅丝登上台阶走向屋门。她等待着阿涅丝回头挥舞手臂的时刻。对这个小姑娘来说，这个举动不可思议地包含着她对还一无所知的爱情的模糊概念，并永远和她温柔迷人的姐姐的形象连接在一起。

在阿涅丝突然撞见洛拉学着这个手势向她的小朋友告别时，她对这个手势产生了反感，决定从此以后（就像我们所知道的那样）在向她的朋友们告别时不再做任何手势。这个关于手势的简短故事使我们能认清两姐妹之间的关系：妹妹学姐姐的样，把双手向她伸去；可是姐姐总是在最后一刻避开她。

---

① Achilles，希腊神话中的英雄，出生时被母亲海洋女神忒提斯握住脚跟倒浸在冥河水中，因此除没有浸水的脚跟部外，任何武器不能伤害他的身体，后被敌人用箭射中脚跟而死。“阿喀琉斯的脚跟”意即致命弱点。

阿涅丝在拿到中学毕业会考证书以后，便去巴黎继续深造。洛拉抱怨她撇下了她们两人都喜爱的故乡景色，可是她在中学毕业以后也到巴黎继续学业去了。阿涅丝致力于数学。毕业以后，大家都预言她将会在科学领域里有一个光辉的前程；可是阿涅丝没有继续研究下去，却嫁给保罗，接受了一份普通的差事，虽然报酬丰厚，却没有什么灿烂的前景。洛拉为此感到沮丧，决定在进音乐戏剧学院以后要弥补她姐姐的失败，要出人头地，扬名天下。

一天，阿涅丝把保罗介绍给她。就在他们相遇时，洛拉听到有一个看不见的人对她说："这才是一个男子汉！真正的，惟一的男子汉。是一个举世无双的男子汉。"这个看不见的讲话的人是谁呢？会不会是阿涅丝自己？是的，是她向她的妹妹指明了道路，可是又挡住她。

阿涅丝和保罗对洛拉非常亲切，关怀备至，使她感到在巴黎姐姐的家中就像在自己的故乡一样。待在这样的家庭气氛中，她感到很幸福，可是也不无惆怅：她惟一能爱的男人却同时是惟一她不能爱的男人。在她和这对夫妻共同生活时，喜悦和悲伤交替出现。她沉默不语，目光空茫；阿涅丝总是握着她的手说："你怎么了，洛拉？你怎么了，我的小妹妹？"有时候，在同样的情况下，保罗也同样满怀激情地握住她的手。于是他们三人都沉浸在某种快感之中，交织着各种情感：友谊和爱情，同情和肉欲。

后来她结婚了。阿涅丝的女儿布丽吉特十岁那一年，洛拉决定送一个表弟或者表妹给她。她要她的丈夫让她怀上孩子，他很轻松地便完成了任务。可是结果却使人苦恼，洛拉流产了，医生警告她说，如果她不接受外科大手术，她以后不可能再有孩子了。

墨镜

阿涅丝在上中学时便热中于戴墨镜。要说她戴墨镜是为了保护眼睛不受阳光照射，还不如说她是想显得漂亮和莫测高深。墨镜成了她的癖好，就像某些男人的壁橱里放满领带，某些女人的首饰盒里装满戒指一样，阿涅丝专门收集墨镜。

至于洛拉，她从流产的第二天起便戴上墨镜。那时候，她几乎总是戴墨镜，她在朋友面前的借口是："请别埋怨我，我哭得眼睛肿了，不戴墨镜不能出门。"从此以后，墨镜对她来说就表示哀伤。其实她戴墨镜不是为了掩盖她的眼泪，而是要让人知道她在流泪。墨镜变成她眼泪的代替物，比真正的眼泪具有更多的优越性；它不会损伤眼皮，不会使眼睛红肿，而且使用方便。

启发洛拉爱上墨镜的也是阿涅丝。此外，墨镜的故事还表明两姐妹的关系不仅仅局限于妹妹模仿姐姐。妹妹模仿姐姐，是的，可是她还在改进：她给予墨镜一种更加深刻的内容，一种更加严肃的意义，可以使阿涅丝的墨镜自愧不如，无地自容。当洛拉戴墨镜出现在人们面前时，总是说明她心中有苦恼的事情，并使阿涅丝觉得为了表示谦逊和体贴，似乎应该把自己的墨镜摘下来。

墨镜的故事还揭示了其他事情：阿涅丝显得好像是命运之神的宠儿，洛拉则恰恰相反。两人最后都相信她们在命运面前是不平等的，这也许使阿涅丝比洛拉更感不安。“我的小妹妹很爱我，可是她运气不好。”她说。所以她非常高兴地欢迎洛拉到巴黎来，把保罗介绍给她，并要求保罗照顾她；所以她好不容易在附近找了一个单人套间让洛拉住进去，所以她一看到洛拉似乎心情不好便请她到自己家里来。可是她这是白花力气：偏心的命运之神还是一直对她青睐有加，对洛拉总是另眼相看。

洛拉很有音乐才能，弹得一手好钢琴，可是她一心要去音乐戏剧学院学习的却是唱歌。她说：“当我弹钢琴时我觉得我面对的是一个陌生而怀有敌意的东西，音乐不属于我，而属于我面前的黑色的乐器。在我唱歌时情况相反，我的身体变成了管风琴，我便变成音乐。”不幸的是她的音质太轻，最后失败了，不过这不是她的过错。她未能成为独唱演员。后来她在音乐方面的野心降低到参加一个由业余爱好者组成的合唱团，每星期演唱两次，唱的都是些老调。

她抱着满腔诚意结成的婚姻，在六年以后也垮掉了。虽然她富有的丈夫留给她一套漂亮的公寓和一笔为数可观的津贴，她可以用这笔钱买下一间皮货店，她还有使人吃惊的经营才能，但是这种成功离她原来的精神和感情上的要求实在太远了。

离婚以后，她换了几个情夫，获得了一个多情的情妇的名声，装作把爱情当成是一个十字架。“我的生活中有很多男人。”她经常这么说，语气沉重而忧郁，就像在抱怨命运一样。

“我羡慕你。”阿涅丝回答说。而洛拉却戴上了墨镜，表示她心里不痛快。

她童年时看到阿涅丝在花园栅栏门旁边向她的朋友们挥手告别的情景，使她对姐姐一直保持着崇敬的心情，所以在她知道她姐姐放弃科学研究工作时，她的沮丧情绪溢于言表。

“你凭什么可以责备我呢？”阿涅丝为自己辩护说，“你不去歌剧院唱歌，而去卖皮货；我呢，我不东奔西跑去参加会议，而在一个信息企业里找了一份差事，虽然默默无闻，倒也舒舒服服。”

“可是我，为了唱歌我已经尽了努力，而你，你是自愿放弃你的理想的。我被打败了；而你呢，你是投降！”

“为什么我一定要在工作中取得成就呢？”

“阿涅丝，人只有一次生命！不能白白浪费，我们应该在身后留下一点东西！”

“在我们身后留下一点东西？”阿涅丝用一种惊奇而怀疑的声音说。

洛拉用几乎是痛苦的声音说：“阿涅丝，你总是反对我！”

这句责备的话，她经常对她姐姐说，不过总是在心里，高声讲出来只不过两三次。上一次是在她们的母亲去世以后看到父亲撕照片时候讲的。父亲这种做法是不可接受的：他撕毁了生活的一部分，他和母亲共同生活的一部分；他撕毁了图像，撕毁了回忆，而这回忆不仅仅属于他一个人，而是属于整个家庭，尤其是属于他的两个女儿！他没有权利这样做。她开始冲着父亲大喊大叫，阿涅丝帮父亲说话。父亲走开以后，她们两人开始了她们一生中的第一次争吵，吵得很凶，还带着几分仇恨的情绪。“你总是反对我！你总是反对我！”洛拉叫道。随后她气得哭起来，戴上墨镜走了。

肉 体

名画家萨尔瓦多·达利[1]和他的妻子加拉在晚年时曾驯养过一只兔子；后来这只兔子就和他们生活在一起，和他们形影不离。他们非常喜欢这只兔子。有一天他们要出远门，为了如何安置兔子，他们一直讨论到半夜。要把兔子带着一起走是很难做到的，可是要把它托付给别人同样不容易，因为兔子见不得生人。第二天，加拉在准备早餐，达利的心情一直很愉快，一直到他发现他在吃的是一盆红酒洋葱烩兔肉。他顿时从餐桌边站起来，奔进盥洗室，想把他暮年时的忠实朋友，他心爱的小动物吐在脸盆里。加拉却相反，她对她心爱的小兔子能进入她的内脏，慢慢地经过胃、肠，变成自己身体的一部分，感到很高兴。她不知道还有什么比把心爱的东西吃到肚子里更彻底的爱。和这种身体的融合相比，肉体爱情的行为对她来说，只不过是隔靴搔痒而已。

洛拉就像加拉，阿涅丝就像达利。阿涅丝爱的人很多，男人和女人都有，可是如果有一份奇怪的友谊契约规定她一定要关心他们的鼻子，并定时替他们擤鼻涕，她也许宁愿在生活中没有朋友。洛拉知道她姐姐对什么有反感以后，责备她说："你对一个人产生的同情心意味着什么？你能把肉体排斥在同情心之外吗？如果没有肉体，人还能算得上是个人吗？”

是的，洛拉和加拉一样：她和她的肉体完全合而为一，她完全安顿在她的肉体里了。而肉体不仅仅指她能在镜子里看到的东西：最珍贵的一部分肉体是在里面。因此，在她的词汇表里，她以内部器官的名义，保留着选择的余地。为了表示她昨天对情人的不满，她说：“等他一走，我便去吐了。”尽管她经常用呕吐来作暗示，阿涅丝总是拿不准她的妹妹究竟是不是曾经吐过。呕吐不是她的真实，而是她的诗意；是隐喻，是沮丧和厌恶的抒情的形象。

一天，她们两人到一家内衣店里去买东西，阿涅丝看到洛拉在轻轻地抚摸女售货员递给她的一只胸罩。就是在这样的时刻她才能理解她和她妹妹的隔阂所在：在阿涅丝看来，胸罩是弥补身体缺陷的用具之一，就像绷带、义肢、眼镜和颈椎有病的人必须戴的颈托。胸罩的作用是支撑某种比预料的要重，重量未曾得到准确计算的东西，就像人们用支柱和扶垛撑起一个建坏了的阳台一样。换句话说，胸罩揭示了女子身躯的技术性特征。

阿涅丝很羡慕保罗在生活中能不意识到身体的存在。他吸气、呼气，他的肺就像一只自动大风箱一样工作着。他就是这样感知

① Salvado Dali（1904—1988），西班牙画家，先是印象派，后为超现实派。

到他的肉体的，愉快地忘却它的存在。即使身体不舒服，他也从来不讲；这并不是出于谦虚，而是出于保持优雅的虚荣心，因为生病就是不完美，他引以为耻。他有好几年都在受胃溃疡之苦，可是直到有一次，在法庭上进行了一次戏剧性的辩护以后，他突然大出血，躺倒在地，被救护车送进医院，阿涅丝才知道。这种虚荣心会引人发笑，可是阿涅丝却很激动，几乎到了羡慕他的地步。

虽然保罗也许要比一般人虚荣，阿涅丝心里想，他的举止揭示了男女不同境况。女人一般要用更多的时间来讨论她的身体状况，她不会忘记对自己健康的挂虑。这种情况从最初几次失血时开始；她的身体突然竖在她面前！仿佛一个单独负责工厂机器运转的机械师，她每个月都要系上月经带，吞吃药片，调整她胸罩的宽度，准备生产。阿涅丝羡慕地端详着年老的男人，她似乎觉得他们的衰老过程有所不同。她父亲的身体在不知不觉中变成了他自己的影子，逐渐消失，留在尘世的只是一个化为肉身的没精打采的灵魂。相反，女人的肉体越是无用便越是作为肉体而存在：沉重和凸显；这个肉体就像一家决定要拆毁的旧的手工业工厂，可是作为一个女人的"自我"，不得不像个门房那样待在它旁边，直到最后。

什么才能改变阿涅丝和她身体的关系呢？除了在兴奋的时刻再也没有别的了。兴奋，可以暂时赎回身体。

可是在这一点上，洛拉也不同意。赎回身体的时刻？时刻是什么意思？对洛拉来说，身体从来就是属于性的，这是先天的、完全的、本质的。爱一个人，对她来说，就意味着把她的身体给他，放在他面前。她的身体是内外一致的，哪怕随着时间的推移，她的身体会日渐衰败。

对阿涅丝来说，身体是不属于性的，它只有在很少时间里才变得有性感。当兴奋在身体上投去一道不真实的、非自然的光时，这道光使肉体变得更美，更能激起人的情欲。这就是为什么——即使没有任何人料到——阿涅丝经常被肉欲所困扰并念念不忘，因为如果没有它，身体的痛苦便没有任何慰藉了。在做爱时她的眼睛总是睁着，如果身边有一面镜子就更好了：她可以观察到镜中的身体，觉得它如此得光彩照人。

可是看自己沐浴在亮光中的身体是一桩可耻的游戏。一天，阿涅丝在和她的情人做爱时，在镜子中发现自己的身体上有一些在他们上次相会时（他们每年只见一两次面，在巴黎一家不知其名的大饭店里）她没有看到的缺陷，她无法使自己的视线从这些缺陷上移开：她再也看不到她的情夫，再也看不到两个在做爱的身体了；她看到的只是已经开始在损害她身体的衰老。房间里的兴奋气氛顿时消失。阿涅丝闭上眼睛，加速做爱动作，为的是不让她的同伴猜到她的想法：她刚刚下了决心，以后不再和他会面。她感到自己很虚弱，想回到她的那张大床上，尽管床头的那盏小灯永远也亮不了。她渴望那张大床就像渴望得到一个安慰，得到一个黑暗的避风港一样。

加法和减法

在我们这个世界上，每天都要出现越来越多的脸，这些脸也越来越相像。人如果要证实他的“我”的独特之处，并成功地说服自己，他具有不可模仿的、与众不同的地方，这可不是一件容易的事情。要培植“我”的独特性，有两个方法：加法和减法。阿涅丝减去她的“我”的所有表面的和外来的东西，用这种办法来接近她真正的本质（由于不断地减，她冒着被减成零的危险）。洛拉的方法恰恰相反：为了使她的“我”更加显眼，更加实在，更容易被人抓住，她在她的“我”上面不断地加上新的属性，并尽量让自己和这些属性合而为一（由于不断地增加，她冒着失去她的“我”的本质的危险）。

我们就以她的暹罗雌猫作例子吧！洛拉在离婚以后对独个儿住在一套大公寓里感到很孤独、很难过，她想与人分担这种寂寞，哪怕有一只小动物陪陪她也行。她首先想到的是养一只狗，可是她很快便明白，养狗很麻烦，有很多必要的照料是她无法办到的。因此她就去领来一只雌猫，是一只很大、很漂亮又很凶的暹罗猫。因为每天和它生活在一起，并经常和朋友们谈起它，这只她当初并无多大信心（因为说到底，她一开始想要的是一条狗！）碰巧选中的暹罗猫对她越来越重要了。她到处宣扬它的优点，逼着大家赞美它。她在这只猫的身上看到了令人赞美的独立性，骄傲与自由的气度，永远是那么风度翩翩（和人的风度截然不同，人在做了什么蠢事或者在失意的时候，风度会大受损害）；她在她的暹罗猫身上看到一个典范；她在它身上看到了自己。

重要的并不是要知道洛拉的性格是不是像暹罗猫，重要的在于洛拉已经把它画在她的家徽上，这只雌猫已经变成了她的“我”的属性之一。她的几个情人一上来就被这只惟我独尊、不怀好意的雌猫激怒了。它动不动就吐唾沫、用爪子抓人，暹罗猫变成了是否服从洛拉权威的考验。她仿佛在对每一个人说：“你会得到我的，不过你将得到的是真正的我，也就是包括我的暹罗猫。”暹罗猫是她灵魂的形象，而情人必须首先接受她的灵魂，然后才谈得上占有她的肉体。

用增加的办法是相当有趣的，一个人在他的“我”上增加的是一条狗，一只雌猫，一块烤猪肉，对海洋的爱或者冷水淋浴。不过如果要在他的“我”上增加一种对共产主义、对祖国、对墨索里尼、对天主教会、对无神论、对法西斯主义、对反法西斯主义的激情，那么事情就会变得不那么美妙了。在两种情况之下，这种增加的方法是完全一样的。固执地鼓吹猫比任何其他动物都要优越，从本质上说，和宣称墨索里尼是意大利惟一大救星是一回事。

他在吹嘘他的“我”的一个属性，并竭尽所能来使这种属性(一只雌猫或者墨索里尼)被他周围所有的人承认和喜爱。

这就是想借助加法培植自我者的矛盾之所在：他们尽力增加，为了创造一个惟一的、难以模仿的“我”，可是同时又变成这些新增加的属性的宣传员；为了让绝大多数人和他们相像，他们使出了全力，结果却是，他们来之不易的“我”，很快便烟消云散了。

因此我们可以想想，为什么一个喜爱雌猫(或者墨索里尼)的人不仅仅满足于自己的热爱，还要把这种爱强加给别人？为了试着回答这个问题，我们可以回忆一下那个桑拿浴室里的年轻女子。她像挑战似的向大家宣布她对洗冷水淋浴的偏爱，就这样成功地让自己一下子显得和人类中另一半喜爱洗热水淋浴的人有所不同。不幸的是，另外一半人类和她更加相像。唉，这是多么可悲啊！人多主意少，我们怎么才能相互区别呢？年轻女子只知道一个办法可以克服她和不可胜数的喜欢洗冷水浴的狂热分子相像的不利因素，她一定得在桑拿浴室门口用足力气高喊一声“我热爱洗冷水淋浴！”为了让千百万其他酷爱洗冷水淋浴的女人顿时落入可悲的模仿者的境地。换一句话说：如果我们想让洗淋浴的爱好(爱好本身实在是微不足道)变成我们的“我”的一个属性，我们一定要向全世界宣布我们要为这种爱好进行战斗。

凡是把对墨索里尼的激情当作是他的“我”的一个属性的人，会变成一个政治战士；凡是赞扬猫、音乐或者旧家具的人，会送礼物给他的朋友。

让我们来设想一下；您有一个喜爱舒曼①厌恶舒伯特②的朋友，而您却酷爱舒伯特，一听到舒曼心里就烦。在您这位朋友生日那一天，您准备送谁的唱片给他呢？送他所迷恋的舒曼还是送您所迷恋的舒伯特？当然送舒伯特。如果送舒曼，您也许会有觉得自己不够真诚的感觉，就好像是给您朋友一笔想讨好他，想取得他欢心的见不得人的贿赂。总之，在您送礼时，是出于对您朋友的爱，是为了把您的一部分、把您的一片心献给他！所以，您就把舒伯特的《未完成交响曲》送给您的朋友吧，不管他在您走了以后就会戴上手套，在唱片上吐唾沫，用两只手指夹着它，扔进垃圾箱。

在几年时间里面，洛拉送给她姐姐和姐夫一套餐具和餐巾，一只高脚盘，一盏灯，一把摇椅，一块桌布，五六只烟灰缸，尤其值得一提的是还有一架钢琴。那是有一天由两个强壮的小伙子突然抬来的，一进门就问该搁在哪里。洛拉喜气洋洋地说："我想送你们一件你们一看到便会想起我的礼物，即使我不在也同样

① Robert Schumann（1810—1856），德国作曲家、音乐评论家，代表作有《妇女的爱情和生活》、《诗人之恋》（声乐套曲）和交响曲《春》、《莱茵河》等。

② Franz Schubert（1797—1828），奥地利作曲家，代表作为《魔王》、《野玫瑰》、《春之信念》等；所作十部交响曲中，以《未完成交响曲》最为著名。

如此。”

在她离婚以后，洛拉一有空便到阿涅丝家里去。她照料布丽吉特就像照料亲生女儿一样。她之所以送一架钢琴给她的姐姐，就是为了让她的外甥女学着弹。可是布丽吉特厌恶钢琴；阿涅丝怕洛拉不高兴，求她的女儿能勉为其难，装作对那些雪白和乌黑的琴键有点儿感情。布丽吉特争辩说："那么，我学弹琴就是为了让她高兴吗？"因此这件事的结局并不很好；几个月之后，钢琴只不过成了一件摆设，更可以说成了一件使人讨厌的东西。这使人伤感地想起一个流产的计划；没有人需要这个巨大的白家伙（是的，钢琴是白的）。

说实话，阿涅丝既不喜欢钢琴，也不喜欢餐具餐巾和摇椅。并不是这些东西的样式不好，而是它们都有些古怪，与阿涅丝的天性和爱好都不相符合；因此当有一天（这时候，这架钢琴已经有六年没有人碰了）洛拉喜形于色地告诉姐姐，她已经爱上保罗的年轻朋友贝尔纳时，阿涅丝不但感到由衷的高兴，还自私地松了一口气：一个马上就要生活在伟大爱情中的女人，一定会做出一些比送姐姐礼物和关心外甥女的教育更好的事情来。

比男人年龄大的女人，比女人年纪轻的男人

“这个消息真是太好了！”保罗在听到洛拉把她爱情的秘密告诉他时说。他邀请姐妹俩去吃晚饭。因为看到两个他所喜爱的人相爱感到非常高兴，他要了两瓶价格昂贵的葡萄酒。

“你就要和法国最大的家族之一发生关系了，”他告诉洛拉说，“你知不知道贝尔纳的父亲是谁？”

洛拉说：“当然知道！一位议员！”可是保罗说：“你根本一无所知！贝特朗·贝特朗议员是议员阿尔蒂尔·贝特朗的儿子。阿尔蒂尔对自己的姓氏非常自豪，他要他的儿子让这个姓更加发扬光大。为了他儿子的受洗名字他考虑了很久很久，最后灵机一动，干脆和他的姓一样，叫作贝特朗。对这样一个姓和名同样的姓名，任何人都不会无动于衷，也决不会忘记！只要一说出贝特朗·贝特朗，这个名字就像欢呼和喝彩一样响彻云霄：贝特朗！贝特朗！贝特朗！贝特朗！贝特朗！贝特朗！”

在重复这些话时，保罗像祝酒一般举起他的杯子，并抑扬顿挫地吟诵着这个群众爱戴的领袖的名字。随后他喝了一口酒说：“这酒真美！”接着又说：“我们每一个人都奇妙地受他姓名的影响，

而贝特朗·贝特朗一天有好几次听到他的名字被有节奏地重复好几次，他觉得他的一生都被这几个和谐悦耳的音节压垮了。在他没有能通过中学会考的那一天，他比他的同学们把这件事情看得更糟；就好像他双重的姓名把他的责任心也自动地加了一点。他的人尽皆知的谦逊本可以使他承受落在他身上的耻辱，可是他不能适应加在他姓名上的耻辱。他在二十岁时曾庄严地向他的姓名许诺要终生为善而奋斗；可是他很快便认识到要区别善恶是很困难的。比如说，他的父亲阿尔蒂尔同大多数议员一起，对慕尼黑条约投了赞成票。他想拯救和平，和平是善，这是无可争辩的；可是后来有人谴责他，说他这样做是为战争铺平道路，而战争是恶，这也是不容置疑的。为了避免再犯父亲的错误，儿子遵循几条基本原则。他不对巴勒斯坦人、以色列、十月革命、卡斯特罗发表意见，甚至不对恐怖主义发表意见。因为他知道，在某种界线以外，谋杀变成了一种英雄行为，而他始终认不清这条界线在哪里。他义愤填膺地反对希特勒，反对纳粹，反对毒气室。从某种意义上说，他对希特勒消失在总理府的废墟之中感到遗憾，因为从这一天起，善恶都变成相对的了，这是叫人难以忍受的。所有这一切导致他献身于善最直接的、还没有被政治歪曲的那方面。他把这样一句话作为座右铭：'善，就是生命。'因此，反流产、反安乐死、反自杀，成了他生活的目的。"

洛拉笑着反对说："照你这么说，他是个脓包！"

“你看,”保罗对阿涅丝说,“她已经在为情人的家庭说话了。这值得赞美,就像你们该为我挑了这瓶葡萄酒而赞美我一样!在最近一次关于安乐死的节目中,贝特朗·贝特朗坐在一个瘫痪病人的床头做节目。这个病人的舌头被切除了,又是个瞎子,他将要受无穷尽的痛苦。他坐在床沿上,向病人俯下身子,摄影机正在摄下他鼓励病人要对美好的明天抱有希望。就在他第三次说‘希望’这个词时,病人突然激动起来,发出一声像动物似的可怕而悠长的叫喊,就像是马、公牛、大象的叫声或是三种动物齐声叫喊。贝特朗·贝特朗害怕了,他讲不出话来,只是想不惜任何代价保持脸上的微笑。镜头长时间地停留在一位吓得发抖的议员僵硬的微笑上,同时也把他旁边一个在哀号的濒死者的脸拍下来。不过这不是我要说的;我要对你们说的是,在挑选儿子的名字时,他真的失算了。起先他还是想把他的儿子叫作贝特朗,可是他很快便不得不承认,在这个世界上如果有了两个贝特朗·贝特朗,那真是太滑稽了;因为人们将永远搞不清楚他们是两个人还是四个人。可是他又不肯完全放弃在这个名字中听到他自己名字的回声的乐趣,所以他想到把贝尔纳作为他儿子的教名。唉,贝尔纳·贝特朗,它不像欢呼声和喝彩声那么响亮,而像是含糊不清的嘟囔声,最多也只不过像演员和电台广播员在学习准确流利地讲话时所做的发音练习。就像我刚才讲过的那样,我们每个人的名字都神秘地遥控着我们,而贝尔纳这个名字从摇篮时期起便注定他有朝一日要在电波中讲话。”

保罗之所以一开始讲了那么许多废话，那是因为他不敢在他小姨子面前高声讲出萦绕在他心头的想法：洛拉和年轻的贝尔纳相差八岁，这件事使他非常高兴！保罗的确至今还在怀念一个比他大十五岁的女人，这个女人是他在二十五岁时恋上的。他本来很想谈谈这件事；他本来很想对洛拉说，任何男人都应该有爱上一个比自己年龄大的女人的经历，这种回忆是极为珍贵的。“一个年纪比较大的女人，”他真想再一次举杯呼喊，“是男人生活中的一块紫水晶！”可是他放弃了这个冒失的动作，只是在心中默默地回忆他过去的情妇。她把自己公寓的钥匙也交给了他，他想什么时候去住都可以，他想在那儿干什么就可以干什么。这样的安排是保罗求之不得的，因为那时他和父亲相处并不和睦，不太想住在家里。她晚上从来不打扰他；他有空便去找她，不去看她也不必提供任何解释。她从来不强迫他陪她出去；如果有人看见他们两人在一起，她那种态度就像一个准备为她可爱的外甥干任何事情的充满爱心的舅妈。当他结婚时，她送给他一件贵重的礼物，这件礼物成了阿涅丝一个永远猜不透的谜。

可是他不可能对洛拉说：“我很高兴我的年轻朋友爱上一个年纪比他大的女人，她的态度会像一个准备为她可爱的外甥干任何事情的充满爱心的舅妈。”他不可能这么说，因为洛拉已经开口说道：

“最美的是，在和他待在一起时，我觉得年轻了十岁。亏得有了他，我生活中十到十五年的痛苦一下子勾销了，我总觉得好像是昨天才从瑞士来，只是刚认识他。”

洛拉的招认阻止了保罗，他没有将他的紫水晶高声喊出来；所以他把他的回忆藏在心里，只是慢慢地品尝着葡萄酒，再也听不到洛拉对他说的话了。过了一会儿以后，保罗才重新回过神来，他问道：“贝尔纳说了他父亲些什么？”

“什么也没有说，”洛拉回答说，“我可以向你保证，他父亲不是我们谈话的内容。我知道他们属于一个大家族，不过你也不是不知道我对大家族的看法。”

“你不想再多知道一些吗？”

“不！”洛拉高兴地笑着说。

“你应该多知道些。贝特朗·贝特朗是贝尔纳·贝特朗关心的主要问题。”

“绝对不是！”洛拉大声说。她深信自己才是贝尔纳关心的主要问题。

“你知不知道老贝特朗曾决定让贝尔纳进入政界？”保罗问。

“不知道。”洛拉耸耸肩膀说。

“在他们的家庭里，政治生涯就像农庄一样是可以继承的。贝特朗·贝特朗确信他儿子有一天会想得到议员的权责。可是贝尔纳二十岁时在收音机里听到了这样一条新闻：‘大西洋上发生空难事件。一百零三名乘客失踪，其中有七个孩子和四个新闻记者。'遇到这些事情，人们把孩子作为人类特别珍贵的种类专门提出来，我们早已习以为常了。可是这一次，女播音员在孩子后面还提到新闻记者，使贝尔纳突然眼前一亮。他懂得了今天的政治家只不过是些可笑的人物，他决心将来自己要当个记者。碰巧那时候我在法律系做专题，他经常去听；他就是在那时候最后和他父亲决裂的。这件事贝尔纳对你讲过吗？"

"当然讲过！"洛拉回答说，"他非常喜欢你！"

一个黑人提着一篮鲜花走进大厅。洛拉向他做了一个手势，黑人露出他雪白的漂亮的牙齿。洛拉从篮子里拿出一束五朵快要凋谢的康乃馨，递给保罗说："我的幸福都是你给的。"

保罗也伸手到篮子里拿出另一束康乃馨，一面递给她一面说："今天我们祝贺的不是我，而是你。"

"是的，今天是洛拉的节日。"阿涅丝从篮子里拿出第三束康乃馨说。

洛拉眼泪汪汪地说："和你们在一起我觉得非常高兴，我觉得非常高兴。"她站起来把两束花紧紧地贴在胸前，一动不动地站在像国王一样挺立的黑人身旁。所有的黑人都像国王；这一个像在开始嫉妒苔丝德蒙娜以前的奥赛罗，洛拉像热恋着她的国王的苔丝德蒙娜。保罗知道接下去会发生什么事。洛拉一喝醉就要唱歌。慢慢地，一种想唱歌的欲望从她身体的最深处升起，一直升到嗓子眼，这种欲望是那么强烈，以致有好几个吃晚饭的顾客都好奇地转过头来看她。

“洛拉，”保罗轻声说，“在这个饭店里面，恐怕不会有人欣赏你的马勒[①]！”

洛拉把两束花紧紧地压在两个乳房上，以为自己正在舞台上演歌剧；她似乎觉得手指下的乳房胀鼓鼓的，里面满是音符。可是对她来说，保罗的希望就是命令。她服从了，只是叹息着说：“我真想干些什么……”

这时候那个黑人，出于国王的机敏的本能，又从篮子底拿出最后两束挤坏了的康乃馨，用一种崇高的姿势奉献给她。

“阿涅丝，”洛拉说，“亲爱的阿涅丝，没有你，我也许永远也不会到巴黎来；没有你，我也许永远也不会认识保罗；没有保罗，我也许永远也不会认识贝尔纳。”她一面说一面把她的四束花放在她姐姐面前的桌子上。

① Gustav Mahler（1860—1911），奥地利作曲家、指挥家，作品有交响曲十部和乐队伴奏的歌曲四十二首。

第十一诫

从前，新闻记者的光荣可以从伟大的欧内斯特·海明威的名字中找到象征。他所有的作品，包括他朴素简洁的文风，都扎根于年轻的海明威寄给堪萨斯城各家报馆的新闻报道中。做一名新闻记者，就意味着他比任何人都要接近真实生活，在它的隐蔽角落里搜索，伸进手去，把手弄脏。海明威很自豪，因为他写了一些既通俗，在艺术殿堂中又占有如此高地位的书。

在贝尔纳想到“新闻记者”（这个称号在今天的法国还包括电台、电视台工作人员和新闻摄影记者）这个名词时，他想到的不是海明威，他想运用自如的文学体裁也不是新闻报道。他所梦想的更可以说是在几本有名的周刊上，写几篇会使他父亲的所有同僚吓得发抖的社论，或者写几篇访问记。再说，当前最最出名的新闻记者是怎么样的人呢？并不是一个像海明威那样讲述战壕生活的人，也不是一个像埃贡·埃尔温·基施[①]那样熟悉布拉格妓女阶层的人，更不是一个像奥威尔[②]那样在巴黎贫苦的下层社会中生活了整整一年的人，而是一九六九到一九七二年间在意大利的《欧罗巴》杂志上发表一系列和当今最有名的政治家谈话纪要的奥丽亚娜·法拉奇。这些谈话已经超过了谈话的本身；它们是决斗。在这些政治家还没明白过来决斗的双方在武器上是不平等的之前，—— 因为只有她有提问的权力 —— 他们已经被打翻在地。

这些决斗是时代的信号：形势变了。新闻记者已经懂得，提问不仅仅是手里拿着记事册，低声下气地进行采访的工作方法，还是一种行使权力的方法。新闻记者不是提问题的人，而是掌握着提问题神圣权利的人；他可以向任何人提任何问题。可是我们每一个人不都有这个权利吗？任何问题不都是可以增进人们相互了解的跳板吗？可能是的。那么我再来把这个说法澄清一下：新闻记者的权利并不在于提问，而在于一定要得到回答。

请您注意，摩西没有把“不可说谎”列入十诫[3]。这不是偶然的！因为讲“不可说谎”的人应该已经讲过“你回答！”，而上帝从未给过任何人强求别人回答的权利。“不可说谎！”“讲真话！”这样的命令，如果把他人视作与你平等，你是没有资格对别人说的。也许只有上帝才可以讲这样的话，可是他根本用不着讲；因为他无所不知，不需要我们的回答。

---

① Egon Erwin Kisch（1885—1948），德国作家，记者，政论家，写有大量新闻报导、采访、小品等，有“狂记者”之称。

② George Orwell（1903—1950），英国小说家、散文家和社会评论家。原名埃里克·布莱尔（Eric Blair），代表作《一九八四》和《动物农庄》。

③ 见《旧约·出埃及记》第二十章。

下命令的人和应该服从的人之间的不平等，远没有强迫别人回答和必须回答的人之间的不平等要大；所以一般只有在特殊情况之下才会有可以强迫别人作出回答的权利。譬如说，一个在讯问一件罪案的法官被授予这个权利。而在我们这个世纪，法西斯主义国家给了自己这种权利，并且不是特殊性的，而是永久性的。这些国家的国民知道，在任何时候别人都可以强迫他们回答：他们昨天干了些什么？他们心里在想些什么？他们跟A谈了些什么？他们和B有什么亲密关系？恰恰是这种神圣化了的命令句："不可说谎！要讲真话！"这个他们无法违抗的第十一诫，把他们变成了一群既可怜又幼稚的家伙。不时地会出现一个C，他顽固地不肯说出他曾和A谈过些什么；为了表示他的叛逆性（一般来说，这是惟一可能的叛逆行为！），他没有讲真话，而是说了谎。可是警察局知道他在说谎，便在他家里安装了窃听器。警察局这样做并没有什么不可饶恕的动机，只不过是想知道被C隐瞒了的真实情况；它只是想维护它要迫使别人讲真话的神圣权利。

在一个民主国家里，任何公民，如果有警察敢于问他，他跟A讲了些什么或者他和B有什么亲密关系，都会伸出舌头嘲笑他。可是，第十一诫的至高无上的威力在那儿同样可以通行无阻。总而言之，在一个十诫几乎已经被置之脑后的世纪中，必须有一诫在发挥作用！我们这一时代的精神结构全都建立在第十一诫之上，新闻记者完全懂得这件事应该由他来管理，这也是历史的秘密安排；历史今天赋予了新闻记者一种任何海明威、任何奥威尔过去从未梦想过的权力。

所以下面这件事的原因便非常清楚了：美国记者卡尔·伯恩斯坦和鲍勃·伍德沃德用他们的问题揭露了尼克松总统在选举活动中的舞弊行为，就这样迫使这个世界上最有权势的人开始时公开说谎，接着又当众承认自己说谎，最后低着头离开白宫。我们那时候一致鼓掌，因为正义取得了胜利。保罗鼓掌鼓得特别起劲，因为在这个插曲之中，他感到发生了历史性的变化，跨过了一道门槛，这是令人难以忘记的一次换班时刻。一种新的力量出现了，惟一能使权势熏天的老政治家下台的力量；而使他下台的不是武器和阴谋，只不过是简单的提问。

“要讲真话！”新闻记者坚决要求。我们当然可以问问自己：第十一诫中所规定的“真话”究竟是什么？为了避免任何误会，我们要强调指出，这既不是使扬·胡斯[1]受火刑的上帝的真话，也不是后来使乔达诺·布鲁诺[2]受到同样刑罚的科学的真话。第十一诫要求我们一定要说的真话跟信仰和思想都没有关系，而是最最低级的和事物本体相关的真话：C昨天干了些什么；他心里到底在

① Jan Hus（约1369—1415），捷克爱国者和宗教改革家；因教皇斥他为“异端”，于一四一五年七月被处火刑。

② Giordano Bruno（1548—1600），文艺复兴时期意大利哲学家，道明会修士。因反对经院哲学被控为“异端”，一五九二年被宗教裁判所逮捕，一六〇〇年被烧死在罗马。

想些什么；他遇见A时谈了些什么；他和B有什么亲密关系。尽管这些都是最最低级的和事物本体相关的事情，却就是我们时代的真话，它具有和从前的扬·胡斯或者乔达诺·布鲁诺的真话同样的爆炸力。“您跟B有亲密关系吗？”新闻记者问。C回答时说了谎，他说他从来没有见过B，根本就不认识她。可是新闻记者在暗笑，因为他那家报纸有一个摄影记者早已偷偷地把躺在C怀中裸体的B拍下来了；他现在只要把这件丑闻公开出来就行了，再加上C既怯懦而又厚颜地坚决否认他认识B的无耻谎言。

我们正处于一场热火朝天的选举运动之中。政治家跳上一架直升飞机，从直升飞机上下来又跳上一辆汽车；他东奔西跑，满头大汗，一面跑一面吃面包，在话筒前面嚎叫，一连演说两小时；可是最后总得让一位伍德沃德或者一位伯恩斯坦决定在他所讲的话中，挑出哪一句来见诸报端或者在电台广播时引用。因此政治家希望能亲自上电台或者电视台讲话，可是这还得有个安排节目和提问题的中间人——一位奥丽亚娜·法拉奇。为了充分利用这短暂的、全国人民都可以看到他的时刻，政治家急于把他心中的话都讲出来，可是伍德沃德向他提了一些他毫无准备的、很不愿意回答的问题。因此他的处境很像是一个在黑板前被提问的中学生；为了摆脱困境，他想使用一个老办法：装作是在回答问题，实际上在说他已经准备好了的话。可是如果这条诡计过去使教师上了当，却愚弄不了当今的伯恩斯坦。他毫不留情地斥责他说：

“您没有回答我的问题！”

今天谁还愿意做职业政治家？谁还愿意没完没了地在黑板前被提问？议员贝特朗·贝特朗的儿子肯定不愿意。

意象学

政治家依赖于新闻记者，可是新闻记者依赖于谁呢？依赖于付钱给他们的人。而付钱给他们的人就是买下报纸上版面和电台时间的广告公司。乍一看来，人们也许会以为这些广告公司之所以毫不犹豫地跟所有的报纸打交道，是因为它们的广泛传播有利于某种产品的销售。不过这种想法是很天真的。产品的销售并不像人们想像的那么重要。

意象学(Imagologie)！是谁第一个造出这个巧妙的新词的？是保罗还是我？这并不重要；重要的是，终于有了一个可以把一些有五花八门名称的现象聚集到同一个屋顶下面来的词了：广告公司、和政治家有来往的议员、画出一辆新车或健身房新设备草图的绘图员、创造时尚的时装设计师、理发师、规定人体准则的意象学的所有分支均从中得到启发的演艺界明星。

意象学家当然早已存在，存在于今天我们知道的那些强大组织的创立以前。即使希特勒也有他个人的意象学家。这位意象学家站在元首面前，耐心把他应该在讲台上做的、可以激起群众狂热情绪的手势做给他看。可是如果这位意象学家在一次和新闻记者的谈话中，向德国人民冒冒失失地讲起元首不能正确地摆动他的手，那么也许他连半天也活不下去了。而今天，意象学家不再讳言他们的工作，相反地，他们还津津乐道要做政治家的代言人。他们非常喜欢在公开场合详细说明他们教了他们的主顾哪些事情，要他们改掉哪些坏习惯，注意哪些事情，将来要呼哪些口号，要使用哪些惯用语，要戴什么颜色的领带等等。在最近几十年里，意象学对思想体系取得了一个历史性的胜利，当然值得大大骄傲一番，这是不足为怪的。

所有的思想体系都被战败了，它们的教条最后都被揭穿了，人们明白它们不过是美好的幻想，不再认真对待它们了。譬如说，共产党人原以为资本主义的发展将使无产阶级越来越穷；可是有一天，他们发现欧洲的工人都开着私家车去上班。他们真想呼喊：现实在弄虚作假。现实比思想体系强大，就是在这个意义上，意象学超过了它；意象学比现实强大，更何况现实已经有很久不再向人们表现以前向我生活在摩拉维亚农村的老祖母所表现的东西了。老祖母的一切知识是从经验中获得的：怎样烘面包，怎样造房子，怎样杀猪，怎样熏制猪肉，怎样缝制鸭绒被，本堂神父和小学教师对世界的看法有何不同；全村的人她每天都能遇到，她知道十年以内在该地区发生过多少起谋杀案。她所理解的现实完全在她自己的制度之下，因此，没有人能使她相信，如果家中没有东西可吃，摩拉维亚的农业会繁荣。在巴黎我的同楼邻居，白天在他的办公室里和坐在他对面的另一位职员一起工作，随后他回到家里，打开电视机，收看发生在世界各地的新闻报道。节目主持人在评论最近一次民意测验，他说：对大部分法国人来说，法国是欧洲最安全的国家（我刚看过这次民意测验）。我的邻居听了高兴得像发疯一样，开了一瓶香槟酒。他永远也不会知道，就在那一天，就在他自己住的那条街上，发生了三起盗窃案和两起谋杀案。

民意测验是意象学权力的决定性工具，能使它和人民相处得非常融洽。意象学家向人们提出连珠炮般的问题：法国的经济情况如何？法国有没有种族主义？种族主义是好东西还是坏东西？世界上最伟大的作家是谁？匈牙利在欧洲还是在波利尼西亚[①]？在世界上所有的政治家中，哪一个最性感？因为今天的现实是一个人们很少去拜访的大陆，而且人们也有理由不喜爱它，民意测验成了高级现实；更可以说，成了真理。民意测验是一个常设议会，它的任务是产生真理，我们甚至可以说是产生前所未有的最最民主的真理。因为意象学家的权力从来不和真理的议会闹矛盾，它将永远生活在真实之中；即使我知道任何人类的东西都是要消失的，我也想像不出有什么力量能销毁这种权力。

讲到思想体系和意象学之间的关系，我还要补充说明一点：思想体系就像一些在旋转的巨大的轮子，挑起战争、革命和改革。意象学的轮子也在旋转，可是它们的旋转对历史不产生任何影响。

各种思想体系相互开战，而每种体系都有可能把它的思想赋予整个时代。意象学自己组织体系，以季节的轻捷节奏进行平静的交替。就像保罗讲的那样：思想体系属于历史，意象学的统治开始于历史结束的时候。

变化这个词在我们欧洲是非常珍贵的，它已经有了一个新的意义：它不再表示一种持续不断进化过程中的新阶段（这是某一位维科②、黑格尔③或者马克思的意思），而是位置的移动；从左面移向右面，从右面移向后面，从后面移向左面（就像某些赫赫有名的时装大师所做的那样）。在阿涅丝常去的那个俱乐部里，意象学家决定在墙上安装大镜子的原因，并不是让业余体操运动员在锻炼时看清楚自己的动作是否正确，而是因为那时候的镜子在意象学的轮盘赌上，被看成是一个会赢的数字。如果所有的人，在我写这几行字的时候，决定要把哲学家马丁·海德格尔④看作是一个骗子、一个坏蛋，那并不是因为他的思想被其他哲学家超过了；真正的原因是，在意象学的轮盘赌上，那时候他已经变成

① Polynésie，太平洋岛群。

② Giambattista Vico（1668—1744），意大利历史学家、法学家、哲学家，代表作为《新科学》。

③ Georg Hegel（1770—1831），德国哲学家，主要著作有《精神现象学》、《逻辑学》、《哲学全书》等。

④ Martin Heidegger（1889—1976），德国哲学家，存在主义主要代表之一，著有《存在与时间》、《什么是形而上学》、《林中路》等。

了要输的数字：一个反理想典型。意象学家创造了理想典型和反理想典型的体系，这些体系存在的时间不长，每一种都很快地被另一种代替，可是它们影响了我们的行为、我们的政治观点、我们的审美趣味，甚至影响了我们所喜爱的地毯的颜色和书的选择；这种影响力和从前思想体系是一样的。

在说明以上几点以后，我可以回到我开始的想法上来了。政治家依赖于新闻记者，可是新闻记者依赖于谁呢？依赖于意象学家。意象学家要新闻记者一定要让他们的报纸（或者他们的电台）符合一定时期的意象学体系的精神；这就是他们要决定是否支持一家报馆时经常要核查的。一天，他们检查了贝尔纳在那儿当编辑的电台，保罗每星期六也在那个电台做“权利和法律”的专题广播。他们同意提供很多广告合同，并在全巴黎张贴以发起一场声势浩大的运动；同时也提出一些条件，这些条件是使以绰号“大褐熊”闻名的节目主管不得不接受的。他慢慢地缩短了所有评论的时间，为了不让听众厌烦；他让编辑们相互提问，就这样把单调的独白变成了对话；他还大量穿插音乐，甚至在播音员讲话时也用轻音乐作伴奏；他还建议他所有的合作者在话筒前讲话时要轻松、活泼、诙谐，这些讲话使我清晨的梦境更加美好，把气象报告听成了喜歌剧。他一心想让自己仍旧在下属面前显得像一头权力极大的大褐熊，所以尽一切力量把他的合作者留在原来的位子上。他只在一点上作出了让步。意象学家们认为“权利和法律”

的专题广播使人厌烦；他们甚至连讨论的兴趣都没有，当有人提到这件事时，他们只是哄然大笑了一下，露了露他们雪白的牙齿而已。在同意把这个节目取消以后，大褐熊对自己的让步感到羞惭；尤其因为保罗是他的朋友，他更觉得无地自容。

他自己的掘墓人的杰出同盟者

节目主管的绰号是大褐熊，他也不可能有别的绰号：他体格壮实、行动迟缓、性格宽厚，可是所有的人都知道他笨重的爪子在他生气时会伤人的。那些意象学家厚颜无耻，竟想教他如何干他那份工作，几乎使这头熊忍无可忍。他那时正坐在电台的食堂里向他的几个合作者说："那些广告业的骗子，就像是些火星人。他们和正常人的举止神态都不一样。在他们强加给你各种使人讨厌的注意事项时，他们的脸上却堆满笑容。他们使用的词汇只不过有六十来个，句子简短得从来不超出四个字。他们的讲话中夹杂着两三个难以理解的技术词汇，最多表示一两个非常浅薄的念头。这些人没有羞耻心，没有任何自卑感。这就是他们权力的证明。"

几乎就在这时候，保罗出现在食堂里。一看到他，这几个人感到有点尴尬，尤其是因为保罗的兴致还那么好。他在柜台上拿起一杯咖啡，向他的同事们走来。

面对保罗，大褐熊心里有点不是滋味，他埋怨自己让保罗摔了跤，甚至没有勇气告诉他。他心中又一次激起了对意象学家的仇恨，接着说：“为了使这些傻子们满意，我甚至把天气预报改成了小丑式的对话，紧接着下面是听贝尔纳报告说有一百多人在一次空难事件中丧生，真叫我有点受不了。我愿意为法国人得到快乐而奉献我的生命，可是新闻报道不是演滑稽戏。”

大家都好像赞同他的意见，除了保罗。他像一个心情愉快的挑衅者那样笑着说：“大褐熊！意象学家们说得对！你把新闻和晚上的课程混在一起了！”

大褐熊记起了保罗的专题节目，他有时讲得很风趣，可是总是过分雕琢，还有很多陌生词汇，编辑部事后还要偷偷地查词典才能知道这些词的意思。不过大褐熊眼下很想避开这个话题，他一本正经地回答说：“我总是非常重视新闻事业，我不想改变主意。”

保罗接着说：“听新闻，就像是抽一支香烟，抽完就扔掉了。”

“这是我很难同意的。”

“可是你不是烟瘾大得很吗？为什么你不同意这个比喻呢？而且如果说香烟有害于人体健康的话，那么新闻是没有危险的，能使你在一天工作之前得到一种惬意的乐趣。”

“伊朗和伊拉克的战争是乐趣吗？”大褐熊问，他的语气中既有对保罗的怜悯，又带有一点不快的情绪，“今天铁路上发生的大灾难，你觉得有趣吗？”

“你把死亡看作是悲剧，你犯了一个常见的错误。”保罗声音响亮地说。

“我承认，”大褐熊冷冰冰地回答，“我始终把死亡看作是悲剧。”

“这就是错误，”保罗说，“铁路事故对火车里的乘客或者对知道自己的儿子乘了这列火车的人来说是可怕的，可是在无线电广播里面，死亡的意义和阿加莎·克里斯蒂小说里面的完全一样。她是自古以来最伟大的魔术师，因为她知道如何把谋杀变成乐趣；况且不仅仅是一次谋杀，而且是几十次谋杀，几百次谋杀，一连串谋杀，都是为了使我们得到巨大乐趣而在她的小说这座集中营里犯下的谋杀案。奥斯威辛已经被遗忘了，可是阿加莎小说里的焚尸炉永远向天空中飘扬着浓烟，只有一个非常天真的人才会说这是悲剧的浓烟。”

大褐熊想起保罗早已在用这些奇谈怪论影响他所有的人员，而在意象学家凶狠的眼光下，这些人也就不再那么热情地支持他了，内心认为他全是老一套。大褐熊虽然责怪自己作了让步，但也知道他不可能有其他选择。对时代精神勉强的妥协总是不可避免的，如果您不愿意鼓动所有对我们的世纪感到厌恶的人发动总罢工。可是从保罗的情况看，并不能算是勉强的妥协。他不遗余力把他的理由和他光辉的奇谈怪论归之于我们这一个世纪；他完全知道自己在说些什么，而且根据大褐熊的说法，他的热情太高了。大褐熊更加冷冰冰地回答说：“我也是，我也看阿加莎·克里斯蒂的小说，在我感到疲劳的时候，在我想回忆一下童年生活的时候。可是如果整个生活变成了孩子的游戏，世界最终将在孩子的微笑和牙牙学语中毁灭。”

保罗说：“比起听着肖邦的《葬礼进行曲》死去，我更喜欢在一片牙牙学语声中死去。我还要说，所有的恶都来自这颂扬死亡的葬礼进行曲；如果少一些葬礼进行曲，也许可以少死一些人。要懂得，我的意思是说，悲剧所崇尚的敬意要比孩子牙牙学语的无忧无虑危险得多。悲剧的永恒是以什么为前提的？是理想的存在。理想的价值被认为比人生命的价值更高。战争的条件是什么？是同样的东西。人们强迫你死，就因为好像存在着某些比你的生命更重要的东西。战争只能存在于悲剧世界；从历史之初起人类就生活在悲剧中，无法自拔。只有以轻浮对抗悲剧，这个时代才得以结束。贝多芬的第九交响曲将只剩下为贝拉香水广告作伴奏的那歌颂欢乐的四个节拍。我并不因此而感到羞耻。悲剧将像一个手捂着心口、用沙哑的声音背诵台词的蹩脚演员那样被逐出世界。轻浮是一种根本性的减肥疗法。各种东西将失去百分之九十的意义而变得轻飘飘的。在这种稀薄的大气之中，狂热消失了。战争将变得没有可能。”

“我很高兴能看到你终于找到了消灭战争的方法。”大褐熊说。

“你认为法国的年轻一代能为了祖国而战斗吗？在欧洲，战争已经变得不可想像了；不是从政治的角度而言，而是从人类学意义而言。在欧洲，人们已经不再有能力进行战争了。”

你们总不至于对我说，两个意见有严重分歧的人能相亲相爱，这都是些讲给孩子听的童话。也许他们能相互喜爱，如果他们能保留自己的意见，或者讲话时的语气像开玩笑一样并不认真（保罗和大褐熊一直以来就是这样讲话的）。可是一旦争论爆发，那就晚了。并不是他们真的如此相信他们所捍卫的意见，而是忍受不了别人说他们没有道理，请看看这两个人。总之，他们的争论什么也改变不了，也不会有任何结果，更不会影响事情的发展，它完全是无效的、无用的，被限制在这个食堂臭烘烘的气氛里。当女佣来打开窗子时，这场争论将和这些臭气一起消失。可是请看看这一小群围在桌子旁全神贯注的听众吧！他们全都默默地在听着，甚至忘了喝他们的咖啡。两个对手抓住这个微小的舆论界不放；这个微小的舆论界将指出他们两人中谁掌握着真理。对他们两人来说，谁不掌握真理就等于失去了荣誉，或者是失去了他的“我”的一部分。事实上，他们捍卫的意见对他们而言根本无关紧要；可是因为他们把他们的意见当成了他们的“我”的一个属性，所以对这种意见的攻击便变成了用针去刺他们的皮肉。

大褐熊一想到保罗将不再在电台上宣读他的矫揉造作的评论，在他灵魂深处的某个角落里便感到有些快慰；他的声音像熊一般骄傲，越来越低沉，越来越冷漠。保罗恰恰相反，他的嗓门越提越高，脑子里出现的念头越来越激烈，越来越具有挑衅性了。“伟大的文化，”他说，“是这种人们叫作历史的欧洲堕落的女儿；我要说的是这种始终走在前面，把一代代人看作是接力赛跑的怪癖。在这种接力赛跑中，每个人都超过他的前人，就是为了再被后来者超出。如果没有这种被称作历史的接力赛跑，就可能没有欧洲艺术，也没有显示它特性的东西；独特性的愿望，改变的愿望。罗伯斯庇尔①、拿破仑、贝多芬、斯大林、毕加索，都是接力赛跑的运动员，他们全都在同一个运动场上赛跑。”

“你真的以为能把贝多芬和斯大林相提并论吗？”大褐熊挖苦地说。

“当然啰，即使你不乐意也没有用。战争和文化是欧洲的两极，它的天堂和它的地狱，它的光荣和它的耻辱；但是没有人能把它们分开。这一极遇到了什么事，那一极也会遇到什么事，它们将一起消失。在欧洲五十年来不再有战争的这个事实，和五十年来我们中间没有出现过任何毕加索有着神秘的联系。”

“我要告诉你一些事情，保罗，”大褐熊缓慢得令人不安地说，就像他要伸出他沉重的爪子抓人了，“如果说伟大的文化完蛋了，那么你也完蛋了，还有你的荒谬的思想也跟着完蛋了。因为你那些奇谈怪论来自于伟大的文化，而并非来自于孩子的牙牙学语。

① Maximilien Robespierre（1758—1794），法国资产阶级革命时期雅各宾派领袖。

你使我想起了那些从前参加纳粹运动和共产主义运动的年轻人，他们并不想干什么坏事，也不是有什么野心，而是因为过于聪敏。事实上，没有比为非思想辨析的论证更费脑子的了。我曾经亲眼目睹，在战争以后，知识分子和艺术家像牛犊一样进了共产党，后来共产党非常高兴地把他们一批批全都清洗掉。你恰恰在做同样的事情：你是你自己的掘墓人的杰出同盟者。”

十足的蠢驴

从放在他们两人脑袋之间的收音机里传出贝尔纳熟悉的声音，他正在采访一位即将上演的一部电影的演员。这位演员居高临下的声音把他们从矇眬中唤醒了：

“我是来和您谈我的电影的，不是来谈我儿子的。”

“请别怕，会谈到您的电影的，”贝尔纳的声音说，“可是时事新闻有它自身的要求。传说您在您儿子的丑闻中扮演了某种角色。”

“在请我参加您的节目时，您曾经向我保证只谈电影，所以我们就来谈谈电影；我不谈我的私生活。”

“您是一位众所周知的名人，我向您提一些听众感兴趣的问题；我只是在干我的工作。”

“我将回答任何和电影有关的问题。”

“随您的便；可是如果您拒绝回答，我们的听众将感到很吃惊。”

阿涅丝起床了。一刻钟以后她去上班，这时候保罗也起身，穿衣服，下楼到门房间去取信件。其中有一封具名“大褐熊”的信，用苦涩的带有歉意的诙谐语气，拐弯抹角地告诉他我们已经知道的事情：电台将不再请保罗效劳了。

他把这封信又看了四遍。随后做了一个满不在乎的手势，出发去事务所。可是他心里很不好受，思想不能集中，总是想着这封信。这件事对他的打击就如此严重吗？从实际上看，根本不是。可是他受到了伤害。他整整一生都在设法避开法学界：他很高兴能主持大学的专题研究，也很高兴能在电台上讲话。并不是他不喜欢律师这个职业，相反他很喜欢那些被告：他想了解他们的罪行，为他们找出一个犯罪的原因；“我不是一个律师，而是一个辩护诗人！”他开玩笑似地说，他故意要让自己完全站在违法分子的一边，把自己看作是（不能说没有某种虚荣心）一个叛徒，一个第五纵队，一个（被不合人情的法律所统治的世界上的）心地善良的游击战士；这些不合人情的法律在他总是以一个醒悟了的知情人的神态，稍许有点厌恶地捧在手里的厚厚的书中，都有详尽的注释。所以他希望在巴黎法院的墙外维持人际关系，和大学生、作家以及新闻记者联系，为了保持自己是他们中的一员的信心（不仅仅是幻想）。他跟他们难舍难分，因此很难忍受大褐熊那封把他打发回事务所和法院的信。

使他感到沮丧还有另一个原因。在大褐熊昨天把他称之为他自己的掘墓人的同盟者时，保罗以为他的话只是一种没有具体内容的恶作剧。“掘墓人”这个词并未使他想起什么事情。他还不知道自己的掘墓人是怎么回事。可是现在他收到了信，他应该清楚：掘墓人果然存在，他们早已经认出他，并且在等待他了。

他突然醒悟，别人眼中的他和他自己眼中的他是不一样的，和他以为的别人眼中的他也是不一样的。在这个电台的所有合作者中，他是惟一不得不离开的，而且大褐熊(他并不怀疑他)还曾竭力为他说好话。他什么地方惹恼了这些广告商了？而且，如果以为只有这些人认为他是不可接受的，那也未免太天真了，还有很多其他的人大概也和他们一样意见。确实发生了什么问题？肯定有问题，他不知道是什么问题，而且永远也不会知道。因为事情就是如此，这个法则对所有人都是有效的：我们永远不会知道为什么和在哪件事上惹恼了别人，在哪件事上讨了他们的喜欢，在哪件事上使他们觉得我们可笑。我们的形象对我们自己来说也是神秘莫测的。

保罗知道他这一整天都不会去想别的事情了；于是他取下电话听筒，邀请贝尔纳到饭店里去共进午餐。

他们面对面坐着；保罗一心想马上谈谈那封信，不过他是个有教养的人，一开始总得客套几句：“今天一早我便听到了你的节目。你对那个演员穷追不舍，就像追一只兔子一样。”

“是啊，”贝尔纳说，“也许我做得有点儿过分了。可是我当时的情绪很坏。昨天有人来拜访我，这是我永远也忘不了的。一个陌生人来看我，他比我高一个头，腆着一个大肚子。在作自我介绍时，他对我微笑着，神态亲切得使我发冷。‘我荣幸地把这张证书交给您。’他一面说一面把一只硬纸筒塞到我手里，他一定要我当着他的面把硬纸筒打开；里面有一张证书，是彩色的，用非常漂亮的字体写着：贝尔纳·贝特朗被晋升为十足的蠢驴。”

“什么？”保罗哈哈大笑地说。可是他很快便忍住了，因为他看到他面前的那张脸严肃认真，一点也没有开玩笑的意思。

“是的，”贝尔纳语气阴沉地重复着说，“我被晋升为十足的蠢驴。”

“可是，是谁晋升你的呢？是不是有一个组织？”

“没有，只有一个看不清楚的签名。”

贝尔纳又重复了几次他遇到的事情，随后说：“我一开始几乎不相信自己的眼睛。我有一个印象，好像自己成了一次谋害事件的受害者。我想喊叫，想报告警察局，后来我懂得了我什么也不能干。这个家伙微笑着握着我的手说：‘请允许我向您表示祝贺。’我心慌意乱，竟和他握了手。”

“你和他握了手？你真的感谢他了吗？”保罗说。他几乎忍不住要笑出来。

“在我知道我不能请警察局把他抓起来以后，我想表现得十分冷静，似乎一切都很正常，我没有受到任何伤害。”

“这是肯定无疑的。”保罗说，“一个人晋升为蠢驴，那么他的行动也得像蠢驴。”

“唉。”贝尔纳说。

“而你不知道他是谁吗？他不是自我介绍了吗？”

“我当时非常紧张，他的名字我一下子便忘记了。”

保罗再也忍不住了，放声大笑起来。

“是的，我知道，你会说这是一个玩笑，当然啰，也许你是对的，这是一个玩笑。”贝尔纳接着说，“可是没有办法，从那以后，我心里一直在想这件事。”

保罗不再笑了，他知道贝尔纳没有说谎：毫无疑问，他从昨天以来就没有想过别的事情。在拿到这样一张证书以后，保罗会有怎样的反应呢？和贝尔纳完全一样。如果有人向您颁发蠢驴证书，这就意味着至少有一个人把您看成是蠢驴，并一定要让您知道他的看法。这件事本身就很恼人的了，而且它一开始完全有可能不是一个人想出来的，而是由十来个人想出来的。这些人也很可能在策划另一件事，譬如说在报纸上登启事，以致每个人都可通过明天《世界报》的婚礼、丧事和授勋专栏，知道贝尔纳被晋升为十足的蠢驴了。

贝尔纳接着又告诉了他（保罗不知道他该为他的朋友笑还是哭），自从拿到这张证书以后，他便遇到什么人就会给什么人看。他不想独个儿陷在屈辱之中，而想把其他人也拖进来；他向所有的人解释说，他不是惟一被人瞄准的：“如果他们只针对我一个，那么他们应该把证书送到我家里去，可是他们是到电台来交给我的！这是对所有新闻记者的攻击，是对我们大家的攻击！”

保罗在他的盘子里切肉，喝着葡萄酒想道：“这就是两个好朋友：一个是十足的蠢驴，另一个是他自己的掘墓人的杰出同盟者。”他很清楚（这让他觉得这个小弟弟更加亲切了），即使在心里，他以后再也不会叫他贝尔纳，而将永远叫他十足的蠢驴。这倒并不是出于什么恶意，而是因为这样一个漂亮的头衔是不可抗拒的。还有那些在贝尔纳激动得丧失理智时向他们出示过那张证书的人，肯定也会永远这样叫他。

他还想到，大褐熊在一次普通的席间对谈中把他叫作“他自己的掘墓人的杰出同盟者”时是相当友好的。总之，他本来是可以授予他证书的，这样也许事情更糟。保罗就因为他朋友的忧伤几乎忘了自己的痛苦；所以在贝尔纳对他说“你好像也遇到了什么麻烦”时，他只是说“没什么大事”；贝尔纳跟着又说：“我马上想到你是不会有什么的，你有上千的更有趣的事情要做。”

在贝尔纳陪他上车时，保罗神情忧郁地对他说：“大褐熊错了，意象学家是对的。人只不过是自己的形象。哲学家很可能向我们解释说舆论不值一提，惟一重要的是我们究竟是什么。可是哲学家什么也不懂。只要我们生活在人类之中，我们必将是人们看待我们的那个样子。当一个人不断地自问别人是怎么看我们的，尽力想得到别人的好感时，他就可以被看作是一个骗子或者一个滑头。可是在我的‘我’和另外一个人的‘我’之间有不通过眼睛的直接关系吗？如果在他所爱的人的思想中，没有对他自己的形象的苦苦追求，爱情还能想像吗？当我们不再关心别人看我们的方式时，我们便不再爱他了。”

“你说得对。”贝尔纳用忧郁的声音说。

“这是一种天真的幻想：以为我们的形象是一种普通的表象，在它的后面藏着独立于人们视线之外的我们的‘我’的真正实体。意象学家们厚颜无耻地证明了事情恰恰相反：我们的‘我’是一种普通的、抓不住的、难以描绘的、含糊不清的表象，而惟一的几乎不再容易抓住和描绘的真实，就是我们在别人眼里的形象。最糟的是，你不是你形象的主人。你首先试图描绘你自己，随后至少要保持对它的影响，要控制它，可是没有用：只要有一句不怀好意的话就能把你永远变成可怜的漫画。”

他们在车子旁边停下，保罗看到他面前的是一张比刚才还要焦虑、还要苍白的脸。他原来是想鼓励他的朋友，可是他现在却发现自己的话打击了他。他感到内疚：他是在想到他自己和自己的情况时才有这些考虑的。可是不良的后果已经造成了。

在告辞的时候，贝尔纳局促不安地（他这种神态使保罗很感动）说：“请你别对洛拉说这些事，甚至也别对阿涅丝说。”

他友好地使劲握了握贝尔纳的手说：“你可以相信我。”

回到事务所以后，他开始工作。他和贝尔纳的会见奇怪地使他得到了安慰，他觉得比上午要好受多了。傍晚，他回到家里，又见到了阿涅丝。在向她谈到大褐熊那封信时，他没有忘了补充说这件事没有什么大不了的。他在讲这件事时还试着打哈哈，可是阿涅丝发现在他的讲话和笑声之中，还夹杂着咳嗽。她很熟悉这种咳嗽；在保罗有烦恼时，他总是能控制自己，惟有这种局促不安的咳嗽泄漏了他内心的烦恼，不过他自己并不知道。

“他们想使广播节目更加轻松有趣一些。”阿涅丝说。她这个说明是想挖苦一下那些取消了保罗的广播节目的人，随后她轻轻地捋了捋他的头发；可是她实在不应该这么干：在阿涅丝的眼睛里，保罗看到了他自己的形象，一个早被人认定既不年轻、又毫不逗趣的受侮辱的人的形象。

雌猫

我们每个人都希望违反常规，违反爱情的禁忌，心醉神迷地进入被禁止的王国。可是我们又如此缺少胆量……找一个年纪比较大的情妇，找一个年纪比较轻的情夫，这是人们可能推荐的最容易的，而且也是人人都能接受的违反常规的方法。洛拉第一次有了一个比她年轻的情夫，贝尔纳第一次有了一个比他年龄大的情妇，他们两人都是第一次生活在这种很刺激的罪孽之中。

在洛拉对保罗说贝尔纳使她年轻了十岁时，她讲的是真话：当时她感到精力突然非常充沛。可是这并不是说她感到自己比他年轻。正相反，她一想到自己有一个年轻的情夫，就感到了一种直到那时还从来没有过的乐趣。这个情夫觉得自己处在弱势，一想到他经验丰富的情妇会把他和她的前任们比较就感到害怕。情欲和跳舞相同：一对舞伴中总有一个是引导另一个的。洛拉第一次在引导一个男人；洛拉对能引导别人而感到陶醉，正如贝尔纳对能被别人引导而感到陶醉。

年纪较大的女人所能奉献给年纪较轻的男人的，首先是可以使他深信，他们的爱情不太会有发展成夫妻关系的危险，因为，无论如何，没有人能想像，一个有远大前途的男人会娶一个比自己大八岁的女人，所以贝尔纳对洛拉的看法，就像保罗过去对那位后来变成了他的紫水晶的太太的看法一样。他想像有一天在他能把一位比较年轻的妻子介绍给他的父母，而不会使他们感到尴尬时，他的情妇就能随之销声匿迹。他对洛拉的母性的智慧很有信心，相信她能出席他的婚礼，并使年轻的新娘完全蒙在鼓里，不让她知道自己曾经是（或者甚至永远是，为什么不能呢？）他的情妇。

他们过了两年的幸福生活，后来贝尔纳被晋升为蠢驴，变得沉默寡言了。洛拉对那张证书的事一无所知（保罗信守诺言），她没有询问贝尔纳工作情况的习惯，也不知道他在事业上遇到了什么别的挫折（大家都知道，祸不单行），所以她把他的寡言少语看作是他不再爱她的证明。她已经抓住他好几次了，他不知道她刚才对他说了些什么；所以她肯定这种时候他是在想别的女人。唉，在爱情上只要有一点点小事便会使人灰心失望！

有一天，他到她家里来的时候，满脑子都是阴郁的想法。她到隔壁房间去换衣服，他则一个人待在客厅里和那只大暹罗猫作伴。他对那只雌猫并没有什么特殊的感情，但是他知道在他情妇的眼里，它是神圣不可侵犯的。他坐在一把扶手椅里闷闷不乐地在想心事，一面心不在焉地将手向猫伸去，因为他觉得那是一种爱抚。可是雌猫开始低声怒叫，还在他手上咬了一口。最近几个星期以来他遭到了一连串挫折和屈辱，现在又加上了这个创伤，这使他勃然大怒。他从扶手椅上跳起来，对着雌猫挥舞着拳头。雌猫逃到一个角落里，弓起背脊，发出吓人的尖叫声。

这时他回过头来看到了站在门口的洛拉，她肯定把这场戏的全部过程都看在眼里了。“不，”她说，“别惩罚它，它完全有权利这样做。”

贝尔纳好奇地打量她。伤口很痛，他在等待她作出反应；即使她不和他站在一边来对付这只猫，至少也应该表示一些最基本的正义感吧。他真想把这只小畜生狠狠踢一脚，把它踢到天花板上，粘在上面掉不下来。他费了好大的劲才克制住自己没有这样干。

她声音响亮地说：“谁要抚摸它，就不能心不在焉；我也一样，我受不了别人身子和我待在一起，心里却在想别的事情。”

几分钟以前，在看到她的暹罗猫面对贝尔纳神不守舍的神态作出如此强烈的反应时，她突然感到自己和这只小动物是完全一致的：几星期以来，贝尔纳对她的态度和对这只雌猫的态度是完全一致的；他抚爱她，可是他在想别的事情；他装作在陪伴她，可是并不听她讲话。

在她看到雌猫咬她的情人时，她似乎觉得她的另一个“我”，象征性的和神秘的“我”，也就是她的猫，想用这种办法来鼓励她，向她指出应该怎么办，并为她作出了榜样。她心里想，有些时候，应该伸出爪子进行还击。她决定当天晚上和他一起在饭店里吃饭时，她将最终找到付诸行动所必须的勇气。

在一连串的事件发生之前，我要干脆地说，很难想像有比她的决定更愚蠢的了。她想要做的事情完全不符合她的利益。应该指出，贝尔纳自从认识她两年以来，和她一起生活得很幸福，也许甚至比洛拉想像的还要幸福。对他来说，她是他的避难所，他可以远离他的姓和名相同的父亲贝特朗·贝特朗自童年时就为他准备好的生活。他终于能符合他自己愿望地自由生活了。他有了一个秘密的角落，他的任何家人都不会到这儿来好奇地探探脑袋，在这个角落里，生活有它自己的习惯。他非常喜欢洛拉放荡不羁的作风、她有时弹弹的钢琴、她带他去参加的音乐会、她的情绪和她古怪的脾气。有她作伴，他感到自己脱离了和他父亲交往的、使人生厌的有钱人。可是他们的幸福是有条件的：他们两人都得保持独身。如果他们结了婚，一切都将迅速改变：贝尔纳的家人马上会进行干涉；他们的爱情不仅将失去魅力，甚至会失去意义。到那时候，洛拉对贝尔纳的影响力也许将全部消失。

她怎么会下这样一个愚蠢的、完全和她的利益相悖的决心呢？她对她的情人就这么不了解，不懂得他的心情吗？

是的，不管这件事显得多么古怪，她的确对他不了解，不懂得他的心情。她甚至对自己只关心贝尔纳的爱情感到骄傲。她从来不过问他的父亲，她对他的家庭一无所知，有时候他主动谈起他的家庭情况，她一听就厌烦，马上叫他住口，不愿意浪费她原来可以贡献给贝尔纳的宝贵时间。更奇怪的是：在发生证书事件那几个阴沉的星期中，他几乎不讲话，说是有心事，而她总是回答说："是的，我知道心事是怎么回事。"却从来不向他提一个再简单不过的问题："你有什么心事？到底发生了什么事？说啊，把你的心事告诉我！"

这是很奇怪的：她发疯似地爱贝尔纳，可是又不关心他。我甚至要说：她发疯似地爱贝尔纳，而就是为了这个缘故，她才不关心他。如果我们埋怨她不关心人，责备她不了解她的情人，她也许会听不懂我们的话。因为洛拉不知道"了解人"是什么意思。因为她就像一个惧怕和情人接吻太多会怀上孕的处女！最近一段时间以来，她几乎无时无刻不在想贝尔纳。她不断地在想像他的身躯、他的脸，觉得自己从来没有离开过他，他们两人已经合而为一。所以她以为她已经把他了解透了，比任何人都要了解他。爱情用了解这种幻想欺骗我们大家。

在经过这些解释以后，我们也许可以终于相信她在吃餐后点心时的宣告（为了替她找借口，我也许可以强调指出，他们两人已经喝了一瓶葡萄酒和两杯白兰地，可是我可以肯定，即使她一口没喝，她也同样会说的）："贝尔纳，娶我吧！"

对侵犯人权表示抗议的姿势

布丽吉特上完德语课出来时已经下定决心以后不再来了。一方面歌德的语言在她看来已经没有实际用处（是她母亲逼她学的），另一方面她好像跟德语完全合不来。这种缺乏逻辑的语言让她很恼火，这一次更到了使人无法容忍的地步：前置词*ohne*（毫无）要求后面跟宾格，前置词*mit*（和）要求后面跟与格。为什么要这样呢？事实上这两个前置词表示的是同一种关系的否定和肯定的两个方面，因此它们对后面格的要求应该是同样的。布丽吉特向教师提出了这个问题。教师是一个年轻的德国人，他对这个反对意见感到很尴尬，马上便感到这是他的错误。这个给人好感的、敏锐的青年，因为自己属于一个曾经被希特勒统治过的民族而忍受着痛苦。他准备把他祖国的所有缺陷都承担下来，他马上便同意这两个前置词有不同的格的要求，是没有任何站得住脚的理由的。

“这不合乎逻辑，我知道，可是这是在几个世纪中形成的习惯。”他说，好像他想引起年轻的法国少女对一种被历史罚入地狱的语言的怜悯。

“您能承认这一点，我很高兴。这不合乎逻辑，不过语言是应该合乎逻辑的。”布丽吉特说。

年轻的德国人赞同地说：“唉，我们没有笛卡儿。这是我们历史中一个不可原谅的缺陷。德国没有你们那种理性和条理清楚的传统，它充满着形而上学的疑云，德国是瓦格纳的音乐，而我们大家都知道谁最欣赏瓦格纳：希特勒！”

布丽吉特根本没有把希特勒和瓦格纳放在心上，继续把她的道理说下去：“孩子可以学习没有逻辑的语言，因为孩子还没有理性。可是一个外国成年人就永远也学不会了。因此在我的眼里，德语不是一种世界通用的语言。”

“您讲得非常有道理，”德国人说，接着他又轻轻地加了一句，“您看到了，德国想统治全世界的野心是多么荒谬。”

布丽吉特得意地坐上她的汽车，准备到福雄食品杂货商店去买一瓶葡萄酒。她怎么也找不到可以停车的空处，一公里范围以内，沿着人行道排着好几列车子，保险杆顶着保险杆。她绕来拐去兜了一刻钟以后，还是没有找到空处，感到既吃惊又气愤。她索性把车子开到人行道上面，熄了火。随后她徒步走向商店。她远远地看到了发生了什么奇怪的事情，走到跟前，她明白了：

这家有名的食品杂货商店里的商品要比其他地方贵十倍，以致到这儿来买东西的都是这样一些顾客：对他们来说付钱比吃是一个更大的乐趣。这时候，这家商店的店堂和周围，被一百来个穿着简朴的失业者占据着。这是一次古怪的示威运动：他们不是来砸碎什么东西，不是来大声恫吓，也不是来呼叫口号，他们只是到这里来让有钱人感到尴尬，败坏他们喝高级葡萄酒和吃鱼子酱的雅兴。事实上，售货员和顾客一样，脸上都突然漾起了惶恐不安的微笑，好像买卖双方都无法进行下去了。

布丽吉特在人群中挤出一条路，走了进去。她并不讨厌那些失业者，也不责怪那些穿貂皮大衣的阔太太。她声音响亮地说要买一瓶波尔多葡萄酒，她的坚决果断的行动使女店员吃了一惊，并使她明白了示威者（他们的在场并未构成任何威胁）不应该阻止她为这位年轻顾客服务。布丽吉特付钱以后便回头向她车子走去；汽车前面有两个手拿钢笔的警察在等她。

两位警察告诉她说，她的车子停得不是地方，阻塞了人行道，她指指排成长蛇阵的汽车大叫道："那么你们说说看应该停在什么地方！既然允许我们买车，就得保证我们有停车的地方，不是这样吗？应该合乎逻辑！"

我讲这些事只是为了这个细节：在斥责两名警察时，布丽吉特想起了在食品杂货商店门口的失业者，并突然产生了对他们的强烈的同情心，她感到自己和他们在同一个战斗中连在一起了。这种想法给了她勇气，她拉大了嗓门。两个警察（他们和失业者面前的穿貂皮大衣的阔太太同样感到局促不安）只是傻乎乎地支支吾吾地重复着"禁止"、"不准"、"条例"、"规则"等几个词，最后没有对她签发违警通知便让她走了。

在这次争吵的时候，布丽吉特在谩骂时还急速并短促地摇着头，一面耸着肩膀和眉毛。在回到家里把这件事告诉她父亲时，她的脑袋的动作和刚才争吵时完全一样。我们已经看到过这种姿势了，它表示一种在遇到有人想否认我们最基本的权利时，既惊奇又愤怒的感情，让我们姑且把它叫作：对侵犯人权表示抗议的姿势。

人权的概念在两个世纪以前已经形成了，可是一直要到我们这一世纪七十年代的下半叶才达到它光荣的顶峰。就是在那个时候，亚历山大·索尔仁尼琴[1]被俄国驱逐出境：他的那个蓄有一脸胡子、戴着一副手铐的奇特的造型，迷惑了西方的在为前途感到苦恼的知识分子。亏得有了他，尽管晚了五十年，他们终于承认在共产党的俄国存在着集中营；即使是他们之中的进步人士，也突然承认，为了一个人的思想而监禁他是不公正的。为了和他们新的态度取得一致，他们找到了一个绝妙的论据：俄国共产党侵犯了法国大革命庄严宣告的人权。

就这样，亏得有了索尔仁尼琴，“人权”这个词在我们这个时代的词汇表里又找到了它的位置。我不知道有哪个政治家每天不讲十遍“为人权而斗争”或者“被嘲笑的人权”。可是因为在西方，人们并不生活在集中营的威胁之下，可以随便说、随便写，所以

① Alexandre Soljenitsyne（1918—2008），苏俄作家，代表作为《古拉格群岛》。

随着人权斗争的逐步开展，它的具体内容都全部失去了，直到最后变成了所有人对所有事情的共同态度，一种把所有的愿望变成权利的力量。世界变成了一种人权，一切都变成了权利：爱情的愿望变成了爱情的权利，休息的愿望变成了休息的权利，友谊的愿望变成了友谊的权利，开快车的愿望变成了开快车的权利，幸福的愿望变成了幸福的权利，出版书的愿望变成了出版书的权利，深夜在街上大喊大叫的愿望变成了深夜在街上大喊大叫的权利。失业者有权占领豪华食品杂货商店，穿貂皮大衣的阔太太有权买鱼子酱，布丽吉特有权在公共的人行道上泊车；失业者，穿貂皮大衣的阔太太，布丽吉特，全都属于同一支为人权而斗争的大军。

保罗坐在布丽吉特对面的扶手椅里，深情地看着她从左向右摇着头。他知道他女儿很喜欢他，这比他讨他妻子喜爱更重要。因为他女儿的仰慕的眼光给了他阿涅丝不能给他的东西；这可以证明他还年轻，他始终是青年中的一员。这事发生在阿涅丝听到他的咳嗽，抚摸他的头发两个小时以后。相较于这种使人丢脸的抚爱，他还是喜欢布丽吉特的摇头！他女儿的在场对他来说就像是一个能量储存器，他可以从中汲取力量。

绝对现代化

啊，这个想挖苦挖苦历史、贝多芬、毕加索，来刺激大褐熊，惹他光火的亲爱的保罗，他在我脑海里和我的一本小说的人物雅罗米尔混淆起来，这本小说我完成初稿到今天整整有二十年了，读者将在后面的一章里看见我留了一本在蒙帕纳斯[1]的一家酒吧间里，是给阿弗纳琉斯教授的。

一九四八年的布拉格，雅罗米尔十八岁，对现代诗、德思诺斯[2]、艾吕雅[3]、布勒东[4]、奈兹瓦尔[5]爱得要死；学他们的样，他把兰波[6]在《地狱里的一季》中写的句子“应该绝对现代化”当做

① Montparnasse，巴黎市内的一个区。

② Robert Desnos（1900—1945），法国诗人，曾参加超现实主义文艺团体，作品有《自由或爱情》。

③ Paul Eluard（1895—1952），法国诗人，曾和安德烈·布勒东等人一起创建超现实主义文艺团体，作品有《诗歌和真理》等。

④ André Breton（1896—1966），法国诗人、评论家，一九二二年发表《超现实主义宣言》，创建超现实主义文艺团体。

⑤ Vitezslav Nazval（1900—1958），捷克诗人，作品有《希望的母亲》等。

⑥ Arthur Rimbaud（1854—1891），法国诗人，信奉象征主义，作品中充满悲观绝望思想，并认为幻觉和暧昧的主观世界构成诗的“真实”。

自己的口号。而在布拉格突然之间表现得绝对现代化的，是社会主义革命。它立即粗暴地谴责雅罗米尔爱得要死的现代艺术。于是我们的主人公在几个朋友（对现代艺术同样爱得要死）的面前，冷嘲热讽地否定他曾经喜爱过的一切（他曾经真正地、由衷地喜爱过的一切），为的是不违背“绝对现代化”的伟大命令。在他的否定里，他投入了一个希望通过粗暴行动，进入成年人生活的少年的全部狂热、全部热情。他的朋友们看见他怎样固执地否定他曾经视为最珍贵的一切，他曾经经历过也愿意经历的一切，看见他否定毕加索、达利、布勒东和兰波，看见他以列宁和红军（在当时代表了现代化的顶峰）的名义否定他们。他的朋友们喉咙哽住，先是感到惊奇，接着感到恶心，最后感到了害怕。这个少年赞成那些声明自己是现代化的事物，并不是出于卑怯（为了自己的飞黄腾达）而赞成，而是像忍受着痛苦，牺牲自己心爱东西的人那样出于勇敢而赞成；他的这种公开表现，是的，他的这种公开表现确实有着可怕的成分（预兆着迫在眉睫的“恐怖”的可怕，监禁和绞刑的可怕）。也许当时有人一边观察他，一边对自己说：“雅罗米尔是他自己的掘墓人的同盟者。”

当然，保罗和雅罗米尔一点儿也不相像。他们惟一的共同点正是满腔热情地坚信“应该绝对现代化”。“绝对现代化”是一个内容变化不定而且难以把握的概念。在一八七二年，兰波肯定没有想到，在这些字里面有着几百万座列宁和斯大林的半身像；他更加没有想到广告影片、彩色照片或者摇滚歌星的心醉神迷的脸。但是，没有什么关系，因为绝对现代化意味着：决不对现代化的内容提出质疑，完全听命于它，正如完全听命于绝对一样，也就是说没有任何怀疑。

完全和雅罗米尔一样，保罗知道明天的现代性和今天的现代性不同，对现代化的“永恒需要”来说，应该善于抛弃它的暂时的内容，正如对兰波的“口号”来说，应该善于抛弃兰波的“诗”。在一九六八年的巴黎，大学生们采用了一种比雅罗米尔在一九四八年的布拉格采用的还要激进得多的术语，拒绝接受眼前的世界：舒适、市场、广告的表面世界；把连续剧塞满人脑袋的愚蠢的大众文化的世界；父辈的世界。在这个时期，保罗在街垒上度过了几天，他的嗓音响得像二十年前雅罗米尔的嗓音一样坚决；任什么也不能使他屈服，在大学生的造反伸给他的手臂的支持下，他离开了父辈的世界，在三十五岁上终于变成了成年人。

随着岁月流逝，他的女儿长大了，在眼前的世界里，在电视、摇滚乐、广告、大众文化及其连续剧的世界里，在歌星、汽车、时装、豪华食品和上升到明星之列的工业界风雅人士的世界里，感到很舒服自在。保罗能够毫不动摇地坚持自己的立场来对付教授、警察、市长和部长，却完全不知道怎样坚持自己的立场来对付自己的女儿：她喜欢坐在他的膝头上，不像他为了进入成年所做的那样，一点儿也不急于离开父辈的世界。正相反，她希望尽可能长久地和她的宽大为怀的爸爸住在同一屋檐下，他（几乎感动地）允许她每个星期六跟她的小情人睡在父母卧房的旁边。

一个人不再年轻，又有了一个和自己在她那个年纪时完全不同的女儿，绝对现代化意味着什么呢？保罗毫不困难地找到了答案：绝对现代化，在这种情况下，意味着与自己的女儿绝对同化。

我设想保罗在阿涅丝和布丽吉特的陪同下，坐在晚饭桌前。布丽吉特在椅子上侧转身子，一边望着电视屏幕，一边咀嚼。三个人中没有一个人说话，因为电视的声音太响。保罗脑子里一直响着大褐熊的那句令人沮丧的话，大褐熊把他称为他自己的掘墓人的同盟者。接着布丽吉特的笑声打断了他的思路：屏幕上出现了广告，一个刚满一岁的赤身裸体的男孩一边从便盆上立起来，一边拉背后的那卷卫生纸，洁白的卫生纸像新娘的结婚礼服庄严的拖裙一样摊开。保罗想起他最近十分惊讶地发现，布丽吉特从来没有念过兰波的诗。由于他自己在布丽吉特这个年纪上多么喜爱兰波，他可以完全有理由把她看成是自己的掘墓人。

他听着女儿的爽朗笑声，感到了几分忧郁，他女儿不知道大诗人，却十分欣赏电视里的那些荒唐东西。接着他问自己：说实在的，他为什么这么喜爱兰波？怎么会产生这种喜爱的？他是被兰波的诗迷住了吗？不。兰波当时在他心中是和托洛茨基、毛泽东、卡斯特罗混同起来，形成了一个独特的革命大杂烩。他首先知道兰波的东西是大家反复高喊的口号：*改变生活*。（为了提出这样一个平庸的说法，倒好像需要一个天才诗人似的……）也许保罗后来是念了兰波的一些诗；其中有些他熟记在心，而且喜爱上了它们。但是他从来没有念过他所有的诗：只念过他周围的人向他谈起的那些为他所喜爱的诗，而他周围的人谈到它们，也多亏了另外一些周围的人的推荐。兰波因此不是他的从审美观出发的爱，也许他就从来不曾有过任何从审美观出发的爱。他站到兰波的旗帜下，正像别人站到任何旗帜下一样，正像别人加入某政党或支持某球队一样。实际上兰波的诗给他带来了什么变化呢？只有属于喜爱兰波的诗的那种人的骄傲。

保罗经常回想起他新近和大褐熊之间的一次谈话：是的，他夸大其辞，他让自己被一些悖论所左右，他向大褐熊以及所有别的人挑衅。但是总而言之，他说的不是真情实话吗？大褐熊怀着那么大的敬意尊为“文化”的东西，不是我们的幻想吗？当然有几分美，几分宝贵，但是对我们来说，远没有我们敢于承认的那么重要。

几天以前保罗在布丽吉特面前，力求重新使用相同的词语，发挥那些触怒大褐熊的想法。他想知道他女儿有什么反应。她不仅没有对那些挑衅的用语感到愤慨，反而准备走得更加远得多。对保罗来说，最重要的是这个。因为他越来越依恋他的女儿，近几年来他不论遇到什么问题都要征求她的意见。他最初这样做也许出于一种符合教育学的关切，是为了迫使她关心一些重大的事，但是很快地角色就不知不觉地互相掉换了：他不再像一位用提问来鼓励一个害羞的女学生的老师，而是像一个对自己没有信心的、向女通灵者求教的人。

人们不会要求女通灵者具有巨大的智慧（保罗对他女儿的才能和知识并没有抱太大的幻想），而是要求她通过看不见的渠道，与位于她身体以外的一座智慧库连接起来。当布丽吉特向他陈述自己的意见时，他并不认为这些意见是他女儿的个人独创，而是出于通过她的嘴表达出来的年轻人巨大的集体智慧；因此他怀着不断增长的信心听她讲话。

阿涅丝站起来，把饭桌上的盘子收拾起来送到厨房里去，布丽吉特已经把椅子转过去，从此脸朝着屏幕，保罗单独留在饭桌前。他想到了他的父母玩的一种集体游戏。十个人围着十把椅子转圈子，一声令下，大家全都应该坐下。每把椅子上有一个题词。在他碰巧坐上的那把椅子上可以看到：他自己的掘墓人的杰出同盟者。他知道游戏已经结束，这把椅子他将永远坐下去了。

怎么办？没有办法。况且为什么一个人不应该是自己的掘墓人的同盟者？他应该和他们拳脚相向吗？为了让他们朝他的棺材上吐唾沫吗？

他再次听见布丽吉特的笑声，另外一个定义立刻出现在他脑海中，最荒谬的、最激进的定义。他喜爱它，甚至忘掉了自己的忧愁。以下就是这个定义：绝对现代化，就是成为自己的掘墓人的同盟者。

成了自己光荣的牺牲品

对贝尔纳说“娶我吧！”不管怎么样都是一个错误；在他被晋升为十足的蠢驴以后，这更是一个像勃朗峰一样大的错误。因为有一个情况必须考虑，这个情况乍看上去似乎完全不可能，但如果想了解贝尔纳，提一提还是有必要的：除了小时候出过一次麻疹以外，他从来没有生过病；他惟一的一次贴近见到过的死亡是他父亲的猎兔狗的死亡；除了考试有过很少几个坏分数，他没有遭到过任何失败。他生活在确信中，确信自己生来就应该得到幸福，就应该得到大家的好感。他晋升到蠢驴这个等级是他遭到的第一次命运的打击。

这里出现了一个奇怪的巧合。意象学家们就在那时候，为了贝尔纳所在的电台发起一个大规模的宣传运动，因此，编辑成员的彩色肖像出现在大幅宣传画上，贴遍整个法国：他们一个个全部都在蓝色天空的背景上，穿着白色衬衫，袖子卷起来，嘴张开，他们在笑。起初在巴黎街头散步时，贝尔纳感到得意得忘乎所以。但是在享受了一两个星期的完美无瑕的光荣后，大腹便便的吃人妖魔笑容满面地来交给他一个硬纸筒。如果这件事早些发生，巨大的相片还没来得及贴出去，贝尔纳毫无疑问能够稍微忍受这个打击。但是相片的光荣给证书的耻辱带来一种共鸣，它扩大了耻辱。

在《世界报》上看到了一个默默无闻的人，一个叫贝尔纳·贝特朗的人，被晋升为十足的蠢驴是一回事，而这个人的照片已经贴满街头则是另一回事了。光荣给我们遇到的任何一件事添加了百倍的回声。一个人身后带着回声在人群中散步，这可不是一件愉快的事。贝尔纳突然明白了自己的最新弱点，他想到光荣确确实实是他从来没有妄想到的东西。当然他曾经希望得到成功，但是成功和光荣是不同的东西。光荣意味着许多人认识您而您不认识他们；他们相信自己想对您怎么样都可以；他们希望知道您的一切，而且他们的举止表现就像您是属于他们所有。演员、歌星、政治家肯定从把自己这样地贡献给别人中感到一种快乐。但这种快乐，贝尔纳并不向往。他新近采访了一个儿子卷进一件不光彩案子的演员，非常高兴地看到这个人的光荣怎样变成他的阿喀琉斯的脚跟。他的弱点、他的缺陷，变成了鬣毛，人们抓住鬣毛就抓住了他，摇他，不再放开他。贝尔纳希望做提问的人，而不愿意做被迫回答的人。然而光荣属于回答的人，而不属于提问的人。回答的人在聚光灯的照耀下，提问的人被拍摄到的是后背。出现在强烈灯光下的是尼克松而不是伍德沃德。贝尔纳向往的不是被聚光灯对准的人的光荣，而是站立在半明半暗处的人具有的权力。

他向往杀死一头老虎的猎手的力量，而不是被用来做床前小垫毯老虎的光荣。

但是光荣并不为著名人物所专有。每个人至少可以有一次得到自己的小小的光荣，至少在短短的时间里得到葛丽泰·嘉宝、尼克松或者一只被剥皮的老虎所得到过的东西。贝尔纳张开的嘴在城里所有的墙上笑着，他感到自己被钉在犯人示众柱上：人人都在看他、研究他、评论他。“贝尔纳，娶我吧！”当洛拉对他这么说时，他想像她在他身边的犯人示众柱上。猛然间（这种情况以前从来不曾有过），她在他眼里显得老了，怪诞得让人感到不愉快，而且有点可笑。

正因为他从来没有这么需要她，所以这一切变得愚蠢了。对人最有益的爱在他看来仍然是一个年纪比较大的女人的爱，只要这种爱变得更加秘密，这个女人表现出更多的小心和谨慎。如果洛拉不是愚蠢地向他提出结婚，而是下决心把他们的爱情建成一座远离社会生活的豪华城堡，她就不必害怕会失掉贝尔纳。但是看到每个街角都有巨大的照片，洛拉把照片跟她情夫的新态度，跟他的沉默，跟他的心不在焉的表情联系起来，毫不迟疑地得出的结论是：成功把另外一个占据了他的全部思想的女人送到他的道路上。洛拉不希望不战而降，所以她转入进攻。

您现在明白了为什么贝尔纳后退。一个进攻，另一个后退，这是规则。退却，正如人人都知道的，是最困难的军事演习。贝尔纳以一个数学家的精确度进行：不久以前，他还每个星期在洛拉家里过四夜，现在给自己限定为两夜；他原来每个周末都和她出去，现在隔一个星期陪她一次，而且还准备进一步缩减。他觉得自己就像一个宇宙飞船的驾驶员，回到大气层以后，应该猛然刹车。因此他谨慎而又坚决地刹车，而他那个优雅的、慈母般的情妇却在他的眼前消失得无影无踪了。代替她的是一个喜欢吵架的女人，缺乏智慧，缺乏成熟，活跃得让人讨厌。

大褐熊有一次对他说："我认识了你的未婚妻。"

贝尔纳脸羞得通红。

大褐熊继续说："她和我谈起你们之间的误会。她是个讨人喜欢的女人。对她要多加体贴一些。"

贝尔纳气得脸发白。他知道大褐熊这个人嘴快，因此他肯定整个电台现在都知道他的情妇的身份。和一个比自己年纪大的女人有私情，过去在他看来是一种有趣的反常行为，甚至几乎可以说是一个大胆行为；但是现在他明白了他的同事们只会把这看成他的驴性的新证明。

"为什么你去向外人抱怨？"

"向外人？你指的是谁？"

"大褐熊。"

"我以为他是你的朋友呢！"

"即使他是我的朋友，你为什么把我们的私生活讲给他听？"

她伤心地回答:“我不向人隐瞒我对你的爱，难道我应该不说出去吗？你也许为我感到羞耻吧！”

贝尔纳什么也没有回答。是的，他为她感到羞耻，即使他跟她在一起感到快乐。但是只有在忘了他为她感到羞耻的时候，跟她在一起他才能感到快乐。

斗 争

在爱情的宇宙飞船上，洛拉经不住减速。

“你怎么啦？我求你，给我一个解释。”

“我没有什么。”

“你变了。”

“我需要一个人待着。”

“发生了什么事吗？”

“我有烦恼。”

“如果你有烦恼，那就更有理由别一个人待着。一个人有烦恼时，就需要有别的人。”

一个星期五，他到自己的乡间住宅去，却没有邀请她。可是星期六她突然来了。她知道自己不应该这样做，但是很久以来她已经习惯了做不应该做的事，她甚至还为之感到骄傲，因为男人正是为了这个才赞赏她，贝尔纳更比别的男人有过之无不及。往往在她感到不满意的音乐会或者演出中途，她会站起来表示抗议，并且在感到不快的邻座的不以为然的目光注视下，响声很大地公然退场。一天，贝尔纳让女门房的女儿送一封她正焦急等待着的信到她的铺子里去交给她。她欣喜若狂，在货架上取了一顶至少值两千法郎的毛皮帽子，送给这个十六岁的少女。另外有一次，她和贝尔纳到海滨的一座出租的别墅里住上两天，不知为了什么原因想惩罚他，她跟一个十二岁的小男孩，他们邻居渔夫的儿子，玩了整整一个下午，倒好像她连情夫的存在都忘得一干二净。尽管贝尔纳当时感到自己自尊心受到伤害，奇怪的是他最后还是在她的行为里看到一种迷人的自发性（为了这个孩子，我差点忘了整个世界！）。这种迷人的自发性是和使人没法生气的女人特性（她不是像慈母般地被一个孩子打动了吗？）结合在一起的。第二天她忘掉了渔夫的儿子，只关心他，从此他的怒火完全消失了。在贝尔纳的多情的、赞赏的目光注视下，洛拉的变化莫测的怪念头纷纷出笼，简直可以说像玫瑰花一样盛开；她的不恰当的行动，她的有欠考虑的话语，在她自己看来就像她的独创性的标志，她的自我的魅力；她感到很幸福。

当贝尔纳开始逃避她时，她的怪诞虽然没有消失，但是立即失去了它的美好的、自然的特性。她决定不邀而上他家门的那一天，知道这一次这样做不会为她赢得赞赏。她走进房子时的忧虑心情，使得她的行为的放肆，不久以前还是天真的，甚至还是迷人的放肆，变成为咄咄逼人的、怒气冲冲的了。她了解这一点，不能原谅贝尔纳使她丧失了她新近还能从她是她自己中感到的快乐，如今这种快乐突然间显得脆弱了，没有了根，而且完全受贝尔纳的支配，受他的爱情的赞赏的支配。但是这反而促使她采取更古怪、更不合理的行动，更增强了她的恶意。她想引起一次爆发，内心里隐隐约约抱着希望，希望在暴风雨后乌云会消散，一切又会变得和从前一样。

“我来了，”她笑着说，“我希望这使你感到高兴。”

“是的，这使我感到高兴。但是我在这儿是为了工作。”

“我不打搅你工作。我什么也不要求。我仅仅想跟你在一起。难道我过去打搅过你工作吗？”

他没有回答。

“总之，我常常在你准备广播稿时陪你到乡下来。难道我打搅过你吗？”

他没有回答。

“我打搅过你吗？”

没办法。他应该回答：“不，你没有打搅过我。”

“那么为什么我现在打搅你呢？”

“你没有打搅我。”

“不要说谎！你要尽力表现得像个男子汉，至少要拿出勇气来对我说，我不邀而来，让你感到恼火。我不能容忍懦夫。我宁可听见你对我说‘滚开’。说呀！”

他为难地耸耸肩膀。

“为什么你是懦夫？”

他又耸了耸肩膀。

“别耸肩膀！”

他还想第三次耸肩膀，但是他没有耸。

“你怎么啦？我求你，给我说说清楚。”

“我没什么。”

“你变了。”

“洛拉！我有烦恼！”他提高了嗓门说。

“我也有烦恼！”她也提高了嗓门回答。

他知道他的表现很愚蠢，像一个被妈妈斥责的孩子；他恨她。他应该怎么办呢？他懂得怎样讨女人喜欢，怎么显得有趣，也许还有怎样才显得有魅力，但是他不懂得怎样对她们凶狠，没有人教过他这个，相反的所有的人都往他脑袋里塞的是对她们不应该凶狠。对一个不经邀请来到自己家的女人，一个男人应该怎么表现呢？哪一所学校能够学到这些东西呢？

他不打算再回答她，走进隔壁的房间里，躺在长沙发上，随手拿起一本书。这是一本袖珍本的侦探小说。他仰卧着，打开的书拿在胸前，他装着在看。一分钟以后，她进来，坐在他对面的单人沙发上。接着她望着装饰这本书封面的彩色照片，问：“你怎么能看这种东西？”

他吃了一惊，朝她转过头来。

“这种封面！”洛拉说。

他仍旧不懂是怎么回事。

“你怎么能把这么低级趣味的封面放在面前？如果你一定要当着我的面看这本书，那就请你把封面撕掉。”

贝尔纳什么也没有回答，撕掉封面递给她，重新专心地看书。

洛拉恨不能大喊大叫。她想她应该站起来走掉，永远不再看见他；或者她应该把书推开几厘米，朝他脸上吐口唾沫。但是她没有勇气这么做，也没有勇气那么做。她宁可扑到他身上（书掉落在地板上），一边发疯般连连吻他，一边双手摸遍他的全身。

贝尔纳一点也不要做爱。但是如果说他敢于拒绝争论，却不知道怎么来拒绝情欲的召唤。在这点上他和所有各个时代的男人都一个样。有哪个男人胆敢对一个满怀柔情地把手伸进他裤裆的女人说“挪开你的爪子！”呢？就是这同一个贝尔纳，刚刚还怀着极端的轻蔑把一本书的封面撕下来递给他受辱的情妇，现在突然对她的抚摸温顺地做出了反应，一边抱吻她，一边解开自己裤子上的纽扣。

但是她也不希望做爱，把她推向他的是不知该怎么办的绝望，以及必须做什么事的需要。她的急躁的、热情的抚摸表达了她盲目地想做点什么，说点什么。当他们开始做爱时，她尽力使他们的拥抱比以往更加粗野，像火灾一样来势凶猛。但是在一次无言的性交中（因为他们一直以来都是在沉默中做爱，除了有时气喘吁吁的几句抒情的耳语之外），怎么才能达到这个程度呢？是的，怎么才能达到这个程度呢？用迅速而猛烈的动作吗？用喘息的音量的增大吗？用姿势的变换吗？由于不知道其他的方法，她同时使用了这三种方法。特别是她主动地时时刻刻都在变换姿势：时而手脚着地，时而骑在他的身上，时而想出一些他们从未试过的绝对新奇的、极其困难的姿势。

进行这样出人意外的体育表演，贝尔纳把它看成是他不能不接受的挑战。他又重新有了他从前的那种害怕别人低估他做爱才能和成熟的年轻人的忧虑。这种忧虑使洛拉重新掌握了一个比自己的同伴年纪大的女人的能力，这种能力不久前她刚失去，而他们的关系从前就是建立在它上面。他重新有了这种不愉快的感觉：洛拉比他有经验，她知道他所不知道的东西，她能够拿他和别人作比较，能够评价他。因此他异乎寻常地卖力去完成要求的动作，只要洛拉稍微有个暗示，表示她要换个动作，他像一个出操的士兵一样既顺服而又敏捷地作出反应。这种爱的体操需要那么专心，他甚至没有时间问一问自己是不是处在冲动之中，他是不是感到了可以称之为淫逸之乐的东西。

她更不关心什么快乐和冲动。“我不放开你，”她心里说，“我不让自己被排除掉，我将为了保留你而斗争。”于是她的性器官上上下下地动着，变成了她开动和操纵战争的武器。她对自己说，这个武器是最后的武器，她惟一剩下的武器，但是它是全能的。随着动作的节奏，就像乐曲中的一个固定低音，她不断地为自己重复着：我将斗争，我将斗争，我将斗争。她相信自己一定能获得胜利。

只要翻开一本词典就行了。斗争的意思是用自己的意志去对抗另外一个人的意志，为的是打垮他，使他屈服，可能还要把他杀死。“生活是一场斗争。”这一句话当第一次说出来时，听上去一定像一声伤感的、听天由命的叹息。我们这个乐观主义和大屠杀的世纪，能够把这句可怕的惯用语改变成为一曲欢乐的小调。也许你会说，对某个人进行斗争有时是可怕的，但是为某件事进行斗争却是高贵的、美好的。努力为幸福（爱情、正义等等）作出努力，毫无疑问是美好的，但是如果您真喜欢用“斗争”这个词来表示您的努力，这就意味着在您的高贵的努力里隐藏着把某个人打翻在地的愿望。为……的斗争是和对……的斗争是不可分割的，在斗争中，斗争者常常为了介词“对”而忘掉了介词“为”。

洛拉的性器官强有力地上上下下地动着。洛拉在斗争。她做爱，也在斗争。她为贝尔纳而斗争。但是对谁呢？对她紧抱在怀里，接着又为迫使他改变姿势而推开的人。在沙发上和地毯上的这种消耗体力的表演使得他们出汗，使得他们喘不过气来，好像一场殊死斗争的哑剧：她攻击，他防卫，她发布命令，他服从。

阿弗纳琉斯教授

阿弗纳琉斯教授沿着曼恩街往下走，绕过蒙帕纳斯车站，因为没有什么急事，他决定到拉斐特百货公司逛逛。在妇女用品部，他又走到了一些穿着最新流行时装的蜡制人体模型中间，她们从四面注视着他。阿弗纳琉斯喜欢跟她们在一起。这些女人固定在一个疯傻的动作中，嘴大大地张开，表达出的不是笑（嘴唇没有拉长），而是激动。他发觉她们有一种特殊的诱惑力。在阿弗纳琉斯教授的想像中，所有这些僵化的女人觉察到了他的生殖器挺然勃起，它不仅仅是巨大的，而且由于装饰在顶端的那个长角魔鬼的脑袋，与一般的阴茎大不相同。在流露出既赞赏又恐惧的表情的那些女人旁边，另外一些女人把她们鲜红的嘴唇噘得圆圆的，两片嘴唇中间有一个舌头随时随刻都可能伸出来，要和他接一个色情的吻。还有第三种类型的女人，她们的嘴唇上浮现出一种梦幻般的微笑。她们的眼睛半闭着，不容人有任何怀疑：她们刚刚长时间地、默默地尝到了性交的快乐。

这些人体模型仿佛核辐射一般在空气中散布着性感的魅惑，却在任何人身上得不到反应。人们在商品中间来来往往，疲乏、忧郁、恼怒，对性完全不感兴趣，只有阿弗纳琉斯教授在那儿经过时，相信自己在主持着一个规模巨大的淫荡聚会，因而感到很快乐。

唉，最美的东西也有个结束：阿弗纳琉斯教授走出了大百货公司。为了避开林阴大道的车流，他朝通往地铁站的楼梯走去。他对这些地方很熟悉，所以对出现在眼前的景色并不感到惊奇。在过道里总有相同的一帮人。两个喝醉的流浪汉在休息，其中一个仍然没有放开他的红葡萄酒瓶，有时候招呼行人，露出一脸使人没法生气的笑容，没精打采地要求为一瓶新的葡萄酒做出捐助。一个年轻人坐在地上，背靠着墙，脸一直用双手捂住；在他面前有用粉笔写的告白，说他刚从牢房出来，没法找到工作，在受着饥饿的煎熬。最后还有一个显得疲劳的音乐家立在墙旁边（在从牢房出来的那个人的对面）；他的脚跟前一边放着一顶里面有几个零钱的帽子，另一边放着一个喇叭。

这一切都很正常，只有一个不常见的情况引起了阿弗纳琉斯教授的注意。正好在从牢房出来的人和两个醉醺醺的流浪汉之间的半当中，不是靠近墙，而是在过道中间站着一位太太，相当漂亮，不超过四十岁。她手上拿着一个红色捐款箱，带着焕发出女性特征的微笑，把捐款箱伸向行人。在捐款箱上可以看到这样一句告白：*请援助麻风病人*。她衣服雅致，和背景形成了强烈对比，她的热情像一盏明灯似的照亮了昏暗的过道。她的存在显然使那些习惯于在这儿度过他们的工作日的求乞者感到不快，放在音乐家脚边的喇叭已经在一场不公平的竞争面前表示投降。

每当这位太太吸引住了行人的目光，都要清晰地发出声音说话，但是声音又低得几乎听不见，逼得行人在她嘴唇上念出："麻风病人！"阿弗纳琉斯也准备在她嘴上辨读出这几个字，但是这个女人看见他，只说出了一个"麻"字，让"风病人"三个字缩了回去，因为她认出了他。阿弗纳琉斯也认出了她，却不明白她怎么会出现在这种地方。他奔上扶梯，从林阴大道的另一边出去。

到了那儿他明白了他取道地下过道是枉费心机，因为交通已经阻塞：从法兰西学院到雷恩街有一群游行示威的人占了整个街面，缓缓前进。因为他们的脸都是晒黑了的，所以阿弗纳琉斯教授相信是阿拉伯人在抗议种族主义。他对他们不关心，走了几十米，推开一家酒吧的门。老板对他说："昆德拉先生要迟会儿到。这是他给您留下的一本书，供您在等他的时候解解闷。"说着递给他我的小说《生活在别处》，是叫作弗里奥文库的那种廉价版。

阿弗纳琉斯教授把书塞进口袋，丝毫没有对它注意，因为正好这时候他想起了拿着红色捐款箱的那个女人，他希望再见到她。"我马上就回来。"他一边出去，一边说。

根据横幅上标语口号，他终于明白了游行的不是阿拉伯人，而是土耳其人，他们抗议的不是法国的种族主义，而是抗议保加利亚的土耳其少数民族的保加利亚化。示威者举起拳头，举得有点有气无力，因为在人行道上闲逛的巴黎人抱着无限冷漠的态度，把他们推到了绝望的边缘。但是他们一看见有个男人腆着吓人的大肚子在人行道上朝着同一个方向一边走，一边举起拳头跟他们一齐叫喊“打倒俄国人！打倒保加利亚人！”他们立刻精神振作起来，比较起劲地在林阴大道上呼着口号。

阿弗纳琉斯在地铁入口处，几分钟前他刚上来的那座扶梯旁边，看见两个相貌丑陋的年轻女人在忙着分发传单。为了进一步了解反保加利亚的斗争，他问她们中的一个：“您是土耳其人？”“感谢上帝，我不是！”那个女人赶紧回答，倒好像他指控她做了什么可怕的事似的。“我们跟这个示威游行毫不相干，我们在这儿是为了向种族主义进行斗争！”阿弗纳琉斯向她们每人要了一张传单，迎面碰到一个年轻人的微笑，这个年轻人懒懒散散地把胳膊肘支在地铁栏杆上。他也递过来一张传单，脸上带着一种高高兴兴的挑衅神情。

“这是反对什么？”阿弗纳琉斯教授问。

“这是为了卡纳克人民[①]的自由。”

阿弗纳琉斯教授因此带了三张传单下到地底下去；他一下去就立刻感觉出地下墓穴的气氛变了，疲乏和厌倦已经一扫而空，有什么事发生啦。阿弗纳琉斯听见活泼的喇叭声、拍手声、笑声；接着他看清楚了是怎么回事：拿着红色捐款箱的女人还在那儿，但是被两个流浪汉围着，一个抓住她空着的左手，另一个轻轻握住拿着捐款箱的右胳膊。抓住手的那个人迈着小舞步，三步向前，三步向后。握住胳膊肘的那一个把音乐家的帽子伸向行人，嘴里叫喊着："为了麻风病人！为了非洲！"音乐家在他旁边吹着喇叭，吹得上气不接下气，啊，他从来还没有这么吹过。人越聚越多，他们感到有趣，露出了微笑，向帽子里扔零钱，甚至扔票子，那个醉汉在谢他们："啊，法兰西多么慷慨呀！谢谢！代麻风病人谢谢！没有法兰西他们将全都像可怜的畜生一样活活饿死！啊，法兰西多么慷慨呀！"

那位太太不知怎么办，时而她试着挣脱身子，时而在掌声的鼓励下向前和向后迈出小舞步。那个流浪汉突然想让她朝他旋转过来，要跟她身子贴着身子跳舞。她闻到了一股强烈的酒气，笨拙地自卫着，害怕和不安从她脸上流露出来。

从监狱出来的那个人突然站起来，开始指手划脚，好像通知那两个流浪汉出现了危险。两名警察走过来。阿弗纳琉斯教授看见他们，连忙也参加了跳舞。他让他的大肚子左右摇摆，两条胳膊半弯曲着轮流伸向前，朝着人群微笑，在他周围散布了一种无法形容的无忧无虑的和平气氛。警察来到他们旁边时，他朝拿捐款箱的太太有默契似的笑笑，接着开始随着喇叭和他的舞步的节

---

① Kanak，太平洋新喀里多尼亚当地土著民族。

奏拍手。两名警察目光阴沉，朝他转过身来，继续向前巡逻。

获得这样的成功，阿弗纳琉斯喜出望外，他更加起劲，就地打转，轻盈得让人意想不到，他朝前跳，朝后跳，高高地举腿，用两只手模仿跳康康舞的舞女撩起裙子的动作。这立刻让握住太太的肘部的那个流浪汉有了一个主意，他弯下腰，抓住她的裙子的底边。她想自卫，但是眼睛不能离开那个带着鼓励她的微笑的大肚子男人。当她试图回他一个微笑时，那个流浪汉撩起裙子，一直撩到腰部，露出了光腿和绿短裤（和粉红裙子挺协调）。她又想自卫，但是她被迫处于无能为力的境地：一只手拿着捐款箱（虽然没有人朝里面扔过一个生丁，她还是牢牢地攥住，就像是她的荣誉，她生活的意义，也许还有她的灵魂都藏在里面似的），另外一只手被流浪汉握住不能动。如果有人把她两条胳膊捆住强奸她，她的处境也不会比这更坏。流浪汉高高地撩起裙子，同时叫喊："为了麻风病人！为了非洲！"太太的脸上淌着受辱的眼泪。然而她拒绝显露出自己受辱（承认自己受辱是加倍的受辱），她竭力露出微笑，就像这一切是在她同意下，为了非洲的利益而发生的，她甚至朝空中扬起一条腿，虽然短一点，但是很漂亮。

一股可怕的臭气涌进她的鼻孔：流浪汉的呼吸跟他的衣服一样发出难闻的臭味。他的衣服不分日夜穿了好多年，最后嵌进了他的皮肤里（如果他在一次意外里受伤，把他放到手术台上以前，一组外科医生要刮上一个钟头才能把这些衣服完全刮掉）。她受不了，最后一次使劲，从他的搂抱里挣脱出来，把捐款箱抱在胸口上，朝阿弗纳琉斯教授逃来。他张开胳膊，抱住她。她紧贴住他，身体颤抖，抽抽噎噎地哭起来。他迅速地使她平静，拉住她的手，把她领出了地铁车站。

肉 体

“洛拉，你瘦了。”在吃中饭时阿涅丝带着关心的神情说。她和她的妹妹在饭店吃的中饭。

“我胃口不好，吃什么都想吐。”洛拉喝了一口矿泉水，她没有像往常一样叫葡萄酒，而叫了矿泉水。“太冲了。”她又补了一句。

“矿泉水？”

“我应该掺些不带汽的水。”

“洛拉！……”阿涅丝想表示反对，但是她仅仅说，“别这么折磨你自己了。”

“一切都完了，阿涅丝。”

“你们之间到底什么变了？”

“一切。可是我们做起爱来还从来不曾像这样过。像两个疯子。”

“如果你们像疯子一样做爱，那什么变了？”

“这是我能够确信他跟我在一起的惟一时刻。我们一停止做爱，他的思想就到别的地方去了。我们即使更频繁地做上一百次爱也没有用，一切都完了。因为做爱并没有什么了不起的，它对我并不重要，重要的是要他想着我。我一生中有过许多男人，现在他们每一个都对我一无所知，我也对他们一无所知，我问我自己：如果没有人保留下我的一点痕迹，那我过去为什么活着？我的一生还剩下什么？什么也没有剩下，阿涅丝，什么也没有剩下！但是近两年里，我真的感到很幸福，因为我知道贝尔纳想着我，我停留在他的脑海里，我生活在他的心中。这才是真正的生活，对我来说，真正的生活是这样的：生活在别人的思想里。没有这个，尽管活着，我也是个死人。”

“可是你一个人在家里，听一张唱片时，难道你的马勒不能给你一种为了他值得活下去的、最起码的小小幸福吗？这对你还不够吗？”

“阿涅丝，你说的是蠢话，而且你自己也知道。如果我单独一个人的时候，马勒对我来说，不代表什么，完全不代表什么。只有我和贝尔纳在一起的时候，或者我知道他想着我的时候，马勒才能给我快乐。他不在的时候，我甚至没有力气铺床，我甚至不想洗澡，不想换内衣。”

“洛拉！你的贝尔纳不是世上惟一的男人！”

“他是。”洛拉回答，“为什么你要我不跟自己讲实话呢？贝尔纳是我最后一个机会。我已经不是二十岁，也不是三十岁。在贝尔纳之后，是一片荒漠。”

她喝了一口矿泉水，又说了一遍："这水太冲。"接着她叫侍者，要一瓶清水。

"一个月后他要到马提尼克去过上十五天，"她继续说下去，"我已经和他到那边去旅行过两次。这一次他通知我，他要一个人去。我有两天什么也吃不下。不过我知道我要做什么。"

水放在桌上，洛拉在侍者的惊奇的眼光注视下，把水斟进自己的矿泉水杯子里；然后她又说了一遍："是的，我知道我要做什么。"

她闭上嘴，仿佛她想用她的沉默来促使她姐姐进一步问她。阿涅丝明白，故意不提任何问题。但是沉默的时间延长下去，她让步了："你要做什么？"

洛拉回答说，最近几个星期里她至少看过五个医生，请每个医生都给她开了些巴比妥酸剂。

洛拉用一些影射自杀的话把她的惯常有的抱怨补充完毕，从这时候起阿涅丝感到自己很厌倦，很疲惫。已经有过许多次她使用一些合乎逻辑的，或者动真感情的理由来反对她的妹妹；她使她妹妹确信她的爱（"为了我你不能这么做！"），但是毫无结果：洛拉重新谈到自杀，就像她什么也没有听见似的。

"我比他早一个星期动身到马提尼克去，"她接着说下去，"我有一把钥匙。别墅是空的。我要设法把自己安排得让他在那里发现我。让他永远不能够忘掉我。"

阿涅丝知道洛拉能够干出一些不理智的事，听到“我要设法把自己安排得让他在那里发现我”这一句话，心里害怕起来了：她想像洛拉的身体一动不动地躺在热带别墅的客厅中央；这个画面，她心惊胆战地知道，完完全全是可能的，是可以理解的，是洛拉干得出来的。

爱一个人，在洛拉看来，就意味着把肉体献给他。就像她过去把架白钢琴让人送到她姐姐那儿去一样，把肉体送到他那儿去。把肉体放在他的套房中央：我在这儿，这是我的五十七公斤，这是我的肉和我的骨头，它们是给你的，我把它们抛弃在你的家里。这个奉献对她说来是一个性爱的表示，因为在她眼里肉体不仅仅是在冲动的特殊时刻有性特征，而且正像我说过的，从一开始，先天地，经常不断而完整地，在表面和内部，在睡着时，在醒着时，甚至在死后都有。

对阿涅丝说来，性爱只限于冲动的片刻；在这片刻里，肉体变得令人向往，变得美好。只有这片刻的时间为肉体进行了辩解，拯救了肉体；一旦这人造的光彩熄灭，肉体又重新变成一个肮脏的机械，她应该保证它的维修。正是因为这个缘故阿涅丝决不会说“我要设法把自己安排得让他在那里发现我”。她想到她心爱的男人看见她像一具被剥夺了性别的普通肉体，失去了一切诱惑力，脸扭歪着，姿势是她再也没有能力控制的姿势，她就吓得毛骨悚然。她会感到羞耻。羞耻心能阻止她自愿地变成一具尸体。

但是阿涅丝知道她的妹妹和她完全不同：把毫无生命的肉体陈列在一个情夫的客厅里，像这样的想法来自洛拉和肉体之间的关系，来自她爱的方式。就是这个缘故阿涅丝害怕了。她身子俯在桌子上，抓住妹妹的手。

“请你了解我，”洛拉低声说，“你有保罗。他是你所能希望得到的最好的男人。我有贝尔纳。既然他离开了我，我什么也没有了，我什么人也没有了。你知道我不是一个很容易满足的人！我不准备去看我自己生活的不幸。我对生活的期望太高。我希望生活能给我一切，否则我就离开。你了解我。你是我的姐姐。”

暂时的沉默，阿涅丝琢磨怎么回答，可她很混乱。她感到疲乏。同样的对话一个星期一个星期地重复，阿涅丝所能说的话显得没有效用。突然间在这疲乏和无能为力的时刻里，响起了几句完全难以置信的话：

“老贝特朗·贝特朗在议会里又对自杀热大发雷霆！他是马提尼克的那座别墅的主人。你想想我要让他感到多么高兴！”洛拉说着哈哈大笑起来。

这笑声虽然神经质，而且很勉强，但是对阿涅丝说来却是一个意外的同盟者。她也开始笑了，她们的笑很快就失去了勉强的成分，突然之间变成了真正的笑，宽慰的笑，两姐妹笑得流出了眼泪，她们知道她们相亲相爱，洛拉不会自杀了。她俩同时开口讲话，握着的手没有放开，她们讲的是一些充满了爱的话，在这些话的后面隐隐约约显出了一座瑞士花园里的别墅；还有那个如彩色气球般挥手告别的手势，这个手势像一个旅行的邀请，像一个难以形容的未来的许诺，这个许诺从来没有兑现，但是它的回声对她们说来还一直是那么具有吸引力。

眩晕的时刻过去以后，阿涅丝说："洛拉，不应该干蠢事。任何一个男人都不值得你为他痛苦。想着我，想着有我在爱你。"

洛拉说："可是我想做点什么事，我那么想做点什么事。"

"什么事？什么事？"

洛拉盯住她姐姐的眼睛深处看，同时耸耸肩膀，仿佛在承认"事"的内容她自己还不太清楚。接着她把头微微朝后仰，露出她的那张带着忧郁的模糊笑容的脸，用手指点了点自己的心窝，一边重复说"什么事"，一边把两条手臂挥向空中。

阿涅丝感到轻松。毫无疑问她一点也不能想像出这个"事"的具体内容，但是洛拉的手势不容有任何怀疑：这个"事"涉及遥远崇高的目标，决不可能与躺在热带客厅的地板上的一具尸体有丝毫共同之处。

几天以后，洛拉到贝尔纳父亲主持的法国非洲协会去，志愿地上街去为麻风病人募捐。

希望不朽的手势

贝蒂娜头一个爱的对象是她的哥哥克莱芒斯，未来的浪漫派大诗人；后来正如我们所知道的，她爱上了歌德，崇拜贝多芬，爱上她的丈夫，也是大诗人的阿辛·冯·阿尼姆；接下来她迷恋赫尔曼·冯·皮克勒-穆斯科伯爵，他不是大诗人，却写过一些书（而且她就是把《歌德和一个女孩子的通信》献给他的）；后来在近五十岁时她对两个年轻人，菲利普·纳多西阿斯和朱利阿斯·杜林，有了一种半性爱半母爱的感情，他们不写书，却与她互相通信（她发表了其中一部分信件）；她钦佩卡尔·马克思，有一天她正在他的未婚妻燕妮家里作客，便逼着他陪她在黑漆漆的夜里散了很长时间的步（马克思丝毫不想散步，他喜欢陪伴燕妮胜过喜欢陪伴她；然而这个能使世界来个翻天覆地变化的人，却没有力量抵抗曾经和歌德十分亲近的女人）；她对弗朗兹·李斯特[1]有过偏爱，不过是在暗中的，因为她很快地就宣布厌烦了李斯特追逐光荣的偏好；她试图满腔热情地帮助精神有问题的画家卡尔·布莱希尔（她蔑视他的妻子正如她从前蔑视歌德夫人）；她和萨克森-魏玛的王位继承人查理-亚历山大书信来往；她为普鲁士国王腓特烈·威廉写了《国王的书》，书中陈述了国王对臣民的责任；后来她出版了《穷人的书》，书中描写了人民的可怕的苦难，她再次找到国王，要他释放被控告策划共产主义阴谋的威廉·弗里德里希·施罗费尔；不久以后她又出面找他帮忙，为的是救出路德维克·梅罗斯瓦夫斯基[②]，波兰革命的领导人之一，当时关在普鲁士监狱等候处决。她崇拜的最后一个人，她从来没有和他相遇：这是山陀尔·裴多菲[③]，匈牙利诗人，二十四岁死于一八四九年起义军的队伍中。因此她不仅让全世界知道了一位大诗人（她叫他*Sonnengott*，“太阳神”），更让大家知道了当时在欧洲几乎不为人所知的诗人的祖国。一九五六年匈牙利的知识分子发起了第一次反斯大林的大规模起义，起来反抗俄罗斯帝国，如果我们还记得当时他们给自己起了一个名字叫“裴多菲俱乐部”，我们就会认识到贝蒂娜通过她的那些爱，出现在从十八世纪到我们这个世纪中叶的广大的欧洲历史领域里。英勇的、顽强的贝蒂娜：历史的仙女，历史的女祭司。我说女祭司说得很正确，因为历史对她

---

① Franz Liszt（1811—1886），匈牙利音乐家、钢琴家、指挥家，主要作品有交响诗《塔索》、交响乐《但丁神曲》等。

② Ludwik Mieroslawski（1814—1878），波兰小贵族，一八四八年组织波兹南起义，失败被捕；一八四八年再次组织起义，又为普鲁士人所镇压。

③ Sandor Petöfi（1823—1849），匈牙利诗人，民主主义革命家，作品有《爱国者之歌》、《反对国王》等，一八四九年在反抗沙俄军队的战斗中牺牲。

来说，是(所有她的朋友都用相同的隐喻)“上帝的化身”。

有时她的朋友责备她对自己的家庭，对自己的物质状况想得不够，责备她毫不计较地为别人牺牲自己。

“你们说的那些我不感兴趣。我不是一个会计。瞧，我就是我！”她回答，指尖点着胸口，正好是两只乳房中间。接着她头微微向后仰，脸上蒙着微笑，把她双臂突然但是优美地朝前投去。在动作开始时，手指还都挨在一起；胳膊到动作结束时才分开，手掌张开得很大很大。

不，您别弄错。洛拉在上一章也曾有过相同的手势，那是在她宣布想做点“什么事”的时候。让我们回忆当时的情况：

“洛拉，不应该干蠢事。任何一个男人都不值得你为他痛苦。想着我，想着有我在爱你。”当阿涅丝这么说了以后，洛拉回答：“可是我想做点什么事，我那么想做点什么事！”

这样说的时候，她隐隐约约地想到了跟另外一个男人睡觉。她已经常常有这个念头，而且跟她自杀的愿望丝毫不矛盾。这是两种极端的，然而在一个受辱的女人身上完全合法的反应。她的朦朦胧胧的不忠实的梦想被阿涅丝的不适当的介入打断了，阿涅丝想把事情问个清楚：

“什么事？什么事？”

洛拉明白在刚提到自杀之后立刻又提到不忠实会显得可笑，因此感到很窘，仅仅又重复了一次她的“什么事”。因为阿涅丝的眼光要求一个比较明确的答复，所以她至少要用一个手势尽可能给这句如此不明确的话一个意义：她把双手放在胸口上，然后又把双手投向前。

她是怎么突然想起做出这个手势的呢？很难说清楚。她以前从来没有这么做过。正像给忘了台词的演员提台词一样，一定有一个不知其名者给她提示该做这个手势。这个手势虽然没有表达出什么具体的东西，但是它让人明白了“做点什么事”意味着自我牺牲，把自己奉献给世界，把灵魂像一只白鸽一样送向蔚蓝的远方。

几分钟以前，洛拉肯定还想不到拿着一个捐款箱到地铁车站去的计划，如果她不把手指放到她的两个乳房中间，再把两臂投向前，显然她也决不会想出这个计划来。这个手势仿佛具有自己的意志：它指挥，她照着做。

洛拉的手势和贝蒂娜的手势是相同的，在洛拉想帮助遥远国家的黑人的愿望，和贝蒂娜想救被判处死刑的波兰人的努力之间，肯定也有一定的联系。然而拿她们作比较肯定是不恰当的。我不能想像贝蒂娜·冯·阿尼姆拿着一个捐款箱在地铁车站乞讨。贝蒂娜对慈善事业毫无兴趣。她不是一个无所事事的有钱女人，为了打发时间，筹办募捐活动去救济穷人。她对待仆人很严厉，甚至招来了她丈夫的指责（“仆人也有灵魂”，他在一封信中提醒她）。促使她行动的并不是对善行的热爱，而是想直接地、亲身地与上帝接触的愿望，她相信上帝化身在历史里。所有她那些对名人（其余的人她不感兴趣）的爱只是一张蹦床，她让自己的全部分量落在上面，然后弹起来，弹得很高，一直弹到她的（化身在历史里的）上帝存在的这片天空里。

是的，这一切都是真实的。但是请注意！洛拉也不像那些主持慈善协会的善心太太。她没有养成施舍乞丐的习惯。她在他们跟前，离着仅仅两三米，她也看不见他们。她得了精神上的老花眼症。黑人身上的肉一块块地掉，虽然离开她四千公里，她却觉得比较近。当她做出这个手势，用双臂把她的灵魂送去时，他们恰好站在地平线的那端。

然而在一个被判处死刑的波兰人和那些生麻风病的黑人之间，有着一个区别！在贝蒂娜身上是介入历史，在洛拉身上变成了普通的慈善行为。但是洛拉在历史里也不是微不足道的。世界历史连同它的革命、它的乌托邦、它的希望、它的恐惧，已经离开了欧洲，只留下了怀旧情绪。正是因为这个原因法国人才使慈善事业国际化。激发她去做好事的不是基督教的对邻人的爱（譬如像美国人那样），而是对失去的历史的怀念，想把它召回来的愿望，希望自己至少能以为黑人募捐用的红色捐款箱的形式出现在它中间。

让我们把贝蒂娜的手势和洛拉的手势叫做希望不朽的手势。贝蒂娜渴望伟大的永存不朽，她要说："我拒绝与现在及其烦恼一同消失，我希望超越我自己，成为历史的一部分，因为历史是永恒的记忆。”洛拉即使是渴望微小的永存不朽，也抱着相同的希望：超越她自己，超越她穿过的这个不幸的时刻，做点“什么事”来留在所有认识她的人的记忆里。

暧昧

布丽吉特从小就喜欢坐在她父亲的膝头上，但是我觉得她到了十八岁之后，好像从中得到了更大的乐趣。阿涅丝并不觉得这件事有什么不对。布丽吉特常常钻到他们的床上（譬如说，当他们熬夜看电视时），在他们三个人之间出现一种肉体的亲密气氛，远比从前出现在阿涅丝和她的父母之间的要强烈得多。尽管如此，阿涅丝还是衡量了这幅画面的暧昧程度：一个个子高高的年轻姑娘，胸部丰满，臀部肥大，坐在一个精力还算充沛的漂亮男人的膝头上，用鼓得高高的胸部擦着这个男人的肩膀和脸，叫他“爸爸”。

有天晚上他们邀请了一帮欢乐的朋友，其中有洛拉。布丽吉特坐在她父亲的膝头上。洛拉一时高兴说：“我也想这样！”布丽吉特让给她一个膝头，两个人分别骑坐在保罗的两条大腿上。

这个情况使我们又一次想到贝蒂娜，因为幸亏是她，坐在膝头上才被树立成性爱的暧昧关系的典型。我曾经说过，贝蒂娜在童年的挡箭牌的掩护下，穿越她一生中的爱情战场。她把这块挡箭牌举在身前，一直举到五十岁，才把它换成一块母亲的挡箭牌，轮到她让年轻人坐在她的膝头上。这情况再一次变得暧昧得令人惊奇：怀疑一位母亲对儿子有性的企图，这是不允许的，正是因为这样，一个年轻人坐在一个成熟女人的膝头上（这仅仅是用隐喻）的画面才充满了性爱的含义，而这些性爱的含义越是影影绰绰，就越发显得强烈。

我敢断言，没有暧昧术就没有真正的性爱变态。暧昧越是强大，冲动越是强烈。谁不记得在童年时玩过高尚的医生游戏。小女孩躺在地上，小男孩借口做体格检查，脱掉她的衣裳。小女孩表现得很听话，因为检查她的人不是一个好奇的小男孩，而是一位关心她的健康的、严肃的专家。这种情况正因为神秘而暗含着巨大的性爱成分，两个人都喘不过气来。小男孩越是喘不过气来，他越是一刻也不停地充当医生，在脱掉她短裤时，还用“您”称呼她。

童年生活中的这个幸福时刻在我心里唤回了一个更加美好的回忆，对一个捷克外省城市的回忆。有一个年轻女人在巴黎旅居后于一九六九年回到这个城市定居。一九六七年她到法国去求学，两年后发现她的祖国被俄国人占领；人们对什么都害怕，他们惟一的愿望是到别处去，到欧洲的什么地方去，只要那里有自由。在法国的两年里，年轻的捷克女人勤奋地经常参加专题讨论会。在当时一个人如果想让自己处在智力生活的中心，就得经常不断地参加这些讨论会。在讨论会上她懂得了，我们在童年的最初时期，俄狄浦斯阶段以前，要经过著名的精神分析学家所谓的镜子阶段，因为在拿自己和母亲的以及父亲的身体比较以前，已经发现了自己的身体。年轻的捷克女人回到祖国后，对自己说，她的许多同胞在对他们自己极为不利的情况下，完全跳过了他们个人进化中的这个阶段。头上带着巴黎和那些著名的讨论会的盛誉的光轮，她组织了一个年轻妇女的俱乐部。她给她们上理论课，这些理论课谁也听不懂，她还指导她们实践。理论复杂，可是实践很简单：所有的女人都要赤身裸体，每人对着一面大镜子端详自己，然后她们全都聚到一起，极其仔细地互相观察，最后她们从随身带的小镜子里观看自己，每个人都把这种小镜子伸向另外一个人，伸得让她看见她平常看不见的地方。女辅导员没有一分钟停止讲她的理论。这些理论难以理解得让人着迷，让她们远远地离开了俄国人的占领，远远地离开了她们的那个省份，而且还给她们带来了一种她们决不对人谈起的、既神秘而又无法形容的冲动。女辅导员毫无疑问决不仅仅是伟大的拉康[①]的弟子。她还是一个女同性恋者。我不认为这个俱乐部里真的有很多同性恋。我承认，在所有这些女人中，我想得最多的是一个年轻姑娘。她非常纯洁，听课对她说来，除了翻成捷克文翻得很不好的拉康的那些晦涩难懂的话以外，什么也不存在。啊，赤身裸体的女人的这些科学聚会，在捷克小城市的一套公寓里的这些讲课，当俄国的巡逻队在外面巡逻时，啊，比酒神节还要富于刺激性。在那种酒神节上每个人都竭力完成要求的动作，一切都是约定好的，而且只有一个含义，可悲地只有一个含义！但是让我们赶快离开捷克的小城，回到保罗的膝头上来吧：洛拉坐在一个膝头上；在另外一个膝头上坐着的，为了试验性的理由，让我想像，不是布丽吉特而是她母亲：

对洛拉来说，让自己的屁股和一个她心里想得到的男人的大腿接触，是一种愉快的感觉；正因为她不是以情妇的资格，而是以小姨子的资格，并且在保罗妻子的赞许下，坐定在保罗的身上，所以这种感觉就更加让她兴奋。洛拉是嗜暧昧上瘾的毒物癖者。

对阿涅丝来说，这种情况没有一点刺激性，但是她不能赶走在她脑袋里翻腾的一句可笑的话："在保罗的每个膝头上坐着一个女人的肛门！"阿涅丝是暧昧的清醒观察者。

保罗呢？他高声说话，一边开玩笑，一边轮流地抬起每个膝头，让姐妹俩相信他那种像准备给外甥女当马骑着玩的舅舅才会有的诙谐。保罗是不懂暧昧的大傻瓜。

洛拉在她的爱情的烦恼最无法忍受时，常常求救于保罗，在各种不同的咖啡馆和他见面。我们应该注意到，自杀在他们的谈话中不曾出现过。洛拉曾经要求阿涅丝为她的病态的计划保守秘密，她自己在保罗面前也从来不曾提起。因此过于粗暴的死亡的景象没有来破坏质地脆弱的、环境美好的忧郁气氛，保罗和洛拉

---

① Jacques Lacan（1901—1981），法国著名的精神分析学家、哲学家。

面对面地坐着，不时地他们都要互相接触。保罗按按她的手或者肩膀，好像是在重新给她力量和信心，因为洛拉爱贝尔纳，而爱人的人是值得人去支持的。

我正想说，在这种时候他望着她的眼睛，但是这句话不确切，因为洛拉这时候又戴上了墨镜，保罗不知道原因：她不愿意露出含着泪水的肿胀的眼皮。突然间眼镜具有了许多含义：它给了洛拉一种几乎是严肃的，几乎是难以达到的高雅风度。但是它同时也代表了一种很热烈，很性感的成分：一只泪汪汪的眼睛，一只突然变成身体的口子的眼睛，阿波利奈尔[①]的那首著名的诗里，谈到女人身体上的那九个美丽的门户之一——一个隐藏在黑玻璃的葡萄叶后面的、湿漉漉的口子。对出现在眼镜后面的眼泪的想法，有时候是那么强烈，而想像中的眼泪又是那么灼热，以至于它化成了蒸汽把他们两人包围起来，使他们失去了判断力和看法。

保罗觉察到了这股蒸汽。但是他理解它是怎么回事吗？我不相信。让我们设想这么一个情况：一个小女孩去找小男孩看病。她开始一边脱衣服，一边说："医生，您应该给我检查检查。"听，小男孩是这样说的："可是，我的小姑娘！我不是医生！"

保罗的表现正是这样。

---

① Guillaume Apollinaire（1880—1918），法国现代主义诗人，主张"革新"诗歌，作品有《烈酒集》。

女通灵者

如果保罗在和大褐熊的争论中，表现得像一个轻浮态度的积极支持者，他对坐在他膝头上的姐妹俩怎么又表现得这么不轻浮呢？请听解释：在他的头脑里，轻浮是一帖有好处的灌肠剂，他希望把它用来对付文化、公共生活、艺术、政治，这是一帖对歌德和拿破仑适用的灌肠剂，但是（请您牢牢记住！）肯定对洛拉和贝尔纳不适用。保罗对贝多芬和兰波感到的深深的不信任，被他在爱情上表现出的无限信任所弥补了。

爱情这个概念，在他心里，是和海洋这种最狂暴的自然力联系在一起的。他和阿涅丝度假时，总是把旅馆房间的窗子开得大大的，好让他们爱情的喘息声和波涛声汇合在一起，他们的热情和这伟大的声音混成一体。他和他妻子在一起感到很幸福，而且爱她，但是他想到他的爱情从来没有增加一点戏剧性，内心深处感到了一种轻微的，一种战战兢兢的失望。他几乎羡慕洛拉在她的道路上遇到障碍，因为照他看来，只有障碍能把爱情转变为爱情的历史。因此他对她有了一种情意深切的休戚相关的感情，为了她的痛苦而难受，就像她的痛苦也是他的痛苦一样。

一天，她打电话告诉他，贝尔纳几天后到马提尼克他自己家里的别墅去，尽管他没有邀请她，她还是决定去找他。如果她在那边发现有一个不认识的女人陪着他，那就活该倒霉了。至少一切都清楚了。

为了使她避免无益的冲突，他试图劝阻她。但是谈话长时间地继续下去；洛拉一再重复相同的理由，保罗让步了，准备对她说："去吧，既然你这样深信你的决定是好的决定！"但是不容他有时间说，洛拉先开口宣布："只有一件事可以阻止我从事这趟旅行：你的制止。"

她这是相当清楚地通知他，为了改变她的计划，同时又要保住她作为一个下决心，走到绝望和斗争尽头的女人的尊严，他应该说些什么话。我们回忆一下她和保罗的第一次见面；她当时听见自己的脑海里一字不差地出现了拿破仑曾经对歌德说的话："这才是一个男子汉！"如果保罗真的是一个男子汉，他就会连一刹那的犹豫也没有，立刻制止这趟旅行。唉！他不是一个男子汉，而是一个有原则的男子汉：很久以来他就把"制止"这个词儿从他的词汇里抹掉了，而且还为之感到骄傲。他提出反对："你知道我从来不制止任何人做任何事。"

洛拉坚持："可是我希望你制止，你下命令。你也知道，别人谁也没有权利制止我。我将照你说的去做。"

保罗感到为难：他用了一个小时来向她解释她不应该去，而一个小时来她一直证明她应该去。为什么她不让自己给说服，偏偏要他制止呢？他沉默了。

“你害怕了？”她问。

“害怕什么？”

“怕把你的意志强加给我。”

“如果我没有能够说服你，我也没有权利在任何事上制止你。”

“这正是我刚才说的：你害怕了。”

“我希望通过理智来说服你。”

她笑了：“你躲在理智后面，因为你害怕把你的意志强加给我。我让你害怕！”

她的笑声把他投入更深的为难之中，他赶紧结束这次谈话：“让我考虑考虑。”

接着他向阿涅丝征求意见。

她说：“她不应该去。那会是一件天大的蠢事。如果你再跟她谈，尽一切可能阻止她去！”

但是阿涅丝的意见算不了什么，保罗的首席顾问是布丽吉特。

他把她的姨妈处在怎样的一种情况之下解释给她听，她听了立刻做出反应：“为什么她不上那边去？一个人应该永远做自己想做的事。”

“可是，”保罗提出反对意见，“万一她发现贝尔纳跟一个女人在一起呢？她会闹出可怕的丑事来！”

“他对她说过会有一个女人陪他吗？”

“没有。”

“他应该说。如果他没有说，就说明他是个胆小鬼，她就没有任何理由迁就他。洛拉会失去什么呢？什么也不会失去。”

我们会感到奇怪，布丽吉特为什么偏偏会给保罗出这么个主意，而不是别的主意。因为她和洛拉团结一致吗？我不相信。洛拉常常表现得就像她是保罗的女儿，这一点让布丽吉特觉得既可笑又讨厌。她丝毫不想和她的姨妈团结一致；她惟一关心的是怎样讨她父亲的喜欢。她预感到保罗像求教女通灵者一样向她求教，她希望巩固这种魔法般的权力。她完全有理由猜测到她母亲反对洛拉的这趟旅行，所以她想采取相反的态度，让青年人的意见从她嘴里说出来，而且用一个不假思索的勇敢动作把她父亲迷惑住。

她的头迅速地从左摇到右，又从右摇到左，同时耸耸肩膀和眉毛，保罗又一次有了他女儿是一个他汲取力量的能量蓄存器的那种美妙感觉。他心里想，如果阿涅丝经常跟踪他，坐着飞机到遥远的海岛去驱散他的情妇，也许他会更幸福一些。他一生中都在向往着：被他爱的女人随时准备为了他把头朝墙上撞去，在套房里绝望地叫喊或者快乐地蹦跳。他心里想，洛拉像布丽吉特一样，她们是站在勇敢和疯狂一边；没有一点儿疯狂，生活就不值得过。就让洛拉去听凭内心的呼声的引导吧！为什么要把我们的每一个行动像一块薄饼似的在理智的煎锅上翻来翻去地煎呢？

“不过我们还是不要忘了，”他还在提出反对理由，“洛拉是一个敏感的女人。这趟旅行只可能使她痛苦！”

“换了我是她，我会去，没有人能拦住我。”布丽吉特用不容辩驳的口气说。

接着洛拉又打电话给保罗。为了长话短说，他一上来就说：“我反复考虑了，我的意见是你想做什么就该做什么。如果你想去，就去吧！”

“我已经几乎决定放弃了。这趟旅行曾经让你那么不放心。但是既然这一次你赞成，我明天就走。”

这简直像一盆冷水浇在保罗头上。他明白了，没有他的鼓励，洛拉决不会动身到马提尼克去。但是他已经不可能补充什么，谈话到此为止。第二天，一架飞机在大西洋上空载着洛拉，保罗觉得他个人对她的这趟旅行负有责任，在他内心里他完全像阿涅丝一样，认为这趟旅行毫无意义。

自杀

从她登上飞机起两天过去了。早上六点钟，电话铃响了。这是洛拉。她告诉她姐姐和姐夫，马提尼克是午夜十二点。她的嗓音里有着一种勉强的快乐，阿涅丝立刻得出结论，事情不很妙。

她没有猜错：贝尔纳看见洛拉出现在通往别墅那条边上种着椰子树的小路上时，脸一下子气得发了白，声色俱厉地对她说："我曾经要求你不要来。"她试图为自己辩解，但是他一句话也不说，把两件衬衣扔进一只包裹，登上汽车走了。剩下一个人，她在房子里转来转去，在一口大衣柜里发现了她上一次来遗留下的红游泳衣。

"只有这件游泳衣在等我。仅仅只有这件游泳衣。"她说道，笑着笑着流出了眼泪。她继续流着泪说下去："真卑鄙。我呕吐了。接着我决定留下来。一切都将在这座别墅里结束。贝尔纳回来，将在这儿发现我穿着这件游泳衣。"

洛拉的声音在他们的卧房里回响着；他俩都在听，但是他们只有一个电话听筒，两人传来传去。

"我求求你，"阿涅丝说，"冷静，特别是要冷静。尽力保持镇定。”

洛拉又笑了:“动身前我买了二十盒巴比妥酸剂，没想到全都忘在巴黎了。因为我是如此地激动。”

“太好了，太好了!”阿涅丝说，突然感到了真正的轻松。

“但是这儿，抽屉里，我找到了一把手枪，”洛拉继续说，笑得更厉害了,“贝尔纳一定为他的生命担忧！他怕遭到黑人的袭击。我看到了一个征兆。”

“什么征兆?”

“他给我留下这把手枪。”

“你是疯啦！他什么也没有留给你！他没有料到你会来!”

“他肯定不是特地留下的。但是他买了一把除了我没有别人会使用的手枪。因此他是给我留下的。”

阿涅丝重新又有了一种无能为力的绝望。“我求你，”她说，“把这把手枪放回原处。”

“我不知道怎么用。但是保罗……保罗，你在听我说话吗?”

保罗拿过听筒:“我在听。”

“保罗，我听见你的声音真高兴。”

“我也是，洛拉，可是我求你……”

“我知道，保罗，可是我受不了啦……”她说着嚎啕大哭起来。

一阵沉默。

接着洛拉又说:“手枪在我面前。我的眼睛不能离开它。”

“那就把它放回原处。”保罗说。

“保罗，你服过兵役。”

“当然。”

“你是军官!”

“少尉。”

“这就是说你会使用手枪。”

保罗感到为难，但是他只好回答:“是的。”

“怎么知道一把手枪上了子弹?”

“如果打得响，那就是已经上了子弹。”

“如果我扣扳机，就能打响?”

“有可能。”

“怎么会是有可能?”

“只有保险卡槽扳起来了，才打得响。”

“怎么知道它扳起来了?”

“哎呀，你总不至于教她怎么自杀吧!”阿涅丝叫了起来，从保罗手里夺过听筒。

洛拉继续说:“我仅仅想知道怎么使用它。其实人人都应该知道怎么使用手枪。保险卡槽怎么才能扳起来?”

“够了，”阿涅丝说，“一句话也别再提这把手枪了。把它放回去。够了!玩笑也开得够了!”

洛拉的嗓音突然变了，声音沉了下去："阿涅丝！我不是开玩笑！"她重新又嚎啕大哭。

谈话没完没了地继续下去；阿涅丝和保罗重复说着相同的句子，要她确信他们的爱，求她跟他们在一起，不再离开他们。到最后她总算答应把手枪放回抽屉里，去睡觉。

他们挂上了听筒，感到精疲力竭，过了好久也不能说一句话。

后来阿涅丝说："她为什么这么做！她为什么这么做！"

保罗说："这都怪我。是我把她推到那边去的。"

"不管怎样她都会去的。"

保罗摇摇头："不。她已经准备留下来了。我干了我这一生中最大的蠢事。"

阿涅丝想让保罗丢开这种犯罪感。不是出于同情，而宁可说是出于嫉妒：她不愿意他感到自己对洛拉负有这么大的责任，也不愿意他在精神上跟洛拉这么亲密地结合在一起。就是因为这个缘故她说："你怎么能这么肯定她找到了一把手枪？"

保罗没有立刻明白过来。"你这是什么意思？"

"也可能根本没有什么手枪。"

"阿涅丝！她不是在演戏！这可以感觉出来！"

阿涅丝力图更谨慎地提出她的怀疑："也许她有一把手枪。但是也有可能她有巴比妥酸剂，谈到手枪仅仅是为了迷惑我们。可我们也不能排除她既没有巴比妥酸剂，也没有手枪，只是想折磨我们。”

“阿涅丝，”保罗说，“你真坏。”

保罗的责备重新又提高了她的警惕，近来甚至连他自己都没有觉察到，他接近洛拉的程度超过了接近阿涅丝；他想着她，注意她，对她关怀备至，甚至被她所感动。阿涅丝突然间不得不想到，他拿她和她的妹妹作比较，而在这个比较中，她显然是不够细腻的那一个。

她试图为自己辩护：“我并不坏。我仅仅是想说，洛拉准备做一切事情来引人注意。这是正常的，既然她在痛苦中。大家都倾向于对她的爱情烦恼采取嘲笑的态度，耸耸肩膀。可等她抓起一把手枪，就没有人再笑了。”

“如果她的想引人注意的愿望，促使她走上自杀的道路呢？这不可能吗？”

“可能。”阿涅丝承认。一阵长时间的极端不安的沉默又笼罩着他们。

接着阿涅丝说：“我呢，我也能理解一个人想来个了断，再也不能忍受自己的痛苦，再也不能忍受别人的邪恶，想离开，永远离开。每人都有权自杀。这是我们的自由，我一点也不反对自杀，只要自杀是作为一种离开的方法。”

她停顿了一秒钟，什么也不想再补充，但是她对她妹妹的所作所为恨到了咬牙切齿的地步，忍不住又接下去说：“但是她的情况不同。她并不想‘离开’。她想到自杀仅仅是因为这对她说来是一种‘留下来’的方式。留下来跟他在一起，和我们在一起，永远留在我们的记忆里。整个儿倒在我们的生活里，把我们压垮。”

“你说这话不公平，”保罗说，“她在忍受痛苦。”

“我不知道。”阿涅丝说，她开始哭起来了。她想像她的妹妹死了，她刚说过的所有这些话显得如此小器、卑劣、不可原谅。

“如果她答应把手枪收好仅仅是为了安安我们的心呢？”她一边说，一边拨马提尼克的别墅的电话号码，没有人接电话。他们感到额头上沁出了汗珠；他们知道自己无法把电话挂断，只能无限期地听着这意味着洛拉死亡的铃声。最后他们听见了她的声音。声音干巴巴的，叫人感到奇怪。他们问她到哪儿去了：“在旁边的房间里。”她说。阿涅丝和保罗同时对着电话听筒说话。他们讲到他们的焦虑不安，不能不再打电话给她。他们一再让她确信他们的爱，让她相信他们急切盼望能在巴黎见到她。

他们很迟才去上班，整天都在想着她。晚上他们又打电话给她，又跟她谈了一个小时，又让她确信他们的爱和他们的焦急。

几天以后，洛拉按响门铃。保罗一个人在家。她站在门口，戴着墨镜。她倒在他的怀里。他们到客厅去，面对面地坐在沙发上，但是她是那么激动，不一会儿以后就站起来，开始在屋里走来走去。她兴奋地说着。这时候他也站了起来，也在屋里走来走去，说着话。

他以鄙视的口吻谈到那位他从前的学生，他的被保护人，他的朋友。他这么谈当然可以说是出自他的关心，他指望这样能减轻分手在洛拉心里造成的痛苦；但是他使自己感到惊奇的是，他看到他心里那么真诚地、严肃地想着的，也正是他嘴里所说的：贝尔纳是一个宠坏了的孩子，一个富家子弟，一个傲慢的人。

洛拉胳膊肘支在壁炉台上，望着保罗。保罗突然发现她不再戴墨镜。她把墨镜拿在手上，一双肿胀的、泪汪汪的眼睛盯着保罗。他明白了洛拉已经有一会儿没有听他说话了。

他闭上了嘴。寂静涌进客厅，像一股无法解释的力量，促使他去接近她。“保罗，”她说，“为什么你和我，我们不早点遇到呢？在所有其他人以前……”

这些话如同雾一样布满他们之间。保罗伸着胳膊，像摸索前进的人那样钻进了雾幕；他的手碰到了洛拉。洛拉叹了口气，让保罗的手留在她的皮肤上。接着她朝旁边迈了一步，又戴上了眼镜。这个动作把雾驱散，他们又作为小姨子和姐夫面对面地站立。

不一会儿以后，阿涅丝下班回来，走进了客厅。

墨镜

洛拉从马提尼克回来后，阿涅丝第一次看见她，没有把她像幸免于难的人那样抱在怀里，而是保持一种出人意外的冷淡态度。她没有看见她的妹妹，她看见了墨镜，墨镜决定了重逢的调子。“洛拉，”她说，仿佛她没有注意到这个假面具，“你瘦得厉害。”她接着才走近她，按照法国的熟人之间的习惯，抱住她，在她的双颊上轻轻吻了两下。

鉴于这是那些戏剧性的日子以来说的头一句话，我们可以认为她说得很不礼貌。这句话谈的对象不是生、死、爱，而是消化。就其本身来说，这句话并不太严重，因为洛拉喜欢谈她的肉体，把她看成是她的感情的隐喻。糟而又糟的是这句话说出来时，没有一点关怀，没有对导致洛拉消瘦的痛苦表示任何感伤的惊讶，而是带着显而易见的疲乏和厌恶。

洛拉当然完全听出了阿涅丝所用的口吻，懂得它的含义。但是她也假装不知道她姐姐想的是什么，用痛苦的声音回答：“是的，我瘦了七公斤。”

阿涅丝想喊出来：“够了！够了！所有这一切也拖得太长了！

停止吧！”但是她控制住自己，什么也没有说。

洛拉举起手：“看，这不再是一条胳膊，成了一根细棍儿了……我不能再穿裙子。没有一件衣服我穿了不嫌太宽松。我还流鼻血……”好像为了进一步说明她刚说的话，她把头往后仰，用鼻子长时间地呼吸。

阿涅丝怀着无法控制的厌恶心情望着这个瘦削的肉体，心里想：洛拉失去的这七公斤到哪儿去了呢？像被消耗的精力分解到天上去了吗？还是随着粪便排泄到阴沟里去了？洛拉的七公斤不可替代的肉体到哪儿去了呢？

在这时候洛拉取下她的墨镜，放在她胳膊肘靠着的壁炉台上。她把泪汪汪的、肿胀的眼睛转向她的姐姐，正像片刻前转向保罗一样。

她取下眼镜，这就如同是将她的脸裸露出来，如同是脱掉衣服。不过不是按照一个女人在情夫面前脱衣服的方式，而是像在一位医生面前，她把医治她肉体的责任交付给了他。

阿涅丝不能够阻止住在她脑海里翻腾的那些句子，她把它们高声说了出来：“够了！停止吧。我们全都失去了耐心。你和贝尔纳分手，这和几百万女人跟几百万男人分手完全一样，可她们并没有因此就威胁说要自杀。”

在几个星期的没完没了的谈话以后，这一次发作，我们认为，它一定会让洛拉感到惊奇。因为在这几个星期没完没了的谈话过程中，阿涅丝一再向她的妹妹保证她非常爱她。但是奇怪的是洛拉并没有感到惊奇；她对阿涅丝的这几句话的反应就像她早就期待着似的。她极其冷静地回答："让我把我想的说给你听听。你一点不知道爱情是什么，你从来就一点不知道，你将来也决不会知道。爱情从来就不是你的长处。"

洛拉知道她的姐姐在什么上面是脆弱的，阿涅丝开始害怕了。她了解洛拉这么说仅仅是因为有保罗在场。突然间一切都清楚了，问题不再与贝尔纳有关：所有这场自杀的戏和他毫不相干，很可能他一点也不知道；这场戏仅仅是对保罗和阿涅丝演的。她还对自己说：一个人如果开始斗争，调动的力量决不会停止在第一目标上；对洛拉说来第一目标是贝尔纳，在这第一目标后面还有其他人。

不可能再回避斗争。阿涅丝说："如果你为贝尔纳失去七公斤，这是驳不倒的爱情证据。然而我对你难以理解，如果我爱一个人，我希望对他好。如果我恨一个人，我希望对他不好。你呢，好几个星期以来你折磨贝尔纳，你也折磨我们。与爱情有什么关系？没有任何关系。"

让我们把客厅想像成一座舞台：最右边是壁炉，左边是书橱。在中间，最靠里有一张长沙发，一张短桌子和两张单人沙发。保罗站在客厅中央，洛拉立在壁炉旁边，注视着两步外的阿涅丝。洛拉的肿胀的眼睛指责她姐姐残忍、不理解人、冷漠。阿涅丝一面说，洛拉一面朝房间中央，朝保罗站的地方退过去，仿佛用这个后退来表示：她在她姐姐的不公正的攻击面前感到害怕和惊奇。

到了离保罗两步远的时候，她停下，重复地说："你一点不知道爱情是什么。"

阿涅丝朝前走，占据了她妹妹刚离开的、靠近壁炉的那个位置。她说："我很清楚爱情是什么。在爱情上，重要的是你爱的那个人。有关系的是他，而决不是别的什么。我在考虑，对一个眼睛里只看得见自己的女人来说，爱情是什么。换句话说，我在考虑对一个绝对以自我为中心的女人来说爱情这个词儿到底有什么意义。"

"考虑爱情是什么，这毫无意义，我亲爱的姐姐，"洛拉说，"爱情是什么就是什么，就这么回事。人们看见它或者看不见它。爱情是一只翅膀，它像在笼子里一样在我胸膛里扇动，激励我去做一些在你看来是不理智的事。这是你从来没有遇到过的事。你说，我只知道看见我自己。可是我把你看得很清楚，甚至看到你内心深处。最近你要我确信你的爱，我完全知道在你嘴里，这个词儿毫无意义。这仅仅是一个诡计，为了让我冷静下来的一个手段，为了阻止我打搅你的平静。我了解你，我的姐姐：你这一生一直是在爱情的另一边。完全在另一边。在爱情以外。"

谈到爱情，两个女人用牙齿狠狠地互相撕咬。和她们在一起的那个男人感到十分绝望。他想说点什么来缓和难以忍受的紧张空气:“我们三个人全都失去了耐心。我们三个人全都需要走到远远的什么地方去，忘掉贝尔纳。”

但是贝尔纳已经不可挽回地给忘记了，保罗的介入只起了一个作用，就是使沉默代替了争吵。在这沉默中，两姐妹之间没有任何同情，没有任何共同的回忆，连一点手足之情的影子也没有。

别让我们的眼睛离开舞台上的整个场面：右边，靠着壁炉台站着阿涅丝；在客厅中间，离保罗两步外，洛拉站着，脸转向她的姐姐。在他爱的两个女人之间如此荒唐地爆发的仇恨面前，保罗用手做了一个绝望的动作。他好像希望尽可能走得离她们远些来表示他的谴责，转身朝书橱走去。他背靠在书橱上，头转向窗子，力图不再看她们。

阿涅丝看见了放在壁炉台上的墨镜，不自觉地把它抓住。她充满仇恨地仔细看着，就像她拿在手上的是她妹妹的两大粒黑色泪珠。她对所有来自洛拉肉体的东西都感到厌恶，这两粒玻璃的泪珠在她看来好像是这个肉体的分泌物之一。

洛拉看见了在阿涅丝手里的眼镜。突然间她失去了这眼镜。她需要一块挡箭牌、一块面纱，在她姐姐的仇恨前遮住她的脸。但是她同时又没有力气迈上四步，一直走到成为敌人的姐姐那儿去，把它取回来。她害怕阿涅丝。因此她怀着一种受虐狂的热情，把自己和她的脸的脆弱的裸露等同起来，在她的脸上铭刻着她的痛苦的所有痕迹。她清楚地知道她的肉体，她说的关于它，关于失掉的七公斤的话，使阿涅丝恼火到了极点，她本能地，直觉地知道这一点，也正是为了这个，她当时希望通过挑战，通过反抗，使自己尽可能地变成肉体，不再是任何别的，仅仅是一个肉体，一个被抛掉、被丢弃的肉体。她希望把这个肉体陈放在他们的客厅中央，把它留在那儿。把它留在那儿，沉重，而且一动不动。如果他们不希望它在他们家里，还迫使他们一个抓住手腕，一个抓住脚，把这肉体抬起来，就像人们夜里偷偷扔破旧的床垫一样，把它扔到人行道上去。

阿涅丝站在壁炉旁边，手上拿着墨镜。洛拉在房间中央望着她的姐姐，继续倒退着远离她的姐姐。接下来她迈了最后一步，背靠在保罗的身上，靠得很紧很紧，保罗背靠着书橱，洛拉把双手坚定地贴在保罗的大腿上，头朝后仰，她把颈背靠在保罗的胸口上。

阿涅丝在房间的一头，手里拿着墨镜，在另一头，在她对面，离她远远的，洛拉背靠着保罗的身体，像一座雕像那样竖立着。他们一动不动，像僵化了似的，没有一个人开口说点什么。一段时间过去了，阿涅丝张开了拇指和食指。墨镜，这悲伤的象征，这变形的泪珠，落在围绕壁炉的那一圈石板上，摔得粉碎。

第四部

感情的人

1

在向歌德提出的永恒的诉讼过程中，宣读了不可胜数的起诉状，也提供了不可胜数的关于贝蒂娜案件的证词。为了不把那些无关紧要的东西一一列举出来，使读者感到厌烦，我只保留了三份我认为是主要的证词。

首先是勒内·马里亚·里尔克[1]的证词，他是歌德之后最伟大的德国诗人。

其次是罗曼·罗兰[2]的证词，他是二三十年代的乌拉尔山和大西洋之间，拥有最广泛读者的小说家之一，而且享有进步人士的崇高威望，又是反法西斯主义者、人道主义者、和平主义者和革命的友人。

第三是诗人保罗·艾吕雅的证词，他是所谓的“先锋派”的杰出代表，爱情的伟大歌手，或者更确切地按照他自己的说法，是

---

① Rainer Maria Rilke（1875—1926），奥地利象征主义诗人，作品有《象征的书》等。

② Romain Rolland（1866—1944），法国作家、音乐学家、社会活动家，作品有《约翰·克里斯朵夫》等。

“爱情—诗歌”的伟大歌手，既然这两个概念（正如他那本正好题名为《诗歌的爱情》的最美的集子所证明的）在他的心里早就合而为一了。

2

里尔克作为证人被传到永恒的审讯中，他使用了和一九一〇年出版的他最著名的散文作品《马尔特·劳里茨·布里格记事》里相同的措词。在《马尔特·劳里茨·布里格记事》里他对贝蒂娜发出这段很长的斥责：

“怎么可能大家不再谈论你的爱情呢？以后发生了什么更值得纪念的事呢？是什么把他们完全吸引住了呢？你自己知道你的爱情的价值，你高声向最伟大的诗人谈论它，为的是他能使它更富有人性；因为这种爱情还是元素。但是诗人写给你的信中劝人放弃这个打算。大家都读过他的回信，更加相信这些回信，因为诗人对他们说来比大自然还要可以理解。但是也许有一天他们会懂得，他的伟大正是在此处到了极限。这个深情的女人（*diese Liebende*）被强加（*auferlegt* 意思是‘强加’，正如把功课或考试强加于人）给他，他失败了（*er hat sie nicht bestanden* 意思很明确：他没有能通过贝蒂娜这场考试）。他没能回报（*erwidern*）她的爱情，这意味着什么？像这样的爱情并不需要回报，它本身包含着召唤和回答；它自己满足自己。但是诗人本来应该在这壮丽辉煌的爱情面前卑躬屈节，把它口述的，像在佩特莫斯岛的约翰[1]一样跪着，用双手记下来。面对这‘行使天使职能的’（*die ‘das Amt der Engel verrichtete’*）声音，没有其他的选择，这声音把他包了起来，带向永恒。这就是载着他穿越天国的辉煌之旅用的马车。这就是为了他的死亡准备下的，无法参解的黑暗的神话（*der dunkle Mythos*）。”

3

罗曼·罗兰的证词谈到歌德、贝多芬和贝蒂娜之间的关系。小说家一九三〇年在巴黎发表的论文《歌德和贝多芬》里详细地加以说明。尽管他的态度有保留，但是他并没有隐瞒他尤其倾向于同情贝蒂娜：他几乎是和她同样地解释那些事件。歌德使他感到难受，尽管他并不否认他的伟大：不论是美学上的还是政治上的小心谨慎都不符合天才的所作所为。还有克莉斯蒂安娜呢？啊，最好不要谈她，这是一个“智力贫乏的人”。

这个观点，我再重复一遍，是掌握住分寸感，很巧妙地表达出来的。模仿者总是比他们的启示者来得激进。我手中有一本六十年代法国出版的、内容丰富的贝多芬传。书里明确地谈到了歌德的“卑怯”，他的“奴性”，他“对新事物感到的老年性的恐惧”等等，等等。相反的，贝蒂娜具有“洞察力和预见力，这几乎

① 约翰，圣经人物，耶稣十二使徒之一，传说《新约》中的《约翰福音》、《约翰书信》和《启示录》等书均为他所著。佩特莫斯岛是希腊的一个岛屿，传说约翰在这个岛上写成《启示录》。

使她有了天才的主要条件”。而克莉斯蒂安娜，像通常一样，仅仅是一个可怜的“肥胖的妻子”。

4

里尔克和罗兰即使站在贝蒂娜一边，他们还是怀着敬意地谈到歌德。保罗·艾吕雅在一九四九年写的《诗歌的羊肠小道和康庄大道》的文本里（一九四九年，站在他的立场上替他想一想，正是诗人生涯中不幸的时刻，当时他是斯大林的狂热的信奉者），作为“爱情—诗歌”的真正的圣茹斯特[①]般的捍卫者，态度要比里尔克和罗兰严厉得多：

“歌德在他日记里，仅用以下这几个字来标出他和贝蒂娜·布伦塔诺的第一次见面：‘布伦塔诺小姐’。享有盛誉的诗人，《维特》的作者，面对热情的主动和疯狂，显然更趋向于家庭的和平。贝蒂娜的全部想像力，还有全部才华都没有打扰他作奥林匹亚山上的神的美梦。如果歌德屈服，他的诗歌也许会跌落到地上，但是我们还是会照样地爱他，因为他十之八九不可能使自己摆脱廷臣的角色，但是他也不会玷污人民，使人民相信不公正比混乱更可取。”

---

① Saint-Just（1767—1794），法国大革命时期雅各宾派领袖之一，是雅各宾专政时期的公安委员会的委员。

5

“这个深情的女人被强加给他。”里尔克这么写道。而我们会考虑：这个被动的语法形式意味着什么呢？换句话说，这个深情的女人，是谁把她强加给他的？

我们在一八〇七年六月十五日贝蒂娜写给歌德的一封信里看到：“我不应该害怕沉湎于这种感情，因为这不是我种在自己心里的。”看到这句话时，我们仍然会想到同一个问题。

那么是谁种下的呢？歌德？这肯定不是贝蒂娜要说的。把爱情种在她心里的是超越于她之上，也超越于歌德之上的某一个人，不是上帝，至少也是里尔克所说的那些天使中的一个。

达到这一步，我们就可以为歌德辩护：如果某一个人（上帝或者一个天使）把一种感情在贝蒂娜的心里种下，不言而喻，她将听从这种感情。他在“她”的心里，这是“她”的情感。但是看来并没有人在歌德的心里种下感情。贝蒂娜被“强加”给他的，像规定好必须尽到的职责。*Auferlegt*，是违反他的意愿的。因此，里尔克怎么可以指责歌德抗拒违背他的意志，也可以说，连招呼也不打一个，就强加给他的一个职责呢？为什么他应该跪下来，

"用双手"记下一个来自上苍的声音所授给他的东西呢?

不能合理地回答这个问题,我不得不求助于一个比较:让我们想像西门[①]在太巴列湖里捕鱼,耶稣走过来,要他放下鱼网跟他走。西门说:"别打搅我。我更喜欢我的鱼网和我的鱼。"这样的一个西门就立刻变成了一个喜剧人物,变成了《福音书》里的福斯塔夫[②]:歌德也就是这样在里尔克的眼里变成了爱情的福斯塔夫。

① Simon,圣经人物,耶稣的十二使徒之一,原为渔夫。

② Falstaff,莎士比亚剧本《亨利四世》和《温莎的风流娘儿们》中的滑稽角色。

6

里尔克谈到贝蒂娜的爱情："这爱情不需要回报，它本身包含着召唤和回答，它自己满足自己。"天使的一个园丁在世俗之人心里种下的爱情，正像贝蒂娜说的，不需要任何对象、任何回应、任何"*Gegen-Liebe*"（反爱情，回报的爱情）。被爱的男人（譬如歌德）既不是爱情的原因，也不是爱情的目的。

贝蒂娜在和歌德通信的时期，她也给阿尼姆写情书。她在她的一封信中说："真正的爱情（*die wahre Liebe*）不存在所谓的不忠。"这种不想得到回报（"*die Liebe ohne Gegen-Liebe*"）的爱情"寻找在种种变形下的被爱的人"。

如果爱情不是被天使园丁，而是被歌德或者阿尼姆种在贝蒂娜的心里，那么对歌德或者对阿尼姆的爱情就会在她身上开放，这爱情无法模仿，不可变换，保留给把它种下的人，给被爱的人，因此这爱情不会变形。我们可以把这种爱情确定为一种关系：两个人之间的享有特权的关系。

相反，贝蒂娜所谓的"*Wahre Liebe*"（真正的爱情）不是"爱情—关系"，而是"爱情—感情"：是一只天上的手在一个人的灵魂里点燃的火焰；是火炬，爱人的人在它的火光的照耀下“寻找在种种变形下的被爱的人”。像这样的一种爱情（爱情—感情）不存在所谓的不忠，因为即使对象变了，爱情仍然是相同的天上的手点燃的相同的火焰。

我们的考虑进展到了这一步，也许我们可以开始理解为什么贝蒂娜在她的大量信件中，只向歌德提出那么少的问题。我的上帝，请您设想一下，歌德同意和您通信！您还有什么不能问他！问所有他写的书。问他同时代人写的书。问诗。问散文。问绘画。问德国。问欧洲。问科学和技术。您可以对他穷问到底，让他表明他的态度。您可以和他进行辩论，逼他说出他直到那时还不曾说出过的话。

然而贝蒂娜不和歌德辩论，甚至关于艺术的争论也没有。只有一次例外，她向他阐述自己的关于音乐的见解。但是这是她在上课！她知道得很清楚，歌德不会同意她的意见。那么她为什么不要求他讲出他不同意的理由呢？如果她能提出一些问题，那么歌德的回答就可以向我提供对音乐浪漫主义的最初评论！

但是不，我们在这大量的信件中一点也找不到；这些信件能告诉我们有关歌德的内容并不多。很简单，因为贝蒂娜对歌德的兴趣远没有我们想像的那么大。她的爱情的原因和意义不是歌德，而是爱情。

7

欧洲文明被认为是建筑在理智之上的。但是我们同样地可以说，欧洲是感情的文明，它孕育产生了一种人的类型，我喜欢把这类型称之为感情的人：*homo sentimentalis*。

犹太教对它的信徒规定了法律。这法律希望能够合情合理地为人所理解（犹太教法典是对圣经中的那些规定的永恒推理）；它既不要求教徒有超自然的不可思议的感觉、特殊的狂热，也不要求教徒有燃烧灵魂的神秘火焰。善与恶的标准是客观的：应该了解和遵守的是成文的法律。

标准基督教把它完全颠倒了：爱上帝，做你希望的事！圣奥古斯丁[①]说。转移到个人灵魂里，善与恶的标准变成主观的了。如果某人的灵魂充满了爱，一切都会好得不能再好：这个人是善良的，他做的一切都是好的。

贝蒂娜在她写信给阿尼姆时和圣奥古斯丁想的一样：我找到了一个美好的谚语：真正的爱永远有理，哪怕它错了。至于路德[②]，他在一封信里说过：真正的爱常常是不公正的。这句在我看来并不像我的谚语那么好。然而路德在别的地方说过：爱先于一切，甚至先于牺牲，甚至先于祈祷。我从中得出结论，爱是最高的美德。爱使我们失去对尘世的知觉（*macht bewusstlos*），使我们心里充满了天堂；因此爱使我们摆脱了一切罪恶（*macht unschuldig*）。

欧洲法学及其犯罪的理论的特殊之处就在于：爱可以使人无罪。这种犯罪的理论考虑被告的感情：您要是为了金钱，冷静地杀一个人，您就没有任何借口；您要是因为他冒犯了您，杀了他，您的愤怒为您赢得了减轻罪刑的条件，处刑会轻些；最后，您要是在一种受到伤害的爱的情感驱使下，在嫉妒的驱使下杀了人，陪审团会同情您，而保罗作为负责为您辩护的律师，会要求对受害者判最重的刑。

---

① Saint Augustin（354—430），基督教神学家，哲学家，著作有《论上帝之城》等。

② Martin Luther（1483—1546），十六世纪欧洲宗教教徒改革运动的发起者，著有《席间漫谈》等。

8

应该不仅仅把homo sentimentalis解释成为一个有感情的人（因为我们全都能有情感），而且更应解释成为把感情上升为“价值”的人。感情一旦被看成一种价值，大家都愿意去感受它；因为我们全都对我们的价值感到骄傲，所以炫耀我们价值的诱惑是巨大的。

这种从感情到价值的转化是十二世纪前后产生在欧洲的：那些行吟诗人歌颂他们对一位贵夫人，对一个他们难以接近的心爱女人的无限热爱时，他们显得那么值得羡慕，那么美，人人都学他们的样，希望能夸耀自己受着内心的什么无法遏制的冲动的折磨。

没有人能用比塞万提斯更高的洞察力去深入了解感情的人。堂吉诃德决定爱一位夫人杜尔西内娅时，他对她几乎可以说是并不了解（这没有什么好让我们惊奇的：当涉及到“*Wahre Liebe*”，真正的爱情时，我们已经知道，被爱的人并不重要）。在第一部第二十五章里他在桑丘的陪伴下，退隐到荒凉的山区里去，在那里他想让桑丘看看他的热情有多么伟大。但是怎么来证明一股火焰在他心灵里燃烧呢？尤其是怎么来向一个像桑丘这样天真、粗鲁的人证明？于是在陡峭的小路上，堂吉诃德脱掉衣服，只剩下衬衫；为了向他的仆人炫耀他的感情有多么巨大，开始在他面前往空中跳，同时还翻跟头。每次他头朝下，衬衫滑落到他的肩膀上，桑丘都看到了他摇晃的生殖器。骑士的这个纯洁的小阴茎看上去是那么可笑地悲惨，那么令人心碎，甚至连心灵粗鄙的桑丘都再也忍受不了，骑着驽骍难得，尽快地逃走了。

阿涅丝在她父亲去世时，必须安排葬礼仪式。她希望仪式上不发表讲话，音乐用她父亲特别喜欢的马勒第十交响曲中的慢板。但是这段音乐极其悲哀，阿涅丝担心自己在仪式中会忍不住流泪。她觉得当众哭泣是不能容许的，于是她事先用电唱机放慢板的录音唱片听。一次，两次，接着三次。音乐唤起了对她父亲的回忆，她哭了。但是当慢板在房间里响起第八九遍时，音乐的力量就减弱了，到了听第十三遍，阿涅丝不再激动，就像在她面前放的是巴拉圭国歌。靠了这番训练，她在葬礼上没有哭出来。

感情很显然是在我们不知不觉之间，而且常常是在我们无可奈何的情况下突然出现的。当我们“希望”去感受它（如同堂吉诃德决定爱杜尔西内娅那样，“决定”去感受它），感情就不再是感情，而是感情的模仿，感情的炫耀，是通常所谓的歇斯底里。就是因为这个缘故，“感情的人”（换句话说，把感情上升到“价值”

的人）事实上等同于*homo hystericus*[①]。

这并不是说模仿一种感情的人不能感受它。扮演年迈的李尔王[②]的演员在舞台上面对观众，感受到了一个被抛弃和被背叛的人的真正的悲伤，但是这种悲伤在演出结束的那一刻也就化为乌有了。就是因为这个缘故，“感情的人”在以他伟大的感情使我们赞叹不已以后，又以他无法解释的冷漠使我们感到困惑。

9

堂吉诃德是童男。贝蒂娜单独和歌德在特普利采的旅馆房间里，她乳房上第一次感觉到一个男人的手，这时她二十五岁。歌德，如果我相信他的那些传记，他是在他那趟著名的意大利旅行中才尝到肉体的爱，当时他已经差不多是四十岁的人了。不久以后，在魏玛他遇到了一个二十三岁的女工，他把她变成了他的第一个永久性的情妇。这就是克里斯蒂安娜·武尔皮乌斯，在几年的共同生活以后，到了一八〇六年变成了他的妻子，她在一八一一年这个值得纪念的年代里有一天把贝蒂娜的眼镜扔在地上。她忠诚地把自己奉献给她的丈夫（据说，她面对拿破仑的雇佣兵，曾经用自己的身体保护他），而且肯定是个极好的情人，歌德的诙谐可以作为证明，他把她叫做“*mein Bettschatz*”，这个词组我们可以翻译成“我床上的宝藏”。

然而在歌德的过分美化的传记里，克里斯蒂安娜是处在爱情

---

① 拉丁文，歇斯底里的人。

② 莎士比亚悲剧《李尔王》的主人公。

的另一边的。十九世纪（还有我们这个世纪，我们这个世纪的灵魂一直是上一个世纪的俘虏）拒绝使克里斯蒂安娜进入歌德的爱人陈列廊，与绿蒂（她应该是《维特》里的绿蒂的原型）、弗里德里克、莉莉、贝蒂娜或者乌尔莉克并列。您会说，这是因为她是他的妻子，而我们已经习惯了把婚姻看成是没有诗意的东西。但是我相信真正的原因更加深刻：公众拒绝把克里斯蒂安娜看成歌德的一个爱人，仅仅是因为歌德跟她睡觉。因为爱情的宝藏和床上的宝藏是两样不可调和的东西。如果说十九世纪的作家喜欢用结婚来结束他们的小说，这不是为了保护爱情故事，不让它受到婚姻烦恼的伤害，而是不让它受到性交的伤害。

欧洲的那些伟大的爱情故事是在一个性交之外的空间展开的：克莱芙王妃[①]的故事，保尔和薇吉尼[②]的故事，弗罗芒坦[③]的小说，其主人公多米尼克一生爱着一个他从来没有抱吻过的女人，当然还有维特的故事，维多利亚·德·汉逊的故事，以及皮埃尔和吕丝[④]的故事，罗曼·罗兰的这两个人物曾经在他们那个时代使整个欧洲的女读者洒下了眼泪。在《白痴》里，陀思妥耶夫斯基[⑤]让娜斯塔霞·菲立波夫娜随便跟一个商人睡觉，但是当牵涉到真正的热情时，也就是当娜斯塔霞处在梅诗金公爵和罗果静之间时，他们的性器官溶解在三颗伟大的心里，就像糖块溶化在三杯茶里。安娜·卡列宁娜和沃伦斯基[⑥]的爱情随着他们的第一次性行为而结束，只能是爱情的衰退。我们甚至不知道为什么？他们如此可悲地做爱吗？还是正相反，这么勇猛地相爱，以至于淫乐的力量使他们产生了犯罪感？不管答复是什么，我们总可以达到相同的结论：在先性交的爱情之后不再有伟大的爱情，也不可能有。

这丝毫不意味着性交之外的爱情是天真的、天使般的、稚气的、纯洁的；正相反，它包含着我们能想像到的尘世中所有一切罪恶的东西。娜斯塔霞·菲立波夫娜能够心安理得地跟庸俗的富豪们睡觉，但是她一遇到梅诗金和罗果静，他们的性器官，正像我们说过的，溶化在感情的茶炊里，她进入了一个灾难的地带，她完蛋了。让我们也回忆一下弗罗芒坦的《多米尼克》里那极精彩一段情节：一对恋人已经相爱了好些年，却没有互相碰过，他们骑着马出去玩，温柔的、聪明的、娇弱的马德莱娜明明知道多米尼克骑马的本领很差，有摔死的危险，她还是残忍得让人感到吃惊，把自己骑的马赶得像发狂一样飞奔。性交之外的爱情像一口架在火上的锅，锅里是感情，达到了沸腾点，转变为激情，震动

---

① 法国女作家拉斐特夫人（1634—1693）的长篇小说《克莱芙王妃》中的主人公。

② 法国作家贝纳丹·德·圣毕哀尔（1737—1814）的长篇小说《保尔和薇吉妮》中的一对男女主人公。

③ Fromentin（1820—1876），法国作家，画家。

④ 罗曼·罗兰小说《皮埃尔和吕丝》中的一对男女主人公。

⑤ Dostoievski（1821—1881），俄国作家，娜斯塔霞·菲立波夫娜和梅诗金等人是他的长篇小说《白痴》中的人物。

⑥ 俄国作家托尔斯泰（1828—1910）的长篇小说《安娜·卡列宁娜》中的一对男女主人公。

了锅盖，锅盖开始像疯子一样跳动……

欧洲的爱情概念扎根在性交之外的土壤里。二十世纪夸口说解放了性欲，喜欢嘲笑浪漫主义的情感，却不能赋予爱情的概念任何新的含义（这是这个世纪的失败之一），因此一个年轻的欧洲人默默地说出这个伟大的词时，不管他愿不愿意，他们就在魔力的翅膀上，被准确地带回到维特体验他对绿蒂的爱，以及多米尼克差点儿摔下马的那一点上。

10

值得玩味的是贝蒂娜的赞赏者里尔克也赞赏俄国，甚至有一阵子把俄国看成是他的精神祖国。因为俄国的确是基督教多愁善感的典范。俄国没有受到中世纪经院哲学的唯理论的影响，它没有经历文艺复兴。建立在笛卡尔主义的批判思想上的现代，要迟一两个世纪才影响到它。“感情的人”因此在俄国没有找到足够的平衡力量，他在那儿变成了他自身的夸张，通常被称为*斯拉夫灵魂*。

俄国和法国是欧洲的两极，它们彼此之间都有一股永恒的吸引力。法国是一个疲乏的古老国家，感情在法国只能作为形式而继续存在。作为一封信的结束语，一个法国人会给您写下：“请接受，亲爱的先生，我的崇高的感情的保证。”我第一次接到由伽里玛出版社的一位女秘书签名的这样一封信时，我还住在布拉格。我高兴地跳得头顶到了天花板：在巴黎有一个女人爱上了我！在一封公函的最后几行里，她成功地悄悄塞进了一段爱情宣言！不仅仅她对我有了感情，而且她明确地强调指出这感情是崇高的！从来没有一个捷克女人对我说过像这样的一句话！

过了很久以后，我定居到巴黎，有人向我解释，用在写信上的客套话有许许多多，意思相差无几，可供选择。一个法国人可以像药剂师那样，准确地挑选他希望向收信人表达自己并没有的感情。在可供挑选的大量客套话中，“崇高的感情”代表了行政客套中的最低等级，几乎接近于轻视。

呵！法国！你是形式的国家，正如俄国是感情的国家！就是因为这个缘故，一个法国人被终身剥夺了感觉火焰在自己胸中燃烧的权利，他带着羡慕和怀旧的心情望着陀思妥耶夫斯基的国家。在那儿人们把友爱的嘴唇伸给别人，而且准备把拒绝抱吻他们的人杀死。（况且，如果他们杀人，应该立刻宽恕他们，因为他是在受伤害的爱的支配下行动的，贝蒂娜已经告诉我们，爱，证明爱的人无罪。至少有一百二十名巴黎的律师准备租一列火车到莫斯科去为感情的杀人犯辩护。推动他们的不是什么同情心——太外国化的，在他们国内少见的感情——而是成为他们惟一的热情的抽象原则。俄国杀人犯一点也不知道这一切，在宣告无罪后向他的法国辩护人扑过去，想把他抱在怀里，吻他的嘴唇。法国人吓得直往后退，俄国人受到冒犯，用匕首攮他，整个故事将像狗和猪血灌肠的儿歌一样一再重复。）

11

啊，俄国人……

我还住在布拉格的时候，有人把关于俄国灵魂的这个有趣的故事讲给我听。一个捷克男人以惊人的速度勾引上一个俄国女人。在性交后，她用极其鄙视的口吻说："我的身体，你得到了。我的灵魂，你永远得不到！"

美好的小故事。贝蒂娜曾经给歌德写了五十二封信。灵魂这个词在里面出现了五十次，心这个词出现一百十九次。心这个词极少用于解剖学上的字面意义（"我的心在跳动"）；比较经常的用法是比喻法，为了表示胸部（"我想把你紧紧搂住贴紧我的心"），但是在大部分情况下，它的意思和灵魂这个词的意思完全相同：一个敏感的我。

我思故我在是低估牙痛的知识分子的话。我觉故我在是一个具有普遍得多的意义的真理，它涉及到每一个活着的人。我的"我"和您的"我"在"思"上基本上没有什么不同。许多人，他们很少有见解：我们互相转让、借用或者窃取我们的见解，我们想的几乎差不多一样。但是如果有人踩到我的脚，只有我一个人感到疼痛。我的基础不是思想而是痛苦——所有人最基本的感情。在痛苦中甚至连一只猫也不可能对它那个惟一的、不可互换的“我”有所怀疑。当痛苦变得剧烈时，世界就消失了，剩下我们每个人单独跟自己在一起。痛苦是自我中心的伟大学校。

“现在你非常瞧不起我，是不是？”伊波利特问梅诗金公爵。

“凭什么？难道凭您比我们承受过更多的痛苦，而且以后也将如此吗？”

“不，是因为我有愧于自己所受的痛苦。”

我有愧于自己所受的痛苦。伟大的表达。它包含着痛苦不仅仅是我的基础，我的惟一的、无可怀疑的、本体论的证据，而且也是所有感情中最值得敬重的感情，价值中的价值。就是因为这个缘故，梅诗金公爵赞赏所有承受痛苦的女人。他第一次看到娜斯塔霞·菲立波夫娜的照片时说：“这个女人一定受过许多苦。”这句话甚至在我们能看见她本人以前，就一下子规定了娜斯塔霞·菲立波夫娜位于其他所有人之上。“我是一个微不足道的人，而您受过许多痛苦。”在第一部第十五章里被迷得神魂颠倒的梅诗金对娜斯塔霞这么说，从这时起他就迷失了。

我说过梅诗金赞赏所有受过苦的女人，但是反面也同样是真实的：只要他一喜欢上一个女人，他就立刻想像她正在承受痛苦。因为他这个人管不住自己的舌头，所以就急急忙忙说给她听。况且这是个极好的诱惑方法（可惜的是公爵不会更好地加以利用），因为我们如果对一个女人说“您受过许多苦”，这就像是我们直接对她的灵魂说话，就像是我们抚爱这个灵魂并且颂扬它。任何女人在这种情况下，都准备对我们说：“你还没有得到我的身体，但是我的灵魂已经属于你！”

在梅诗金的注视下，灵魂不断地增长，它像一个巨大的蘑菇，和六层楼的房子一样高，它像一只热空气气球，随时都可能带着人飞到天上去。我把这个叫做灵魂的恶性膨胀。

12

当歌德从贝蒂娜那里接到塑像的草图时，如果您还记得的话，他感到自己眼睛里有了一滴眼泪；当时他确信他的良心使他看到了真情：贝蒂娜真的爱他，他对她不公正。他仅仅到了后来才明白，眼泪并没有让他看到有关贝蒂娜的忠诚的任何惊人的真情，顶多是看到有关他自己的虚荣心的平凡的真相。可竟然通过眼泪这样外在的方式来得到这个真相，他不由感到羞愧。事实上，从五十岁起，他对自己的眼泪有长期的体会：每一次有人颂扬他，或者是他为自己干的一件高尚或好心的事而感到一阵自满时，他的眼睛里都有了眼泪。眼泪是什么？歌德常常自己问自己，却始终没有找到答案。然而有一件事对他说来是清清楚楚的：在歌德身上，眼泪经常而且过分经常因为他看到了自己而激发出来。

在阿涅丝不幸身亡以后的一个星期左右，洛拉去看被痛苦压倒的保罗。

“保罗，”她说，“只剩下我们在这个世界上了。”

保罗感到眼泪涌上了眼睛，扭过头去掩饰他的痛苦。

正是这个头部的动作促使洛拉坚决地抓住他的胳膊：“保罗，

不要哭！”

他透过眼泪望着她，看到她的眼睛也是潮湿的。他露出微笑。“哭的是你。”他用颤抖的嗓音说。

“如果你需要什么，随便什么，保罗，你知道我在这儿，我完全和你在一起。”

保罗回答她：“我知道。”

洛拉眼睛里的眼泪，是因为她看到一个留在死去姐姐的丈夫身边的，决定做出牺牲的洛拉而激发出的眼泪。

保罗眼睛里的眼泪是因为他看到一个除了同自己死去的妻子的亡灵，同他妻子的仿制品，同他妻子的妹妹而决不能同另一个女人生活的保罗的忠诚所激发出的眼泪。

后来有一天他们躺在一张大床上，眼泪（眼泪的仁慈）把他们最后一点可能背叛死者的疑虑一扫而光。

千年的性爱的暧昧术帮了他们的忙：他们并不像夫妻，而是像兄妹那样互相挨着睡在一起。对保罗来说，洛拉曾经像宗教里的禁忌；他从来不曾把性的画面和她结合起来，甚至在他的思想深处也不曾有过。他感到自己对她像个哥哥，从此以后他负起了代替她姐姐的责任。这种感情首先使他在道德上变得容易跟她一起上床，其次使他充满了一种从来不曾有过的冲动：他们彼此知道对方的一切（像一个哥哥和一个妹妹），使他们分开的，并不是陌生，而是禁止；一个长达二十年的禁止，并且随着时间变得越来越难以违反。在这二十年里，没有比对方的身体更近却更不能接近的了。怀着一种乱伦的冲动感情（而且眼睛里含着泪），他开始和她做爱，就像他这一辈子不曾爱过女人一样，狂暴地爱她。

13

从建筑学的观点看，有过一些高于欧洲文化的文化，而欧洲古典悲剧也将是不可超越的。但是任何文化都没有创造出这样的声音的奇迹：欧洲音乐及其全部丰富的形式和风格的千年历史！欧洲：伟大的音乐和“感情的人”并排躺在同一个摇篮里的孪生儿。

音乐不仅仅把敏感性教给欧洲，而且把崇敬感情，崇敬敏感的“我”的能力教给欧洲。您知道这种情况：在台上，小提琴手闭上眼睛，长久地拉响头两个音符。听者也闭上眼睛，感到他的灵魂使他心潮澎湃，他叹着气说：“多美啊！”然而他仅仅听见了两个简单的音符。这两个音符本身不可能包含作曲家的任何思想，任何创作构思，因此不包含任何技巧，任何美。但是这两个音符打动了听者的心，迫使他的理智也同样迫使他的审美判断力保持沉默。一个普通的乐音对我们所起的作用，和梅诗金凝视的目光对一个女人所起的作用，在方式上几乎完全一样。音乐：一个使灵魂膨胀的打气筒。过度膨胀的灵魂变成了巨大的气球，在音乐厅的天花板下飘浮，而且在令人难以置信的拥挤中互相碰撞。

洛拉真诚地、深深地喜爱音乐，在她对马勒的爱好里，我看出一个明确的含义：马勒是最后一个还在天真地、直接地与“感情的人”对话的伟大音乐家。在马勒以后，音乐中的感情变成可疑的了。德彪西[①]希望迷惑我们，而不是希望感动我们；斯特拉文斯基[②]对感情感到羞耻。马勒对洛拉说来是最后的一位作曲家，当她听见从布丽吉特的卧房里升起摇滚乐的大喊大叫声时，她的对一种在电吉他声响下消失的欧洲音乐的爱受到了伤害，使她不由得勃然大怒；因此她向保罗发出了最后通牒：或者是马勒，或者是摇滚乐；这也就是说：或者是我，或者是布丽吉特。

可是在两种同样不喜爱的音乐中怎样选择呢？摇滚乐对保罗说来太吵闹（像歌德一样，他有着细腻的耳朵），而浪漫主义音乐又在他心里唤起一种恐慌。有一天，那还是在战争中，正当周围的所有人都被历史的威胁性进军吓得发抖，而电台没有播放探戈舞曲和圆舞曲，却开始播放一支忧郁而庄严的乐曲的小调和弦；这种小调和弦就像灾难的使者一样，深深地刻在这孩子的记忆中，永远不会消失。后来他懂得了浪漫主义音乐的悲怆，把整个欧洲团结起来；每次听见一个政治家被暗杀，或者一场战争爆发，每次把光荣塞满人们的脑袋，好让他们更心甘情愿地听任自己被屠杀，我们都听见它。互相屠戮的民族却都在听肖邦的《葬礼进行曲》和贝多芬的《英雄交响曲》，他们之间有着一种手足相通的激情。啊，如果这件事仅仅取决于保罗，世界上可以少掉许多摇滚乐和马勒，但是两个女人不容他有脱身之隙。她们逼着他做出选择：在两种音乐之间，在两个女人之间。他不知该怎么办，因为这两个女人，他同样都爱。

她们呢，完全相反，她们互相憎恨。布丽吉特怀着一种被折磨得很痛苦的忧郁心情望着白钢琴，好几年来这架白钢琴一直用来放零碎杂物；它让布丽吉特回想起阿涅丝，阿涅丝出自对妹妹的爱，曾经要布丽吉特学弹琴。阿涅丝刚死，钢琴就复活了，每天都发出响声。布丽吉特指望用疯狂的摇滚乐来为她被背叛的母亲报仇，把闯入的女人赶走。当她明白了洛拉会留下来以后，走的是她。摇滚乐没有了。唱片在唱机的转盘上转，马勒的长号在套房里回响，撕碎了因为布丽吉特的离走而陷入沮丧之中的保罗的心。洛拉捧住保罗的脑袋，直勾勾地望着他。“我要给你生一个孩子。”她说。两个人都知道很久以来医生一直不同意她再怀孕。就是因为这个缘故，她又补充了一句：“我将接受所有必要的手术。”

夏天来了。洛拉关了铺子，两个人动身到海边去过了半个月，

---

① Debussy（1862—1918），法国作曲家。他开创了音乐上的印象派，主要作品有管弦乐《牧神午后前奏曲》，歌剧《佩利亚斯与梅丽桑德》等。

② Stravinski（1882—1971），俄国作曲家，一九三九年定居美国，现代派音乐的重要代表人物，作品有歌剧—清唱剧《俄狄浦斯王》等。

海浪冲击着海岸，保罗的胸膛里充满了海浪的呼叫声。这是他惟一热爱的音乐。他既幸福而又惊奇地看到洛拉和这音乐混为一体；她是他觉得像海洋一样的、他的生活里的惟一女人；惟一是海洋的女人。

14

在向歌德提起的永恒的诉讼中，罗曼·罗兰是控告一方的证人。他因为有两个优点而与众不同：他是一个女人的崇拜者（“她是一个女人，正因为这个缘故我们爱她。”他谈到贝蒂娜时说）；他有跟随人类进步一同前进的热烈愿望（对他说来这意味着：跟随共产主义俄国和革命一同前进）。奇怪的是这个女性的崇拜者也同样崇拜贝多芬，就因为贝多芬拒绝向女人行礼致敬。这就是事件的实质。如果我们还记得在特普利采这个矿泉城里可能发生的事：贝多芬帽子牢牢扣在头上，两手抄在背后，面对着皇后和她的廷臣们走过去，这些廷臣中当然不光是男人，还有一些女人，不向她们行礼致敬简直可以说是一件空前绝后的无礼行为。这是难以想像的：贝多芬虽然古怪，粗暴，但从来不曾像没有教养的人那样对待过妇女！这整个轶事是明显的胡说八道，如果它能够被人接受并且被人天真地加以流传，这是因为人们（甚至一位小说家，这是个耻辱！）完全失去了对真实的感觉。

有人向我提出反对意见说，研究一则轶事的真实性是多余的事，这则轶事显然不是证据，而是寓意。好吧，就让我们把寓意当做寓意看，让我们忘掉它诞生的环境（这环境将永远是模糊不清的），让我们忘掉这个人或者那个人希望它具有的带偏见的含义，让我们试图抓住它的意义，可以说是客观的意义。

贝多芬的低低地罩在脑门上的帽子意味着什么呢？是不是意味着贝多芬蔑视贵族，因为贵族是反动的、不公正的，而握在歌德谦卑的手里的帽子是在哀求世界照现状继续下去？是的，这通常是可以接受的解释，但是它很难自圆其说：贝多芬像歌德一样，不得不为了他自己，为了他的音乐，对他那个时代进行妥协；因此他把他那些奏鸣曲时而献给这一位王侯，时而献给那一位王侯，为了庆贺那些聚集在维也纳的打败拿破仑的战胜者，他毫不犹豫地谱写了一曲大合唱，在这曲大合唱中合唱队唱道："让世界重新恢复原状！"他甚至为俄国皇后谱写了一首波洛涅兹舞曲[①]，倒好像他希望能象征性地把不幸的波兰（正是这个波兰，三十年后贝蒂娜曾经为了它去如此勇敢地战斗）呈放在它的侵占者的脚下。

因此，在我们的寓意画上，如果说贝多芬路遇一群贵族而没有脱帽，这也不能意味着贵族是值得蔑视的反动分子，而他是一个值得钦佩的革命者；这仅仅意味着*创造*（雕像、诗歌、交响乐）的人比*管理*（仆人、官吏或者人民）的人更值得尊敬，意味着创造所代表的东西比权力所代表的多，意味着艺术代表的东西比政治所代表的多，意味着著作是不朽的，而战争和王侯的舞会却不是。

（况且，歌德一定意见相同，除了他认为没有必要把这个不愉快的真相在世界的主人活着时告诉他们。他相信在来世他们首先会向他脱帽致敬，确信这一点对他而言已经足够。）

寓意是清楚的，然而它总是被曲解了，那些在寓意画前的人急急忙忙向贝多芬鼓掌，一点也不懂得他的骄傲。这经常是一些被政治弄得头脑糊涂的人，也就是那些喜欢列宁、卡斯特罗、甘地或密特朗胜过喜欢毕加索或者费里尼的人。罗曼·罗兰如果在特普利采的林阴道上看见斯大林朝他走过来，他本人也肯定会脱掉帽子，而且腰弯得比歌德还要低。

① polonaise，一种来源甚古的波兰舞曲。

15

罗曼·罗兰对女性的敬重在我看来有点儿奇怪。他赞赏贝蒂娜，仅仅因为她是女人（“她是一个女人，正因为这个缘故我们爱她”），他在克莉斯蒂安娜身上找不到一点可赞赏之处，可是克莉斯蒂安娜毫无疑问也是个女人！他谈到贝蒂娜时说，她有一颗“温柔而疯狂的心”，她是“疯狂而明智的”，“发疯般的活跃而又爱说爱笑”，还有好多次使用过“疯狂”这个字眼儿。然而我们知道，对“感情的人”来说，“fou”，“folle”，“folie”[①]这些词（在法语里它们有一种比在别的语言里还要诗意的回响！）意味着摆脱一切指责的感情的狂热（“热情的积极性的发狂。”正如艾吕雅所说），因此这几个词是以一种感动的赞赏心情说出来的。谈到克里斯蒂安娜时，却恰恰相反，这位妇女和无产阶级的崇拜者，没有一次不违背对妇女殷勤有礼的规则，把“嫉妒的”、“脸发红的和身材粗大的”、“肥的”、“讨厌的”、“好奇心重的”这样一些形容词加在她的名字前面，而且连篇累牍地都是“肥胖的”。

奇怪的是，克莉斯蒂安娜从前是一个女工，歌德先公开和她生活在一起，后来又娶她为妻，足可证明他有多大的勇气，而想到这些，这位妇女和无产阶级的朋友，平等和博爱的使者却没有表示出一点激动之情。可以肯定歌德不仅受到魏玛沙龙里闲言碎语的攻击，而且还遭到他的知识界的朋友——小看她的赫尔德和席勒——的反对。贵族的魏玛为贝蒂娜的那句把歌德夫人形容成大红肠的话鼓掌喝彩，我一点也不为此感到吃惊；但是我看见妇女和工人阶级的朋友鼓掌喝彩却不能不感到吃惊。他怎么能感到自己跟那个在一个普通女人面前狡猾地炫耀自己学问的贵族女人如此接近呢？克莉斯蒂安娜喝酒、跳舞、不顾自己的身体线条愉快地发胖，怎么从来没有权利享用"疯狂的"这个神圣的形容词，在无产阶级的朋友的眼里，只是一个"讨厌的"女人呢？

无产阶级的朋友怎么会没有想到，把打碎眼镜的那件事转变成为这样的一幅寓意画：一个平民女人对傲慢的女知识分子进行公正的惩罚，而歌德保护他的妻子，挺着脑袋（而且不戴帽子！），向贵族和他所憎恨的偏见的军队猛冲过去？

当然这样的一个寓意和前面的一个寓意会是同样的愚蠢。然而问题存在着：为什么无产阶级和妇女的朋友喜欢这一寓意的蠢话，而不喜欢另一寓意的蠢话呢？为什么他喜欢贝蒂娜而不喜欢

---

① fou 和 folle 是形容词"疯狂的"的阳性和阴性形式；folie 是名词，意思是"疯狂"。

克莉斯蒂安娜呢?

这个问题引向事情的核心。

下一章将提供解答:

16

歌德劝贝蒂娜（在一封没有注明日期的信里）“跳出自我”。今天我们会说，他是指责她的自我中心。但是他有这个权利吗？是谁曾经为提洛尔[1]的那些爱国者辩护？是谁保护了裴多菲死后的名声，和死刑犯梅洛斯拉夫斯基的生命？是她还是他？是谁总是想着别人？两人中的哪一个做好了牺牲的准备？

贝蒂娜。没有丝毫怀疑。但是歌德的话并不因此就无效。因为贝蒂娜从来没有跳出她那个“我”。不论她到什么地方，她那个“我”总是像面旗帜似的在她身后飘扬。促使她为提洛尔的山民辩护的，并不是山民，而是对提洛尔山民的斗争热烈支持的贝蒂娜的“具有吸引力的形象”。促使她爱歌德的，不是歌德，而是爱上年老诗人的孩子气的贝蒂娜的“迷人形象”。

让我回忆一下她的手势，我把它叫做希望不朽的手势：她首先把手指放在位于两只乳房中间的一点上，好像在指出被命名为

① Tyrol，奥地利和意大利交界处的山区。

“我”的那个中心，接着她把双手投向前，好像在把这个我投得很远很远，越过了地平线，投向无限。希望不朽的手势只有两个方位标：一个是我，在这儿，另一个是地平线，在那儿，在远处。这个手势也仅仅有两个概念：我的绝对和世界的绝对。这个手势因此和爱情没有什么共同之处，因为另外的人，他人，处在这两极（世界和我）之间的任何人，事先已经排除在局外，被忘却，没有被看见。

二十岁上加入共产党，或者拿起枪到山区去参加游击队的男青年，被自己的革命者形象所迷惑：正是他自己的这个革命者形象使他与其他人有所区别，使他变成了他自己。在他的斗争刚开始时，有一种对他的我的极端而无法满足的爱，在把他的这个我送往（正像我描写过的，在希望不朽的手势中）汇聚着成千上万道目光注视下的历史的伟大舞台前，他希望给他这个我一个清晰的轮廓。从梅诗金和娜斯塔霞·菲立波夫娜的例子我们知道在大量的目光注视下，灵魂不断地长大、膨胀、体积增大，最后像被灯彩照得十分明亮的气球那样飞到蓝天上去。

促使人举起拳头，握住枪，共同保卫正义的或者非正义的事业的，不是理智，而是恶性膨胀的灵魂。它就是碳氢燃料。没有这碳氢燃料，历史的发动机就不能转动；缺少这碳氢燃料，欧洲会一直躺在草地上，懒洋洋地望着飘浮在天上的白云。

克莉斯蒂安娜没有生“灵魂恶性膨胀”这种毛病，她丝毫不向往在历史大舞台上展现自己。我猜想她更喜欢躺在草地上，看飘浮在天上的白云。(我甚至还猜想她在这种时刻是幸福的；对灵魂恶性膨胀的、被他的我的火焰烧毁的人来说，这是个讨厌的想法。)罗曼·罗兰，进步和眼泪的朋友，因此当他必须在克莉斯蒂安娜和贝蒂娜之间做出选择时，他连一瞬间的犹豫也不曾有过。

17

海明威在彼世的小路上散步，远远地看见一个年轻人迎面走过来；这个年轻人穿得很雅致，身子挺得很直。随着这个高雅的人走近，海明威能够在他的嘴唇上看清一丝淡淡的、淘气的微笑。到了还剩几步的距离，年轻人放慢步伐，好像为了海明威留下最后机会认出他。

“约翰。”海明威惊奇地叫出来。

歌德露出满意的微笑，他对自己的舞台效果感到骄傲。我们不要忘记，他长时间领导一个剧院，懂得怎样掌握效果。接着他挽住他朋友的胳膊（值得注意：虽然这时候他比较年轻，他继续以一个长者的宽容态度对待海明威），拖着他进行一次长时间的散步。

“约翰，”海明威说，“您今天美得像一个天神！”他朋友的美使他感到由衷的快乐，他带着幸福的笑容：“您的那双拖鞋怎么样了？还有您戴在头上的那个绿遮光帽檐上哪儿去了？”他笑完了又说，“您就该这样去参加永恒的诉讼。不是用您的理由，而是用您的美把那些法官压垮！”

“您知道在永恒的诉讼中，我从来没有说过一个字。这是出于蔑视。但是我还是禁不住要去看看，听他们讲些什么。我为之感到遗憾。”

“您想怎么样？人们把您判了永垂不朽之刑，是为了惩罚您写过一些书。您自己也向我解释过。”

歌德耸耸肩膀，带着几分骄傲的神色说：“在某种意义上说，我们的书可能是不朽的。也许如此。”停顿了一下，他又口气严肃地低声说，“但不是我们。”

“正相反！”海明威辛酸地提出反对，“我们的书，很可能不久以后就没有人再看它们。您的《浮士德》将来只剩下古诺[1]的一出愚蠢的歌剧。也许还有这句：把我们带往什么地方去的永存的女性特点的诗……”

“Das Ewigweibliche zieht uns hinan.”[2]歌德背诵。

“是它。但是关于您生活中的那许多小事，人们将不会停止他们喋喋不休的饶舌。”

“您始终没有明白他们谈的人物与我们毫不相关？”

“您切不可说，约翰，在您和大家谈的、大家写的歌德之间毫无关系。我承认您和您留下的那个形象不完全一致，我承认您在那个

① Charles Gounod（1818—1893），法国作曲家，所作歌剧十二部中以《浮士德》和《罗密欧与朱丽叶》最著名。

② 德语，永恒的女性，领我们飞升。《浮士德》的最后两行诗。

形象里遭到相当的歪曲。但是不管是怎么说，您还是在其中存在。”

“不，我没有在这形象之中存在。”歌德非常坚定地说，“我还要说一点：在我的书里也没有存在。不是就不可能存在。”

“这种说法对我太具有哲理性。”

“请暂时忘掉您是美国人，动动脑子吧：不是就不可能存在。它有那么复杂吗？从我死的那一瞬间起，我就放弃了我所占据的所有地方，甚至我的书。没有我，这些书仍然在世界上存在。没有人能在里面再找到我。因为我们不能找到不存在的人。”

“我很愿意相信您，”海明威又说，“但是请告诉我：如果您的形象和您毫不相关，为什么您活着时为它花费了那么大的心思？为什么您邀请爱克曼到您家呢？为什么您开始写《诗与真》呢？”

“欧内斯特，您就老老实实承认我过去和您一样荒唐可笑吧。为自己的形象操心，这是人的不可救药的不成熟的表现。对自己的形象漠不关心是那么难以做到！这样的漠不关心是超出人力之外的。人只有在死后才能达到。而且还不是立刻就能达到的，要在死了很久以后。您还没有到达这一步，您还没有成年。不过您死了……已经有多久啦？”

“二十七年。”海明威说。

“还很短。您至少还得再等二三十年。您只有到那时也许才能懂得人是必死的，并从中得出所有的结论。不可能过早，一下子达到这一步。在我死前不久，我还认为我感到自己身上有一股那么强大的创造力，它完全消失，在我看来是不可能的。当然我也相信留下我的某种形象会是我的延续。是的，当时我和您一样。甚至在死了以后，我都很难老老实实承认自己已经不再存在。这很奇怪，您也知道！必死是最基本的人生经验，可是人从来就不能去接受它，去理解它，相应地采取应该采取的态度。人不知道自己是必死的。当他死了以后，他甚至不知道自己已经死了。”

“您呢，您相信您知道您已经死了？”海明威为了缓和当时的严肃气氛，问道，“您真的相信死的最好方式是浪费时间来跟我闲聊吗？”

“别发傻了，欧内斯特，”歌德说，“您知道得很清楚，我们此时此刻仅仅是出于一个小说家的毫无意义的幻想，我们说出我们也许从来没有说过的话。但是我们就别再谈这个了。您注意到我今天的外形了吗？”

“我一认出您以后，立刻就说过了！您美得像一个天神！”

“在整个德国把我看成是可怕的勾引女人的能手的那个时期，我就是这个样子。”歌德用几乎是庄严的口吻说。接着他又激动地补充说：“我希望您能在今后几年里保留我的这个形象。”

海明威带着突然产生的一种亲切的宽容态度盯着他看：“约翰，您的*post mortem*[①]年龄有多大了？”

---

① 拉丁文，死后的。

"一百五十六岁。"歌德有点腼腆地说。

"您一直没有学会死吗？"

歌德露出微笑："我知道，欧内斯特。我做的和我刚才对您说的有矛盾。如果说让我自己流露出这种孩子气的虚荣心，这是因为我们今天是最后一次见面。"接着他像从此以后不再发表任何声明的人那样，慢吞吞地说出这些话："因为我终于知道了永恒的诉讼是一件荒谬的蠢事。我决定最后利用我的死亡状态去睡觉，请原谅我用了这个不正确的说法，去尝一尝完全的非存在的快乐。我的主要敌人诺瓦利斯谈到非存在时，说它有一种淡淡的蓝颜色。"

第五部

偶 然

1

午饭之后，她又上楼回到自己的房间里。这是一个星期日，饭店不用等待任何新来的顾客，没有人催促她腾空地方；大床仍然没有铺好，就像早晨她离开时那样。这幅景象使她心里充满幸福之感：她在这里独自度过了两夜，除了自己的呼吸声，听不到别的声响，她从这一角到另一角斜着睡觉，仿佛她想搂住只属于她的身体和她的睡眠的这整个长方形面积。

手提箱摊开在桌子上，里面的一切已经整理就绪：装订成册的兰波诗集躺在折好的裙子上。她把诗集带走，因为在最近几个星期里，她好想念保罗。布丽吉特出生之前，她时常坐在他的大型摩托车后面，他们跑遍了整个法国。在她的记忆里，这个时期和这辆摩托车与兰波混为一体：这是他们共同的诗人。

这些诗歌已经忘却一半，她带上它们，宛若带上破旧的私人日记，她好奇地想看看，天长日久已经泛黄的注释是不是显得动人心弦、滑稽可笑、迷人眼目或者毫无意思。诗句始终一样优美，但是在有一点上她感到很吃惊：这些诗行与她从前和保罗一起骑坐的大型摩托车毫无干系。兰波的诗歌世界远远更加接近歌德的同时代人，而不是布丽吉特的同时代人。兰波曾经向全世界进言，要变得绝对现代化，他是一个描绘大自然的诗人和一个四处流浪的人，他的诗篇容纳了今人已经遗忘了的词汇，或者再也引不起今人丝毫兴味的词汇：蟋蟀、鲍、水田芥、榛树、椴树、欧石南、橡树、美味的乌鸦、旧鸽舍的热粪便，还有道路，尤其是道路：在蔚蓝的夏夜，我会漫步小径，麦芒轻轻刺痒，踏着细草嫩木…… 我什么也不说，什么也不去想…… 我走得很远，像波希米亚人一样，漫游自然，—— 似女伴同游地高兴……[①]

她关上手提箱。然后，她来到走廊里，奔跑着下楼，一直到饭店前面，将手提箱扔在后座上，坐在驾驶盘前面。

2

现在是两点半钟，她必须毫不耽搁地动身，因为她不喜欢夜里开车。但是她游移不定，是不是转动点火开关钥匙。她好似来不及表露心中所思的情人一样，她周遭的景致阻挡着她离开。她下了车，群山环绕着她；左边的峰峦被绚丽的色彩照亮，冰川的白色在绿色的天际之上闪烁发光；右边的峰峦包裹在暗黄色的雾气中，只露出群峰的姿影。这是截然不同的两种亮色，两个迥异的世界。她将头自左转向右，又自右转向左，决计作最后一次散步。她选择一条小路，缓缓升高，在通往森林的草地中间穿行。

她同保罗骑着大型摩托车在阿尔卑斯山游玩，要上溯到二十五年以前。保罗热爱大海，群山勾不起他的兴趣。她想让他喜欢她的世界，她想让他面对树木和草坪出神着迷。摩托车停在大路边上，保罗说：

“一块草坪只不过是一块痛苦之地而已。在这美丽悦目的翠绿色

① 兰波《感觉》中的诗句。

中，每秒钟都在走向死亡，蚂蚁在活吃蚯蚓，鸟雀在长空中潜伏着，窥伺一只鼬或者一只老鼠。你看到草丛间那只一动不动的黑猫吗？它就等待着扑杀的机会出现。人们对大自然怀有天真的敬意，我对此实在不敢苟同。你认为在虎口中，一只母鹿不像你那样惊惶失措吗？如果有人说动物不会像人那样疼痛，这是因为这种人不能够忍受生活在弱肉强食、除了弱肉强食什么也没有的大自然中的想法。”

保罗乐于看到人逐渐将混凝土覆盖住全部地面。对他来说，这如同将一个咄咄逼人的枪眼用墙堵住。阿涅丝太了解他了，故而对于这种厌恶大自然没有反感，可以说，他这种厌恶出于他的仁慈和正义感，是有理由的。

不过，也许宁可说这是一个丈夫竭力要一劳永逸地将爱妻从她父亲那里夺过来，而表现出相当庸俗的嫉妒心理。因为阿涅丝正是从她的父亲那里沾上对大自然的热爱。在他的陪伴下，她走过成百上千公里的路，对树林的静谧赞不绝口。

有一天，几个朋友驾车让她漫游美国的大自然。这是一个树木的王国，无边无际，难以认识，被漫长的大路切割成块。森林的寂静在她看来像纽约的喧嚣一样，与人对立和格格不入。而在阿涅丝喜爱的树林里，道路分成一条条小路，小路再分成一条条小径，森林看守人行走在这些小径上。沿路设置着长凳，从这里可以观赏景色，处处遍布正在吃草的绵羊和母牛。这是欧洲，这是欧洲的心脏，阿尔卑斯山。

3

八天来，我在小路的石子中间
磨破了靴子……[①]

兰波这样写道。

道路：这是人们在上面漫步的狭长土地。公路有别于道路，不仅因为可以在公路上驱车，而且因为公路只不过是将一点与另一点联系起来的普通路线。公路本身没有丝毫意义；惟有公路联结的两点才有意义。而道路是对空间表示的敬意。每一段路本身都具有一种含义，催促我们歇歇脚。公路胜利地剥夺了空间的价值，今日，空间不是别的，只是对人的运动的阻碍，只是时间的损失。

甚至从景致中消失之前，道路就已从人的心灵中消失：人不再有慢慢行走和从中得到乐趣的愿望。对于生命也是同样，人不

① 兰波《在绿色的小酒馆》中的诗行。

再把生命看作一条小路，而是看作一条公路：宛如从这一站通到下一站的路线，从连长这一级到将军这一级，从妻子的身份到孀妇的身份。生活的时间缩至普通的障碍，必须以不断增长的速度去克服它。

小路和大路也跟美的两个概念有关联。当保罗宣称这样一个地方有美景时，意思是说：倘若你在那里停车，你就会看到一个花园掩映中的十五世纪的漂亮古堡；或者意思是说：那里有一个湖，天鹅游弋在波平如镜、望不到边的湖面上。

在公路组成的世界中，一幅美景意味着：一座美丽的孤岛，通过一条长线与其他美丽的孤岛联结起来。

在小路组成的世界中，美在继续着，而且总是在变化着；每一步，美都在对我们说："停下吧！"

小路组成的世界是父亲的世界。公路组成的世界是丈夫的世界。阿涅丝的故事成环状结束：从小路组成的世界到公路组成的世界，如今重新回到出发点上。因为阿涅丝安顿在瑞士。她的决心就此下定了，因此，两个星期以来，她感到自己持续不断地异常幸福。

4

待她回到车上时，下午已经过去一大半了。正当她把钥匙插入锁孔时，阿弗纳琉斯教授穿着游泳裤，走近小水池，我浸在热水里等待他，从浸没的四壁喷射而出的汹涌涡流拍击着我。

各种事件就是这样同时发生。每当在Z区发生一件事，在A、B、C、D、E区也发生另一件事。“正当……”是具有魔力的格式之一，在所有小说中都能够找到。在阅读《三个火枪手》[1]时，这个格式使我们着迷；这是阿弗纳琉斯教授喜爱的小说。作为问候，我对教授说：“正当你进入水池时，我的小说的女主人公终于转动点火开关钥匙，驶上通往巴黎的路。”

“神奇的巧合。”阿弗纳琉斯教授带着显而易见的满意神情说道，他浸到水里。

“显然，在世界上，每一秒钟都发生几十亿这类巧合。我梦想着能写一本关于这方面的巨著：偶然的理论。第一部分：偶然

① *Trois Mousquetaires*，大仲马名著，旧译《侠隐记》、《三剑客》。

支配巧合。将不同类型的巧合分门别类。譬如：'正当阿弗纳琉斯教授进入水池，将后背对着涡流时，在芝加哥的公园里，从一棵栗树上掉下一片枯叶。'这是事情的巧合，但是这一巧合没有丝毫意义。在我的分门别类中，我把它称为*无声的巧合*。请设想我说：'正当*第一片*枯叶落到芝加哥城里时，阿弗纳琉斯教授进入水池，按摩背部。'这个句子变得很忧郁，因为我们将阿弗纳琉斯教授看做秋天的使者，他浸入其中的水在我们看来含有眼泪的咸味。巧合给这件事注入意想不到的意义，因此，我把这个称为*诗意的巧合*。但是，正像我看到你时所做的那样，我也能够说：'正当阿涅丝在阿尔卑斯山某个地方将小汽车开上大路时，阿弗纳琉斯教授浸在水池里。'这个巧合不能说是有诗意的，因为它对你进入水池没有给予丝毫特殊的意义，然而这依然是一次非常宝贵的巧合，我称之为*对位法的巧合*。这如同两个旋律结合在同一部创作中。我从童年起就了解这一点。一个男孩唱起一支小曲，另一个男孩唱起另一支小曲，这两支小曲互相应和！不过还有另一种巧合：'正当一个拿着一只红色扑满的漂亮太太，待在蒙帕纳斯的地铁里时，阿弗纳琉斯教授步入那里。'我们得到一个*产生故事的巧合*，这种巧合对小说家尤其宝贵。"

这时我停顿下来，期望促使他对我谈一点地铁里的邂逅；但是他只满足于耸动后背，以便让腰痛受到喷出的水流的按摩，而且佯装与我举出的最后一个例子没有丝毫关系。他说：

“我无法摆脱这个想法：在人类生活中，巧合不受可能性计算的支配。我的意思是说，我们往往面对千载难逢的偶然性，这些偶然性得不到任何数学上的证明。最近，我在巴黎一个毫不足道的街区里一条毫不足道的街道漫步，遇上了一个汉堡女人。二十五年前，我几乎天天看到她，后来我就完全见不到她了。我沿着这条街道走，因为我出了错儿，提前一站下了地铁。至于那个女人，她到巴黎来度过三天，走错了路。我们相遇只有十亿分之一的可能性！”

“你运用什么方法来计算人与人相遇的可能性？”

“你会运用哪一种方法？”

“都不会。我很遗憾。”我回答道，“这很有兴味，但是人类生活从来不适合于数学上的调查研究。我们以时间为例。我渴望做这个实验：将电极安置在一个人的头上，计算他将生命的多少百分比用于现在，多少百分比用于回忆，多少百分比用于将来。我们可以这样来发现人同时间处于什么样的关系。人的时间又是怎么一回事。我们可以根据对每一个人来说将是决定性的时间观念，有把握地确定三种基本类型的人。我回到偶然性上来。如果没有数学上的探讨，对于生活中的偶然性能够说出什么有分量的话呢？只不过当今没有关于存在的数学。”

“关于存在的数学。绝妙的发现。”阿弗纳琉斯说，陷入到沉思之中。然后他说：“无论如何，不管相遇有百万分之一或者一万亿分之一的出现机会，都是绝少可能的，而这种绝少可能本身就形成全部价值所在。因为关于存在的数学虽然并不存在，却几乎会提出这个方程式：偶然的价值与其不可能的程度是相等的。”

我若有所思地说：

“在巴黎城区不期然地遇到一个多年未见的漂亮女人……”

“我在寻思，你有什么根据宣布她是漂亮的。她在一个啤酒店管衣帽间，那时我每天光顾那个啤酒店；她同一群退休老人来到巴黎，旅游三天。我们互相认出时，尴尬地互相打量；甚至带着某种绝望，就像一个年轻的双腿残缺者在摇彩中获得一辆自行车时感到绝望那样。我们两人都有这种印象：作为礼物得到这种巧合，虽然非常宝贵，却一无用处。有个人似乎在嘲笑我们，而我们面面相觑，感到羞赧。”

我说：“这种巧合，人们可以称为*病态的*。但是还想问一个问题，哪怕没用：贝尔纳·贝特朗获得‘十足的蠢驴’的证书的偶然性分在哪一类？”

阿弗纳琉斯带着绝对权威的口吻回答：

“如果贝尔纳·贝特朗晋升为十足的蠢驴，这是因为他是十足的蠢驴。偶然跟巧合毫无关系。这里有一种绝对的必然性。甚至如马克思所说的，历史的青铜律也不比这张证书更具有必然性。”

仿佛我的问题激怒了他似的，他在水中挺起咄咄逼人的身躯。我也爬了起来，我们来到大厅另一端的酒吧坐下。

5

我们要了两杯酒，吞下了第一口。阿弗纳琉斯又开了口：

“你可要清楚，我的每一个行动都是向魔鬼的开战行动。”

“当然我清楚，”我回答道，“我的问题由此而来：为什么你激烈反对的恰恰是贝尔纳·贝特朗呢？”

“你对此一窍不通，”阿弗纳琉斯说，仿佛倦于见到我总是抓不住他屡次向我解释过的东西，“反对魔鬼，还没有什么有效的和合理的斗争。马克思尝试过，而到头来魔鬼适应于一切原先旨在消灭它的组织。我作为革命者的往昔导致幻灭，今日惟有这个问题对我至关重要：已经明了一切有组织的、合理的，和有效的反对魔鬼的斗争不可能成功的人，还会怎么做呢？只有两个解决办法：要么放弃抗争，不再做他自己；要么他不断培育反叛的内心需要，而且不时表现出来。不是为了像马克思从前正确而徒劳地所期待的那样，要改变世界，而是出于内心精神的绝对需要。最近以来我时常想到你。对你来说，表达你的反抗也是至关重要的，不仅是通过决不能给你带来满足感的小说，而是要通过行动！我希望今天你终于能够同我会合！”

“但是我始终不明白，”我回答道，“为什么内心精神的绝对需要，促使你去攻击一个不幸的电台播音员。哪一种客观的理由导致你这样做呢？为什么你把他看作愚昧无知的象征，宁可是他而不是别人呢？”

“我不允许你用象征这个愚蠢的字眼！”阿弗纳琉斯提高声音说，“这正是恐怖组织的精神状态！这正是当今政客的精神状态，他们只不过是运用象征的行吟诗人！我蔑视那些在窗口悬挂旗帜的人，同时也蔑视那些在广场上焚烧旗帜的人。在我看来，贝尔纳和象征毫无关系。对我来说，没有什么比他更具体的东西！我每天早上听到他说话！揭开我的一天的正是他的讲话！他用女性化的声音、矫揉造作和愚蠢的玩笑来刺激我的神经！他所讲的一切我觉得不能忍受！客观的理由？我不知道这是什么意思！我出于极端过度的、满怀恶意的、心血来潮的自由，才将他提升为十足的蠢驴！”

“这是我想听你说的话。你并不是作为必然性的上帝在行动，而是作为偶然性的上帝去行动。”

“不管偶然性还是必然性，我乐意在你眼里作为上帝出现。”阿弗纳琉斯用缓和下来的声调回答，“但是我不明白为什么我的抉择令你如此的惊讶。愚蠢地同听众开玩笑，激烈反对安乐死的家伙，毋庸置疑是一个十足的蠢驴，我确实看不出有谁可以反驳我。”

阿弗纳琉斯的最后一句话使我目瞪口呆:“你把贝尔纳·贝特朗同贝特朗·贝特朗相混同了!”

“我想到的是在广播电台讲话和反对自杀、啤酒的贝尔纳·贝特朗!”

“然而这是两个不同的人!一是父亲,一是儿子,你怎么可以把电台的播音员跟一个议员混为一人呢?你的错误正是我们刚才称之为病态的巧合的完美例子。”

阿弗纳琉斯窘困片刻。但是他很快恢复过来,说道:“我担心你自己被巧合的理论弄糊涂了。我的错误没有什么病态的东西。显而易见,恰恰相反,这个错误倒很像你称之为诗意巧合的东西。父与子变成了双头驴。即便古老的希腊神话也没有创造出这样壮观的动物!”

我们喝完酒以后,来到衣帽间穿上外衣,我在那里给餐馆打电话,订了位。

6

阿弗纳琉斯教授正在穿袜子，这时阿涅丝回想起这个句子：“女人总是喜欢她的孩子，胜过喜欢她的丈夫。”阿涅丝十二三岁时，听到她的母亲对她这样说（后来忘却了在什么情景之下说的）。我们惟有思索一下，这句话的意思才会豁然明朗：所谓我们爱A，胜过爱B，这并非对比两种爱的等级，而是说，B得不到爱。因为，假如我们爱某个人，我们不能拿这个人去作比较。被爱的人是不可比较的。即使我们处在同时爱A和B的情况下，我们也不能去比较两者，否则我们就马上不再爱两者之一。如果我们公开宣称喜欢这一个，而不是另一个，对我们来说，这并非等于向大家承认我们对A的爱（因为我们当时只要说“我爱A！”就够了），问题在于谨慎而明确地让人明了，我们对于B完全漠然视之。

幼小的阿涅丝当然不能够做出这样的分析。她的母亲显然寄希望于此；她感到说知心话的需要，但是同时又想避免让人透彻了解自己的话。孩子尽管不能全然了解意思，但是她捉摸出这句话对她父亲不利。她爱父亲！因此，她对自己成为偏爱的对象，丝毫不感到庆幸，有人损害她所爱的人，她反而感到难受。

这个句子铭刻在她的记忆中；阿涅丝尽力设想更爱某个人而不是另一个人具体含意是什么。在床上，她待在毯子里好暖和，她看到这个场面出现在眼前：她的父亲笔直站着，把手伸给他的两个女儿。对面行刑队一字儿排开，就等待一声令下：瞄准！开枪！母亲去哀求敌人的将军开恩，他给了她在三个被判决的人中赦免两个的权利。因此，在司令官下令开枪之前，她跑了过去，从做父亲的手里拉走她的两个女儿，匆匆忙忙，惊慌失措，带走两个孩子。阿涅丝被母亲拖着走，向父亲回过头来；她扭得这样执著，这样顽强，以致她感到脖子一阵痉挛。她看到她的父亲悲哀地目送着她们，毫无怨言：他甘心忍受做母亲的选择，明知母爱胜过夫妇之爱。赴死的是他。

有时，她设想敌人的将军允许母亲只救下一个被判决的人。她一刻也不怀疑，母亲会救下洛拉。她想像她孤零零站在父亲身旁，面对士兵的枪口。她捏紧父亲的手。此时此刻，阿涅丝毫不挂虑她的母亲和她的妹妹，她没有凝视她们，心里明白她们迅速地走开了，无论这个或那个都不回过身来！阿涅丝躺在小床上，待在毯子里好暖和，热泪涌上她的眼眶，她感到全身充溢着难以形容的幸福，因为她的手捏紧了她的父亲，因为她同他在一起，因为他们一起赴难。

7

如果那天两姐妹看到她们的父亲俯身对着一堆撕碎的照片，相互之间没有爆发争吵，也许阿涅丝已经忘却了这个行刑的场面。看见洛拉喊叫，她回想起就是这个洛拉让她孤零零跟父亲站在行刑队前面，径自走开，连头也不回。她骤然明白，她们的不和比她想像的更深；因此，她从来不再提及这次争执，仿佛她生怕给不应该命名的东西命名，唤醒本该沉睡的东西似的。

当她的妹妹号啕大哭地走开，让她孤零零和父亲站在一起时，她头一回感到一种古怪的倦意，同时吃惊地看到（最普通不过的证实总是最令人惊讶），她一生要拥有这同一个妹妹。她可以改换朋友，改换情人，如果她愿意，她可以跟保罗离婚，但是无论如何不能改变姐妹关系。在她的一生中，洛拉是个不变的常数。对阿涅丝来说，尤其令人讨厌的是，从一开始以来，她们的关系就酷似一场追逐：阿涅丝跑在前面，她的妹妹紧追不舍。

有时，她觉得自己就像那个童年时代起她知道的一个童话中的人物：这个公主力图骑马逃脱一个凶恶的迫害者；她手里捏着一把刷子、一把梳子和一条丝带。当她将刷子扔在身后时，一座浓密的森林便矗立在她和恶人之间，就这样她赢得了时间。但是恶人随即又出现了；她扔梳子，梳子立刻变成尖利的巉岩。待他重新追上她时，她解开丝带，丝带像一条大河那样伸展开来。

后来，阿涅丝手里只有最后一样东西：墨镜。她将墨镜扔在地下，锋利的玻璃碎片把她同迫害者分隔开来。

可是，随后她就两手空空了，她知道洛拉比她更强。洛拉更强是因为她把自己的软弱变成一件武器和一种精神上的优势：别人不公正地对待她，她的情人抛弃了她，她痛苦万分，企图自尽；而阿涅丝获得幸福的婚姻，把她妹妹的墨镜掷在地上，侮辱她，对她闭门不纳。是的，自从将墨镜打碎那件事以后，她们有九个月互不见面。阿涅丝晓得，保罗不赞成她的做法，不过没有说出来。他为洛拉难过。这场追逐接近终点。阿涅丝听到身后传来妹妹的呼吸声，明白自己败北了。

她越来越疲倦。她一点儿不想奔跑，她不是一个运动员。她从来没有想要参加竞赛。她没有选择过将自己的妹妹作为竞赛对手。她既不想作洛拉的楷模，也不想作洛拉的对手。在阿涅丝的生活中，这个妹妹就像她的耳朵的形状一样出于偶然。阿涅丝没有选择过她的妹妹，如同没有选择过她的耳朵的形状一样，可她终身都得将这个偶然性的无意义拖在脑后。

她在孩提时，她的父亲教会她下棋。其中一招迷住了她，行家把这一招称为车王易位：下棋的人同时移动两只棋子：把车放在王的格子旁边，让位于车的另一边的王通过。这一招令她好喜欢：敌方聚集所有力量攻王，王却突然从他眼皮底下消失：王搬了家。阿涅丝这辈子就憧憬这一招，越来越疲倦，她就越来越渴望用上这招数。

8

她的父亲故世时，将钱给她留在瑞士，自此以后，她每年到瑞士两三次，总是住在同一个饭店，并且总是设想她要永远待在阿尔卑斯山：没有保罗和布丽吉特，她能够生活下去吗？怎样才能知道呢？她按老习惯在饭店度过的三天所忍受的孤独，这种“试验性的孤独”，她受益不大。“走吧！”这两个字就像最强烈的诱惑在她心中回响着。如果她确实一走了之，她会不会立即感到后悔呢？她渴望孤独，这倒是真的，不过，与此同时她爱丈夫和女儿，总是替他们担心。她会要求得到他们的消息，她会感到需要知道他们是不是身体健康。可是，怎样做才能够远离他们，孑然一身，同时又知道他们所作所为呢？怎样组织她的新生活呢？寻找另一个职业？好困难哪。什么事也不做？是的，这非常诱人，但是，她会不会突然觉得自己是退休了呢？经过再三考虑，“一走了之”的计划在她看来越来越不自然，是被迫作出和不可实现的，就像那种乌托邦幻想，一个人在内心明明知道什么事也不能做并且不会做，便会孕育这种幻想。

后来，有一天，解决的办法来自外部，既最最出乎意料，又最平淡无奇。她的雇主在伯尔尼创立了一个分公司，由于众所周知，阿涅丝讲德语同讲法语一样的好，公司问她肯不肯接受在那里领导研究工作。大家知道她已婚不太指望她会同意；可她使所有人吃了一惊：她毫不迟疑地回答“好的”；她自己也很吃惊：她不假思索地说出这“好的”，说明她的愿望不是一种装模作样演给自己看的、自己也不相信的假戏；而是一种实实在在严肃的东西。

这个愿望贪婪地抓住了这一机会：从最浪漫的梦幻变成毫无诗意的东西，一种职业晋级的因素。在接受别人的赠予时，阿涅丝表现得就像所有野心勃勃的女人一样，以致谁也不能发现和怀疑她的真正个人动机。自此以后，对她来说一切都明朗了；不再需要检验和试验，再也不必要想像“如果，将会发生……”她之所欲突然就在那里，她因从中感到如此纯粹、毫无杂质的快乐而十分惊愕。

这种快乐如此强烈，以致阿涅丝感到羞愧和有罪。她找不到勇气向保罗谈起她的决定。因此，她最后一次到阿尔卑斯山那座饭店去。（今后，她要有一套只属于她的房间：要么在伯尔尼市郊，要么在更远的山里。）在这两天中她在考虑一个方法，向布丽吉特和保罗和盘托出，在他们眼里显得像是一个雄心勃勃和开放的女人，对自己的职业和成功倾注了极大热情，而她过去从来也不是这样的。

9

夜幕已经降临；汽车的前灯开亮了，阿涅丝越过瑞士边境，开上法国的高速公路。法国的高速公路总是使她害怕。善良的瑞士人循规蹈矩，遵守规则，而法国人面对任何企图否认他们有高速行驶权利的人时，总是摇摇头，表示愤怒，并把他们的出游变成对人权的狂欢庆祝。

感到饥肠辘辘时，她决定把车停在餐馆或者高速公路边的汽车旅馆前面吃晚饭。在她的左面，三辆大型摩托车发出一阵地狱般的轰响，超过了她；在车灯的亮光下，摩托车手身穿的服装就像宇宙航行员的密闭飞行服，这使他们看来像非人的古怪生物。

正当这时，一个侍者俯向我们的桌子，收拾我们的冷盆空碟，我正在对阿弗纳琉斯讲述："恰好那天早上，我已经开始写作我的小说的第三部分，我听到广播一条新闻，我永远不会忘记。一个少女深夜来到公路上，背对着来车坐下。她的头埋在双膝之间，她等待着死亡。第一辆汽车的驾驶者在最后一秒钟避开了她，同他的妻子和两个孩子一起摔进沟里一命呜呼。第二辆汽车也在壕沟里完蛋了。然后是第三辆。少女完好无损。她站起身走了，永远没有人知道她是谁。”

阿弗纳琉斯说:“依你看来，什么原因会促使一个少女深夜坐在公路上，想让汽车压死她呢?”

“我一无所知,”我说,“不过我打赌，她有一个可笑的原因。或者不如说，她有一个从表面看来我们觉得可笑、毫无道理的原因。”

“为什么?”阿弗纳琉斯问道。

我耸耸肩:“我不能想像有任何重大原因，譬如无可救药的疾病，或者一个至亲好友的过世，足以促使她这样可怕地自杀。在这种情况下，没有人会选择这样可怕的结局，把其他人带往死亡!只有失去理智的原因才能导致这种毫无道理的恐怖行为。在所有来源于拉丁文的语言中，原因(*ratio*, *reason*, *ragione*)这个词有两个含义：表示事出有因之前的思考能力。因此，作为原因来看，这个词总是被看作有理性的。理性不明显的原因看来不能产生结果。然而，在德语中，这个词作为原因来理解，写成*Grund*。这个字眼与拉丁文的*ratio*毫无关系，首先表示地面，然后表示基础。从拉丁文的*ratio*的意思来看，坐在公路上的少女的行为显得荒谬、过分、毫无道理，但是，这一行为有其原因，也就是说具有基础，有其Grund。在我们每个人的心底里镌刻着一个Grund，这是我们行动持久不变的原因，是我们的命运所依赖的土地。我力图抓住笔下每个人物身上的Grund，我越来越确信，这个词具有隐喻的性质。”

“我不大理解你的想法。”阿弗纳琉斯说道。

“很遗憾，这是来到我的脑海里最重要的想法。”

此时，侍者过来了，端来我们的一盆鸭子。肉味鲜美，令我们全然忘却了我们刚才的谈论。

过了一会儿，阿弗纳琉斯才打破沉默：“确切地说，你正在写什么？”

“无法叙述出来。”

“真遗憾。”

“为什么遗憾？这是一个机会。今日，凡是能够描绘的事，大家都蜂拥而上，改编成电影、电视剧或者连环画。一部小说的主要内容只能通过小说道出，而在一切改编作品中，只剩下并非主要的内容。有谁发神经，今日还要写小说。如果他想维护这些小说，就要把这些小说写成无法改编的，换句话说，别人无法叙述出来的东西。”

他不赞成这种看法：“只要你愿意，我随时可以怀着最大的兴趣从头到尾向你叙述大仲马的《三个火枪手》！”

“我像你一样喜欢大仲马，”我说，“但是，我感到遗憾的是，几乎所有那时写出的小说都过于服从情节整一的规则。我的意思是说，这些小说都建立在情节和事件惟一的因果关系的连接上。这些小说酷似一条狭窄的街道，人们拿着鞭子沿着街道去追逐人物。戏剧的张力是小说的真正的不幸，因为这样会改变一切，甚至把最优美的篇章、场面和观察变为导致结局的一个普通阶段，结局只不过集中了面前所有情节的含义。小说被本身张力之火所吞噬，像一捆麦草那样烧光。"

"听你这样说，"阿弗纳琉斯教授有点不好意思地说道，"我担心你的小说枯燥无味。"

"那么，凡是没有向结局狂奔的内容，就应该觉得枯燥无味啰？在品尝这块美味的鸭腿时，你感到厌烦吗？你会匆匆奔向目标吗？恰恰相反，你希望鸭肉尽可能慢地进入你的腹内，鸭子的美味长驻不散。小说不应该像一场自行车比赛，而要像一场宴会，频繁上菜。我焦急地等待着第六部分。一个新的人物将要出现在我的小说里。第六部分结束时，他怎么来就怎么走，不留痕迹。他既不是任何东西的因，也绝不产生果。令我喜欢的正是这样。这将是一部小说中的小说，是我所写的最忧郁的色情故事，甚至你看了也会难受的。"

阿弗纳琉斯窘困地保持沉默，随后柔声地问我："你的小说要用什么名字？"

"《不能承受的生命之轻》。"

"这个名字已经用过了。"

"不错，是我用的！但在那时，我弄错了名字。这个书名本应属于我现在写的这部小说。"

我们保持缄默，聚精会神地品味着酒和鸭子。

阿弗纳琉斯一面咀嚼，一面说:“照我看来，你写得太劳累。你本该注意身体才是。”

我很清楚阿弗纳琉斯想说什么，可是我佯装不知，默默地品尝着葡萄酒。

10

过了良久，阿弗纳琉斯又重复说:“我认为你写得太劳累。你本该注意身体才是。”

“我是注意身体的，”我回答道，“我按时去举重。”

“这很危险。你会挨上一下。”

“这正是我所害怕的，”我说，“我想起罗伯特·穆齐尔。”

“你应该跑步，晚间跑步。我来给你看一样东西。”他解开外衣，带着神秘的表情说。我盯住他的胸脯和大腹便便的肚子周围，看到一件古怪的装束，令人联想起一匹马的鞍辔。在下方和右边，腰带上吊着一根狭长带子，悬挂着一把咄咄逼人的大切肉刀。

我恭贺了他的装备，但是为了不再谈我已经了解得太多的话题，我把谈话引到我所关心的惟一的一件事，而且我好奇地想多知道一点情况:“你在地铁的通道里遇到洛拉时，她认出了你，你也认出了她。”

“是的。”阿弗纳琉斯说。

“我很想知道你们怎么相识的。”

“你对无聊的事很感兴趣，而严肃的事令你厌烦，”他带着相当失望的神态说，一面扣上外衣，“你酷似一个年老的女门房。”

我耸耸肩。

他继续说：“这件事没有多大意思。在我把证书交给十足的蠢驴之前，人们早已把他的照片张贴在大街小巷。我想看到有血有肉的他，便到广播电台所在地的前厅等候他。当他从电梯走出来时，有个女人朝他跑去，抱吻了他。随后我尾随着他们，我的目光有时遇到那个女人的目光，以致我的面孔大概对她来说显得很熟稔，即使那时她不知道我是谁。”

“你喜欢她吗？”

阿弗纳琉斯降低声音：“不瞒你说，如果不是我对她有兴趣，也许我永远不会实现证书的计划。这类计划，我有几千个，往往都停留在幻想状态。”

“是的，我知道。”我表示赞成。

“当一个男子对一个女子感兴趣时，他会竭尽所能，至少是间接地同她接触，以便从远处触动她的社会圈子，动摇这个圈子。”

“总而言之，如果贝尔纳变成一头十足的蠢驴，这是因为你喜欢洛拉。”

“也许你没有弄错，”阿弗纳琉斯若有所思地说，他又补充道，“在这个女子身上，某种东西使她变成注定的受害者。这正是使我受到她吸引的地方。当我看到她待在两个醉醺醺的、满身臭气的流浪汉的怀抱里时，我好激动呀！多么令人难以忘怀的时刻呀！”

“好，至此我了解你的故事，但是我想知道后来发生的事。”

“她有一个绝对美不可言的屁股，”阿弗纳琉斯继续说，并不在乎我的要求，“她上学时，她的同学们大概捏她的屁股。我想像得出，每次她都发出尖叫，用的是她的女高音。这些叫声是她后来的寻欢作乐的美妙先声。”

“是的，真可以谈谈。请告诉我，你像救世主一样把她拖出地铁以后所发生的事。”

阿弗纳琉斯假装什么也没有听见。“在一个审美家来看，”他继续说，“她的屁股大约显得太大，并且有点下坠。由于她的心灵想飞往高处，这就格外令人不舒服。对我来说，在这种矛盾中归结了全部人类状况：脑袋充满幻想，屁股如同一只锚把我们留住在地上。”

阿弗纳琉斯的最后一句话，天知道为什么，有一种忧愁的音响，也许因为我们的盆子空了，再没有鸭子的痕迹。侍者重新俯下身子，收拾桌子。阿弗纳琉斯朝他抬起头来：“你有纸吗？”

侍者递给他一张发票，阿弗纳琉斯掏出钢笔，画了这幅图：

然后他说：“这就是洛拉：她的充满幻想的脑袋仰望天空。但是她的身体坠向地面：屁股和乳房——也是沉甸甸的，往下

凝视。”

“好古怪。”我说，在他的画旁边我画了一幅图：

“这是谁？”阿弗纳琉斯问道。

“她的姐姐阿涅丝：她的身体像火焰一样升起，但她的头总是略微耷拉着，凝视地下的抱着怀疑态度的头。”

“我更喜欢洛拉，”阿弗纳琉斯用坚决的语气说，然后他接着说，“不过，我最喜欢的还是晚上跑步，胜过一切。你喜欢圣日耳曼—德—普雷教堂吗？”

我点点头。

“不过，你从来没有真正看过这座教堂。”

“我不理解你的意思。”我说。

“不久以前，我朝林阴大道那边，沿着雷恩街走下去，计算着多少次我能得空朝圣日耳曼教堂抬起眼睛，而不致被过于拥挤的行人推推搡搡，或者被汽车撞翻。我一共瞧了七眼，左臂被撞青一块，因为一个年轻的冒失鬼用胳膊肘撞了我一下。当我头往后仰，正好直立在教堂入口处时，我看了第八眼。但是，在大为变形的仰视远景画面中，我只能看到教堂正面。这些短暂的或者导致物体变形的张望，在我的记忆中只留下一种近似的标记。这近似的标记与真正的教堂谈不上有多少相似之处，正如洛拉谈不上与我这两个箭头的画有多少相似之处一样。圣日耳曼教堂消失了，所有城市的所有教堂消失了，有如月亮被销蚀一样。汽车侵入街道，缩小人行道，那里挤满了行人。行人想相对而视，在视网膜里只看到汽车；行人想看看对面的房子，最先看到的却是汽车；没有一个角落是看不见汽车的，后面、前面，还有两侧。汽车的喧嚣声无所不在，宛如一种酸，吞没了所有凝视的时刻。由于汽车，城市以往的美被遮没了。我并不像那些愚蠢的道学家，他们面对每年有一万人在公路上死于非命，感到义愤填膺。至少，这要降低汽车驾驶者的数量。但是我愤然反对汽车遮住教堂。”

阿弗纳琉斯教授住了口，随后说:“我要来点奶酪。”

11

奶酪使我把教堂置之脑后，酒在我身上唤醒了两个重叠的箭头的肉欲形象:“我有把握，你陪送她回去以后，她邀请你上楼到她的套房里。她告诉你，她是世上最不幸的女人。与此同时，她的身子在你的温存之下瘫软了，毫无抗拒，再也止不住眼泪和尿。”

“止不住眼泪和尿！”阿弗纳琉斯喊道，“好美的想像！”

“然后你同她做爱，她正视你，摇着头重复说：我爱的人不是你！我爱的人不是你！”

“你说的话很有刺激性，”阿弗纳琉斯说，“不过，你说的是谁呢？”

“是洛拉！”

他打断我道:“你绝对需要锻炼。晚上跑步是惟一能够使你摆脱色情幻觉的方法。”

“我不如你那样装备齐全，”我说，影射他的装束，“你很清楚，没有合适的装束，投身到这样的行动中是劳而无功的。”

“用不着担心。装备并不是这样重要的。一开始，我自己也没有这些装备。这一切，”他说时指着自己的胸脯，“这种讲究需要我好多年的调整，我不是出于实际的需要，而是出于某种纯粹审美的、近乎毫无用处的完美愿望。当前，你可以只满足于一把随身小刀。惟有遵守这条规则才是重要的：第一辆汽车在右前方，第二辆汽车在左前方，第三辆汽车在右后方，第四辆汽车……”

“……在左后方……”

“错了！”阿弗纳琉斯说，哈哈大笑，活像一个凶恶的小学教师，学生出错使他高兴：“第四辆汽车在所有四个方位！”

我同他笑了一阵，阿弗纳琉斯继续说：“我知道，这段时间以来，数学使你困扰不安，你不得不尊重这种几何学般的规则性。我是把这种规则性当作无条件服从的规则强加于自身的。这规则有双重意义：一方面，这条规则把警察带往错误的线索上去，因为扎破的轮胎的古怪位置表面看来具有特殊意义，就像一个信息，就像一种密码，警方千方百计想破译也是枉然；尤其是，在遵守这种几何学的同时，我们把一种数学上的美的准则引入到我们的具有摧毁性的行动中，使我们有别于用钉子划破汽车和在屋顶上拉屎的破坏行动。很久以前，正是在德国，我制订了我的方法的细则。那时，我还以为可以组织起来抵挡魔鬼。我经常走访一个生态学家协会。对于这些人来说，魔鬼制造的最大恶行是毁坏大自然。为什么不是这样呢，人们甚至可以这样来理解魔鬼。我赞同生态学家。我向他们建议成立一些小组，负责在夜间戳破轮胎。

如果我的计划付诸实行，我向你担保，就再也没有汽车了。一个月之后，五个三人小组就会让一个中等城市无法使用汽车！我向他们提出我的计划，直至细枝末节，大家都可以从我那里学到怎样从事一个完全有效、警方破获不了的破坏行动。这些低能儿把我看作一个教唆者！他们对我吹口哨，举拳威胁我！两周以后，他们骑上他们的大型摩托车，坐上他们的小汽车，来到森林里的某个地方游行，反对建造一个原子能发电站。他们毁掉了许多树木，在四个月中，在身后留下一股难以忍受的恶臭。于是我们明白，很久以来，他们属于魔鬼不可分割的一部分，我想改变世界的努力完蛋了。今天，我求助于往日的革命实践，只是出于纯粹自私自利的乐趣。夜里满街乱跑，戳破轮胎，对心灵来说，这是一种天大的快乐；而对身体来说，这是一种极好的锻炼。我再一次竭力向你推荐这个行动。你会睡得更好。你再不会想着洛拉了。”

“有件事使我困惑不解。你的妻子真的以为你夜里出去是为了戳破轮胎吗？她难道不怀疑，在你这种借口下企图追逐艳遇吗？”

“你忘了一个细节。我打呼噜。这使我能够睡在靠边的一个房间里。我的夜晚完全由我自己支配。”

他微微一笑，我好想接受他的邀请，答应他给他做伴：一方面我觉得他的行动值得赞赏，另一方面我对朋友很重情谊，想让他开心。但是他不让我有时间张嘴讲话，他大声叫来侍者，要他结账，这样，谈话转向另一个话题。

12

由于她觉得在高速公路边所看到的餐馆没有一间吸引她，所以她一路开过，不作停留，她的疲倦随着饥饿而增长。待她停在一间路边汽车旅馆前的时候，已经很晚了。

大厅里除了一个母亲和她六岁的儿子以外，再没有人，他们时而入席坐下，时而跑着转圈儿，一面发出尖叫声。

她要了最简单的菜，注意到桌子中央放着一个小塑像。这是一个橡皮小老头，一个做广告用的小塑像。小老头身躯粗壮，双腿很短，绿色鼻子很可怕，一直垂到肚脐。好逗人，她思忖着，她手指间摆弄着小塑像，观察了很久。

她设想人们给了小老头生命。小老头一旦有了灵魂，毫无疑问，如果有人，譬如现在阿涅丝，拧着它的橡皮绿鼻子取乐，它会感到剧痛。不用多久，它身上会产生对人的恐惧，因为人人想玩玩这只可笑的鼻子，而小老头的生命将会只有恐惧和疼痛。

小老头会对自己的创造者怀有神圣的敬意吗？会感激他给了自己生命吗？会向创造者念祷告吗？有朝一日，有人递给它一面镜子，于是它便会想用手掩住面孔，因为它在人面前会羞愧难当。

但是，它藏不住面孔，因为它的创造者这样创造它，它不能移动双手。

阿涅丝思量：设想小老头会羞耻多么有趣。它要对自己的绿鼻子负责吗？它不会无动于衷地耸耸肩？不会。它不会耸肩。它会羞愧。当一个人第一次发现肉体的自我的时候，他首先明显感到的既不是无所谓，也不是愤怒，而是羞愧：一种占主导地位的羞愧，它有强有弱，甚至被时光磨钝，但会伴随他的一生。

阿涅丝十六岁的时候，寄宿在她双亲的朋友家；半夜时分，她来了月经，床单上沾上了血渍。一大清早，看到血渍时，她惊惶失措。她轻手轻脚走到浴室，用一条在肥皂水里浸湿的毛巾去擦床单；不仅血渍扩大了，而且阿涅丝弄脏了床垫；她羞愧得要命。

她缘何羞愧？女人不是都要有月经吗？难道阿涅丝创造了女人的器官？这些都要她来负责么？当然不可能。但是责任跟羞愧毫无关系。如果阿涅丝打翻了墨水瓶，譬如说损坏了主人的桌布和地毯，这会令人难堪和异常不快的，然而她不会感到羞愧。羞愧不以我们可能犯下的过失，而是以我们无法选择面对的处境而感到的屈辱作为基础；而且有一种不可忍受的感觉：这种屈辱处处显而易见。

假若绿色长鼻子的小老头羞愧于自己的面孔，那是毫不足怪的。但是，至于说到阿涅丝的父亲呢？他呀，他可是美男子！

是的，他很英俊。然而，从数学的角度来看，漂亮是什么？一个样品尽可能与原型相似，于是乎就美。请设想将身体各个部分的最小尺寸和最大尺寸放进电子计算机：鼻子长度在三厘米至七厘米之间，额角高度在三厘米至八厘米之间，如此类推。额角六厘米而鼻子只有三厘米的人是丑的。丑陋：偶然性心血来潮的诗篇。在一个美男子身上，偶然的作用选择了各种尺寸的平均数。美丽：中庸的缺乏诗意。美比丑更没有个性，更缺乏特征。美男子在自己的面孔上看到技术性的最初的方案，就像原型的作者所描画的那样，他很难相信，他所看到的是一个不可模仿的自我。所以，他就像绿色长鼻子的小老头那样感到羞愧。

她的父亲奄奄一息的时候，阿涅丝坐在他的床沿上。在进入垂危的最后阶段之前，他对她说："不要再看着我。"这是她从他那里听到的最后一句话，得到的最后一个信息。

她听从了；她的头垂向地面，闭上眼睛，仅仅捏住他的手，而且捏紧了；她任凭他慢慢地、不让人看到，奔赴那再没有面孔的世界。

13

她付了账，径直走向她的汽车。餐馆里那个大声说话的小男孩跑到她面前。他蹲在她跟前，伸出手臂，仿佛握着一把自动手枪。他模仿开枪的声音："砰，砰，砰！"向她射出想像的子弹。

她在他身旁停下，用平静的声音说道："你是傻瓜？"

他停止射击，用稚气的大眼睛打量她。

她重复说道："是的，肯定，你是傻瓜。"

哭泣般的撇嘴扭曲了调皮鬼的脸："我去告诉我妈妈！"

"去吧！去告密吧！"阿涅丝说。她坐在驾驶盘前面，全速开走了。

没有遇上孩子的母亲，她很开心。她想像那个做母亲的叫喊着，急速地左右摇头，耸着肩膀和眉毛，为的是保护受了冒犯的孩子。毫无疑问，孩子的权利高于其他一切权利之上。实际上，当敌方将军只赦免三个被判决者中的一个时，为什么她们的母亲偏爱洛拉，而不是阿涅丝呢？回答是明确的：她偏爱洛拉是因为洛拉更小。在年龄的等级中，婴儿处在顶峰，然后是孩子，再后面是青少年，接着才是成年人。至于老人，最接近地面，处在这个价值金字塔的底部。

死人呢？死人处在地底下。因此比老人还要低。老人的一切权力仍然得到承认。相反，死人在去世那一刻失去了这些权利。任何法律都再也保护不了他受到污蔑，他的私生活再也不是秘密的；他的情人写给他的信，他的母亲留给他的纪念册，所有这一切统统不再属于他。

父亲在他故世之前的几年里，逐渐毁掉了一切，身后一无所剩：他甚至没有留下衣服在大柜里，没留下任何手稿、任何课本笔记、任何信件。他抹去了他的痕迹，不让别人发觉。仅有一次，在那堆撕碎的相片前他受到了惊扰。但是这并不妨碍他毁掉这些相片。连一帧相片也没留下。

洛拉反对的正是这个。她为活人的权利而斗争，反对死者的不正当要求。因为明天在地底下或者在火中消失的面孔，不属于未来的死人，而仅仅属于活人，活人渴望并且需要吃死人、死人的信、财产、相片、昔日的爱情和秘密。

但是阿涅丝思忖，父亲摆脱了他们所有的人。

她想着他，微笑了。她猛然想到，他曾经是她惟一的爱人。是的，这是明白无误的：她的父亲曾经是她惟一的爱人。

与此同时，又有几辆大型摩托车以发疯的速度超过了她的汽车；前灯的亮光照亮了俯向车把的身影，身影充满了挑衅性，连黑夜都为之颤抖。这正是她想逃避的世界，永远逃避，以致她决定在下一个岔口离开高速公路，开上一条不那么拥挤的公路。

14

我们又来到巴黎一条通明雪亮、熙熙攘攘的林阴道，我们走向停在几条街以外的阿弗纳琉斯的奔驰车。我们重新想到那个少女，有一夜她坐在车道上，头埋在手里，等待汽车的撞击。

“我曾经竭力向你解释，”我说，“在我们每个人的内心深处，作为自身行为的原因，存在德国人称之为Grund的东西，存在一个基础，一种蕴含我们的命运本质的密码；依我看，这密码具有隐喻的性质。如果人们不求助于一幅图像，我们提到的那个少女就不可理解。譬如说：她在生活中行走就像在山谷中行走一样；每时每刻，她会遇到一个人，同他说话；但是别人望着她，却不理解，继续走他们的路，因为她用非常微弱的声音说话，别人听不清。我就是这样来描绘她，我确信她正是这样看待自己的：她就是一个行走在山谷中的女人，走在听不清她讲话的人们中间。或者是另一幅图像：她到牙医师那里，候诊室挤满了人；又来一个病人，他笔直走向她所坐的那张扶手椅，坐在她的膝头上；他不是故意这样做的，而是非常简单，他觉得这张扶手椅空着；她提出抗议，用手臂推开他，大声叫道：‘得了，先生！你没有看到座位上有人嘛！我坐在这里！’但是那个人没有听到她说话，他舒适地坐在她身上，兴高采烈地跟候诊中的一个病人闲聊。这两幅画面说明了她的特点，让我去理解她。她的自杀愿望不是由任何外界因素引起的。这种愿望植根在她的存在的土壤里，慢慢地在她身上生长，像一朵黑色的花那样盛开。”

“就算这样，”阿弗纳琉斯说，“不过，你剩下要解释的是，为什么她决定在这一天而不是另外一天自杀于车下。”

“怎么解释一朵花在这一天而不是另外一天开放呢？这一时刻来临了。自我毁灭的愿望缓慢地在她身上滋长，到了这一天，她再也抗拒不了。我想，她遭到的不公道对待也许分量很轻：别人不理会她的问候；没有人对她微笑；正当她在邮局排队的时候，一位胖太太撞了她一下，插到她前面；她在一个大商店当店员，柜台主任责备她对待顾客态度不好。她千百次想反抗，发出抗议的喊声，可是一直委决不下，因为她的声带在愤怒时会断裂。她比别人更加软弱，继续逆来顺受。恶落到一个人的身上时，这个人便将恶转嫁到别人身上。这就是所谓争执、殴斗、报复。但是弱者没有力量将落到自己身上的恶转嫁他人，他自身的软弱污辱他、凌辱他，面对软弱，他绝对毫无防卫。他惟有自我毁灭，才能消除自身的软弱。这个少女正是这样开始憧憬自己的死。”

阿弗纳琉斯寻找他的奔驰车，发现走错了路。我们掉转脚跟。

我接着说：“死亡就像她所期待的那样，不像消失，而像转移。

像自身的转移。她生活中的任何一天、她说过的任何一句话都令她感到不满意。她就像自己所憎恨的，却无法摆脱的可怕重负那样在生活中穿行。因此她渴望自我弃绝，就像扔掉一个纸团、一只烂苹果那样自我弃绝。她渴望自我弃绝，仿佛抛弃的与被抛弃的是迥然不同的两个人那样。她设想，她会把自己从窗口推出去。但是这个想法很可笑，因为她住在二楼，而她受雇的那个大商店设在底层，没有窗户。她渴望死去，被一记重拳击倒而死去，这一拳发出响声，宛如压扁一只金龟子的鞘翅那样。被压扁是一种肉体上的愿望，如同感到需要将手掌重重压在身体的痛点上。”

我们来到阿弗纳琉斯那辆华丽的奔驰车面前，止住了脚步。

“你把她描绘成那样，”阿弗纳琉斯说，“人们几乎要同情她。”

“我明白你要说的意思：如果她没有引起别人的死。但是这已经表达在我刚才向你描绘的那两幅画面中。她对别人说话时，没有人听得见她。她正在失去世界。我说这世界时，我想的是宇宙回答我们呼吁（哪怕仅仅通过勉强可以听到的回声）的这一部分，我们也听到它的呼吁。对她来说，世界逐渐变得沉默无言，不再成为她的世界。她完全禁锢在自身和痛苦之中。她至少能通过别人痛苦的场面，摆脱自己的禁锢吧？不能。因为别人的痛苦是在她已经丧失的、不再属于她的世界中猝然发生的。即便火星是只痛苦的星球，即便火星的石头痛苦得嚎叫，也不能使我们感动，因为火星不属于我们的世界。摆脱了世界的人对世界的痛苦无动于衷。使她暂时摆脱痛苦的惟一事件，是她的小狗生病和死去。女邻居十分气愤：这个少女对别人毫无同情心，但是她为她的狗哭泣。她之所以哭她的狗，是因为这只狗属于她的世界，而她的女邻居根本不属于她的世界；狗回答她的唤声，而人不回答。”

我们保持沉默，想着那个不幸的女人，然后阿弗纳琉斯打开车门，做了个鼓励的手势：“来吧！我带你走！我借给你篮球鞋和一把刀！”

我知道，如果我不跟他一起去戳破轮胎，他就找不到别的同伙，只能独自一人，在他自己古怪的行动中流放。我发狂地渴望陪伴他，但是我很懒惰，我感到想睡觉的隐约愿望从远处袭来，而用半个夜晚跑遍大街小巷在我看来就像难以想像的牺牲。

“我回家去。我想安步当车。”我说，向他伸出了手。

他走了。我目送着他的奔驰车，想到背叛一个朋友，心中感到内疚。然后我踏上回家的路，不久我又想起那个少女，在她身上，自我毁灭的愿望像一朵黑色的花那样盛开。

我思忖：有那么一天，工作之后，她不回家，走出城外。她在四周一无所见，她不知道现在是夏天、秋天还是冬天，她是不是沿着河岸走，还是沿着工厂走；事实上，她早就不再生活在这个世界上；除了她的心灵，她没有别的世界。

15

她在四周一无所见，她不知道现在是夏天、秋天还是冬天，她沿着河岸走还是沿着工厂走。她在漫步，她之所以漫步，是因为焦虑不安烦扰着她的心灵，她的心灵要求运动，不能待在原来位置，因为她一动不动时，痛苦变得更加可怕。仿佛牙齿剧痛一样：有某种东西促使你团团打转，从房间的一头走到另一头；这一点没有任何合适的理由，因为运动不可能减轻痛苦，而你也不知道为什么，牙痛在恳求你去运动。

因此她在漫步，来到一条高速公路上，汽车一辆接一辆，川流不息，她走在路旁的人行道上，从这块界石到那块界石，一无所见，仅仅探索着自己的内心，她的心灵总是给她照出同样的屈辱的形象。她无法把目光掉转开；惟有摩托车轰隆隆地骑过，爆发的响声振伤她的耳膜时，她才意识到外界的存在；但是这个世界没有任何意义，这是一个纯粹空旷的空间，除了能让她行走，让她疼痛的心灵从一个地方转到另一个地方，以期减轻痛苦以外，没有任何意义。

很久以来，她就考虑让汽车轧死。但是汽车飞驰而过，她感到害怕，汽车的力量比她大一千倍；她看不到怎样才能找到扑身轮下的勇气。她必须扑向汽车，撞在汽车上，为此，她缺少力量，如同柜台主任无理责备她时，她想抗辩，却缺乏勇气那样。

薄暮时分她从家里出发，现在夜幕已经降临。她的脚走得痛了，她自知体弱，走不了远路。正当她疲惫时，她看到一块发光的大牌上写着第戎[①]两个字。

疲累一下子忘却了，似乎这两个字勾起她的回忆。她竭力抓住一个短暂的记忆：这关系到一个第戎人，或者有人向她谈起过在第戎发生的某件趣事。她突然说服自己，生活在这个城市里是舒适的，第戎的居民不像她至今认识的人。这如同一曲舞蹈音乐在沙漠中响起那样。这如同一股银光闪闪的泉水在墓园中喷射而出一样。

是的，她走向第戎！她开始向汽车打手势。但是一辆辆汽车飞驰而过，没有停下，汽车前灯晃得她目眩。此情此景重复不断，她不由得想摆脱这种情景：她对人讲话，呼喊他，大声嚷嚷，可是没有人听得见。

整整半个小时，她徒劳地举起手臂：汽车就是不停。城市已经没有灯光，欢乐的第戎城，在荒漠中的舞池，重新沉浸在黑暗中。世界再一次消失了，她又回到心灵深处，惟有空虚笼罩着她的心。

后来，她离开高速公路，转向一条比较小的公路岔口。她停住脚步：不，高速公路上飞奔的汽车毫无用处。这些汽车既不能轧死她，又不能把她送到第戎。她离开了高速公路，踏上那条更安静的小公路。

① Dijon，法国黄金海岸省首府。

16

在一个无法与之和谐的世界里如何生活呢？不能把别人的痛苦和欢乐当成自己的痛苦和欢乐，这样如何跟他们生活在一起呢？明知不属于他们的一员，如何跟他们生活在一起呢？

要么是爱情，要么进修道院，阿涅丝把着方向盘想。爱情或者修道院：这是人类拒绝上天的电子计算机，逃避它的两个方法。

爱情。从前，阿涅丝设想过这种考验：别人问你，死后你是不是期望苏醒后过上新的生活。如果你真的恋爱，你会提出新生活的惟一条件就是与爱人能够重逢。对你来说，生活之有价值是有条件的，其价值在于生活能够让你享受爱情。对你来说，被爱的人较之所有的创造物，较之生活更有代表性。当然，这是对上天的电子计算机的嘲弄亵渎。电子计算机认为自身是一切事物的顶峰和存在的意义的掌握者。

但是大部分人没有经历过爱情，在那些自以为经历过爱情的人当中，很少有人会成功地通过阿涅丝创造的考验。他们追求来世的希望，却不提出任何条件；他们更喜欢生活而不是爱情，心甘情愿地重新坠入造物主的蜘蛛网。

如果人不能跟意中人生活在一起，不能全部附属于爱情，那么他只有另外一个方法逃避造物主：进修道院。阿涅丝回想起一个句子："他躲到巴马修道院。"在行文中，一直没有提到任何一个修道院，但在最后一页，这惟一的句子却非常重要，以至司汤达从中抽出小说题名；因为法布利斯·台尔·唐戈①的所有冒险的结局是进修道院：这是摆脱尘世和人的地方。

从前，与尘世不协调，不能把人世的痛苦和欢乐变成自己的痛苦和欢乐的人，便进入修道院。但由于我们的世纪绝不承认人具有与尘世不协调的权利，像法布利斯那样的人能够归隐的修道院都不存在了。再也没有能够摆脱尘世和人的地方。惟有回忆留存：这就是修道院的理想，修道院的梦想。修道院。他躲进巴马修道院——修道院的海市蜃楼。正是为了重新找到这海市蜃楼，七年来，阿涅丝来到瑞士，为了再找到她的修道院，摆脱尘世道路的修道院。

她缅怀起这天接近傍晚古怪的一刻，她在田野做最后一次散步。她来到一条小溪旁，躺在草丛中。她久久地躺在那里，觉得自己感到溪流淌过她的身体，带走所有的痛苦和污秽：她的自我。奇异的难以忘怀的时刻：她忘却了她的自我，她失去了她的自我，

① 法国作家司汤达小说《巴马修道院》的主人公。

她摆脱了自我；在那里她感受到了幸福。

这段回忆在她身上产生一种模糊的、转瞬即逝的、然而非常重要的(也许是最重要的)想法，以至阿涅丝想用语言来抓住它。

人生所不能承受的，不是存在，而是作为自我的存在。造物主依仗电子计算机，使几十亿个自我和他们的生命进入尘世。但是在所有这些生命旁边，可以想像一个更为基本的存在，它在造物主开始创造之前便有了，造物主对这个存在过去不曾施加过，如今也不施加任何影响。阿涅丝躺在草丛中，小溪单调的潺潺声穿过她的身体，带走她的自我和自我的污秽，她具有这种基本的存在属性，这存在弥漫在时间流逝的声音里，弥漫在蔚蓝的天空中。她知道，从此以后，再也没有更美的东西了。

她离开高速公路，进入的那条省级公路是宁静的；遥远的，无限遥远的繁星闪闪烁烁。阿涅丝心想：生活，生活并无任何幸福可言。生活，就是在这尘世中带着痛苦的自我。

然而存在，存在就是幸福。存在：变成喷泉，在石头的承水盘中，如热雨一般倾泻而下。

17

她又走了很久，双脚疼痛，踉踉跄跄，然后坐在公路右边中央的柏油路面上。她的头缩进肩膀，鼻子顶在膝盖上，弓起了背，想到要将背部去迎接金属、钢板、撞击时，她感到背部在燃烧。她蜷缩成一团，将她的可怜而瘦削的胸部更加弯成弓形，疼痛的自我妨碍她去想别的东西，除了她自己，这自我的烈火在她的胸膛中升起。她渴望在撞击下被轧死，让这火焰熄灭。

听到一辆车驶近，她越发缩成一团，响声变得不可忍受，但是，非但没有期待中的撞击，她只感到右面一股强风，使她略微旋转了一下。耳边传来轮胎的摩擦声，然后是一下巨大的撞击声。她什么也看不见，因为她紧闭双眼，面孔藏在两膝之间，充其量她对自己还像以前那样活着和坐在那里感到愕然而已。

她重新听到一辆摩托车驶近的声音；这一次她紧贴地面，撞击声就在附近爆发出来，旋即是一下喊声，难以形容的喊声，恐怖的喊声，使她跳了起来。她站在空寂无人的公路中间；在大约两百米远的地方，她看见火焰，而在较近的一个地方，从壕沟向幽暗的天空不断发出那可怕的喊声。

这喊声持续不断，如此可怖，以至她周围的世界，她已经失去的世界，重新变得真实、丰富多彩、炫人眼目、充满声响。她站在公路中间，张开双臂，骤然感到变得高大、强壮、有力；世界，这个拒绝倾听她的失去的世界，又喊叫着回到她那里，如此美，如此可怕，以致她也想喊叫，不过徒然，因为她的声音消失在喉咙里，她无法唤醒这声音。

第三辆汽车的灯光晃得她目眩。她本想躲起来，可是不知道往哪一边跳开；她听到轮胎的摩擦声，汽车躲开了她，然后发出了撞击声。于是，她喉咙里的喊声终于苏醒了。又是从壕沟的同一个地方，升起连续不断的喊叫，她开始回答这喊声。

随后她转过身来逃跑了。她边叫边逃，感到迷惑的是，她那样微弱的声音怎么会发出如此尖厉的喊声。在省级公路同高速公路交汇的地方，立着电话柱。她摘下电话筒:“喂！喂！”在线路的那一端，有个声音回答。“出事啦！”她说。那个声音问她在哪儿，但是她说不准确，便把电话重新挂上，朝着她当天下午离开的那个城市跑去。

18

几小时以前，阿弗纳琉斯执着地给我解释过戳破轮胎必须遵循的严格次序：先戳破右前轮，然后左前轮，然后右后轮，然后所有四只轮胎。但这只不过是理论，用来使生态学家的听众或者过于轻信的朋友吃惊。实际上，阿弗纳琉斯不按照任何方式进行。他跑到街上，随兴之所至，不时掏出刀，插入最近的轮胎。

在餐馆里，他给我解释过，每戳一下都要把刀放回外衣下，重新挂在腰带上，空着双手继续奔跑。一方面，这样奔跑起来更方便，另一方面，可以保证安全无虞：最好不要冒险让人看到手里拿着刀。因此，要戳得猛而快，不能超过几秒钟。

可是，唉，阿弗纳琉斯在理论上有多教条，在实践上就有多疏忽大意、缺乏方法，很危险地随着性子胡来。在一条空无一人的街道上戳破了两只轮胎（而不是四只）之后，他直起腰来，重新开始奔跑，一面举着刀，无视一切安全规则。如今他奔向的汽车停在街角上。当他还处在离目标五六米远的时候，他伸出了手臂，就在这时，他的右耳听到一声叫喊。有个女人在打量他，吓得目瞪口呆。正当阿弗纳琉斯扑向他的目标，把所有的注意力集中在行人道边沿的时候，她突然出现在拐角上。他们相对而立，由于阿弗纳琉斯被吓得瘫软了，他举起的手臂凝住不动。那个女人目光离不开他举起的刀子，又发出一声惊叫。阿弗纳琉斯终于恢复理智，把刀子挂回外衣下的腰带。为了让那个女人平静下来，他露出微笑，对她说道:“现在几点钟了？”

似乎这个问题比刀子还要吓人，那个女人第三次发出惊叫。

这时有几个夜间闲逛的人猝然而至，阿弗纳琉斯犯了一个致命的错误。假如他重新掏出刀子，恶狠狠地举起来，那个女人会急中生智，奔跑起来，所有偶然遇上的路人也会跟随在后。但由于他想竭力装出什么都没发生那样，他彬彬有礼地重复说道:“麻烦你告诉我现在几点钟？”

看到路人走近，而阿弗纳琉斯也没什么恶意，那个女人第四次发出惊叫，然后大声痛斥，要所有能够听见她讲话的人作证：“他用刀威胁我！他想强奸我！”

阿弗纳琉斯做了一个表示他完全无辜的手势，伸开双臂，说道:“我只不过想知道准确的时间。”

从围成一圈的人群中，走出一个穿制服的小个子，这是个警察。他询问事情经过。那个女人重复说，阿弗纳琉斯想强奸她。

小个子胆怯地走近阿弗纳琉斯，后者直起他魁梧的身材，响亮地宣布:“我是阿弗纳琉斯教授！”

这句话由于说得理直气壮，对警察产生了强烈影响；他看来准备要路人散开，让阿弗纳琉斯离去。

可是那个女人恐惧消失以后，变得咄咄逼人:“即使你是卡皮拉琉斯教授,” 她叫道,“你也用刀威胁过我!”

几米以外，一扇门打开了，有个人来到街上。他走起路来很古怪，仿佛一个梦游者，正当阿弗纳琉斯用斩钉截铁的声音解释“我没有干别的，只不过请这位太太告诉我时间”时，他停住了脚步。

那个女人似乎感到阿弗纳琉斯的头衔得到了路人的好感，便对警察喊道:“他在外衣下揣着一把刀，他把刀藏在外衣下！一把很大的刀！只要搜他一搜就够了!”

警察耸耸肩，几乎用对不起的态度问阿弗纳琉斯:“劳驾解开你的外衣，好吗?”

阿弗纳琉斯愣住了片刻，旋即他明白别无选择。他慢吞吞地解开外衣纽扣，敞开外衣，给大家显露出束紧胸脯的创造性的皮带装束，和那把用挂带吊着的可怕的厨刀。

路人发出一声惊叫，而梦游者走近阿弗纳琉斯，对他说:“我是律师。一旦你需要我的帮助，这是我的名片。只说一句话。你根本不需要回答他们的问题。从讯问一开始，你就可以要求一个律师在场。”

阿弗纳琉斯接过名片，塞到口袋里。警察抓住他的手臂，转身对着人群说:“散开！散开!”

阿弗纳琉斯并不抗拒。他知道自己被逮捕了。自从人群看到那把大厨刀挂在他的大肚子上以后，他们再也不同情他。他用目光寻找那个自称律师，给他名片的人。可是那个人身也不回地走远了：他朝停在一边的汽车走去，将钥匙插入锁孔。阿弗纳琉斯还有时间看到他迟疑一下，随后跪在一只车轮旁边。

这时，警察用力抓住阿弗纳琉斯的臂膀，把他拖到一边。

那个人在他的汽车旁边叹了一口气："我的天哪！"随即他全身因呜咽而抖动。

19

他热泪盈眶，上楼到他的房间，径直奔向电话机。他想叫一辆出租车。电话里，一个异乎寻常的柔和的声音对他说:“巴黎出租车，请你稍等，不要放下听筒……”随后，听筒里传来一阵音乐声，一曲欢快的女声合唱和打击乐器声；良久，音乐声停止，柔和的声音又请他不要挂电话。他想大叫，他没有耐心等待，他的妻子奄奄一息，他晓得喊叫没有意义，因电话线那边的声音录在磁带上，没有人会听到他的抗议。随后音乐变本加厉地响起来，女声合唱、叫嚷声、打击乐器声响成一片，长时间等待之后，他听到一个女人真实的声音，他马上听了出来，因为这个声音一点儿不柔和，而是非常令人不快和不耐烦。待他说出他需要一辆出租车，开到离巴黎几百公里远的地方时，这个声音立刻回答没有车。他试图解释他迫切需要一辆出租车，这时欢乐的音乐声、打击乐器声、女人的叫嚷声在他耳鼓里重新响起来，过了很久，录下的柔和声音请他耐心地等在电话机旁。

他挂上了电话，再按他助手的电话号码。但是在电话线的另一端，不是助手，而是助手录音的声音，一个诙谐的、淘气的、因微笑而改变的声音:“我很高兴你终于想起我来了。你无法知道,不能对你说话我多么遗憾,如果你给我留下你的电话号码,一有可能我就愉快地打电话给你……”

“混蛋!”他挂上电话说。

为什么布丽吉特不在家呢?她本该早就回家,他上百次这样想,他走过去瞥了一眼她的房间,晓得他在卧房里找不到她。

再打电话给谁呢?打给洛拉吗?她肯定会毫不犹豫地把她的汽车借给他,但是她会坚持陪他去;他不会同意的:阿涅丝跟她的妹妹断绝了来往,保罗绝对不想违拗她。

于是他想起贝尔纳,他们争吵的原因让他突然觉得可笑和毫无意义。他按电话号码。贝尔纳在家。

保罗问他借车,告诉他阿涅丝在沟里翻了车,是急救中心通知他的。

“我马上就到。”贝尔纳说。这时保罗感到对老朋友充满了爱。他想拥抱贝尔纳,倒在他怀里哭上一场。

幸亏布丽吉特不在家。他不希望看到她回来,以便单独守在阿涅丝身边。突然间,他妻子的妹妹,他的女儿,整个世界,一切都消失了,只剩下阿涅丝和他;他不愿意有第三者在他们中间。他毫不怀疑,阿涅丝奄奄一息。如果她不是处在垂危状态,别人不会在深夜从外省的一个医院里叫他赶来。他惟一想的就是要及时赶到。再一次抱吻她。抱吻她的愿望烦扰着他。他想吻她,最后一吻，使他像在一张网里俘获行将消失、只留下回忆的那张脸。

只好等待。保罗开始整理他的书桌，随即感到惊讶，此时此刻他能够做这样一件毫无意义的事。他的书桌整齐与否又有什么关系？为什么几分钟以前他在街上把自己的名片给了一个陌生人？但是他不能停下来：他把书籍放到桌子的一角，将旧信封卷成一团，扔到字纸篓里。他忖度，当一个人遇到不幸的时候，就是这样行动的：他像梦游者一样行动。日常生活的惯性力可以千方百计把他拉回生活的轨道上。

他看一下表。戳破轮胎已经使他失去了半个小时。快点，快点，他小声对贝尔纳说，我不想让布丽吉特看到我在这里，我想单独走，及时到达。

但是他运气不好。布丽吉特正好在贝尔纳赶到之前回到家里。两个老朋友互相拥抱后，贝尔纳返回家里，保罗坐上布丽吉特的汽车。她把驾驶盘让给他，他们全速开走了。

20

她看到一个女人的身姿直立在公路中间，这个女人被强烈的车灯猛烈照亮，双臂张开，仿佛跳芭蕾舞一般；这如同一个舞女拉开帷幕，出现在舞台上一样，因为再没有后续动作，所有表演一下子被忘却，只剩下这个最终的形象。然后她只感到疲倦，精疲力竭，宛如一口深井。医生和护士以为她失去知觉，而她则保持惊人的清醒，感到和明白她已踏上死亡之路。令她模模糊糊有些吃惊的是：她竟然没有一点留恋、惋惜或者害怕，没有一点她一直以为会有的死亡的感觉。

然后她看到一个女护士俯下身对她小声说："你的丈夫在路上。他来看你。你的丈夫。"

阿涅丝微笑了。她为何微笑？有样东西回到她的脑际，使她想起这遗忘的景象：是的，她结了婚。然后又浮现出一个名字：保罗！是的，保罗。保罗。保罗。她的微笑属于突然重新觅到一个失去的词汇而发出的那种微笑。仿佛有人递给你一只长毛绒的熊，你五十年来久违了，而你还是认得出来。

保罗，她微笑着重复说。微笑留在她的嘴唇上，即便她忘记了笑的原因。她好疲倦，一切都使她疲倦，尤其她没有精力忍受别人的注视。她紧闭双目，为的是不再看见任何人任何东西。在她周围发生的一切都令她讨厌和难受，她希望什么事也不要发生。

然后她回想起：保罗。女护士说什么来着？他会来？回忆起被遗忘的景象，她的生活的景象，突然变得更加清晰。保罗。保罗来了！此时她强烈地、热切地希望他不要再看到她。她好疲倦，不想看到任何目光。她不想看到保罗的目光。她不想让他看到她死去。她应该赶快了结。

她的一生的基本状态最后一次重复出现：她在奔跑，别人在追。保罗在追她。今后，她手中一无所有。既没有刷子、木梳，也没有丝带。她手无寸铁。她赤裸裸，仅仅盖着一块医院的白尸布。她已经进入最后的直线跑道，谁也不再能够帮助她，她只能依靠自己奔跑的速度。谁跑得最快？保罗还是她？她先死还是保罗先到达？

她变得越来越疲倦，阿涅丝感到在全速离去，仿佛有人将她的床往后拉。她睁开眼睛，看到穿白大褂的女护士。她的面孔像什么？阿涅丝再也分辨不清。这句话又回到她的脑际："那边没有面孔。"

21

保罗走近病床，看到阿涅丝的躯体覆盖着被单，一直没过头顶。一个穿白大褂的女人对他说："一刻钟以前她已经死了。"

把他跟阿涅丝垂危时刻分隔开来的短暂时间，加剧了他的绝望。他与她之间差了十五分钟。就是这十五分钟，他错过了完成自己生活的机会，他的生活突然中断，荒谬地拦腰切成两段。他觉得，在他们整个共同生活期间，她从来没有真正属于他，他从来没有占有她；为了完成和结束他们的爱情故事，他缺少最后一吻；为了通过嘴唇，留住活生生的阿涅丝的最后一吻；为了把她留在他的嘴唇上。

穿白大褂的女人掀起被单。他看到那张熟悉的脸苍白而美丽，然而已经完全变了样：嘴唇虽然依旧安详，却勾画出他从未见过的线条。他摸不透这张脸的表情。他无法向她俯下身去吻她。

布丽吉特在他旁边嚎啕大哭，头颅靠在保罗的胸脯上，颤抖起来。

他注视着这张眼皮紧闭的面孔：他从未见过的这古怪的笑容不是给他的；这笑容是对保罗不认识的人展现的；他不理解这笑容。

穿白大褂的女人猛然抓住保罗的胳膊；他几乎昏厥过去。

第六部

钟 面

1

婴儿一生下来，就开始吮吸妈妈的奶头。妈妈给孩子断奶时，他则吮吸大拇指。

有一天，鲁本斯[①]问一位太太:“为什么你让儿子吮大拇指？他已经十岁了！”她勃然变色:“我可要谨慎点，不能随便禁止他这样做。吮手指会延长他接触母亲乳房的时间！你想使他受到精神创伤吗？”

这样，孩子吮吸大拇指一直到十三岁，到这个年龄，他舒舒服服地从含大拇指过渡到吸香烟。

后来，鲁本斯同这个维护她小淘气吮吸拇指的权利的母亲做爱时，将自己的拇指放到她的嘴唇上；她慢腾腾地把头左右转动，开始吮吸他的拇指。她眼睛紧闭，设想被两个男人占有。

这个小故事对鲁本斯来说标志着一个重要日期，因为这一天使他发现试验女人的方法：把大拇指放在她们的嘴唇上，观察她

---

① Rubens（1577—1640），佛兰德画家，力作有《玛丽·美第奇的一生》、《掠夺里西普的女儿》等。小说作者借用他的名字作故事人物绰号。

们的反应。那些吮吸拇指的女人毋庸置辩受到多角恋爱的吸引。那些对拇指无动于衷的女人，充耳不闻淫乱引诱，别人无法可想。

“拇指检验法”检验出了某些女人纵情声色的倾向，其中一个真正爱上鲁本斯。做爱之后，她抓住他的拇指，笨拙地一吻，意思是说：如今，我希望你的拇指重新变成拇指，因为在我把一切都想像过以后，我觉得在这里和你在一起很幸福，单独的我和单独的你。

拇指的变形。或者还有：在生活的钟面上，指针是如何移动的。

2

在钟面上，指针绕圈转动。黄道十二宫图案也是这样，如同占星家所描绘的，像一个钟面。占星是一只钟。不管人们是否相信占星预言，占星是生活的隐喻，因此，占星蕴含着巨大的智慧。

占星家是如何给你预卜的呢？他画一个圆圈，这是天体的图像，再把圆圈分成十二个扇形面，每个扇形面有一个标志：公羊、公牛、双子，等等。在这个黄道十二宫的圆圈中，他随后画上在你出生时太阳、月亮和七大行星所处准确位置的图画符号。如同在规则地分成十二时辰的钟面上，他不规则地写上九个补充数字。九根针在这钟面上旋转：这就是太阳、月亮和七大行星，就像在你的一生中它们在天空中运转一样。因此，由于星球指针在不停移动，它与星球数字——你的占星图中固定不动的点——之间的关系便处在不停变换之中。

在你出世时这些星球形成的古怪位形，是你的生活持久的主题，这种位形难以理解的特性就是你的人格由数字显示的标记。在你的占星图中不动的星球互相之间形成一些角度，不同角度值有一个准确的（正面的、否定的、中间的）意义：例如，请设想一下，你多情的金星与你好战的火星[1]发生冲突；又如代表你人格的太阳由于跟孔武有力和爱冒险的天王星[2]重合而得到加强；再如月亮所象征的性别特征由发狂的星球海王星[3]支撑着，以此类推。但是在运行中，星球指针要触到占星图中不动的每一个点，这样可以将你生命主题的不同组成部分都囊括进去（削弱、加强、受威胁）。生命正是如此：它不能像写骗子无赖的小说，在这些小说中，主人公在每一章为新的事件所震惊，并且这些崭新的事件彼此间没有任何共同点；生命更像音乐家称之为*变奏主题*的乐曲。

天王星在天空中相对缓慢地运行。它每隔七年越过一宫。可以设想一下，今日它跟你的占星图（就算星球之间成九十度角）中不动的太阳处于戏剧性的关系中：这一年你的生活中困难重重；再过二十一年，这种情况会重复一次（天王星这时与你的太阳形成一百八十度，这就带来同样的不祥意义）。然而，重复只不过是表面的，因为正当天王星进攻你的太阳时，这一年，天空中的土星同你的占星图中的金星将处于异常和谐的关系中，暴风雨踮起脚尖从你身边掠过。仿佛同一种疾病袭击你，但是这一次你将在一个神奇的医院里得到治疗，会有一些天使代替不耐烦的护士。

看来，占星术教会我们相信宿命论：你将逃脱不了你的命运！依我看，占星术（请把占星术理解为生活的隐喻）道出某些更为微妙的东西：你逃脱不了*生命的主题*！例如，这意思是说，在你的生活中企图建立一种“新生活”，与先前的生活毫无关系，像通常所说，从零开始，那是空想。你的生活将总是由同样的材料、同样的砖头、同样的问题构成的，你开初可能认为的“新生活”，不久会显现为过去生活的简单变异。

占星酷似一只钟，钟是终结的学校：指针画完一个圆圈，就是为了回到当初出发的地方，这时一个阶段结束了。在占星图的钟面上，九根针以不同的速度旋转，随时指明一个阶段的结束和另一个阶段的开端。人在青年时代无法明白时间如同圆圈，他会认为时间像一条路，笔直把他引向总是不同的地平线；他意识不到他的生活只不过包含一个主题；可一旦生活形成最初的变化，他以后就会意识到这一点。

鲁本斯约莫十四岁时，一个大概只有他一半岁数的小姑娘在街上拦住他，问他道：“先生，请问您现在几点钟？”这是第一回一个陌生女性称他为您和先生。他好激动，认为看到一个新阶段在他生活中开始了。随后他全然忘却了这个插曲，直至有一天，一个俏丽的女人对他说：“你年轻时，莫非也是这样想的吗？……”这是第一次一个女人提到他的青年时代，就像人们提到过去那样。

---

① 金星与罗马神话中的爱神维纳斯同名，而火星与战神同名，故前者用多情的，后者用好战的来形容。

② 天王星与希腊神话中的天王同名，故用孔武有力和爱冒险的来形容。

③ 海王星与罗马神话中的海神同名，海洋易起风暴，且潮涨潮落与前面的月亮相呼应。

此时此刻，从前问他几点钟的那个小姑娘的形象回到他脑海里，他明白在这两个女性形象中间存在亲缘关系。这是偶然遇到的、本身并无意义的形象，但是他一旦将两个形象联系起来，她们就像两个决定性的事件出现在他的生活的钟面上。

换句话说：请设想一下鲁本斯的生活在一只巨大的中世纪时钟上，譬如说：我从前上千次经过的老城广场上那只布拉格大钟上形成的钟面。大钟敲响了，钟面之上有一扇小窗打开；从中跳出一个木偶，这是一个七岁的小姑娘，在问几点钟。多少年后，当同一根针走到下一个数字时，大钟敲响，小姑娘又打开窗，走出另一个木偶，一个少妇说："当你年轻时……"

3

当他非常年轻时，他从来不敢向女人承认那些色情的念头。他觉得自己在尽量克制将全部的爱的能量转化为对女性肉体令人惊愕的爆发性占有。况且他的同样年轻的同伴也赞同这种见解。他隐约记得，她们当中的一个，我们暂时就叫她A吧，在做爱时突然支起胳膊肘和脚踝，弯成拱形；由于他躺在她身上，他失去了平衡，差一点从床上摔下来。对鲁本斯来说，这个运动员的姿势富有激情的意义，为此，他非常感谢他的女友。他生活在第一时期：沉默寡言的田径运动时期。

这种沉默寡言，他随后逐渐失去了；直到那一天，他第一次在一个年轻女子面前高声指出她的身体的某些部位，他认为自己非常大胆。说实话，不如他所想像的那样大胆，因为所用的词汇是一种温柔的爱称或者富有诗意的代用语。然而，他气足胆壮，忘乎所以（他也惊讶地看到，少女没有让他住嘴），开始杜撰出矫揉造作的隐喻，通过诗意的迂回说法，表示性交。这是他的第二个时期：隐喻时期。

那个时期，他同B一起出门。在俗套的寒暄（用隐喻来表达）

以后，他们开始做爱。她感到即将享受快感时，突然说出一句话，在这句话中，她把自己的性器官用一个明确无误的，而不是隐喻的字眼表述出来。他是破天荒第一遭从一个女人的嘴里听到这个字眼（顺便说说，这是在钟面上的另一个重要日子）。他惊讶得很，十分着迷，明白这个粗鲁的字眼比以往创造的一切隐喻远远更有魅力和爆炸力。

一段时间以后，C邀请他到她家里。这个女人比他年长十五岁。赴约会之前，他在朋友M面前翻来覆去说着一些别出心裁的淫言秽语（不！不再是隐喻了！），他打算在性交时对C说出来。可是他奇怪地失败了：他还来不及找到必须的勇气，她便先说了出来。他再一次目瞪口呆。不仅仅是他的对手的勇气比他先表现出来，而且更加古怪的是，她丝毫不差地使用了他花了好几天去斟酌的表达方式。这个巧合使他激动不已。他把这种巧合归于一种色情的心灵感应，或者神秘的心灵相近。他正是这样逐步进入他的第三个时期：*淫秽的真话时期*。

第四个时期与他的朋友M紧密相连：*阿拉伯电话时期*。所谓阿拉伯电话，是指他在五到七岁时经常玩的一种游戏：孩子们并排坐在一起，第一个孩子对第二个耳语一个长句，第二个向第三个耳语复述出来，第三个再向第四个复述这个长句，依此继续下去，直至最后一个孩子，他高声说出这个句子，由于最初的句子和最后的句子之间的大相径庭通常引起哄堂大笑。成年人的鲁本斯和M玩起电话的游戏，他们低声细语对情妇说出极其矫揉造作的淫言秽语；他们的情妇没有怀疑到在参加游戏，也加以转述。由于鲁本斯和M共有几个情妇（或者他们小心地互相转手情妇），他们可以通过中介人互递有趣的友谊信息。有一天，一个女人在做爱时向他耳语一个非常矫揉造作和不可信的句子，鲁本斯马上听出是他的朋友狡黠的发明，便忍不住笑了出来；那个女人把憋住的笑声看成做爱的痉挛，受到鼓励，又重复了一遍；她第三次大声说出这个句子，以致在他们性交的躯体之上，鲁本斯瞥见他朋友的幽灵在捧腹大笑。

于是他回忆起年轻的B，在隐喻时期将近结束时，B不期然地使用了一个猥亵的字眼。现在一切都过去了，退后一步，一个问题来到他的脑际：这个字眼，她是第一次说出来吗？当时他不加怀疑。他认为她钟情于他，他猜想她愿意嫁给他，不熟悉任何别的男人。如今，他明白，她对鲁本斯说出这个字眼之前，有个男人大概先教会了她（我甚至要说训练她）。是的，随着星移斗转，由于有了阿拉伯电话的经验，他意识到她对他海誓山盟时，B肯定有另一个情人。

阿拉伯电话的经验使他变了样，他失去这种感受（我们都抵挡不住这种感受）：肉体之爱是完全私密的，此时两个孤立的躯体紧紧搂抱在一起，消融在变成无边荒漠的世界中。从今以后，他知道，这样的时刻不会招致孤独。即使待在香榭丽舍大街的人群中，他也比在最秘而不宣的情妇的搂抱中更加由衷地感到孤身一人。因为阿拉伯电话时期是爱情的社会化时期，由于有了几个字眼，人人参加到两个人的拥抱中；社会不断维持淫画的市场，保证它们的传播和交易。于是，他提出民族这个概念的如下定义：集合个人的共同体，每个人的爱情生活由同样的阿拉伯电话相联结。

但他随后遇到年轻的D，她是所有女人之中最善于辞令的。从他们第二次相遇开始，她就狂热地承认自己手淫，能够在背诵童话时达到快感享受。“童话？哪些童话？说给我听！”他开始同她做爱。她讲起来：一个游泳池，更衣室，在隔板壁上凿穿的洞眼，她脱衣服的时候在皮肤上感到目光，猝不及防地打开的房门，门口出现四个男人，如此等等，如此等等。童话是美的、平庸的，鲁本斯只得恭维他的搭档。

但是其间他遇到一件古怪的事：待他碰到别的女人时，他在她们的想像中也找到D做爱时讲给他听的这些长篇童话的片断。他时常听到同样的字眼、同样的表达方式，虽然这些字眼和表达方式是完全不常见的。D的长篇独白是一面镜子，他认识的所有女人都映照在里面，这是一部浩繁的百科全书，一部八卷本，附有淫画和词组的拉罗斯词典。起初，他按照阿拉伯电话的准则来诠释D的长篇独白：通过成百上千个情侣的媒介，整个民族将全国各地搜集到的淫画带到他女友的头脑中，就像带到一只蜂箱里。

可是，后来他看到，解释并不真实。D的长篇独白的某些片断重新出现在某些女人口里，他十拿九稳地知道，她们不可能间接地跟D接触，任何共有的情人不可能在她们之间扮演当差的角色。

鲁本斯于是回想起他与C的艳遇：他给她准备好淫秽的句子，但说出来的却是她。那时，他思忖这是心灵感应。然而莫非C确实在鲁本斯的头脑里看出了这些句子吗？更有可能的是，早在认识他之前，她的头脑中已经存在这些句子。可是，他们两人怎么可能在头脑中有同样的句子呢？这是由于这些句子大概有共同的根源。鲁本斯于是想到惟一的、同一的流水穿越一切男男女女，这同一条地下暗流顺流冲走淫画。每个人都收到他那份图画，不是像阿拉伯电话的游戏中那样从某个情夫或者情妇那儿，而是通过这不具人格的（人格以外的或者人格以下的）水流的图画。然而，所谓从我们身上穿越而过的河流是不具人格的，这是说，这条河流不属于我们所有，而是属于创造出我们，并将河流置于我们身上的人。换句话说，河流属于上帝，甚至于它就是上帝，或者是上帝的一个化身。当鲁本斯第一次提出这个想法时，他觉得这个想法亵渎神明；随后，亵渎神明的外表烟消云散，他带着一种宗教的谦卑坠入这条地下暗流：他感到，我们大家结合在这流水之中，并非像同一民族的成员那样，而是像上帝的孩子那样；每当他淹没在这流水中的时候，他感到自身跟上帝消融在一种神秘的结合中。是的，第五个时期是神秘时期。

4

鲁本斯的生平莫非能够归结为肉欲爱情的故事吗?

确实可以这样来理解；他领悟到这一点的那一天，也标志着钟面上一个重要的日期。

还是中学生时，他在博物馆流连忘返，观看油画，在家里画了成百上千幅水彩画。由于他给老师所作的漫画，使他在同学中间享有盛名。他为学生的油印刊物画铅笔画，或者在课间休息时用粉笔画在黑板上，全班同学看了都喜笑颜开。这个时期使他发现什么是荣耀：在中学里，人人认识他，赞赏他，笑谑地称他为鲁本斯。回忆起这些美好的年代(他仅有的满载荣耀的岁月)，他一生保留了这个绰号，并且(以出乎意料的天真)硬要他的朋友们用这个绰号。

随着中学毕业会考到来，荣耀也寿终正寝。他想在美术学校继续攻读，但是考试遭到失败。他不及其他同学吗?或者他时运不济?很奇怪，对于这些如此简单的问题，我不知回答什么才好。

于是他兴味索然地投入法律的学习中去，将自己的失败归咎于他家乡瑞士的狭隘。他期望在他乡实现他当画家的志愿。他尝试了两次：先是参加巴黎美术学校的考试，未获成功；继而把自己的画投给各个刊物。这些刊物为什么拒绝他的画呢？他的画很蹩脚吗？收到画稿的人都很愚蠢吗？还是这个时代对绘画不再感到兴趣？我至多只能重复说，我回答不了这些问题。

厌倦于一再失败，他气馁了。当然，我们可以总结说（他也意识到），他对绘画的热情不像他所想像的那么强烈：他在中学里自认为有艺术家的禀赋，那是弄错了。这个发现起先使他大失所望，但是不久，仿佛挑战一般，为逆来顺受所做的辩护在他的心里回响：为什么他非要热中于绘画呢？这种热情有什么值得大书特书的呢？大部分拙劣的画和诗不就是因为艺术家把他们对艺术的热情看作神圣的东西，一种使命、一种职责吗（对他们自己，甚至对人类而言）？他的泄气促使他把艺术家和作家看成野心勃勃的人，而不是有才能的人。此后，他避免与他们为伍。

他的最强有力的对手N和他一样年纪，出生于同一城市，是同一中学的校友，他进了美术学校，而且不久获得了引人注目的成功。在中学时代，大家都认为鲁本斯比N更有才华。这是不是说大家都弄错了呢？或者才能是不能半途丧失的素质呢？正如人们的猜想，这些问题没有答案。况且，关键并不在此：正当他的一再失败促使他最终放弃绘画时（也就是N初获成功的时期），鲁本斯同一个年轻漂亮的姑娘来往，而N娶了一个富有的丑小姐，在她的面前，鲁本斯难受得像断了气一样。他觉得这个巧合就像命运的启示，向他指出他的生活的重心所在：不是在公众生活中，而是在私生活中；不是继续一种事业，而是在女人身边的成功。突然，昨天还显得是失败的东西却变成令人惊讶的胜利：是的，他放弃了荣耀和争得别人承认的搏斗（徒劳的、可悲的搏斗），以便投身于生活本身。他甚至不去思索，为什么女人恰巧是“生活本身”。他觉得这是显而易见和毋庸置疑的。不用说，他选择了一条更好的道路，胜过有一个丑媳妇陪伴的他的同学。在这种情况下，他的年轻标致的女友对他来说不仅是向他允诺了幸福的未来，而且体现了他的胜利和他的骄傲。为了证实这意外的胜利，打上不可变更的印章，他娶了这个美女，深信会引起大家的嫉妒。

5

对鲁本斯来说，女人代表“生活本身”，但是没有什么比娶这个美人更急迫的事了。因此，与此同时，他也就放弃其他女人。这是一个缺乏逻辑，然而完全司空见惯的行为。鲁本斯二十四岁，他刚刚进入淫秽的真话时期（也就是他认识少女B和贵妇C不久的时期），可是他的经验并没有削弱他这种想法：在肉欲爱情之上，有纯粹的爱情，伟大的爱情，它的价值品位最高，他已经听人谈得很多，渴望得到，但是对此一无所知。他并不怀疑：爱情是生活的（他胜过自己的职业所热爱的“生活本身”的）完美结局，因此必须张开双臂、毫不犹豫地迎接这种爱情。

正如我上面所述，在他的性的钟面上，指针当时正指着淫秽真话的时刻。但是鲁本斯坠入情网时，他随即朝着先前的阶段倒退：他要么躺在床上纹丝不动，要么向他的未婚妻诉说甜蜜的隐喻，深信淫秽的话会使他们两人越出爱情的领域。

换句话说：他对美女的爱情使他回复到童男状态；因为在说出“爱情”这个字眼时，正如我在另一个场合所说的，凡是欧洲人都乘着魔力的翅膀，返回到性交前（或者过度性交）的状态，返回年轻的维特忍受痛苦的地方，返回弗罗芒坦的小说中多米尼克险些从马上摔下来的地方。鲁本斯遇见那个美女时，正准备把情感放到锅里，置于火上去烧烤，并且准备等待沸腾的水将情感变为激情。使事情变得有点复杂化的是，他在另一个城市与一个比他长三岁的女友（我们就称她为E吧）保持来往，他早在跟那个美女结识之前便认识这个女友，认识以后仍继续来往了几个月，直到他决定结婚那天，他才不再去拜望她。他们的分手并非出于鲁本斯对她自然而然地感情冷淡（不久就可以看到他爱她到了何种程度），而是出于他确信已经进入一个庄严的、隆重的生活阶段，这时，忠贞不贰可以使爱情神圣化。可是，他预订结婚之日前一周（选择的时机毕竟引起他心中某种疑虑），他对不辞而别的E感到难以忍受的怀念。由于他从来不把自己与她的来往看做爱情，他对自己如此热烈地、全身心地渴望见到她感到惊讶。他再也熬不住，前去见她。在一个星期中，他自作自践，一心希望与她做爱，他请求她、哀求她、给她温存，一副可怜相，坚持再三，而她对他摆出一副抱歉的态度；她的身子，他连碰都不能碰。

他大失所望，愁肠百结，婚礼那天早上回到家里。他在婚宴上喝得醉醺醺，入夜，他把新嫁娘带到他们的新房。做爱时，醉意和怀念使他变得昏头昏脑，他用以前女友的名字称呼她。糟透了！他永远不会忘记那双惊恐地凝视他的大眼睛！正当一切都完蛋之际，他才想到他被遗弃的女友报了仇，从第一天起便破坏了他的婚姻。在这过驹之隙，也许他也明白了已发生的事难以置信，他的口误可笑愚蠢，而如果这种愚蠢使他的婚姻不可避免的失败，那将变得更加不能忍受。

有可怕的三四秒钟他默不作声；然后他陡地叫起来："夏娃！伊丽莎白！安格里德！"由于想不起其他女性名字，他重复说道："安格里德！伊丽莎白！是的，对我来说，你是女性化身！世上一切女子的化身！夏娃！克拉拉！朱丽叶！你是女性化身！你是女性化身！波莉娜！皮埃蕾特！世上一切女子汇聚在你身上，你拥有她们所有的名字……"他加快做爱的动作，显示出他是个身强力壮的男子汉。过了一会儿，他看到他的妻子因惊恐而瞪大的眼睛恢复了平日的样子，她发僵的身体也以使人安心的起伏恢复节奏。

他避免不幸的这种方式可能显得难以置信，人们无疑会惊讶，年轻的新娘认真看待一出如此不可思议的喜剧。但是，请不要忘记，他们两个处在性交前的思维的控制之下，这种思维使爱情和绝对相结合。这种纯洁无瑕的阶段所固有的爱情标准何在？标准纯粹是数量上的：爱情是一种非常、非常、非常、非常伟大的情感。虚假的爱情是一种卑劣的情感，真正的爱情（die wahre Liebe！）是一种非常伟大的情感。然而，从绝对的观点来看，凡是爱情难道不都是渺小的吗？当然是的。因此，为了证明爱情是真的，爱情便要摆脱理智，无视一切节制，脱离可信性，变成

"激情的积极性疯狂"(不要忘了艾吕雅！)。换句话说，要变得疯狂！过分的动作的不可信性只能带来好处。对一个外在的观察家来说，鲁本斯摆脱困境的方法既不高雅，也不能令人信服，但在当时，这是惟一能使他避免不幸的方法；鲁本斯像一个疯子那样行动，他要求得到绝对，爱情疯狂的绝对；而这挽救了他。

6

如果鲁本斯在他非常年轻的妻子面前重新变成一个热情奔放的抒情型做爱老手，这并不意味着他永远放弃了淫言秽语的游戏，而是他想以淫言秽语为爱所用。他设想自己只同一个女人生活在一夫一妻制的迷醉状态中，领略同上百个其他女人所经历的各种体验。还剩下一个问题要解决：肉欲的艳遇应该以何种节拍在爱情的道路上发展？由于爱情的道路大约很长很长，要是可能，会没有尽头，他便以此作为准则：减慢速度，绝不匆匆忙忙。

可以说，他把同那个美女过性生活的前景看作攀爬一座高山。如果他第一天就登上顶峰，第二天他有什么事可干呢？因此必须作一个攀登计划，使之占据他整个一生。所以他跟妻子做爱时非常热烈，当然是热情满怀，但可以说还是按照传统，避免吸引他的堕落行为（同她一起吸引的程度要超过同任何别的女人在一起），尽量安排到后来进行。

他无法想像这种情况怎么会发生的：他们不再相处融洽，而是互相激怒得火冒三丈，彼此争夺夫妇生活的权力，她要求更多的空间发展个人，他生气的是，她不肯为他煮鸡蛋，还没有明白他们之间发生了什么事，他们便离婚了。他曾经力图将自己的一生建立在伟大的情感之上，而这种情感消失得那么快，鲁本斯怀疑根本未曾感受过。情感的这种消散（突然的、迅速的、轻易的消散）对他来说是某种令人头昏目眩的、难以相信的东西，比两年前经历的爱情迷醉状态还要更使他迷惑。

如果他的婚姻在情感上总结不出什么，那么在性爱上就更是这样。由于他硬要自己放慢速度，他跟这个妙人儿只玩过相当幼稚的、只具一般刺激性的色情游戏。他不仅没有达到顶峰，而且他甚至没有爬上第一个亭子。因此，在离婚以后他想再见到那个美女（她不反对：自从他们不再争夺权力，她对相会恢复了兴趣），至少，他计划在将来用上的那些堕落行为，他可以用上其中一二。但是他几乎没有这样做，因为这一次他选择过快的速度，离了婚的年轻女人（他想一下子让她过渡到淫秽真话的阶段）把他急不可耐的肉欲要求看做厚颜无耻和缺少爱情的证明，以致他们婚姻结束后的关系迅速告终。

在他的生活中，由于婚姻只不过是一段普通的插曲，我是想说，鲁本斯刚好回到他遇到未来妻子之前的地方；但这是虚假的表面。在爱情勃发之后，他经历了难以想像的没有疼痛的、像令人惊异的顿悟一样毫无戏剧性的委顿：他最终处于*爱情之外*。

7

两年前让他昏头转向的强烈爱情使他忘却了绘画。但是，一旦他的婚姻告一段落，他又愁又恨地看到自己处于爱情之外，忽然觉得放弃艺术是无法辩解的屈服。

他又开始在笔记本上勾勒他想绘出的油画稿。但不久他就发现根本是无法回头的。上中学时，他设想世界上所有画家都在同一条大路上前进：这是一条王家大道，从哥特式绘画通到文艺复兴时期伟大的意大利画家，然后是荷兰画家，接着是德拉克洛瓦[①]，从德拉克洛瓦通到马奈[②]，从马奈通到莫内[③]，从博纳尔[④]（啊，他多么喜欢博纳尔！）到马蒂斯[⑤]，从塞尚[⑥]到毕加索。画家们在这条道路上并不像士兵们一样结队前进，每个画家都踽踽独

① Eugène Delacroix（1798—1863），法国画家，作品有《美杜萨之筏》、《但丁的小舟》、《相斗的马》、《希阿岛的屠杀》等。

② Edouard Manet（1832—1883）法国画家，作品有《草地上的午餐》等。

③ Claude Monet（1840—1926），法国画家，作品有《日出-印象》等。

④ Pierre Bonnard（1867—1947），法国画家，作品有《逆光裸体》等。

⑤ Henri Matisse（1869—1954），法国画家，作品有《生的欢乐》等。

⑥ Paul Cézanne（1839—1906），法国画家，善画静物。

行，其中一些画家的发现启发了另外一些画家，大家都意识到要向一个陌生的人打开一条通道，这个陌生的人是他们的共同目标，将他们联结起来。随后，道路突然消失了。这正如一个好梦结束：好一会儿你还在寻找变得苍白的形象，然后才明白，梦是不能复返的。消失的道路却隐没在画家的心灵里，他们具有“向前走”的不可遏止的愿望。可是，如果不再有道路，“向前走”到哪里呢？朝哪个方向去寻找没有希望的向前呢？在画家们身上“向前走”的愿望变得神经质了；画家们四处乱跑起来，就像同一个城市里同一个广场上骚动的行人，互相不断交臂而过一样。大家都想出类拔萃，人人千方百计要重新发现，别人没有重新发现的一种创造。幸亏不久出现了一些人（不再是画家，而是商人、经纪人和广告顾问簇拥着的展览会组织者），他们整顿混乱的秩序，决定这一年或者那一年必须重新发现哪一种创造。这样整顿秩序有利于现代油画的出售：油画突然堆积在同样的富人的客厅里，他们在十年前却嘲笑毕加索或者达利。为此，鲁本斯极端蔑视富人。富人已经决定成为现代派，鲁本斯由于不是画家而轻松地吁出一口气！

有一天，在纽约，他去参观现代艺术博物馆。二楼展出马蒂斯、布拉克①、毕加索、米罗②、达利、恩斯特③的作品；鲁本斯被迷住了：落在画布上的笔法表达了一种狂热的趣味，时而现实受到壮美的侵袭，就像一个女人受到农牧神的侵犯一样；时而现实与画家对峙，如同一头公牛冲向斗牛士。但是最高一层楼留给更近的绘画，鲁本斯又回到孤寂之中：没有欢快的画法，没有兴味的痕迹；斗牛士和公牛消失不见了；一旦画幅不是以忠实到迟钝和无耻的地步去模仿现实，便排除了现实。在这两层楼之间，流淌着忘川[④]，死亡和忘却的河流。鲁本斯于是心想，如果说他最终放弃了绘画，也许这是出于更为深刻的理由，而不是一般的缺乏才能或者缺乏恒心：在欧洲绘画的钟面上，指针指着午夜。

一个有天才的炼金术士，要是转生在十九世纪，会做什么呢？时至今日，成百上千个经营运输的企业家保证了海上往来，克里斯托弗·哥伦布会变成怎样呢？在戏剧不存在或者不再存在的时代，莎士比亚会写出什么？

这些问题并非纯粹是诡辩。一个人虽然在某种活动上有才能，但是他的活动的指针敲响了午夜（或者还没有敲响一点钟），他的才能又管什么用呢？他要改变吗？他要适应吗？克里斯托弗·哥伦布会变成一个运输公司的经理吗？莎士比亚会替好莱坞写电影脚本吗？毕加索会创作连环画吗？或者所有这些才能卓著的人都会遁世，可以说蛰居在历史的某个修道院里，因生不逢时，离开

① Georges Braquë（1882—1963），法国画家，野兽派成员。

② Joan Miró（1893—1983），西班牙画家。

③ Max Ernst（1891—1976），德国画家，超现实主义者。

④ 地狱之河，亡灵饮其水，即忘却过去。

了命运给他们造就的时代，越过了指定他们的时刻的钟面而万念俱灰吗？他们会像兰波在十九岁时放弃诗歌创作一样，摒弃他们不合时宜的才能吗？

对于这些问题，无论你、我，还是鲁本斯，都不会得到答案。我的小说中的鲁本斯是一个虚构的大画家吗？或者他毫无才能？他放弃画笔是因为他缺乏勇气呢？还是相反，是因为他有本领，清晰地洞悉绘画的虚荣呢？无疑，他时常想到兰波，他在内心喜欢同兰波相比（虽然是胆怯地和嘲弄地相比）。兰波不但彻底和无情地放弃了诗歌创作，而且他以后的活动也是对诗歌的嘲笑否定：据说他在非洲做军火生意，甚至买卖黑人。即使第二种说法只不过是污蔑性的无稽之谈，但通过夸张很好地表达了：兰波同自己诗人的往昔决裂，充满了自我毁灭的暴烈、激情和狂热。如果鲁本斯越来越受到投机商和金融家圈子的吸引，也许也是因为他在这种活动中（不管有没有道理），看到他艺术家的梦想的反面。他的同学N成名的时候，鲁本斯卖掉以前从N那里作为礼物收到的一幅画。这次卖画不单给他带来一些钱，而且给他透露了一种谋生的好方法：将当代画家（他评价不高）的作品卖给（他蔑视的）富人。

许多人以卖画为生，毫不耻于从事这样的职业。委拉斯凯兹[①]、弗美尔[②]、伦勃朗[③]难道不是画商吗？鲁本斯无疑是知道底细的。但即使他准备同奴隶商兰波相比，他也决不会同大画家兼画商相比。鲁本斯决不会怀疑他的工作毫无意义。起初，他为此愁容满面，责备自己道德沦丧。但是他最后这样想：说到底，“有用”意味着什么？自古至今，一切人的有用的总和完全包容在今天这样的世界中：所以，没有什么比无用更有道德了。

① Diego Vélasquez（1599—1660），西班牙画家，作品有《教皇英诺森十世》、《侏儒塞巴斯蒂安》、《纺纱女》等。

② Johannes Vermeer（1632—1675），荷兰画家，作品有《读信的少女》、《厨妇》等。

③ Harmensz van Rijn Rembrandt（1606—1669），荷兰画家，作品有《夜巡》、《圣家族》、《基督向穷人说教》、《自画像》等。

8

离婚后十二年左右，F来拜访他。她把自己到一位先生家里的拜访讲给他听：这位先生请她在客厅里等上十来分钟，借口在隔壁房间有一个重要的电话要打完。兴许他假装打电话，好让她在这段时间里坐在他指给她的扶手椅中，翻阅放在一张矮桌上的淫秽画报。F最后发表了这个看法，结束她的叙述："如果我更年轻一些，他就能得到我。如果我是十七岁的话。这是胡思乱想的年龄，什么也抵挡不了……"

鲁本斯心不在焉地听她说话，但是最后几个字把他从心不在焉中拉了出来。今后，他始终会这样：有人对他说出一个句子，令他大吃一惊，仿佛一句责备的话使他回想起他无可挽回地错过的一件事。当F谈到她十七岁时无能为力抵挡诱惑时，他想起他年轻的妻子。他们第一次邂逅时，她也是十七岁。他想起那个外省饭店，结婚前不久，他同她在那里下榻。他们在一个朋友租下的房间隔壁做爱。"他听得见我们的声音！"未来的妻子好几次对他耳语说。如今（F坐在对面，向他讲述十七岁时受到的诱惑），鲁本斯意识到那一夜她发出的呻吟声比平时要响，她甚至喊出声来，故意喊得那个朋友听见。随后几天，她一再提起这一夜："你真的以为他听不到我们的声音吗？"那时，他觉得她提这个问题是因为害羞，受到了惊吓，他力图使她平静下来（这样的幼稚行为如今使他脸红到耳根！），让她放心，这个朋友一向睡得很香，时间又长。

他凝视着F，寻思他不是特别想在另一个女人或男人在场时与她做爱。但是，这十四年前的回忆，他的妻子想到朋友睡在墙壁后面，却呻吟着和发出喊声，这是怎么回事呢？事隔那么多年，回忆起来使他的血液涌上头部，这是怎么回事呢？

他思忖：三个人、四个人的爱只能面对一个被爱的女人时，才有刺激性。惟有爱情才会使一个被男人挤压的女人身子，引起惊奇和恐惧的兴奋。没有爱情的男女接触毫无意义，这一古老的有教训含义的箴言突然得到了证实，具有新的意义。

9

第二天，他乘飞机到罗马，他要到那里处理事务。将近四点钟，他办完了事。想到他过去的妻子，他充满了难以消除的怀念，但不仅仅想到她；他认识的所有女子在他眼前穿梭而过，他觉得自己错过了她们，他跟她们生活在一起远远未能像本该那样尽欢。为了摆脱这种怀念和这种不满足之感，他到巴布里尼宫的美术馆去（每到一个城市，他都参观美术馆），然后他朝西班牙广场的石阶走去，又登上通往博尔盖塞别墅的坡路。沿着公园狭长的小径，一座座意大利名人的大理石胸像矗立在底座之上。他们的脸保持最后的怪相，凝然不动，好似他们一生的缩影陈列在那里。鲁本斯总是对塑像可笑的外貌十分敏感。他露出微笑。然后他回想起童年时代的童话：一个巫师在宴会上用魔法迷住宾客，人人保持着那一瞬的姿态：嘴巴张开，面孔因魔法而扭曲，手中捏住啃过的骨头。另一个回忆：上帝不许从所多玛逃出来的人返回家园，否则要把他们变成盐做的塑像。这个圣经中的故事毫不含混地阐明：没有比顷刻间变为永久状态，夺走人的光阴和连续不断的动作更加严厉的惩罚，更加骇人的恐怖。他沉浸在这些思索中（旋即忘却了)骤然间看到她！这不是他的妻子(那个发出呻吟、明知在隔壁房间里的朋友听得见的女人)，这是另外一个女人。

一切在瞬间上演。他直到最后一刻才认出她，这时她终于达到同他一样的高度，下一步会使他们彼此最终分离。他以异乎寻常的敏捷戛然止步，回过身来(她马上作出反应)，向她说话。

他觉得自己多年来渴望的正是她，他在全世界寻找她。百米开外有一爿咖啡馆，桌子放在树阴下，天空湛蓝，令人爽心悦目。他们相对坐下。

她戴着墨镜。他用两只手指捏住墨镜，轻巧地取下来，放在桌上，她听之任之。

“正是由于这副墨镜，”他说，“我差一点认不出你。”

他们喝着矿泉水，彼此目不转睛地凝视。她同她的丈夫待在罗马，只有一个钟头的时间。他知道，如果情况允许，他们会就在当天，就在这一刻做爱。

她姓什么？她叫什么名字？他忘记了，认为不能问她。他告诉她(完全真诚地)，他们分手以后，他觉得自己一直在等待她。怎么向她承认，他不知道她的名字呢？

他说：“你知道我们从前叫你什么吗？”

“不知道。”

“诗琴弹奏者。”

“为什么叫诗琴弹奏者？”

“因为你像诗琴一样精巧。给你杜撰这个名字的人是我。”

是的，杜撰这个名字的人是他。不是在他短暂地认识她的时候，而是现在，在博尔盖塞别墅公园里，因为他需要她有个名字，以便对她说话；因为他感到她像诗琴一样精巧、典雅和温柔。

10

他了解她多少情况呢？一星半点。他隐约记起在一个网球场上见到她（也许他二十七岁，她小十岁），有一天邀请她上夜总会。那时正在跳一种舞，男女相隔一步，扭来扭去，轮流朝舞伴摔出左右臂。她正是同这种动作一起，铭刻在他的脑子里。她古怪在哪里？尤其是这一点：她不看鲁本斯。她看哪里呢？茫无所见。所有跳舞的人都半弯手臂，轮流左右向前摔出去。她也做这个动作，但是方式有点不同：她将手臂向前摔出去时，让手臂画出一条弧线，用右臂朝左边摔出去，用左臂朝右边摔出去，仿佛她想闪开自己的脸。当时跳舞被看作相对比较下流的活动，而且好似少女力图不知羞耻地跳舞，同时又遮掩住自己的不知羞耻。鲁本斯被迷住了！好像他从未见过更温情脉脉、更俏丽动人、更有刺激性的东西。随后是探戈舞，双双舞伴搂得紧紧的。他无法抵挡霍然而起的冲动，将一只手按在她的乳房上。他惧怕万分。她会怎么对待？她若无其事。她继续跳舞，直瞪瞪朝前看着，鲁本斯的手始终按在她乳房上。他用近乎颤抖的声音问她：“别人摸过你的乳房吗？”她的声音也在颤抖，（确实像弹奏诗琴的弦一样）

回答道:“没有人摸过。”他的手一直按在她的乳房上。这句话好像是世上最美的语言，他激动异常，他仿佛看到了羞耻心；就近看到羞耻心，看到它存在，他觉得自己可以触摸到这羞耻心(况且他确实触摸到，因为这个女郎的羞耻心全部浓缩在她的乳房里，包围了她的乳房，变成了乳房)。

为什么此后他失去了她的踪影？他绞尽脑汁，想找出答案。他什么也记不得了。

11

一八九七年，世纪之交的维也纳小说家阿图尔·施尼茨勒[1]发表了题为《埃尔塞小姐》的出色中篇小说。女主人公是个少女，她的父亲一身是债，几乎要破产。债主答应一笔勾销她父亲的债，条件是要这女儿赤身裸体站在他面前。经过长久的内心斗争，埃尔塞同意了，但是她羞愧得无地自容，展示她的胴体使她精神失常，她因此死去。让我们排除一切误会：这不是一个有教训意义的故事，针砭一个凶狠邪恶的富翁！不，这是一篇色情小说，引人入胜；这篇小说使我们明白了从前裸体所具有的权力：对债主来说，裸体意味着一大笔钱；而对少女来说，意味着无穷的羞耻心，能使人产生轻生的冲动。

在欧洲的钟面上，施尼茨勒的小说标志着一个重要时刻：色情的禁忌在清教徒式的十九世纪末还看得很严重，而道德的沦丧已经挑起克服这种禁忌的同样十分强烈的愿望。羞耻心和恬不知

---

① Arthur Schnitzler（1862—1931），奥地利作家，作品有《阿纳托尔》等。

耻在势均力敌的地方相交。这时色情处在异常紧张的时刻。维也纳在世纪的转换时期经历了这一时刻。这一时刻一去不再复返。

羞耻心意味着将已之所欲拒之门外，同时又为自己需要抗拒这种欲望感到羞愧。鲁本斯属于在养成羞耻心的环境中长大的最后一代欧洲人。因此，他将手按在少女的乳房上，为这样使她的羞耻心活动起来而感到非常激动。在中学时代，有一天，他偷偷潜入一条过道，透过一扇窗户，可以看到他班上的姑娘们袒露胸怀，等待通过肺部透视。她们当中的一个瞥见了他，发出喊声。其他姑娘匆匆穿上大衣，冲到过道里去追他。他惊恐万分；突然，她们已经不再是同班同学，不再是准备和他开玩笑和调情的女伴了。在她们的脸上可以看到因人多势众而增加的真正的恶意，一种决心围捕他的共同的恶意。他逃脱了，但是她们不放弃追逐，向校方揭露他。他在班上挨了一顿训斥。校长怀着并非假装的蔑视，把他称为偷窥者。

他约莫四十岁时，女人把她们的乳罩留在抽屉里，躺在海滩上，向全世界袒露她们的胸脯。他在岸边漫步，总是竭力避免看见他始料不及的她们的裸体，因为这个古老的命令在他身上生了根：不得伤害女人的羞耻心。当他遇到一个相识的女人，譬如一个同事的太太时，看到她不戴乳罩，他吃惊地发现羞耻的不是她，而是他。他好尴尬，不知道目光朝哪儿看。他竭力不去看她的乳房，但是这办不到，因为即使在看一个女人的手或眼睛，也会觉察到她赤裸的乳房。因此，他力图像看着额头或者膝盖那样自然地去看她们的乳房。可是这样并非易事，恰恰因为乳房既不是额头，也不是膝盖。不管他怎么做，他总觉得这些赤裸的乳房在抱怨他，指责他同它们的赤裸裸不够协调。他有一种非常强烈的感觉：他在海滩上遇到的女人正是二十年前向校长揭露他偷看光身姑娘的那些女同学。她们是一样的恶狠狠，以同样的人多势众、咄咄逼人来硬要他承认她们赤身裸体的权利。

最后，他马马虎虎同这些赤裸的乳房言归于好，但是不能摆脱这种感觉。刚刚发生了一件严重的事：在欧洲的钟面上，这一时刻敲响了，羞耻心已经消失。它不仅消失，而且在一夜之间非常容易地就消失了，以致可以认为羞耻心从未存在过。它只不过是男人面对一个女人的平凡创造。羞耻心仅仅是男人的幻觉。是他们色情的梦幻。

12

正如上述，鲁本斯离婚以后，最终又处于“爱情之外”。他喜欢这种说法。他时常重复说（有时悲哀地，有时快乐地）：我会在“爱情之外”生活。

但是，他称之为“爱情之外”的地盘，不像一座美轮美奂的宫殿（爱情之宫）中暗影幢幢、被人遗忘的后院。不，这块地盘是宽广富饶的，变化无穷，也许比爱情之宫更广阔、更华美。在居住其中的许多女人里面，他对有些无动于衷，另外一些令他感到有趣，还有一些他爱上了。必须了解这种表面的矛盾状态：在爱情之外，仍然存在爱情。

事实上，如果鲁本斯将他的艳遇推到“爱情之外”，这并非出于冷漠无情，而是因为他想把艳遇限制在色情的一般范围内，防止艳遇给他的生活进程带来丝毫影响。爱情的一切定义总会有一个共同点：爱情是某种基本因素，将生活变为命运；在“爱情之外”发生的故事，不管会多么美丽，因而必然地具有插曲的性质。

我重复说：鲁本斯结识的某些女人尽管被排除在“爱情之外”，处于插曲的地盘中，仍然在他心中激起柔情，另外一些女人纠缠着他，还有一些使他变得嫉妒。就是说，在“爱情之外”甚至存在爱情，由于在“爱情之外”，“爱情”这个字眼是被禁止的，所有这些爱情事实上都是暗地里的，因而格外慑人心魄。

在博尔盖塞别墅的咖啡馆里，他坐在他称作诗琴弹奏者的对面，迅即明白，对他来说，她就是“爱情之外的所爱”。他知道，这个年轻女子的生活、她的婚姻、她的家庭、她的忧思对他而言都无所谓。他知道，他们见面次数会很少，但是他也知道，他对她会有一种非同寻常的柔情。

“我记得，”他说道，“我给过你另一个名字。我叫你哥特式处女。”

“我是一个哥特式处女？”

他从来没有这样称呼她。这个想法是刚才来到脑际的，那时他们正肩并肩地越过离开咖啡馆的百米之遥。年轻女子勾起他对哥特式风格油画的回忆，那是在他们见面之前他在巴布里尼宫欣赏过的。

他继续说：“在哥特风格的画家的作品中，女人的肚子略微外凸，头颅向地面倾着。你拥有哥特式处女的体态。在天使组成的乐队中诗琴弹奏者的体态。你的乳房耸向天空，你的肚子耸向天空，但是你的头俯向尘埃，仿佛深悉万物皆空。”

他们从两人相遇的那条小径往回走。已故名人那些截下的头颅放在基座上，肆无忌惮地瞪着他们。

他们在公园入口处分手：两人约定，鲁本斯将到巴黎去看望她。她将姓氏（她丈夫的姓）、电话号码给了他，讲清她独自在家的时间；然后她微笑着戴上墨镜：“现在我可以戴墨镜了吧？”

“可以。”鲁本斯回答道。他久久地目送她愈走愈远。

13

他们相遇的前一天，他想到他年轻的妻子永远离他而去；而现在他感受到的痛苦变成对诗琴弹奏者执着的思念。往后几天，他不断想念她。他在记忆里搜索一切她留下的印象，除了夜总会那一夜的回忆，再也没有别的东西。他上百次想起同一形象：在一对对舞伴当中，她与他面面相对，离开一步的距离。她茫无所见，仿佛她不想看见外界事物，只把精力集中在自己身上。又仿佛一步之外的不是鲁本斯，而是一面大镜子，她在镜中自我端详。她端详自己的臀部，两胯轮流往前挺出去。她端详自己的手，这双手同时在她的乳房和面孔前面做出弧形动作，好像要遮住它们，或者将它们抹去。仿佛她在想像之镜中自我端详，在羞耻心的激发下，抹去乳房和面孔，又使之重新出现。她的舞蹈动作是一出羞耻心的哑剧：这些动作不断参照着她掩起的裸体。

他们在罗马相遇一周之后，在挤满日本人的一座巴黎大饭店的大厅里约会，日本人的在场给了他们匿名和离乡背井的愉快印象。他关上房门以后，走近了她，将一只手按在她的乳房上："我曾经这样触摸你，就在我们去跳舞那天晚上。你记得吗？"

“记得。”她说，仿佛在诗琴的木头上轻弹一下。

她感到羞怯吗，就像十五年前感到羞怯一样吗？在特普利采，当歌德触摸贝蒂娜的乳房时，她感到羞怯吗？贝蒂娜的羞怯只不过是歌德的一种幻念吗？诗琴弹奏者的羞怯只不过是鲁本斯的一种幻念吗？因此，这羞怯心即使不是真实的，即使化为想像的羞怯心的追忆，也同他们一起存在于饭店的房间里，使他们着迷，给他们的所作所为以一种意义。他脱掉诗琴弹奏者的衣服，好似他们刚刚离开年轻时的夜总会。在做爱时，他看到她在跳舞：她晃动双手，遮住自己的脸，在一面想像的大镜中端详着。

他们热切地任凭波涛载沉载浮，这波涛穿越过男男女女，这是淫秽形象的神秘波涛，所有女人在淫秽形象中都有相同的气质，但同样的动作和同样的词语却能从每张特别的脸上获得特别的魅力。鲁本斯倾听诗琴弹奏者说话，倾听她的话语，凝望着哥特式处女妩媚的面庞，她的吐出粗话的圣洁嘴唇，他感到越来越沉醉了。

他们的色情想像在语法上用的是将来式：你会使我，我们就要组织……这将来式把梦幻变成永恒的许诺（情侣一旦清醒过来，这许诺便不再有价值，但是由于绝不会被遗忘，又不断重新变成许诺）。因此，不可避免的是，有一天，在饭店的大厅里，他在朋友M的陪伴下等候她。他们同她一起上楼到房里去，喝酒谈话，然后开始剥她的衣服。当他们脱下她的乳罩时，她用双手遮住胸脯，竭力盖住乳房。他们于是把她（她只穿着三角裤）带到一面镜子前（安装在壁橱的门上）：她站在他们两人中间，手掌盖住乳房，着迷地自我端详。鲁本斯看到，即使M和他望着她（她的面孔，她遮住胸脯的双手），她也看不见他们，就像入迷一般凝视她自己的映像。

14

插曲是亚里士多德的《诗学》中一个重要的概念。亚里士多德不喜欢插曲。依他看，在各种各样事件中，最糟的（根据他的诗学观点）就是插曲。插曲由于不是在它之前的事的必然结果，又不产生任何效果，游离于故事这个因果链之外。如同毫无效果的偶然事件，插曲可以省略，而不至于使故事变得不可理解；在人物的一生中，插曲留不下任何痕迹。你到地铁去会见你一生中的妻子，而在你下车的前一站，有个待在你旁边的年轻陌生女人，突然感到不适，失去知觉，倒在地上。你在前一刻甚至没有注意到她（因为归根结蒂你同你一生中的妻子约会，对其他女人你都不感兴趣！），但是如今你不得不扶起她，暂时把她抱在你的怀里，等待她睁开眼睛。你把她安顿在别人刚空出来的软垫长凳上，列车正在减速，快到你要下车的那一站了，你急不可待地摆脱她，以便奔往你一生中的妻子。从这时起，你前一刻抱在怀里的那个年轻女孩被遗忘了。这是一段典型的插曲。生活就像一块垫子塞满马鬃那样充满插曲，但是诗人（依亚里士多德看来）不是一个制造床垫的人，他应该在故事中剔除一切垫料，虽然真正的生活也许只是由这样的垫料组成。

在歌德看来，他同贝蒂娜相遇是一个毫无意义的插曲；不单这个插曲在他的生活中占据一个微乎其微的位置，而且歌德殚精竭虑要阻止这个插曲在他的生活中起到动因的作用，小心谨慎地把这个插曲置于他的传记之外。然而，插曲概念的相对性就在这里显现出来，亚里士多德没有掌握这种相对性：实际上没有人能够保证，插曲性的突发事件并不包含有朝一日苏醒、出乎意料地对一系列结果起作用的潜在力量。我说有朝一日，即使人物死去，这一天仍然会到来，贝蒂娜正是这样取得胜利的，当歌德不在人世时，她成为歌德一生不可分割的部分。

因此，我们可以这样补全亚里士多德的定义：任何插曲决不会预先注定永远是插曲，因为每一事件，即使最无意义的，都包含以后成为其他事件起因的可能性，一下子变成一个故事、一件冒险经历。插曲如同地雷，大半永远不会爆炸，但是总有一天，你会发现最不起眼的往往成为最致命的。在街上，一个少女向你迎面走来，老远就瞥你一眼，你觉得这一眼有点恍惚。她逐渐放慢步子，然后会站住："真的是你吗？我找了你许多年呀！"她会扑到你的脖子上。这个少女正是你要去见你一生的妻子那一天、晕倒在你怀里的女子。这段时间你结了婚，有了孩子，但是你在街上偶尔遇见的少女早就下决心爱上她的救命恩人，你们的偶然相遇在她看来就像命运的启示。她一天会给你打五次电话，会给你写信，她会找到你妻子，解释她爱你，她对你拥有权利，直至你生平中的妻子失去耐心，出于气愤同一个清道夫做爱，带走你的孩子，弃你而去。你的情妇其间在你的套房里掏空她的大橱里的所有衣物，你为了逃避她，会跑到大洋彼岸寻找栖身之地，你会在那里死于绝望和贫困中。如果我们的生命像古代神祗一样是永恒的，插曲的概念便失去意义，因为在无限中，一切事件，哪怕最微不足道的，有一天也会成为某种结果的起因，发展成故事。

他在二十七岁时同她跳舞的那个诗琴弹奏者，对鲁本斯来说只不过是一个插曲，一个重大插曲，直至十五年后他偶尔在博尔盖塞别墅再见到她。此时，从这被遗忘的插曲中倏地产生一个小故事，但是，在鲁本斯的生平中，甚至这个故事也完全是插曲，毫无机会属于可称为他的传记的一部分。

传记是一系列事件，我们认为对我们的一生来说是重大的事件。但哪些重要，哪些不重要呢？由于我们无法知道（我们甚至没有想到提出一个这样简单和愚蠢的问题），凡是别人，例如让我们填写调查表的雇主认为重要的事，我们就同意是这样的：出生年月、双亲职业、文化程度、从事过的职业、相继变动的地址（可能属于共产党，在我以前的祖国要加上这一条）、结过几次婚、离过几次婚、孩子们的出生日期、成功与失败。这很可怕，但就是如此：我们学会了通过行政的或者警察局的调查表去看待我们自己的生活。将一个别的女人而不是我们的合法妻子纳入我们的传记，这已经是小小的反叛；惟有这个女人在我们的生活中扮演特殊的戏剧角色，这样的例外才能接受，鲁本斯就不能这样提到诗琴弹奏者。另外，从外表和气质来看，诗琴弹奏者跟那个插曲性的女人的形象十分相符；她是优雅的，但是小心谨慎，漂亮而不炫目，倾向于肉欲的爱情，同时又有些羞涩；她从来不透露她的私生活，使鲁本斯讨厌，但她也避免夸大她的谨言慎行，使之变成撩人心魄的秘密。这是插曲中真正的公主。

诗琴弹奏者和两个男人在巴黎的大饭店相会是富有刺激性的。当时他们是不是三个人一起做爱？我们别忘了诗琴弹奏者对鲁本斯来说变成了在“爱情之外之所爱”；以前的命令苏醒了，要她放慢事件的进程，让爱情不要太快失去性的负荷。在把她带往床上之前，他向朋友示意要他悄悄地离开房间。

做爱时，将来式再一次把他们的话变成许诺，然而永远不会付诸实现。过了一会儿，他的朋友M从他的眼前消失，两个男人和一个女人激动人心的相会是一个没有后文的插曲。鲁本斯每年见到诗琴弹奏者两三次，只要他有机会到巴黎去。后来机会不再出现，诗琴弹奏者又一次几乎从他的记忆中消失。

15

年复一年过去，一天，他和一个同事坐在城里的一间咖啡馆中，他就住在这座瑞士的阿尔卑斯山麓下的城市里。在对面桌上，他注意到一个年轻女人在观察他。她很漂亮，嘴巴大而肉感（他很自然地比作一只青蛙嘴，如果可以说青蛙是漂亮的），他觉得她就是他一直梦寐以求的女子。即使隔开三四米的距离，他依然觉得与她的身体接触起来富有快感，他非常喜欢她的身体，此时此刻，要胜过其他所有女人的身体。她目不转睛地凝视他，以致他不再倾听同事讲话，束手就擒，而且痛苦地想到，再过几分钟，离开咖啡馆，他就要永远失去这个女人。

但是他没有失去她，因为他们从桌旁站起来的时候，她也站起身来，像他们一样，朝对面的楼房走去。不久，那座楼里要拍卖油画。他们穿过街道，一会儿两人靠得非常近，他禁不住要对她讲话。她好像早就在等着似的，同鲁本斯攀谈起来，丝毫不管他的同事。这个同事十分困窘，默默无言地尾随他们来到拍卖厅。拍卖结束时，他们又单独待在同一间咖啡馆里。他们只有半个小时的时间，匆匆地说出他们要说的话。但是他们要说的话没有多少内容，他突然觉得半个小时长得惊人。这姑娘是个澳大利亚女大学生，她有四分之一黑人血统（这种情况看不出来，但是她分外喜欢说出来），她在苏黎世的一个教授指导下研究绘画符号学。在澳大利亚她有段时间在一家夜总会跳艳舞，以此为生。所有这些情况都很有趣，可是给了鲁本斯一个很古怪的印象（在澳大利亚，为什么光着上身跳舞？为什么在瑞士研究绘画符号学？究竟什么是符号学？），以致这些情况非但没有唤起他的好奇心，反而像需要克服的障碍一样事先使他厌烦。因此，看到这半个小时终于结束，他很开心；他的热情立即变得旺盛起来（因为他始终喜欢她），他们讲好第二天约会。

可是一切都不如人意：他醒来时有点偏头痛；邮差给他送来两封令人不快的信；给一个办公室打电话时，他不得不忍受一个女人不耐烦的声音，她不屑理解他的要求。女大学生一出现在他的门口，他的不祥预感便得到证实：为什么她的穿着与昨天迥然不同？脚上穿着硕大的灰色篮球鞋；球鞋上面是厚袜子；袜子上面是一条长裤，使她古怪地显得更小巧；长裤上面是一件茄克衫；在茄克衫上面，他终于看到青蛙的嘴唇，嘴唇总是一样诱人，不过条件是去掉嘴唇以下的一切。

这身打扮的粗俗在她身上并不显得有很严重的问题（事实上丝毫不改变女大学生是漂亮的）；使鲁本斯更为不安的是他自己反而不知所措：一个要去会男友，并想同他做爱的少女，为什么不穿着打扮得让他喜欢呢？她要让人领会，衣着打扮是外表的事，毫不重要吗？还是相反，她要使她的衣服显得优雅，使她的大球鞋具有吸引力？还是她毫不重视她要会面的男友呢？

也许为了防止万一他们的会面未能使她心满意足，他要得到她的原谅而向她承认度过了难熬的一天；他竭力想使自己显得诙谐一点，便列举从早晨以来发生的所有恼人的事。她咧嘴一笑："爱情是不祥征兆最好的解毒剂！"鲁本斯对"爱情"这个字眼感到吃惊，他已经不习惯这个词。爱情意味着什么？肉体之爱？还是爱慕的情感？正当他沉思凝想的时候，她在房间角落里脱衣服，马上钻到床上，将长裤扔在椅子上，将偌大的球鞋和厚袜子扔到椅子底下。这双球鞋在澳大利亚几个大学与欧洲的城市之间长途跋涉，如今在鲁本斯房里稍作停留。

这是一次美妙而平静的、默默无声的做爱。我要说，鲁本斯突然回到沉默寡言的田径运动阶段，但是"田径运动"这个字眼可能有点不合时宜。因为以前处心积虑要证明拥有体力和性交能力的年轻人的雄心壮志已荡然无存；他们进行的活动具有的性质，似乎更是象征性的而不是田径运动。只不过鲁本斯丝毫没想到他们的行动有象征性：柔情？爱情？健康的体魄？生之欢乐？恶习？友谊？信仰上帝？也许这是祈求长寿？（姑娘钻研绘画符号学，而她难道不是本该在性交符号学上启发他吗？）他做的是毫无意义的行动，他生平第一次不知道为什么这样做。

在间歇的时候(鲁本斯想到，符号学教授在研究班讨论课的课间大概也有十分钟的休息)，姑娘说出(用始终一样平静悠然的声调)一个句子，这个句子重新包含“爱情”这一不可理解的字眼。鲁本斯陷入沉思：来自宇宙深处的美艳的女子将降落到地球上：她们的躯体也会像地球上女人的躯体，她们的躯体接近完美无缺，因为在她们出生的星球上，疾病闻所未闻，躯体毫无缺陷。她们在地球以外的过去将永远不为地球上的人所知晓，因此，地球上的人丝毫不理解她们的心理；他们永远不能预料他们所说所做的事对她们产生的效果；他们永远猜度不出隐藏在她们面孔后面的感觉。鲁本斯思忖，同这样陌生的人不可能做爱。随后他振作起来：男性无疑能自动调节，使男子甚至能同来自天外的女人性交，不过这会是没有刺激性的做爱，既缺乏感情又缺乏淫念的普通的体力运动。

休息结束了，研究班讨论课的第二部分即将毫不停顿地开始，鲁本斯想说点什么，几句非常粗鲁的话，以便促使她失去平衡，但是他同时又明白，他下不了决心这样做。他仿佛是要用一种掌握得很差的语言同人争论那样，感到一种奇怪的拘束，他甚至发不出一声咒骂，因为对方会天真地问他:“你想说什么？我一点听不懂！”于是，鲁本斯不说一句粗鲁的话，默默无言地、平静地重新做爱。

待他和她又来到街上时(并不知道是不是满足了她，还是令她失望，不过她倒显得相当满足)，他已决定今后不再见她；毫无疑问，她会受到伤害，她会将这种突然的疏远（无论如何，她大概注意到昨天她使他多么目眩神迷！）看作一种由于不可解释因此更加沉重的失败。他知道，由于他的过错，澳大利亚姑娘的篮球鞋今后会踏着更加悲哀的步子，走遍世界。他告辞了，正当她转过街角的时候，他感到对平生占有过的所有女人强烈的撕心裂肺般的怀念袭上身来。这好似没有预兆，顷刻间爆发的疾病一样，突如其来，气势汹汹。

慢慢地他明白过来。在钟面上，指针到达一个新的数字。他听到钟声敲响，看到一只中世纪的大钟上一扇小窗打开了，在神奇的机械推动下，走出一个木偶：这是一个少女，穿着偌大的篮球鞋。木偶的出现意味着，鲁本斯的愿望刚刚来了个一百八十度的大转变；他再也不想占有新认识的女人；他只对占有过的女人有欲望；今后他的欲望会受到往昔的烦扰。

他在街上看到漂亮的女人时，对自己不再注意她们感到吃惊。有些女人甚至会在他经过时转过头来看他，但是我相信他甚至没有发觉。从前，他只想占有新结识的女人。他如此急不可耐，以致他同其中几位只做过一次爱。为了补偿这种喜新厌旧的顽念，这种对一切稳定、持续事物的忽略，这种使他扑向前去的狂热的急不可待，他想回过身来，找回过去那些女人，再搂抱她们，一直走到底，开发一切未曾被开发的。他明白，强烈的冲动今后都将抛在他身后，如果他想有新的冲动，那就必须到往昔中去寻找。

16

起初，他很腼腆，总是安排好在黑暗中做爱。但是他在黑暗中睁大眼睛，以便至少有一线微弱的光透过窗帘射进来时，能看见一点东西。

随后，他不仅习惯了亮光，而且要求有亮光。如果他发现对方闭上眼睛，他要迫使她睁开来。

有一天，他惊讶地看到，他在通明雪亮的房间里做爱，而他的眼睛闭上了。在做爱时，他陷入了回忆之中。

在黑暗中，眼睛睁开。

在通明雪亮之中，眼睛睁开。

在通明雪亮之中，眼睛闭上。

生活的钟面。

17

他面对一张纸坐着，力图把他的情妇们的名字写成一长列。他马上遭到第一次失败。他能将姓和名一道回忆起来的女人少而又少，有的时候他既记不得姓又记不得名。女人变成（不引人注目的、难以察觉的）没有名字的女人。如果他跟她们通过信，也许他会记得她们的名字，因为他不得不常常在信封上写上她们的名字；但是“在爱情之外”，人们不习惯寄出情书。假如他已习惯叫这些女人的名字，也许他会记得住，可是，自从婚礼之夜发生那件不称心的事以来，他强制自己只使用普通的亲热的绰号，任何时候所有女人都会毫不怀疑地接受。

因此，他用铅笔涂了半页纸（试验不需要一张完整的清单），用清晰的标记代替名字（“雀斑”或者“小学女教师”，诸如此类），然后他竭力恢复每个女人的履历表。失败得更惨！他对她们的生平一无所知！为了简化起见，他只限于惟一的问题：她们的父母是谁？除了一个例外（他先认识父亲，后认识女儿），他一点没有概念。然而，双亲在她们的生活中必然占据一个举足轻重的位置！她们一定对他谈过她们的父母亲！因此，如果他连女友们最基本的情况都记不住，他又如何重视她们的生活呢？

他最终承认（不无尴尬），女人对他来说，只代表一种简单的色情体验。至少他竭力要回忆起这种体验。他偶然在一个女人（没有名字）上面停住了笔，他在纸上标明为“女大夫”。他们第一次做爱时，发生了些什么？他在想像中重新看到当时的那套房间。他们一走进房间，她就朝电话机走去；然后当着鲁本斯的面，她对一个人表示歉意，今晚她有一件意外的事务，不能脱身。他们笑了，然后做爱。奇怪的是，他总是听到这笑声，可是却看不到性交的情景：在哪儿性交的呢？在地毯上？在床上？在沙发上？做爱时她什么模样？后来他们见过几次面？三次还是三十次？在何种情况下他们不再见面？他只记得一小段他们的谈话，他们的谈话加起来约有二十来个钟头，还是有一百多个钟头？他模模糊糊地记得，她常常提到一个未婚夫（至于她提供的情况，他显然忘却了）。古怪的是，他只记得这个未婚夫。对他来说，做爱远不如给一个男人戴绿帽子这令人得意的微不足道的想法重要。

他艳羡地想到卡萨诺瓦[①]。并非想到他的艳遇，很多男人毕竟都做得到，而是想到他无可比拟的记忆力。将近一百三十个女人不致没无闻，恢复了她们的名字、面影、姿态、言谈！卡萨诺瓦：

① Giacomo Casanova（1725—1798），意大利冒险家，用法文写作《回忆录》（一九六〇年代初期才全文发表）。

记忆力的乌托邦。互相对照，鲁本斯的总结多么可怜啊！他刚刚成年便放弃绘画时，他这样聊以自慰：对他来说，了解人生比为权力而斗争更加重要。他所有的朋友追逐名缰利锁的生活，他觉得既咄咄逼人，又单调空虚。他认为艳遇会把他引导到真正的生活中心，真正充实、丰富而又神秘、诱人而又具体的生活的中心，他渴望拥抱这种生活。他猛然看到自己的错误：尽管他有无数艳遇，但是他仍像十五岁时那样对人类不甚了解。他一直庆幸自己生活充实；可是，"充实地生活"这个词组纯粹是一种概括；在寻找"充实"的具体内容时，他只发现一片狂风呼啸的沙漠。

时钟的指针向他宣告，今后他要被往昔所烦扰。然而，如果在往昔只看到狂风席卷破碎的回忆的一片沙漠，往昔怎样烦扰他呢？这是不是意味着要他受回忆碎片的烦扰？是的。连回忆碎片也能烦扰人。再说，我们不用夸张：关于年轻的女大夫，他也许记不得什么有意义的事，而其他女人执着而又热烈地出现在他的眼前。

我说她们出现，怎么想像这种出现呢？鲁本斯发现一种相当古怪的现象：记忆力不是在拍电影，而是在拍照。他所保留的所有这些女人的印象，充其量只是几帧精神照片。他看不到他的女友们连续动作；动作即使很短促，也不显现为连续的过程，而是凝结在瞬间之中。他的情爱记忆力给他提供一小本色情照片簿，而不是色情电影。我说照片簿是夸张说法，因为总而言之鲁本斯只不过保留了七八张照片。这些照片是美妙的，令他着迷，然而照片数目毕竟少得遗憾，七八秒钟，在他的记忆中，色情生活缩小到这点时间内，而他从前是决心以全部精力和才能投入这种色情生活的。

我想像鲁本斯坐在桌旁，把头埋在手中，酷似罗丹[①]雕塑的思想者。他在思索什么？他隐忍地想到他的生平只限于情爱的体验，而这种体验由七张凝然不动的图像，七张照片组成，他至少希望他记忆的一角还在某个地方隐含着第八张照片、第九张和第十张照片。这就是为什么他坐在那里，头捧在手中。他重新想起那些女人，一个接着一个，力图为她们每一个再找到一张被遗忘的照片。

在这样想像时，他得到另外一个有趣的发现：他有过一些特别敢于色情创造并且在肉体上非常吸引人的情妇；但是，她们在他的心里只留下很少的具有刺激性的照片，或者根本没有留下照片。如今他沉浸在回忆中，首先吸引他注意力的往往是动作似乎经过筛选，表面谨慎的女人，尽管当时他很不看重她们。仿佛记忆力（和忘却）此后使一切价值观念起了惊人的嬗变，将他的爱情生活中一切他渴望的、故意显露的、大加炫耀的、计划过的东西

① Auguste Rodin（1840—1917），法国雕塑家，作品有《青铜时代》、《老娼妇》、《地狱之门》（包括《思想者》）、《巴尔扎克》等。

加以贬值，而始料不及的、看来平淡无奇的经历在他的记忆中反倒变得价值无法估量。

他在想那些被自己记忆抬高了的女人：其中一个大约过了要满足情欲的年龄；另外几个的生活方式使得与她们重逢变得困难了。但是其中有那个诗琴弹奏者，他跟她阔别已经八年了。在他眼前出现三张记忆中的照片。在第一张上，她站立着，离他一步远，一只手在似乎想遮住面孔的动作中凝固不动。第二张照片抓住了鲁本斯将手按在她的乳房上，问她是不是有人曾经这样触摸过她，她直视前方，回答“没有人”这一刹那。最后（这张照片是最迷人的），他看到她站在两个男人中间，面对镜子，用双手掩住赤裸的乳房。奇怪的是，在这三张照片上，在她漂亮的凝固的脸上，目光是一样的：盯住前面，从鲁本斯那边掠过。

他马上寻找她的电话号码，他从前熟记在心。她和他说话时仿佛他们昨天才见过面似的。他前往巴黎（这次没有出现其他机遇，他只为了她而来），在同一个饭店再见到她。几年前，她就在这个饭店里站在两个男人中间，用双手掩住赤裸的乳房。

18

诗琴弹奏者总是同样的身影，动作同样的优雅，她的脸容保持端庄尊贵。但是这一点改变了：挨近去看，她的皮肤失去了鲜艳光彩。鲁本斯不可能不发现；但奇怪的是，他注意到这一点的时间非常短暂，仅仅几秒钟；片刻之后，诗琴弹奏者迅速恢复她的形象，就是长久以来铭刻在鲁本斯脑海里那个形象；她躲在她的形象后面。

形象：鲁本斯知道这意味着什么。他躲在一个同学的背后，画了一幅老师的漫画；然后他抬起眼睛，教师的脸由于不断的滑稽表情显得很生动，便不像那幅画。然而，教师一旦离开他的视野，鲁本斯就只能从这张漫画的角度去想像他（现在依然是真实的）。教师永远消失在他的形象后面。

在一位著名摄影家举办的影展上，他看到一个男子的照片，这个男子在人行道上抬起血淋淋的脸。难以忘怀的谜一样的照片。这个人是谁？他出了什么事？也许是普通的事故，鲁本斯这样想：踩空一步，摔了一跤；而摄影家意想不到地出现了。那个男子毫无觉察，站起身来，在对面的小酒馆洗了脸，然后去找他的太太。

同一时刻，在诞生的愉快中，他的形象离开了他，走到相反的方向，为了体验自身的经历，完成自身的命运。

人们可以藏在自己的形象后面，可以永远消失在自己的形象后面，可以离开自己的形象；人永远不是自己的形象。靠了这三张记忆中的照片，鲁本斯在最后一次见过她之后过了八年，给诗琴弹奏者通了电话。不过，离开自己形象的诗琴弹奏者是谁？关于她，他所知甚微，也不想更多了解。我想像他们在阔别八年之后的重逢：他坐在她对面，在巴黎一个大饭店的大厅里。他们在谈什么？无所不谈，除了他们所过的生活。因为过于熟稔反而会使他们彼此格格不入，她在他们之间筑起一道无用信息的屏障。他们彼此只知道最低限度的必要的情况，几乎洋洋得意地把他们的生活藏在昏暗之中，这使他们的重逢显得格外明亮，摆脱了时间，同一切情况切断联系。

他以温柔的目光注视诗琴弹奏者，高兴地看到，她自然衰老了一点，但依然始终接近她的形象。他带着某种被激发起来的厚颜无耻，这样思忖：这个在肉体上显现的诗琴弹奏者的价值，在于她总是保持跟她的形象混同的能力。

他急不可耐地等待着，她将自己活生生的躯体赋予这个形象的时刻。

19

像从前一样，他们每年见一两次或三次面。年复一年过去。一天，他打电话告诉她，两个星期后他要到巴黎。她回答说，她恐怕没有时间奉陪。

“我可以将旅游时间延迟一周。”鲁本斯说。

“我恐怕仍然没有时间。”

“那么，请告诉我什么时候有空。”

“现在说不出。”她以明显地令人观察到的困窘回答，“不行，不久以后，我恐怕不能……”

“出了什么事？”

“没出事，没出事。”

他俩都感到很不自在。我们也许可以猜想诗琴弹奏者决定不再见他，但是不敢对他明说。同时，这个假设可能性很小（任何阴影都决不会扰乱他们美妙的约会），以致鲁本斯想向她提出别的问题，从而了解她拒绝的理由。但由于他们的关系从一开始便建立在完全不以势压人的基础上，甚至排除一切固执要求，他不让自己使她讨厌，哪怕只提出普通的问题。

于是他结束谈话，仅仅说：

“我可以再打电话给你吗？”

“当然可以。为什么不可以？”她回答道。

一个月后他再打电话给她：“你一直没有空闲见我吗？”

“别生气，”她说，“这与你无关。”

他向她提出同先前一样的问题：“出了什么事？”

“没出事，没出事。”

鲁本斯沉默不语了。他不知道说什么好。“算了。”他终于说，忧郁地对着听筒笑了笑。

“这与你不相干，我向你担保。这与你无关。是我的问题，而不是你！”

鲁本斯似乎从最后一句话中瞥见某些希望。“可是，说这些毫无意义！需要的是见面！”

“不行。”她说。

“如果我有把握，你再不想见我，我就不多说了。但你说这是你的问题！你出了什么事？我们需要见面！我需要和你说话！”

他刚说出这句话，心里便想：不对，她知道分寸才拒绝告诉他真正的、几乎过于简单的理由：她再不想跟他来往。正是她的善解人意才使她左右为难。因此，他不应该坚持己见。他会变得令人讨厌，违反他们的默契，这种默契不允许表达得不到彼此赞同的愿望。

她重复“不行，对不起”，于是他不再坚持。

挂上电话时，他突然想起那个脚穿偌大篮球鞋的澳大利亚女大学生。她也被遗弃了，但她无法理解原因。如果有机会，他会以同样方式去安慰她:“这与你不相干。这与你无关。有问题的是我。”他明白，他跟诗琴弹奏者的交往结束了，他永远不会知道原因。他会处于一无所知之中，正如那个嘴巴长得漂亮的澳大利亚姑娘。鲁本斯今后要怀着比先前忧愁一点的心情周游世界。就像澳大利亚姑娘迈出她的大篮球鞋一样。

20

沉默寡言的田径运动时期、隐喻时期、淫秽的真话时期、阿拉伯电话时期、神秘时期，这一切都远远抛在他身后。指针绕过了构成他性生活的一圈钟面。他处于他的钟面的时间之外。处于钟面之外，这既不意味着终结，也不意味着死亡。在欧洲绘画的钟面上，子夜已经敲响也是徒劳，画家继续作画。一旦处于钟面之外，这仅仅意味着不再产生新颖的和重要的东西。鲁本斯还常常接触一些女人，但是她们对他来说已失去一切重要性。他接触得最多的女人是年轻的G，她与众不同的是喜欢在谈话中穿插脏话。当时许多女人都这样做。这是当时的风尚。她们说他妈的、烦死了、妈的×，为的是让人理解，她们不属于保守的、受过良好教养的老一代人，而是自由的、解放的、摩登的。这并不妨碍只要鲁本斯一碰她，G便向天花板抬起激动的眼睛，沉浸在神圣的缄默中。他们的搂抱总是很长，几乎无休无止，因为G必须经过长久的努力，才能达到深切渴望的性欲高潮。她仰面躺着，额头满是汗珠，浑身大汗淋漓，使着劲儿。鲁本斯几乎把垂死挣扎设想成这样：受到高烧折磨，人渴望着了结一生，但是断气的一刻避开了，执着地避开了。开始有两三次他尝试对G耳语一句淫话，快点了结，但由于她马上转过头去，表示不同意，他也只得保持沉默。相反，她总是在二三十分钟之后说（用不满和不耐烦的声调）："再使劲，再使劲，再来，再来！"这时他意识到他已无能为力了；他同她做爱时间太长，节奏太快，无法干得变本加厉；他于是滑到一边，寻求一种权宜之计，他觉得这种办法是自认失败，同时又是一种能获得合格证书的高超技艺：他将手深深伸入她的腹部，用手指从下到上做着强有力的动作；她喷射出大量液体，简直像是水灾，她抱吻他，对他诉说着绵绵情话。

他们的私生活时钟可悲地不同步：当他达到缠绵悱恻时，她却吐出粗话；当他想听粗话时，她则固执地保持沉默；当他需要静默和睡眠时，她又变得柔情蜜意和喋喋不休。

她是俏丽的，而且比他年轻许多！鲁本斯（谦虚地）猜想，只是由于他轻巧灵活，所以她才呼之即来。他对她有一种感激之情，因为她让他从她的身上滑下来，好长一段时间身上出汗和保持悄无声息的时候，他可以闭上眼睛，随意幻想。

21

一天，鲁本斯手中拿着一本约翰·肯尼迪总统的旧照片册：只有彩色照片，至少有五十来张，在所有照片上（所有照片，毫无例外！），总统都在笑。他不是微笑，不，他在笑！他的嘴巴张开，露出牙齿。没有什么特别的，就像如今的照片一样，但是鲁本斯看到肯尼迪在所有照片上喜笑颜开，他的嘴巴从来不闭上，仍然感到目瞪口呆。几天以后，他前往佛罗伦萨。他站在米开朗琪罗的《大卫》塑像前，把这大理石的面孔想像成如肯尼迪的面孔一样快活。大卫这个男性美的典范突然具有傻瓜的神态！从此以后，他沾上习惯，在想像中把一张笑口盈盈的嘴巴镶到名画的人物面孔上；这是一种有趣的试验：笑的怪相能够毁掉所有油画！请设想代替蒙娜丽莎难以觉察的微笑，是使她露出牙齿和牙龈的嬉笑！

虽然鲁本斯把大部分时间都用于美术馆，对美术馆非常熟悉，他要看到肯尼迪的照片才意识到这显而易见的事实：从古代绘画到拉斐尔，也许一直到安格尔[①]，大画家和大雕塑家都避免表现笑，甚至微笑。伊特鲁立亚[②]的雕像的面孔确实都带有笑容，但这笑容并不滑稽，不是在特定情景下迅捷的反应，这是由于永恒的至福而焕发光彩的面孔显露的持久状态。对古代雕塑家和历代的画家来说，美丽的面孔只有在凝然不动时才值得回味。

惟有画家想抓住恶时，面孔才会失去凝然状态，嘴巴才张开。要么是痛苦之时：俯身对着耶稣尸体的妇女，或是如在普桑[3]的《屠杀无辜者》中那位张大嘴巴的母亲。要么是表现堕落：霍尔拜因[4]的《亚当与夏娃》。夏娃的脸浮肿，微张的嘴巴露出牙齿，牙齿刚咬过苹果。亚当在她身旁，还是一个犯下罪孽之前的男子：他的面孔平静，嘴巴紧闭。在柯勒乔[5]的《邪恶寓意图》上，所有人都在微笑！为了表现邪恶，这位画家不得不使面孔无邪的平静晃动起来，使嘴巴拉长，以微笑扭曲脸容。在这幅油画上，只有一个人在笑：一个孩子！但他的笑不是幸福的笑，如同巧克力或者三角纸尿裤的广告照片上那样。这个孩子之所以笑，是因为他学坏了！

---

① Jean-Auguste-Dominique Ingres（1780—1867），法国画家，作品有《土耳其浴室》、《大宫女》、《泉》等。

② Etruria，意大利古代地区。

③ Nicolas Poussin（1594—1665），法国画家，作品有《阿尔卡迪的牧人》、《丹克列与海曼尼》等。

④ Hans Holbein（1497—1543），德国画家，作品有《青年妇女肖像》、《埃拉斯莫》等。

⑤ Antonio Allegri Correggio（1494—1534），意大利画家，作品有《圣母升天》、《牧童之爱》、《丽达》等。

惟有在荷兰画家的作品中，笑才变得纯洁无邪：哈尔斯[①]的《小丑》或者他的《吉卜赛姑娘》。因为荷兰派画家是头一批摄影家；他们画出的脸超越了美与丑。鲁本斯在荷兰画家的展品大厅里流连忘返，想到诗琴弹奏者。他寻思：诗琴弹奏者对弗兰斯·哈尔斯来说不是一个模特儿；诗琴弹奏者是从前的大画家的模特儿，这些大画家在面孔凝然不动的表面中寻找美。随后有几个参观者推搡着他：世界上所有的美术馆都挤满了人，就像从前的动物园一样；有爱看新奇事物癖好的旅游者凝视油画，仿佛这是关在笼子里的动物。鲁本斯心想，本世纪的绘画就像诗琴弹奏者一样，不再自由无羁了；诗琴弹奏者属于美不存在于笑之中那个早已逝去的世界。

但是，怎样解释大画家将笑从美的王国中排除出去呢？鲁本斯忖度：面孔只有在思索时才是美的，而笑的时候人们不在思索。但真的是这样吗？笑难道不是抓住滑稽的思索时的闪光吗？不是的，鲁本斯这样想：正当人抓住了滑稽的时候，他不笑；笑紧接其后，就像一种肉体反应，就像排除一切思索的痉挛一样。笑是脸部的一种痉挛，在痉挛中，人控制不住自己，而由某种既非意志，亦非理智的东西所控制。因此，古代雕塑家不表现笑。不能自我控制的人（超越理智和超越意志的人），不能被看作是美的。

如果我们的时代违背大画家的精神，使笑成为脸部特别受到喜爱的表情，这意味着缺乏意志和理智成为人的理想状态。人们可以反驳，在摄下的肖像上，痉挛是假装的，因而是自觉的、故意的：面对摄影家的镜头在笑的肯尼迪，与可笑的情景无关，而是自觉地张开嘴巴，露出牙齿。但是这仅仅证明，笑的痉挛（超越理智和意志）被当今的人看作选择来躲藏在后面的理想形象。

鲁本斯心想：在面部的所有表情中，笑是最大众化的：面孔的纹丝不动使我们之间彼此相异，每根线条变得清晰可辨；但是在痉挛中，我们是一模一样的。

如果尤利乌斯·凯撒的一座半身像笑得扭曲了脸，那简直难以想像。但是，美国的历届总统去世时是藏在笑的大众化的痉挛后面的。

① Frans Hals（1580—1666），荷兰画家，善画肖像，作品有《射手协会军官的群像》、《吉卜赛姑娘》、《弹琴者》等。

22

他回到罗马。在博物馆，他待在哥特风格绘画大厅里留恋不舍。有一幅油画令他入迷：一幅耶稣受难像。他看见什么？在耶稣的位置上，他看到一个女人，人们正准备把她钉上十字架。像耶稣一样，她没有别的衣服，只有一幅白布围在腰间。她的双脚支在木头的突出部位，而几个刽子手用粗绳把她的脚踝绑在木柱上。十字架竖立在山顶，到处都看得见。四周有一群士兵、老百姓和看热闹的观看着这个被示众的女人。这是诗琴弹奏者。她感到所有人的目光凝视她的躯体，她用手掌遮住双乳。在她的右面和左面，竖立着另外两座十字架，每座十字架上都钉着一个窃贼。第一个窃贼俯身对着她，捏住她的一只手，慢慢将手从她的胸脯移开，他拉着她的手臂，一直到横板的尽头。第二个窃贼捏住她的另一只手，也做同样的动作。最后，诗琴弹奏者双臂分开了。其间，她的面孔一动也不动。她凝视远处的某样东西。鲁本斯知道这不是天际，而是设置在她对面，位于天地之间的想像中的巨镜。她在镜中看到自己的映像，一个绑在十字架上、双臂分开、袒露乳房的女人的形象。她面对着熙熙攘攘的、嘈杂的、畜生一般的人群，也如同所有观看的人一样，非常兴奋，而且像他们观察她一样在自我观察。

鲁本斯无法将目光从这样一幅景象上移开。待他终于移开时，他想，这一时刻应该写进名为《鲁本斯在罗马的幻象》的宗教史册。直至晚上，他依然感受到这一神秘时刻的影响。他已经有四年没有打电话给诗琴弹奏者，但是这一次他忍不住了。他一回到饭店，便挂了个电话。在电话线的另一头，有个女人的声音传过来，他并不熟悉。

他有点犹豫地问道："我可以跟……太太说话吗？"他说出她丈夫的姓氏。

"可以，就是我。"那个声音说。

于是他说出诗琴弹奏者的名字；那个女人的声音回答，他要跟她说话的女人故世了。

"她去世了？"

"是的，阿涅丝去世了。是谁要见她？"

"一个朋友。"

"请问尊姓大名？"

"无可奉告。"他挂上了电话。

23

在电影里，逢人逝世便马上奏起哀乐；而在我们的生活中，我们熟悉的人辞世时，却听不到任何哀乐。使我们悲痛欲绝的丧事是很少的：一生中有两三次，不会更多。只不过像个插曲的女人逝去，使鲁本斯大吃一惊，十分悲哀，但是并没有使他伤心断肠，尤其因为这个女人四年前已经离开他的生活圈子，当时他不得不承受。

即使诗琴弹奏者的谢世并没有使她变得比实际更加无影无踪，但她的故去却改变了一切。每当他想到她时，鲁本斯无法不寻思，她的肉体化为何物。别人把它放进棺柩，埋入地下？把它火化了？他回忆起她一动不动的脸和大眼睛，这双眼睛凝视一面想像之镜。他看到她的眼皮正在慢慢闭上：突然之间，这成了一个死人面孔。因为这张面孔非常平静，从生命到无生命的过渡难以觉察，十分和谐、美妙。但是鲁本斯随即想像出这张面孔的突然变化。这好恐怖。

G来看望他。像往常一样，他们默默无言地拥抱；像往常一样，在这些无休无止的时刻，诗琴弹奏者出现在他的脑海里：像往常一样，她站在镜子前，袒露乳房，定定地自我欣赏。鲁本斯倏地想起，她也许死去两三年了：头发已经从脑壳脱落，眼窝深陷。他想摆脱这幅景象，否则他无法继续做爱。他赶走对诗琴弹奏者的回忆，决心专注于G的身上，专注于她加速的气息。可是他的思路不肯服从，而且仿佛故意似的，把他不愿看到的情景呈现在他的眼皮底下。待到他的思路终于决定服从，不再向他显示躺在棺柩里的诗琴弹奏者时，却又显现她处在火焰中。那种姿势正如他听说的：被焚烧的躯体挺起身来（受到一种神秘的物理力量的作用），诗琴弹奏者竟然坐在焚烧炉中。在坐着被焚烧的尸体所展示的景象中，有个不满的威严的声音霍地响起来："再使劲，再使劲，再来，再来！"鲁本斯不得不中止紧抱。他请求G原谅他竞技状态不佳。

当时他想：我所经历的只留下一张照片。也许这张照片显示了最隐秘的，最深埋在我的情爱生活中的东西，包含了情爱生活本质的东西。最近以来，也许我只是为了让这张照片复活才做爱。如今这张照片在火焰之中，平静的漂亮面孔扭曲了、萎缩了、变黑了，化为灰烬。

G应该是下周再来的，而鲁本斯事先被做爱时缠绕他的景象搞得杌陧不安。他想把诗琴弹奏者从脑际赶走，他坐在桌旁，头埋在手心里，又开始在记忆中寻找别的照片，希望能够代替诗琴弹奏者的照片。他再现了几张，甚至愉快地发现这些照片很美、富有刺激性，因此惊愕不已。但他在内心很清楚，当他跟G做爱时，他的记忆力是不肯向他显示这些照片的。仿佛在开一个可怕的玩笑，记忆会偷偷摸摸地将坐在炭火中的诗琴弹奏者的形象塞进来。他早就知道。这次做爱时，他还将请求G原谅他。

当时他想，也许最好在一段时间内跟女人中断来往。像俗语所说，直至有新的指示出现。但是一周复一周，这段休息时间延续下去。有一天，他终于意识到，再也不会有“新的指示”出现了。

第七部

庆 祝

1

在体操厅里，大镜子一直映出舞动的手臂和大腿。六个月以来，在意象学家的压力下，镜子平均占满了游泳池的三面墙壁，第四面由一扇巨大的玻璃窗占据，从这儿可以看到巴黎的楼房屋顶。我们穿着三角游泳裤，坐在游泳池边的桌子旁，游泳的人都在那里喘一口气。我们中间放了一瓶酒，是我要来庆祝周年纪念日的。

阿弗纳琉斯甚至来不及问我庆祝什么，便被一个新的想法拖着走:“请设想一下，在两种可能性中间，你要选择其一。跟一个绝代佳人共度良宵，她是碧姬·芭铎，或者葛丽泰·嘉宝那样的女郎，惟一的条件是绝对没有人知道；要么你携同她在你的故乡的大街上漫步，一条胳臂搂住她的肩膀，惟一的条件是绝对不跟她睡觉。我很想知道选择这一种或那一种可能性的人准确的百分比。这要求运用统计方法。于是我向一些民意测验所谈了我的想法，但是没有下文。”

“我始终不太清楚要在多大程度上认真对待你的所作所为。”

“凡是我所做的事都应当绝对认真对待。”

我继续说："譬如，我想像你正在向生态学家陈述毁掉汽车的计划。可是你不应该相信他们会接受这个计划吧！"

我停顿一下。阿弗纳琉斯保持沉默。

"你认为他们会赞成你的设想吗？"

"不会赞成，"阿弗纳琉斯说，"我绝不这样奢望。"

"那么，你为什么向他们陈述你的计划呢？为了揭穿他们的假面具？为了向他们证明，尽管他们不同意地指手画脚，他们仍然属于你称作恶魔的一类人吗？"

"向傻瓜证明什么，"阿弗纳琉斯说，"那是白费心机。"

"只剩下一种解释：你想跟他们开个玩笑。但是在这种情况下，你的行为在我看来仍然不合逻辑：你毕竟没有设想过，有人会理解你，而且笑起来！"

阿弗纳琉斯摇摇头，带着一丝忧郁说："我没有这样设想过。恶魔的特征是完全缺乏幽默感。滑稽的事物虽然始终存在，却变得隐而不露。因此，开玩笑再也没有意义。"然后他又说，"这个世界认真对待一切。包括我在内，这太过分了！"

"可我却觉得没有人认真对待任何事！大家都千方百计寻开心，如此而已！"

"这是一回事。当十足的蠢驴不得不在广播电台宣布：发动一场核战争或者巴黎有一次地震时，他要尽力显得可笑。也许他从现在开始寻找，在这种场合美妙的用同音异义词进行的文字游戏。

但是这与滑稽性毫不相干。因为在这种情况下，滑稽的是寻找用同音异义词进行文字游戏、宣布地震的人。然而，寻找用同音异义词进行文字游戏、宣布地震的人，是认真对待他的研究的，他丝毫不怀疑他滑稽可笑。幽默只能存在于人们还能分辨出重要的与不重要的界限之处。今天，这个界限难以分辨了。”

我很了解我的朋友，常常出于自娱，我模仿他的说话方式，把他的思想和看法变成自己的；然而，他避开我。他的举止令我欢喜和入迷，但是我不能说我完全了解他。一天，我竭力向他解释，一个人的本质只有通过隐喻才抓得住。通过隐喻显露真相的闪光。自从我认识阿弗纳琉斯以来，我徒劳地寻找能抓住他，并且让我理解他的隐喻。

“要是这不是为了开玩笑，为什么你向他们陈述你的计划呢？为什么？”

在他回答我之前，一声惊喊打断了我们的话：“阿弗纳琉斯教授！真的是你吗？”

一个身穿浴衣的漂亮男子，大约有五六十岁，从双扉门那边朝我们走来。阿弗纳琉斯站起了身。他俩看起来好激动，久久握着手。

然后阿弗纳琉斯把他介绍给我。我才明白站在面前的是保罗。

2

他坐在我们桌旁；阿弗纳琉斯指着我用大动作比划说：“你不知道他的小说？《生活在别处》！应该看看！我的夫人认为写得出色！”

我骤然间明白过来，阿弗纳琉斯从来没有看过我的小说；不久以前，他硬要我给他捎一本来，这是因为他患失眠症的太太需要躺在床上消耗论公斤计算的书籍。这令我很难过。

“我是来泡在水里让脑子凉快一下。”保罗说。这时他看了酒，忘记了水。“你们喝什么酒？”他拿起酒瓶，仔细看看商标。然后他又说：“今天从早上开始我就喝酒。”

不错，这看得出来，可我对此感到吃惊。我从未想像过保罗喝得酩酊大醉。我叫侍者端来第三只酒杯。

我们开始海阔天空地聊起来。阿弗纳琉斯虽然没有看过我的小说，却多次提到，他怂恿保罗发表见解，保罗对我不留情面使我几乎灰心丧气：“我不看小说。回忆录有趣得多，甚至很有教益。还有传记！最近我看过关于塞林格[①]、罗丹、弗兰兹·卡夫卡[②]的爱情作品。还有一本写海明威的出色传记！啊！这个作家真是个伪君子。好一个骗子手。真的狂妄自大，”保罗发自内心地笑着说，“得了阳痿。是个性虐待狂。好强壮的男子汉。是个色情狂。多么鄙视女人啊。”

“如果你作为律师，准备好替杀人犯辩护，”我说，“为什么你不替这样的作家辩护：他们除了写书以外，不可能犯什么罪？”

“因为他们令我心烦。”保罗眉开眼笑地说。侍者刚把酒杯放在他面前，他便斟上酒。

“我妻子酷爱马勒，”他继续说，“她告诉我，《第七交响乐》首演之前半个月，他躲在一间吵吵闹闹的饭店客房里，通宵改写乐谱。”

“不错，”我说，“那是一九〇八年秋天，在布拉格。饭店的名字叫蓝星。”

“我常常想像他待在这间饭店客房里，埋首在总谱当中，”保罗紧接着说，不让别人打断，“他深信，如果在第二乐章中旋律由单簧管而不是由双簧管奏出，他的作品就完蛋了。”

“确实如此。”我说，一面想着我的小说。

保罗继续说：“我希望在非常内行的听众面前演奏这部交响乐；先演奏最后半个月改过的乐谱，然后演奏没有改过的乐谱。我敢

① J. D. Salinger（1919—2010），美国小说家，作品有《麦田里的守望者》、《九故事》等。

② Franz Kafka（1883—1924），奥地利小说家，作品有《变形记》、《美国》、《城堡》等。

打赌，没有人分得出这两个版本。请理解我的意思：在第二乐章由小提琴演奏的主题，在最后的乐章由笛子重新奏出，一定令人赞赏。各得其所，一切都精心加工过、思索过、感受过，没有什么是随手拈来的。可是这尽善尽美超越了我们，超越了我们的记忆力、我们的注意力，连最聚精会神、心醉神迷的听众也只能从这部交响乐中领会到它所包含的百分之一的内容，而且在马勒看来最不重要的那百分之一！”

这个显然非常正确的想法使他兴高采烈，而我却越来越惆怅：如果读者漏看我小说中的一个句子，他就无法理解我的小说；然而，哪个读者不漏看一行呢？我自己难道不是最爱整页整行漏看的人吗？

保罗继续说:“我不否认所有这些交响乐的完美。我仅仅否认这种完美的重要性。这些至善至美的交响乐只不过是些废物叠成的大教堂。人无法接受。这些交响乐与人格格不入。我们始终夸大它们的重要性。它们给了我们一种自卑感。欧洲使自身局限在五十部天才作品中，欧洲从来不理解这些作品。好好领会这种令人恼怒的不平等：几百万欧洲人在这代表欧洲一切的五十个名字前显得毫无意义！阶级不平等比起这种把有些人变成沙粒，而给另外一些人赋予存在感的形而上的不平等，简直是小巫见大巫。”

酒瓶倒空了。我叫侍者过来再要一瓶。因此，保罗中断思路。

“你刚才谈到传记。”我提醒他。

“啊，不错。”他想起来了。

“终于可以看到作古的人的私人通信，你会很高兴。”

“我知道，我知道，”保罗说，仿佛他想预见到对方的异议，“请相信我，在我看来，在私人通信中搜索，询问以前的情妇，说服医生透露医生应该恪守的秘密，这的确卑鄙。传记作家属于社会渣滓，我从来不能坐在他们桌旁，就像同你坐在一起那样。罗伯斯庇尔也不会同抢劫犯、酷爱行刑的人、爱好集体性欲高潮的社会渣滓共坐一桌。但是他知道，没有社会渣滓将一事无成。社会渣滓是革命正义和革命仇恨的工具！”

“仇恨海明威有什么革命性可言呢？”我问道。

“我没有说仇恨海明威！我说的是他的作品！我说的是他们的作品！是的，必须大声说，阅读关于海明威的书比阅读海明威的作品更有趣和更有教益千百倍。必须证明海明威的作品只不过是海明威伪装过的生平，而这生平如同我们中间无论哪一个人的生平一样微不足道。必须把马勒的交响乐分割成碎块，在做卫生纸的广告时用作音响效果。必须一劳永逸地摆脱对不朽者的恐惧。打倒一切《第九交响乐》和一切《浮士德》的狂妄自大的权威！”

他为自己的讲话所陶醉，站起身来，手中高擎酒杯：“我想同你们一起为一个时代的结束而干杯！”

3

在互相映照的镜子中，保罗变成二十七个人，我们邻桌好奇地望着他高擎酒杯的手。有两个人在游泳池旁边那个喷水形成涡流的小池子里冒出水面，他们也一动不动，目光离不开保罗悬在空中的二十七只手。我起初以为保罗这样发呆，是为了使得他的讲话显得格外庄严，但是我随后看到一个穿着游泳衣的夫人，她刚刚走进大厅：这是个四十来岁的女人，面孔标致，腿有点短，但是线条优美，臀部富有曲线美，虽然有点过大，活像一个大箭矢指向地面。正是从这个箭矢我认出了她。

她没有马上看到我们，径直朝游泳池走去。可是我们死死盯住她，我们的目光终于俘获了她的目光。她的脸涨得通红。一个女人涨红了脸时是漂亮的；此刻，她的躯体并不属于她；她控制不住自己；她任凭身子的摆布。啊，没有什么比一个女人受到自己身子摆布的景象更美的了！我开始明白为什么阿弗纳琉斯对洛拉有偏爱。我端详他：他的面孔仍然完美地无动于衷。我觉得这种自制力更加透露他的内心，胜过脸红透露洛拉的内心。

她恢复过来，可爱地微笑，走近我们的桌子。我们站了起来，保罗将我们介绍给他的太太。我继续观察阿弗纳琉斯。他知道洛拉是保罗的妻子吗？我觉得他不知道。他就像我所知道的那样，大约只同洛拉睡过一次觉，此后没有再见过她。可是我一点儿没有把握，归根结底，我对任何表情都毫无把握。她向他伸出手时，他弯了弯腰，仿佛他第一次遇见她。洛拉抽身走了（几乎太快，我心里想），跳入游泳池。

保罗突然失去了劲头。“你们认识她，我很高兴，”他没精打采地说，“像俗话所说，她是我生命中的女人。我本该为此庆幸。生命这样短促，以致大部分人从来找不到他们生命中的女人。”

侍者端来另一瓶酒，当着我们的面打开，将酒斟到我们的杯子里，这使得保罗再一次中止思路。

侍者走开，我提醒他说：“你刚才讲到你生命中的女人。”

“不错，”他说，“我们有一个三个月的婴儿。我还有前妻生的另一个女儿，她离家已有一年。不辞而别。我好痛苦，因为我爱她。她长时期不给我信息。两天前她回来了，因为她的男友抛弃了她。让她生了一个孩子，一个女儿。亲爱的朋友们，我有了一个外孙女！我周围有四个女的！”这四个女人的景象使他充满了活力，“因此今天早上我就开始喝酒。我为我们的重逢干杯！我为我女儿和外孙女的健康干杯！”

在下面的游泳池里，洛拉有两个女人陪伴着游泳，保罗面露笑容。这是一个古怪的疲倦的笑容，使我产生怜悯。我突然觉得他衰老了。他的灰白的浓密长发倏地变成老太太的发型。似乎想克服自己突如其来的意志薄弱，他重新站起来，手中擎着酒杯。

这时候，在游泳池里，手臂击水发出啪啪的响声。洛拉的头露出水面，她在划泳，虽然笨拙可兴致特别高，甚至带着狂热。

我觉得每一下击水仿佛都像增加一岁似的落在保罗的头上：他看去越发衰老。他已经七十岁，随后八十岁，然而他擎着酒杯站起来，好像在抵挡雪崩似的落在他头上的岁月，“我想起一个名句，我年轻时大家口口相传，”他用骤然变得微弱的声音说，“女人是男人的未来。事实上，这是谁说的？我一无所知。列宁？肯尼迪？不是，是一个诗人。”

“阿拉贡[①]。”我小声说。

阿弗纳琉斯毫不客气地说：“女人是男人的未来，这是什么意思？是说男人变成女人？我不理解这个愚蠢的句子！”

“这不是一个愚蠢的句子！这是一句诗！”保罗说。

“文学即将消亡，而愚蠢的诗句却继续在世界游荡吗？”我说道。

保罗根本不理我。他刚刚只看到自己的脸在镜子里映成二十七张：他目不转睛地望着自己的脸。他相继转向这些映出的脸，用老太太微弱而异常尖厉的声音说：“女人是男人的未来。这就是说，从前按男人形象创造的世界，将以女人的形象为模型来建造。世界愈是变得充满机械和金属，讲究技术和冷冰冰，就愈是需要惟有女人才能给予的热力。如果我们想拯救世界，我们就应该以女人为模型，让女人领导我们，让Ewigweibliche②，让永恒女性渗透到我们身上！”

仿佛被这些预言的字眼弄得精疲力竭，保罗又老了几十年，如今这是一个一百二十岁或者一百六十岁的瘦小老头。他连酒杯都拿不住，跌坐在椅子上。然后他真诚而悲哀地说：“她事先不告诉我就回来了。她憎恶洛拉。而洛拉憎恶我的女儿。母性使她们变得更加好勇斗狠。马勒的交响乐在一个房间里喧闹，摇摆舞曲在另一个房间里喧闹，这种情况又重新开始。她们逼迫我作出选择，她们向我下达最后通牒，她们投入战斗。女人战斗时是停不下来的。”然后他俯身对着我们，推心置腹地说：“亲爱的朋友们，不要把我的话当真。我马上要说的话不是真的。”他降低声音，好似要告诉我们一个绝密的消息：“战争由男人发动是非常幸运的。如果女人发动战争，她们会残忍到底，地球上会一人不剩。”仿佛要让我们马上忘记他说过的话，他用拳头擂着桌子，提高声调：“亲爱的朋友们，我但愿音乐不曾存在过！我但愿马勒的父亲在他儿子正在手淫时抓住他，重重地一记耳光掴在他的耳朵上，以致

---

① Louis Aragon（1899—1982），法国作家，作品有《断肠集》、《艾尔莎的眼睛》、《受难周》等。

② 德文，永恒女性。

小古斯塔夫变成聋子，永远分辨不清小提琴和鼓。最后，我但愿人们改变所有电吉他的电流，让这电流通过我亲自指定的吉他手所坐的椅子。”然后他用勉强听得见的声音补充说：“我的朋友们，我但愿比我如今聋上十倍。”

4

他跌坐在椅子上，这幅景象好凄惨，以致我们无法忍受。我们站起来帮他拍背。在拍他的背时，我们看到他的妻子离开游泳池，绕过我们，走到门口。她假装没有看见我们。

莫非她对保罗生气，竟至于连一眼也不看他？要么她对不期然地遇到阿弗纳琉斯感到很难堪？然而她的举止非常有影响力和吸引力，以致我们不再拍保罗的背，我们三个人都朝洛拉那边望着。

当她离双扉门只有两步远时，发生了一件意想不到的事：她突然向我们的桌子转过头来，朝空中扬起手臂，动作非常轻巧、迷人、敏捷，我们仿佛看见一只金色气球从她的手指间凌空而起，悬在门的上方。

保罗的脸上马上出现一丝笑容，他捏紧阿弗纳琉斯的胳臂："你看见了吗？你看见这个动作吗？"

"看见了。"阿弗纳琉斯说，目光盯住金色气球，气球仿佛洛拉的一件纪念品一样，在天花板上闪闪发光。

我觉得非常清楚，洛拉此举不是针对她丈夫的醉酒而来的。

这不是每天表示再见时的机械动作，这是意味深长的、异乎寻常的动作。这个动作只能是向阿弗纳琉斯示意。

然而保罗毫无觉察。好像出现奇迹一般，岁月从他身上掉落下来，他重新变成一个五十来岁的美男子，对自己灰白的浓密长发很自豪。他凝视门口，金色气球在门的上方闪烁有光；他说："啊，洛拉！这就是她的！啊，是她的手势！把她整个人都概括在里面！"随后他给我们讲了令人感动的一件事："她第一次向我这样致意时，我陪着她到妇产科。为了有个孩子，她不得不忍受动两次手术。想到分娩我们就害怕。为了不让我太激动，她不许我跟她到诊所去。我留在汽车旁边，她单独朝门口走去，来到门口，正像她刚才所做的那样，她转过头来，用手向我致意。我回到家里以后，她不在身边我感到惆怅得可怕，我好想念她，以致为了重新看到她存在，我竭力模仿那个使我着迷的美妙手势。如果有人此刻看到我，他会笑出来。我背靠一面大镜子，看见自己的背影，我将手臂在空中挥舞，越过肩膀去看自己微笑。我也许这样做了四五十次，我想念她。我既是向我致意的她，又是看到她向我致意的我。但古怪的是，这个手势对我并不适合。我做这个手势无可救药地笨拙和可笑。"

他站了起来，背对着我们。然后保罗扬起手臂，同时越过肩膀朝我们瞥了一眼。是的，他说得对：他显得可笑。我们哈哈大笑。这使他又重复做了几次这个手势。他显得越发可笑。

后来他说:“你们知道，这个手势对男人不合适，这是女人手势。女人通过这手势对我们说：来吧，跟我来，你们不知道她邀你们到哪儿去，她也不知道，但是她仍然邀请你们，确信值得跟随她走。因此我对你们说：要么女人是男人的未来，要么人类就要完蛋，因为惟有女人才能在自身保持无法论证的希望，促使我们向往不确定的未来，而没有女人，我们早就不再相信这未来了。我这辈子都准备好听从她们的话，即使这是疯狂的话，那么我是一个完好无损的疯子，没有什么比任凭疯狂的话引导到陌生之境更加美妙的了！”于是他庄严地重复这几个德文字:“Das Ewigweibliche zieht uns hinan！永恒女性引导我们往高处走！”

歌德的这句诗就像一只骄傲的白鹅，在泳池的拱顶下拍打翅膀，而保罗映照在三面巨镜中，朝双扉大门走去，在门口上方，金色气球一直在闪闪发光。最后，我看到保罗确实很幸福的样子。他走了几步，朝我们转过头来，扬起一只手臂。他在笑。他再一次回过身来；他再次向我们致意。最后一次笨拙地模仿这个美妙的女人手势之后，他消失在门后。

5

我说："他说到这个手势真妙。但是我觉得他错了。洛拉没有敦促别人跟她走向未来，她只不过想让你记得她在那里，她在等你。"

阿弗纳琉斯一言不发，他的脸色不可捉摸。

我用责备的声调对他说："你不同情他吗？"

"同情，"阿弗纳琉斯回答，"我真诚地喜欢他。他是聪明的。他是滑稽可笑的。他是复杂的。他是悲哀的。尤其不要忘记：他帮助过我！"然后他俯下身来对着我，仿佛他不想不理睬我具有弦外之音的责备。"我刚才对你谈起过我的民意测验计划：询问男人，他们愿意偷偷同丽泰·海华丝睡觉呢，还是愿意同她在大庭广众中露面。结果当然事先就知道了：所有人，甚至最底层的穷人，都愿意同她睡觉。因为在他们看来，在他们的妻子儿女看来，甚至在民意测验所的秃顶职员看来，男人都想做享乐主义者。但这是他们的幻象。他们的哗众取宠。今天，再也没有享乐主义者。"他以庄重的态度说出最后几个字，然后微笑着又说："除了我。"他继续说："不管他们说什么，如果他们真的要选择，我向你担保，所有这些男人统统喜欢的不是一夜之欢，而是在大庭广场上散步。因为他们看重的是赞赏，而不是纵情声色。看重的是表面，而不是实际。实际对任何人都毫无意义。对任何人都是如此。对我的律师来说，实际毫无意义。”然后他带上某种温情说：“因此我可以庄重地向你许诺，他不会出麻烦事；他不会受到任何损害：他头上戴的角会隐而不见。晴天这角是蓝色的，下雨天则会是灰色的。”他还补充说：“况且，任何丈夫都不会怀疑一个手中执刀、强奸女人的男子是他的老婆的情夫。这两个形象不会并行不悖。”

“等一下，”我说，“他真的相信你强奸过女人吗？”

“我已经告诉过你。”

“我一直以为这是开玩笑。”

“你也许相信我向他透露过我的秘密？”他又添上说，“即令我把真相告诉了他，他也不会相信我。如果他最后相信了我，他也会立即放弃对我起诉。我是作为强奸犯使他感兴趣的。他对我产生这种神秘的爱，而大律师经常会对罪大恶极的惯犯产生这种爱。”

“你做过解释吗？”

“从来没有做过。由于缺乏证据，法庭宣告我无罪。”

“怎么，缺乏证据？那把刀呢！”

“我不否认这一点曾经不太好办。”阿弗纳琉斯说。我明白他不会再对我多说什么。

我让长久沉默过去后才说："你无论如何不会承认用刀戳轮胎？"

他摇头表示不会承认。

一阵古怪的激动袭上我的心头："你准备好只作为强奸犯被捕，而不暴露戳轮胎……这样才不违反游戏规则。"

我陡地理解了阿弗纳琉斯：如果我们拒绝看重自认为重要的世界，如果我们在这个世界上找不到任何对我们的笑声的反应，那么我们只剩下一个解决办法：把世界看成一个整体，使之变成我们游戏的对象，使之变成一个玩具。阿弗纳琉斯在游戏，而游戏在一个毫无意义的世界上是他惟一看重的东西。但是这游戏不使任何人喜笑颜开，他也知道这种情形。当他向生态学家陈述自己的计划时，并不是为了取悦他们。这是为了取悦自己。

我对他说："你就像一个没有弟弟闷闷不乐的孩子，同世界游戏。"

就是这个！我一直为阿弗纳琉斯寻找的就是这个隐喻！终于找到了！

阿弗纳琉斯像一个闷闷不乐的孩子那样面露微笑。随后他说："我没有弟弟，但是我有你。"

他站了起来，我也站起身；似乎在阿弗纳琉斯说出最后那句话之后，我们只得拥抱。可是我们意识到，我们穿着游泳裤，一想到肚子肉贴肉我们就害怕。我们带着尴尬的笑，回到更衣室，那里，一个女人尖厉的嗓音，在吉他伴奏下，在扬声器里发出轰响。我们想说话的愿望便消失了。我们走进电梯。阿弗纳琉斯要到第二层地下室，他把他的奔驰车停在那里，我在底楼同他分手。在大厅悬挂的五幅大招贴画上，五张不同的面孔一律噘起嘴唇，在注视我。我担心这些面孔要咬我。我来到了街上。

路上车辆拥挤，汽车不停按喇叭。摩托车爬上了人行道，在行人中打开一条通路。我想到阿涅丝。两年来我第一次想像出她；于是我坐在俱乐部的一条长椅上等待阿弗纳琉斯。这就是我今天要酒的原因。我的小说结束了，我本想在产生第一个念头的地方庆祝一下。

汽车在按喇叭，传来愤怒的喊叫声。从前，在同样的环境里，阿涅丝想买一株勿忘我，只一株勿忘我；她想把它置于自己眼睛前面，当作隐约可见的美的最后痕迹。

一九八八年十二月完稿。

阿涅丝的必死[①]

弗朗索瓦·里卡尔

小说的第五部题为《偶然》，讲述的是阿涅丝的一天。阿涅丝已经决心单独移居瑞士，这一天应该踏上返回巴黎的公路，回去告诉丈夫和女儿，她今后将远离他们独自生活。当然，对她来说，这是具有决定性意义的一天，因而对我们来说也是这样，因为——我们很快就会知道——这是阿涅丝生命中的最后一天。就在这天夜晚，当她企图避开坐在马路中央的一个少女时，她的车冲进了沟里。因此这天发生的所有事情都具有决定性的重要意义，哪怕是一件小事，一个小小的念头都成了一种极具价值的征兆。

在所有的事件中，当然每件都值得好好思索一番，有两件尤为值得注意：一是因为这两个事件所蕴含的美，但同时也是因为它们特别简单。这就是说，它们是瞬间性的，然而却能给我们无

① 刊于《无限》(*L'infini*)杂志第三十五期，一九九一年秋季刊，页八三至九六。

穷无尽的启示。对阿涅丝来说是这样，对我们来说也是这样，因为我们和她一样，不久也将死去。

*

第一个事件——也许这两个事件都称不上是“事件”，它们仅仅是阿涅丝在考虑自己生存意义时脑中一闪而过的念头——发生在下午两点半。阿涅丝当时还在阿尔卑斯山里，她决定暂时不上车，不立即踏上返回法国的路，而是在山里散一会儿步。她这样做一方面当然是想享受一下山中的美好与静谧，然而同时，从更深层的原因来说，也是因为她想让自己沉浸在回忆里，这样的散步一直以来都与父亲的回忆联系在一起，还有那首父亲教给她的歌德的诗。然而我们可以看到，在这最后一次山间漫步里，阿涅丝发现了(也就是说她早就在潜意识里意识到的，可这是第一次看得这么清楚)这个微不足道的东西究竟是什么：道路。

> 道路：这是人们在上面漫步的狭长土地。公路有别于道路，不仅因为可以在公路上驱车，而且因为公路只不过是将一点与另一点联系起来的普通路线。公路本身没有丝毫意义；惟有公路连接的两点才有意义。而道路是对空间表示的敬意。每一段路本身都具有一种含义，催促我们歇歇脚。公路胜利地剥夺了空间的价值，今日，空间不是别的，只是对人的运

动的阻碍，只是时间的损失。

对于阿涅丝来说，这就是“道路”的定义，它和“公路”截然相反，它决不仅仅是一种让我们可以浏览风景的方式。从更宽泛的意义而言，它是一种生活与居住于这个世界的方式。可是它已经是一种消失了的方式，就像她的父亲已经消失，而以前那种无忧无虑四处游荡的生活也消失了一样。至此，在阿涅丝看来，这种已经成为事实的消失和忘却足以使道路成为美的象征，正如——也是出于同样的理由——波希米亚古典音乐之于路德维克①，基督礼拜仪式之于不可论者萨比娜②一样。因为美在昆德拉的世界里，从来都是有一定距离的，荒无人烟，荆棘遍布。

道路是一种审美意义的表现，然而它还有其他潜在的含义。我们可以从中看到与昆德拉小说艺术特别吻合的一种模式或者说参照。这种小说的艺术在昆德拉以前的小说里已经有所显露并且越来越精致，而在《不朽》中，应该说这种艺术前所未有的明显。

① 见《玩笑》(*La plaisanterie*)第三部第十九章［马塞尔·艾莫南(Marcel Aymonin)原译，后由克洛德·库尔托(Claude Courtot)及作者本人大量修订，最终定本。巴黎，伽里玛出版社，一九八五年，世界小说丛书版，页三八七至三八八］。

② 见《不能承受的生命之轻》(*L'insoutenable légèreté de l'être*)第三部第七章［弗朗索瓦·克雷尔(François Kérel)原译，后由作者修订。巴黎，伽里玛出版社，一九八七年，世界小说丛书版，页一四一至一四二］。

为了给这种艺术以某种意象，我且称它为“道路小说”的艺术。

这样的一种接近道路的艺术，其实在这一部的前几章里，叙事者自己已经有所提示。在叙述与阿弗纳琉斯教授的对话中，叙事者阐明了自己关于小说的偏好（或者说厌恶）。“如果当今还有疯子愿意写小说，如果他想保护他的作品，他应该写得让人无法改编，换句话说，就是写得让人无法叙述。”要做到这点，就必须放弃“情节一致的准则”，放弃“戏剧性的张力”，正是这种张力将每个因素变成“导向最终结局的简单阶段”，使得小说变成“一条狭窄的街道”，“一场自行车比赛”。我们可以继续补充说：变成一条叙事公路。在这条公路上，惟有读者的阅读速度和故事开头与结尾之间毫无障碍阻隔才最有意义。然而，在叙事学的大纲里，我们已经习惯将小说缩减为所谓的“根本”之所在：缩减成一条从“起始状态”至“终结状态”的通道，而所有在这两极之间的只能是一系列的“作用”，它们惟一（或者说主要的）存在的理由就是以最经济的方式和时间保证上述的这条通道的畅通。

然而，这正是“道路小说”不做并且拒绝做的。与此相反，“道路小说”满足于缓慢、绕弯，它经常离题，插入许多插曲和哲学“暂停”，既不怕所谓的“偶发”情节，也不怕插曲中衍生出去的岔道。总而言之，仿佛作者和读者都有很多时间可以浪费，从来不计算他们的脚步，仿佛他们只乐于随时停下来观察和欣赏沿路的风景。《不朽》的结构从这个角度上来说具有典型意义，我们可以说在这本小说积聚了昆德拉自《生活在别处》尤其是自《笑忘录》以来所显露的某些形式特点，只是这些特点已经更为尖锐更为“恶化”。

第一个形式特点应该说是“主人公”的溃退，或者说得更好听一点，是“主人公”的文本地位被废黜。可是千万不要弄混，人物并没有消失，像新小说所惯用的那样。在昆德拉笔下，人物始终保留着他的权力与他的“现实性”；路德维克、雅罗米尔、雅库布或是塔米娜始终是当代小说中最具个性的人物。但是昆德拉的人物都具有这样一个特别之处，越到后来的小说越是如此：小说的人物经常不再作为占据叙述的惟一人物，不再将自身的命运强加为情节的决定性逻辑。换句话说，他不再作为小说的惟一甚至是主要引导者；小说可以说是围绕人物或者说关于人物展开的；只是不再在他的直接统治之下。叙述不再在于“随着”人物的遭遇或生平展开，而是陪伴他，思考在他身上发生的事情，有时完全沉浸其中，有时又远离他，为了理解他的生活，重新阐释，甚至是为了忘却以便转到别的事情上。

因此，在昆德拉的笔下，尤其是在他最近的这些小说里，出现这样一种空缺，或者至少可以说是游离：“现代”小说所必须的所谓“中心人物”没有了。比如说在《笑忘录》中，塔米娜和扬当然从哲学或主题意义上而言具有独特的地位。但是从文本的角度而言，这种独特的地位并没有达到统领整个小说的地步，从而将其他“情节制造者”完全遗弃在黑暗中或者使其完全成为“次要”。也就是说纯粹附属的人物，其他的“情节制造者”分别成为小说各个部分的客体，比如说米雷克（第一部），或者卡莱尔（第二部），还有那个大学生（第五部）。在《不朽》中，这种效果也许更加突出。在这本小说中，究竟谁是主角呢？当然，我刚才谈到过阿涅丝，但是我还可以谈鲁本斯，或阿弗纳琉斯，或叙事者，甚或歌德，因为在这些人物中，没有谁是真正的“主人公”。尽管每个人物都有其最大限度内的独特性，可是谁也没有能力遮掩住其他人物，“引导叙事的进程”，就像我们所说的那样。文本之间的关系不是等级性的，而是主题性的或者说音乐性的，有点像莫扎特歌剧中的人物，首先表现的是他们的声音，音响的色彩，于是围绕着同一个主题产生了协和和音、不协和和音以及无穷无尽的转调的可能性。

这种“道路小说”中人物的“平等性”在我们所谓的情节中仍然存在。在《不朽》中和在《笑忘录》或《不能承受的生命之轻》中一样，叙事不可能作为惟一的中心情节的展开而存在。不仅仅是众多的、不同的情节同时存在——这在小说中并不罕见，尤其值得指出的是，在这众多的情节中，没有我们能够称之为“主要”的情节，并且使其他情节——也就是我们一直说的所谓“次要”的或“附属性”的——从属于它，只起到照亮它，围绕它的作用。我们难道可以说贝蒂娜、克里斯蒂安娜的故事没有洛拉、阿涅丝和保罗的故事重要吗？还有鲁本斯的艳遇，少女的自杀，它们比起洛拉和阿涅丝的故事，难道不是同样的独立，同样的寓意深刻吗？而歌德与海明威之间的谈话比起昆德拉和阿弗纳琉斯之间的谈话难道不是同样的“真实”和“深刻”吗？

单纯从叙事角度而言，像《不朽》这样的小说实际上是由功能各自独立的一些故事组成的，如果它们彼此交错，那只是出于“偶合”（有时是对位法的偶合，有时又是故事生成性的偶合），小说的美正源于此，并且变得无法讲述。可是从另一个角度来看，这些故事彼此之间又是紧密相连的，从形式到内涵都是如此。它们之间存在着一种并进性，彼此对照回应，并且彼此平衡，这使它们看起来仿佛是一个体系下的各个部分，相同“事实”中的不同景象，或者说具有相同的意义，而这意义本身是无可探究的。

昆德拉在《小说的艺术》一书中，将这种小说的组成原则比为音乐的作曲原则①。我们也可以将它比为瓦雷里所谈到的建筑。因为在瓦雷里看来，建筑与音乐本来就很相近，正是与音乐相结合的建筑组成了两大主要艺术之一。纪念建筑和寺庙显得很沉重，它展示的是统一和永恒的形象。但是这样概括过于抽象了。实际上，也就是说从居住于其中或到那儿散步的人的角度去看，建筑

① 见《关于小说结构艺术的谈话》（*Entretien sur l'art de la composition*），《小说的艺术》（*L'art du roman*）第四章（巴黎，伽里玛出版社，一九八六年，页九一至一二二）。

物是动的，它在爬动。“建筑物的凝固性是个特例；快乐就在于让自己动起来，直至建筑物也开始移动，从而享受到建筑物的各个组成部分之间的不同组合的变换：柱子在旋转，深处的东西偏离了，长廊在滑动，纪念建筑里散发出千种万种的视角和千种万种的协调”[①]。换句话说，纪念建筑物没有真正的中心，也没有惟一的外观；它的整体性决不是一次形成而永不改变的，它永远是片断性的，只能从一系列局部的视野和角度去看，这一系列的角度揭示这份整体性的同时又在改变它。总而言之，对某建筑物的欣赏就是对一种连续不断同时又变换不断的和谐的欣赏。

这两个词——“连续不断和变化不断”——正是阿涅丝用来形容“道路世界”之美的词。确确实实，阿涅丝的世界与瓦雷里构筑的建筑物有异曲同工的地方。两个都是在“向空间致敬”，两个都在呼唤一种时不时停下来休息一下的漫步，两个都为我们提供的是相同却有着无穷变换的景象。

最后我们可以说，这两个世界都是这种特殊审美的忠实景象。正是这种特殊的审美使得昆德拉的小说对于读者来说，不是关于人物的封闭世界，也不是一个故事的直线推进，更不是某种思想的系统陈述，而是一张网，在森林中，随着漫步者的脚步所到之处所勾勒的道路的网。

而在阿涅丝喜爱的树林里，道路分成一条条小路，小路再分成一条条小径。沿路都设有长凳，从这里可以观赏景色，处处遍布着吃草的绵羊和母牛……

在这样一张网中，每一条小径遵循着它自身的轨迹，正如小说中每一个特殊的故事一样。但是，在每一个时刻，这条小径都有可以连接上别的小径，要么是和别的小径相交，要么和别的小径重叠混和，直至分出新的小径（是同一条，还是另外一条？），突然转向一个意料之外的方向，而稍后又会连接上第一条小径（是同一条，还是另外一条？），而第一条小径在那时根本没有在意别的，只是遵循着自己的轨迹向前延伸。简而言之，每一条小径的行进纯属偶然，对于漫步者——读者来说，没有任何方法可以事先勾勒它的轨迹，也没有任何办法事先知道这条小径将把我们带往何处。这是惊喜的王国，享受到的是纯粹的发现的乐趣。

于是连续不断地，比如说，《不朽》开头的那个六十来岁女人的手势，在以后的部分里，把我们带向阿涅丝，然后是洛拉；还有那个贝蒂娜·冯·阿尼姆，她的眼镜将再一次把我们带向阿涅丝和洛拉，然后再带向贝尔纳，贝尔纳的故事之后又会和阿弗纳

---

① 保尔·瓦雷里（Paul Valéry），《莱奥纳多·达芬奇的方法导论》（*Introduction à la Méthode de Léonard de Vinci*）[《瓦雷里全集》，让·伊提艾（Jean Hytier）主编，巴黎，伽里玛出版社，七星文库版，一九五七年，卷一，页一一九〇]。

琉斯的故事交错，阿弗纳琉斯的故事再与洛拉的交错，这样一直延续下去直至小说的结尾处，保罗重新做了这个六十来岁女人的手势……这儿那儿，在叙事交错的十字路口，摆设的长凳邀请我们坐下歇息，思考一下关于时间、肉体、脸、不朽的事情。

小说的阅读于是成了一次漫长的散步，看起来似乎没有终结，只是由漫步的幸福引领着，并且在每一个道路的拐弯处都会有不同的视野呈现在眼前，着实令人狂喜。但是这所谓的新视野，实际上仍然和原来是相同的，因为作为客体它还是山，还是森林。小径是突然出现的，当然，但它们穿越的是同样的领地，只是从来不将它开发殆尽，从来不把它彻底转遍，其间的错综复杂于是成了永无止境的不断发现，永远是新的，却永远是同一块领地，在这里，这块待开发的领地不可能从外面知晓，也就是说，除了耐心地、永远从头开始地开发，你没有任何别的办法。

在这里，我们当然可以看见音乐变奏的典型方式。在《笑忘录》中，昆德拉将之与交响乐对立起来，昆德拉说交响乐的渐进方式是“从一处到另一处，越来越远”[①]，它是史诗性的，因而属于“公路”的世界。而变奏不会被这种“越来越远”的方式缠绕；它的进行只是山间小路，有时进，有时退，在这儿上，在那儿又下，总是不断地回到自身，永远紧逼它所穿越的地方(内涵)。

我们知道，作为昆德拉审美基础的变奏在昆德拉的所谓的道德世界里也同样起着中心作用。因此，在《雅克和他的主人》中，存在不再是作为黑格尔式的惟一的路程出现的，这种惟一的路程总是通过一系列的前进和“进步”将我们带得更远、更高，直至实现某种完成或最终实现某种在最高斗争中获得的“命运”。昆德拉用来表现存在的形象更像是一种“原地转圈的驯马术”[2]，也就是说是一种不断重复、不移动位置的运动的形象。在《不朽》中，这个具有讽刺意义的形象又以“钟面”的形式重新出现。“这就是生活，鲁本斯想：它不像流浪汉小说里的主人公，从一章到另一章，这主人公总是被各种新事件所震惊。”生活更像是钟的指针的运动，永远不能避开指针的轴，永远是在走相同的旅程，永远能够回到相同的位置，永远通过同一条“连续不断和变换不断”的小径重新走过。正是基于这一点，生活“就像是音乐家称为主题变奏的乐曲”。生活，换而言之，不应该说是旅行，就像古老的暗谕所暗示的那样，而将我们带往死亡的时间与公路式的时间也毫无共同之处；时间在这里也如同在这些道路上做环圈散步，尽管有很多的曲折与转弯，却永远不会偏离将道路神奇地连接在一起的中心。因此，尽管不停地出现曲折，尽管这些曲折彼此之间不是直线相连，尽管一下

① 见《笑忘录》(*Le livre du rire et de l'oubli*)第六部第七章[弗朗索瓦·克雷尔原译，后由作者修订。巴黎，伽里玛出版社，一九八七年，世界小说丛书版，页二五三]。

② 见《雅克和他的主人，一出向狄德罗致敬的三幕剧》(*Jacques et son maître, hommage à Denis Diderot*)第三幕第四场(巴黎，伽里玛出版社，一九八一，页九一)。

子——徒劳地——与十九世纪的形式密码决裂，可像《不朽》这样的小说仍然是最现实主义的小说，最接近存在的真实性。

这种独创的“变奏形式”[1]的小说——也是我称之为“道路小说”的，并且竭力在此描述的小说——正是昆德拉作品中最美的地方之一。《不朽》为这样的独创树立一个新的典范，实际上它实现了西方小说最初的潜力。正如我们所看到的一样，昆德拉本人也承认与塞万提斯、斯特恩或狄德罗之间的某种亲缘关系，在他们的笔下，小说的想像都具有这样一种在存在的森林中自由流浪的特征，表面上看起来，除了“漫步的欲望以及从中得到充分的享受”外，似乎没有任何其他动机。

但是绕过十八世纪，甚至绕过堂吉诃德，在这同样精巧的“道路小说”里，如何能不找到——即令不完全是形式本身——文艺复兴时期叙事巨著的精神呢：拉伯雷，当然，但还有博卡斯，玛格丽特·德·纳瓦尔，伯纳万图尔·德·佩列。对于这些作家也是一样的，叙事从来都不是延伸到结局的直线公路。相反，我们在他们的作品中已经看见昆德拉小说结构的先兆：情节彼此不甚相连，但是就主题而言又非常统一。比如说在《七日谈》里，故事一个接一个地发生，表面看起来并没有因果联系，顺序更是服从于风格和形式的，只是为了在拉拉杂杂的闲谈中通过一个又一个场面建立一个丰富的辩论整体，因为这个旨在定义“完美求饶”[2]的美德的考题永远不会有一个结尾。可是像这么一个考题，从纯粹意义上说是取之不尽、用之不竭的考题是不会在日常生活中发生的，它充满了忧虑和斗争。必须给它群山与小径的氛围，给它时间与空间上的宽松，总之必须给它“道路的世界”。因此，由于桥被洪水冲走，因为不再可能继续前往塔布之路，纳瓦尔皇后的朋友们于是停止在比利牛斯山间行进，“每天，从中午十二点一直到下午四点，…… 在这加伏河沿岸的美丽草坪间，树木是如此葱茏，阳光很难穿透这浓密的树阴，打破这醉人的阴凉”，这些朋友打算“每个人都陈述一个自己曾经经历的故事或者和某个值得信任的人谈谈。”[③]同样，也正是在为混乱和丑陋所折磨的佛罗伦萨（就像《不朽》开头的时候阿涅丝脚下的那条林阴大道一样）之外，《十日谈》里的小“分队”找到了“秩序井然欢快愉悦的”[④]生活场所，投入了叙述的无尽游戏之中：“这是一座山脉的顶峰，远离无处不在的公路的喧嚣，小灌木和各种树木为这怡人的绿色铺上一层绿毯……”[⑤]

---

① 见《笑忘录》第六部第八章（世界小说丛书版，页二三七）。

② 玛格丽特·德·纳瓦尔（Marguerite de Navarre），《七日谈》（*L' Heptaméron*）第二天第十九个故事［见《十六世纪的法国小说家》（*Conteurs français du XVI siècle*），皮埃尔·儒尔达（Pierre Jourda）主编，伽里玛出版社，一九五六年，七星文库版，页八四六］。

③ 见《七日谈》，序言（页六〇九）。

④ 博卡斯（Boccace），《十日谈》（*Le Décaméron*），引言［让·布尔西埃（Jean Bourciez）翻译主编，巴黎，加尔尼埃出版社（Garnier），一九六七年，页二三］。

⑤ 见《十日谈》，引言（页二一）。

远离公路，的确，这是一个叙事——沉思的世界，是一个丰富的叙述世界。我所发现的这种在“赶路小说之前的小说”与昆德拉小说之间的关系着实让我心醉神迷，因为在我看来，这种关系正是通过阿涅丝死前的那个下午所漫步的阿尔卑斯山间道路实现的。

*

小径的本质就在于它和公路相反，没有任何明确的目的地。但这不等于说它不导向任何方向，不等于说在所有情况下漫步其间都会迷失。正相反。我前面就提到漫步是一种探索，一种缓慢的发现，是惟一一种能够真正认识山脉的办法。换句话说，变奏形式的小说这种彼此不紧密相连和“音乐片段”性的特征是将小说的各个部分悄悄地统领并且限制在真正的主题蕴含范围内的惟一办法，并且尊重它们彼此连贯的形式与节奏。当然，在所有这些使得我们兜遍山脉的小径或小径的尽头中——它们共同组成一种更为广阔的视野，有一些画面比较起其他的画面来说，更为直接、更为强烈地表达了作品的整体意义，并且如一道闪电般照亮了通常情况下正在逐渐淡去、集中在一个简单的形象上似乎太过复杂的意义。在我看来，下面就是阿涅丝在死前那个下午沿着山间小径散步时的第二个完美发现：

> 她来到一条小溪旁，躺在草丛中。她久久地躺在那里，觉得自己感到溪流淌过她的身体，带走所有的痛苦和污秽：她的自我。奇异的难以忘怀的时刻：她忘却了她的自我，失去了她的自我，她摆脱了自我；在那里她感受到幸福。（……）阿涅丝躺在草丛中，小溪单调的潺潺声穿过她的身体，带走她的自我和自我的污秽，她具有这种基本的存在属性，这存在弥漫在时间流逝的声音里，弥漫在蔚蓝的天空中。她知道，从此以后，再也没有比这更美的东西了。

在这个如此短暂却具有决定性意义的镜头里，集中了能够定义阿涅丝这个人物，定义所有道路交会的中心地点——因而也是，我想，整个小说的中心地点——的变奏主题，让我们能够在一种最纯粹的状态下发现它。但是避开小说本身不谈，阿涅丝的“幻觉”回应——或者说呼唤——了其他的画面。在这些画面中，同一个意义既藏且露，因而为之难忘。因此在《战争与和平》中，战斗刚结束，安德烈王子躺在奥斯特利茨的田野里，欣赏着“无穷无尽的天际”，看着白云飘过：“什么也没有，除了他，什么也没有，”他想，“甚至没有他，什么也没有，除了静谧，就是安宁。”[1]因此在瓦雷里

① 列夫·托尔斯泰（Léon Tolstoï），《战争与和平》（*La guerre et la paix*）卷一，第三部第十六章［伊莎贝尔·盖尔蒂克（Elisabeth Guertik）译，巴黎，简装本书库版，一九六八年，卷一，页三四六］。

的笔下，浮士德在花园里，躺在阳光里，成了“现时本身”的他终于在想“变得越来越轻，摆脱所有的一切……仿佛一个扔了所有行李的旅行者，随意地走着，丝毫不顾及身后留下了什么。”[①]

但是很快，阿涅丝在溪边小憩的这个场面就成了昆德拉作品本身田园景象网中的一部分，我们可以只回忆其中的几帧画面：在《玩笑》的最后几页，路德维克与那个小民间乐队会合的时刻；或是《生活在别处》中一直由“四十来岁男人”引领的第六章；或是在《不能承受的生命之轻》的结尾，当托马斯和特蕾莎围着垂危的卡列宁的时候。为什么这些画面在这点上那么令人着迷呢？这些幽雅的时刻究竟意味着什么呢？究竟是为什么，这样的一种分析会包含有如此大的幸福感呢？

正如我在别处指出过的一样[②]，昆德拉这一系列前后相互连贯的小说的任何一部都在幻想，或者说提出一种我们可以称为田园式想像的主题，也就是说一种渴求平静、和谐、摆脱一切空虚和冲突，使得人物可以充分实现本性的欲望（这种欲望铭刻在作品中每个人物的心里，就像铭刻在我们心里一样）。在读《不朽》的时候，我实在是有一种太强烈的感觉，在这本小说里找到的不仅仅是这种田园想像的主题的重复，而是一种全新的深化，一种全新的追问，不仅仅更加明了地揭示其中的蕴含，更甚至采取了一种更为激烈的方式，我简直可以说，仿佛是将这层蕴含推到极致。

与以往的昆德拉一样，“田园”这个词在他的笔下是“无法理解”的词，也就是说充满了歧义以及层出不穷的外延。我想能够从中分辨出两大平面，在作品中具有截然相反的两类价值。一侧是正面的田园牧歌（大写的），这是出自于完全纯洁的精神，是根植于共产主义的理想的；它主张建立一个统一和透明的世界，超越存在的普通界限，称为不同个体欢悦的融合；这种田园牧歌的特点就在于抛弃并且摧毁一切阻碍它构筑这个世界的东西。然而正是在这样的摧毁之中诞生另一类田园牧歌，因为千真万确，另一类的田园牧歌正是建立在放弃田园牧歌以及逃离田园牧歌王国的基础之上。与第二类田园牧歌相联系的是边缘和忘却。这是一种完全私人化的和平，暗含着某种孤独和逃避。

在《不朽》中，这种关于田园牧歌的主题似乎又一次地出现在作品中，但是值得我们注意的是这次的主题有着与先前截然不同的地方。首先，作为正面田园牧歌手段与形象的政治上的乌托邦不再具有相同的完整倾向；它继续存在于保罗的思考之中，通过他对一九六八年“五月风暴”的怀念而实现，但是这已经是一种死去了的参考，我们甚至可以说，是正面田园牧歌的尸体。在这里，

---

① 保尔·瓦雷里，《我的浮士德》（*Mon Faust*）第二幕第五场（《瓦雷里全集》，卷二，页三二一至三二三；第一幕，第二场，页二九八至二九九）。

② 见《大写的牧歌与小写的牧歌——重读米兰·昆德拉》（*L'Idylle et l'idylle: relecture de Milan Kundera*），《不能承受的生命之轻》后记（巴黎，伽里玛出版社，弗里奥文库版，页四七五至四七六）。

我们已经完完全全地处在意识形态之后的世界里，是超越历史的。雅罗米尔式的革命激情，激起弗兰茨（在《不能承受的生命之轻》里）热情的“伟大的进军”都失去它们的真正魅力之所在；它们的田园“价”接近于零。

总之，地平线被抹去了。上帝和马克思都死去了，还有他们将世界变得超越世界本身的愿望。我们进入折回自我的新世纪，主张差异和个人解放的权利。过去高喊党的口号和允诺给劳动者一个美好未来的高音喇叭让位于每天播报天气预报和炫耀个人生存幸福的晶体管收音机。小说里，布丽吉特正是这幸福新一代的旗手。

然而，路德维克遭遇的意义（或者说意义之一）—— 同样也是托马斯和特蕾莎的 —— 正在于摆脱群体的束缚，回到像《生活在别处》里的那个中年男子那样的孤独状态，“完全沉浸在自我之中，沉浸在纯私人的娱乐和自己爱看的书中”[①]。换句话说，也就是切断与“我们”的一切联系，回到孤独的“自我”，保持距离，不需要向谁汇报，没有任何束缚。因此，乍一看，在这种以这些人物为旗手的“私人的”田园牧歌和由布丽吉特、贝尔纳和洛拉组成的世界 —— 这个世界同样也是以“我们”的贬值与自我的绝对至上为特征的 —— 之间存在着某种关系。

但这是一种欺骗人的关系，而且我们可以说《不朽》所关注的要题之一正是在于揭示并且深化这份含混不清，通过小说本身的手段，也就是说通过对于生存本身所引起回响的各种情境的“沉思性的追问”[2]来实现。为《不朽》里各类人物布下的陷阱[3]，正是自我的陷阱，是私人的田园牧歌的陷阱。

从这个角度来说，当然不无矛盾之处，小说的发现之一正是揭示了自我——远非自由与和平的领地——是一道大门，通过这道大门超越与完满的欲望仍然于存在中——哪怕这存在已经献身于社会政治的或是宗教的宏伟计划——继续发挥作用。自我，换句话说，是正面的田园牧歌的新面孔。

在这种田园牧歌中，正如就在不久以前它能够根植于共产主义乌托邦或“反文化”的亚当主义（见《笑忘录》中爱德维奇部分）一样，对于自我的崇拜——突出个性的趋势和个人的充分发展——保留了以往的主要特征。第一点就是对于界限的拒绝，以“对于不朽的欲望”的形式出现，因为，自我和革命梦想一样，是不能忍受结束的：它的动因就在于永远地超越一切称之为界限的东西和摧毁有可能以某种方式阻碍生存的一切。然而，人的自我时不时遇到的阻碍生存并且表现为最近的界限的恰恰是他自身的必死性。如何接受这一点呢？如何竭尽全力地维持超越死亡的生

① 见《生活在别处》（*La vie est ailleurs*）第六部第十章（弗朗索瓦·克雷尔原译，后由作者修订。巴黎，伽里玛出版社，一九八七年，世界小说丛书版，页三五五）。

②《小说的艺术》第二章（页四九）。

③ 见《小说的艺术》第六章第二节（世界小说丛书版，页三四〇）：“除了向主人公布下的陷阱，小说还能是别的东西吗？”

存呢？“人不知道自己必然会死”，歌德对海明威说。自我正是我们心里这种想要超越最终界限的欲望，而不朽就是自我的田园牧歌。尤其值得指出的是不朽的现代沦丧，这种“小的不朽”，它是在一个记忆和历史不复存在的世界里产生超越死亡的欲望的惟一形式。“在现代的状况下”，汉娜·阿伦特写道，“实在难以相信还有人会如此认真地向往尘世间的不朽，因此也许我们有理由相信我们看到的更是一种虚荣心。”①

另一个使得自我从田园牧歌计划中凸显的特点是对一切叛离的仇恨。自我不能忍受不被爱，不能忍受不作为惟一的存在而存在。在这点上，它不仅需要别人，而且在竭力——正如革命一样——将所有人控制在自己的掌中。因此，肯定自我——尽管表面上看起来很矛盾，但只是表面上的矛盾——就是投身于人群。一方面，我之所以是我，那是在别人看待我的目光中，是在别人给我的名字中，是在别人身上映射出的我的形象中。如果没有我赋予他人的这种肯定“我”的身份的权力，我的存在将只削减为几个手势和几根线条的偶然的组合，而手势与线条本身是不具任何意义的，也不属于任何个体。自我，总而言之，就如同地铁站里的一条长廊，乞丐聚集在那里争夺行人的几个生丁：争夺他们的欣赏与爱情。但是从另一方面来说，自我也像是——正如小说开始时阿涅丝走的那条林阴大道一样——广阔的战场，因为别人同时也是我们的敌人，他们的存在使自我的存在经常处于危险境地，并且一直在对抗着自我的独特之处；从这个角度上说，别人应该被打倒、缩减、限制，这样自我才能完全地、没有争议地、纯洁地进行统治。

战胜死亡的欲望，凌驾于一切人之上的欲望，自我于是只能是行进中的理想，永远需要重新肯定与重新建立，就像不久以前的革命。这就是为什么洛拉和贝蒂娜——雅罗米尔式的女主人公——的生活是永远不能退缩的战争，是抵抗与征服并进的战争，为了保留自我的完整性，她们在不断地将界限往后一推再推。

我们已经远离了路德维克和托马斯追寻的荒漠。“回”到自我，不再是逃到可以释放自我的安宁和边缘，不再是离开舞台、远离人群，躲避人群对我们的伤害；此时回到自我应该是来到集市上，将我陈列在所有的目光中。因为它属于正面田园牧歌的世界，归根结蒂，现代的自我世界仍然是一个极权的世界——从某种意义上来说，甚至比另一类的田园牧歌更加有害，因为在这个自我的世界之外已经没有任何根基了，也没有任何它可以为自己进行辩解的“超越”的必然性。这是一种“历史行将结束时”的极权。

这个发现，是由阿涅丝来进行体验的。在《不朽》中，她是反

---

① 汉娜·阿伦特（Hannah Arendt），《人的状况》（*Condition de l'homme moderne*）第二章［乔治·弗拉狄埃（Georges Fradier）译，巴黎，加尔曼-列维（Calmann-Lévy）出版社，阿高拉丛书版，一九八三年，页九六］。

正面田园牧歌的“开启者”，也就是说，正如《玩笑》中的露茜或是《笑忘录》中的塔米娜一样，她暂时离开了，坠入田园牧歌之外，并且在这不在场中找到了真正的惟一的安宁与和谐。

这样一种变化从小说一开始就已经出现端倪。阿涅丝为林阴大道的混乱和丑陋所震惊，开始时感到的是一种带有恶心的仇恨；可是关于父亲的回忆立刻将她从这仇恨中释放出来，她发现得到拯救的惟一办法就是：“与他们分道扬镳。”“我不能恨他们，因为没有任何东西可以将我和他们联系在一起；我们之间没有任何共同点。”当天晚上，她又重新体验到了这种感觉，“她越来越经常地体验到这种奇怪而又强烈的感觉：她与这些长着两条腿，颈上顶着个脑袋，脸上长着张嘴的生物之间没有任何共同点”，她不再觉得自己是“他们当中的”一员。

可是这种感觉，拿它该怎么办呢？阿涅丝立刻问自己。“如何在这样一个与自己格格不入的世界里生活？怎么和这些人生活在一起呢？既然自己已经不再把他们的痛苦和欢乐当成自己的欢乐和痛苦，既然已经不知道如何成为他们当中的一员。”

对于这个问题（这个问题始终贯穿着昆德拉的作品），第一种答案当然是斩断和他人的一切往来，和阿尔塞斯特一样，在“这地球上找一处远离尘嚣的地方”，可以回到自我，忘却他人。这种方案我们可以称为是浪漫的解决方案，是夏台尔顿或《一个孤独漫步者的遐想》中的让-雅克：“既然我只有在自己身上找到安慰、希望和安宁，我就只能并且只愿意关注自己。”[①]

但是，阿涅丝意识到“但是远离尘世远离人群的地方并不存在”，而可怜的卢梭，如果他今天仍然躲到他那安静的圣皮埃尔小岛上，躲到比埃尔湖的中央，他会有电话，他会听到他收税员的邻居家传来的电视声，而他家花园的灌木丛里挤满了准备用摄像机使他不朽的读者。在这个“意象学家”的时代，这个普遍联系和快速镜头的时代，修道院彻底消失了。哪怕奇迹存在，在不知什么地方还存在着一座修道院，在世界的另一头，躲在那里品尝“与自己灵魂对话的甜蜜”又有什么用呢？因为灵魂本身只能提供一种孤独的幻觉？甚至躲避在小岛上的让－雅克也仍然是并且更是生活在社会里，生活在形象的自我、所有人注视下的自我和与所有人斗争的自我组成的集市中。“尘世上的一切对我而言都结束了。”他承认，但是所有的一切都能够重新开始。“上帝是公平的；他要我承受痛苦；他知道我是无辜的。(……)就随他们去吧，随命运怎么安排；让我们学会毫无抱怨地承受；结束之时所有一切都会回到正常的轨道上，我迟早也会如此。”[②]不管这位漫步者有

① 让－雅克·卢梭（Jean-Jacques Rousseau），《一个孤独漫步者的遐想》（*Les rêveries du promeneur Solitaire*），漫步一［亨利·罗迪埃（Henvi Roddier）主编，巴黎，加尼埃－弗拉芒里翁（Garnier-Flammarion）出版社，一九六四年，页四〇］。

② 让－雅克·卢梭，《一个孤独漫步者的遐想》，漫步一（页三九）及漫步二（页五四）。

多么孤独，他的《遐想》仍然是他投入不朽之役的武器。

总而言之，自我不再能是“与人类脱离”的避处，甚至恰恰相反，以至于对于阿涅丝而言只有一种脱离人类，“不再是他们当中的一员”的真正办法：那就是与她自己决裂，废弃定义她那个自我，使她变得可见、可确认、可命名，使她成为别人的同谋，痛苦地成为别人所折磨的那一切。如果说洛拉是捍卫自我的斗士，那么阿涅丝可以说是自我的叛离者。

因此，尽管这姐妹俩具有某些相近的特征，也会经历某些相近的场面，可是她们之间的对立使得这些相似之处具有完全不同的意义。因此，尽管姐妹俩都有戴墨镜的习惯，对于洛拉来说，她戴墨镜是为了增强她那张脸的存在，而阿涅丝则完全是为了隐藏或是为了抹去那份存在。还有那两个非常色情的场面，洛拉和阿涅丝都被两个男人夹在中间，并且被他们脱去衣服。洛拉的这个场面发生在地铁的过道里，两个流浪汉抓着她的手，撩起她的裙子，让她在行人中跳舞。阿涅丝的场面发生在饭店的房间里，鲁本斯和他的朋友分别站在她的两侧，看着她镜中赤裸的身体。这两个场面的相似性是显而易见的。但是其中蕴含的一切都是相反的，地点（一边是喧闹的公共场所，而另一边是私密而安静的）、色彩（滑稽的和静默的），尤其是两个女人的态度：洛拉张开双臂，冲着人群微笑；阿涅丝则护住自己的乳房，无动于衷地望着镜子，其他什么也不看。

姐妹俩还都有一个胜过任何言语的手势。在洛拉这里，是将双手放在胸前，然后向前掷出，与在她之前的贝蒂娜·冯·阿尼姆一模一样，这是“不朽欲望”的具体表现，也就是说是存在的扩张，是将她的自我扩大到超过她自我的无限之中；就好像她通过这个手势是要胜利地展现她的面孔，并且扫清眼前一切有可能出现的障碍，就像她是在用手推开世界的另一面，从而减轻她的自我，让她的自我展翅飞翔。(引导阿涅丝死亡的那个意图自杀的年轻姑娘也有相似的手势，“站在马路中央，(……)张开双臂，仿佛在跳芭蕾。”)至于阿涅丝，她在跳舞的时候也有着同样的舒展双臂的动作，可是她伸出双臂后立刻就在面前交错开去，遮住自己的脸。鲁本斯在这个动作中读出她的羞耻心，读出她避开目光和与外界割断联系的愿望；我们也可以这样看，但对于阿涅丝来说，这也许仍然是同一回事，她折回自我，抓住自己的灵魂，并且保持灵魂与身体的对立，仿佛如此牢牢抓住就可以不再飞走。这个手势，我们可以称为阿涅丝必死的手势，它表达了一种拒绝，拒绝自己的形象，拒绝穿越自己的界限，更表达了一种自我消失的欲望。

因为消失是阿涅丝一生的追求，就如阿涅丝的父亲在撕毁平生那些照片时一样，父亲也是要消失，死后不再为任何人所见。自我的消失，“灵魂”的消失，她身上一切残留的田园牧歌的痕迹的消失，不朽欲望的消失。与用“加法”努力培植自我特性的洛拉正相反，阿涅丝用的是抛弃的方式，使她的自我越来越稀薄，减掉身上以定义她的名义使她看上去像所有人一样的东西。“不再是他们当中的一员”，脱离他们，就是将自己减到最少：不再有名字，也没有脸，没有任何手势，不再从自己的形象中认出自己。

阿涅丝的这种方法让人想起瓦雷里笔下的自恋男子，他在喷泉池中惊异地看到“那位先生”，宣布自己与他毫无共同之处。这种自我的陌生感以及偶然特性将瓦雷里的自恋与纪德式的自恋区分开来[①]，瓦雷里的自恋表现为对任何特性的拒绝，通过一种系统化的消失：“他说话的时候，（泰斯特先生）从来不抬起手臂或伸出手指：他早已杀死了他的傀儡。”[②]

但是阿涅丝与瓦雷里的相似之处也仅限于此。如果说瓦雷里的减法意在缩减那个“偶然”的自我的领地，那只是为了更好地让位于另一个自我——突出于前一个自我之上的纯粹的意识，另一个自我不会接受前一个自我强加于它的狭隘定义，因为它觉得自己是“没有脸、没有根的存在的直接而相像的女儿，所谓的根不过是宇宙的企图所起的作用罢了……”[③]换句话说，对于瓦雷里来说，逃离自我是通过上层建筑来实现的，是思想上的行动（甚至是构成性的行动）；如此脱离尘世，并且宣称自己无边无际，因为对于它来说自己的消失也是不可想像的。在瓦雷里对神话的诠释中，最终自恋先生为了搅乱喷泉池子里的水从中找到自己不朽的存在，于是在自己的倒影中沉没。

阿涅丝的幻觉则有着完全不同的意义。当然，通过洗去“自我的肮脏”，她的确感到自己得到了解脱：而一减再减最终的结果导致为零。但是她的解脱更为激进。和她的自我一起消失的是她不朽的欲望，还有所有一切将她和她的同类联系在一起的仇恨或是统一。现在没有任何东西再能拴住她了，因为没有任何东西继续存在，除了“时间的声音和天空的蔚蓝”。安宁不是来自于尘世之上，不是回到自我。它只是简单地放下武器，然后消失：是承认自己的必死性。

安宁不能够通过自杀来完成，像洛拉或是公路上的年轻女人那样，因为自杀对于自我来说仍然是一种想要战胜死亡以及与尘世和他人相比更喜欢自己的一种方式。恰恰相反，它只有通过自我放弃，通过脱离自己所有的形象来实现，除了极致的简单和存在悄无声息的安宁之外，什么都不存在了。和那些仓促的读者所想像的正相反，阿涅丝并没有自杀：她只是在致命的事故突然出现之际，承认并且迎接自己的死亡。

因此，在这天下午，还不知道将要发生什么事情的阿涅丝躺在小溪边，进入了生命中最后阶段：“最短最秘密的阶段”，有点像打

---

① 有关主题见一九三一年保尔·瓦雷里《备忘录》(*Cahiers*)中一则注释[朱迪特·罗宾逊(Judith Robinson)主编，巴黎，伽里玛出版社，七星文库版，卷一，页一二八]。

② 保尔·瓦雷里,《与泰斯特先生在一起的晚上》(*La Soirée avec Monsieur Teste*,《全集》卷二，页一七)。

③ 保尔·瓦雷里,《注释和题外话》(*Note et digression*,《全集》卷一，页一二二二)。

发走贝蒂娜的歌德所经历的那个午后。就在穿越“从生命此岸通往死亡彼岸的神秘之桥”的时刻，那个充满“疲惫”，厌倦了自我和自己所有欲望的存在，只希望自己能够一边欣赏窗外的树木一边悄无声息地消逝。歌德想，“很少有人能够一直到达那个极限，但是对于到达的人来说，那儿的什么地方一定存在着真正的自由。”

这是出于这样的原因，阿涅丝没有像瓦雷里笔下的自恋男子那样投入溪水。她所要的，是让溪水继续流淌，然而除了溪水之外再也没有任何别的东西。在溪水的表面，所有的形象最终都蒸发了。而阿涅丝对自己说：

> 人生所不能承受的，不是存在，而是作为自我的存在。(……)
>
> 生活，生活并没有任何幸福可言。生活，就是在这尘世中带着痛苦的自我。
>
> 然而存在，存在就是幸福。存在：变成喷泉，在石头的承水盘中，如热雨一般倾泻而下。

在昆德拉关于存在的思考中，这个场面似乎已经是极致了，在这个极致的界限之外，我们不知道将会发生什么。

（袁筱一　译）